培風圖

王璵先生曾於故鄉松山之半
築室名為培風室並作文記之聽山之風
小者颯然大者飂然聽以心為詞章之鼓吹為文風若抱德者之實大而
聲宏為之道風美坐明堂出令若大將之魏萬軍若忠臣義士
感時憫事而可怨為治風皆可培於天則為溫為肅培於人則有
文章道德政治故不培風之積不厚而無以引遠哉
辛卯冬定嶺

〔清〕王琇／著
王文尧／点校

王石和文集

山西出版传媒集团
三晋出版社

图书在版编目（CIP）数据

王石和文集 /（清）王玙著；王文尧点校 . -- 太原：
三晋出版社，2022.9

ISBN 978-7-5457-2588-9

Ⅰ . ①王… Ⅱ . ①王… ②王… Ⅲ . ①中国文学 - 古
典文学 - 作品综合集 - 清代 Ⅳ . ① I214.92

中国版本图书馆 CIP 数据核字（2022）第 173672 号

王石和文集

著　　者：	〔清〕王　玙
点　　校：	王文尧
责任编辑：	阎卫斌
责任印制：	李佳音

出 版 者：	山西出版传媒集团·三晋出版社
地　　址：	太原市建设南路 21 号
电　　话：	0351-4956036（总编室）
	0351-4922203（印制部）
网　　址：	http://www.sjcbs.cn

经 销 者：	新华书店
承 印 者：	山西万佳印业有限公司

开　　本：	720mm×1020mm　1/16
印　　张：	28
字　　数：	400 千字
版　　次：	2022 年 9 月　第 1 版
印　　次：	2022 年 9 月　第 1 次印刷
书　　号：	ISBN 978-7-5457-2588-9
定　　价：	98.00 元

如有印装质量问题，请与本社发行部联系 电话：0351-4922268

序

郭　华

　　政通人和，百业兴旺。丰衣足食，倍思文兴。复兴路上，小康已美。赓续传统，盛世修书。值此党的二十大召开之年，乃重编《王石和文集》，实为三晋文化之美事。

　　王瑃老先生，三百年来乡邦一直这样尊称。《石和古文》，大河以北文坛久有一席之地。《四库全书》有记，《山右丛书》有录。清代科举之士子，手不释卷，以读石和古文为荣；家传户诵，以不知韫辉文稿为耻。《石和古文》，曾经影响过中国有清一代士风。

　　王瑃老先生，在京城当过翰林院检讨，充三朝国史馆纂修官。键户读书，专心学问，修史为文，为名公卿所敬重。足迹踏遍千山万山，笔下尽道大好河山。宁武关，淮阴寨，太谷祁县，阳曲介休，寿阳平遥，藏山秀水，武阁云楼，岱岳泰华，井陉古道，醉翁亭，柳子溪，在其笔下尽善尽美。

　　王瑃老先生，在晋阳书院当过十多年山长，给三晋俊秀为文载道树标杆，为表里河山修齐治平定教规。先生骨子里就是一位好老师，短小精悍之《入泮金针》，读之如沐春风；缠绵悱恻之《四书文稿》，觉后醍醐灌顶。《三晋文是》，眉批点评，精妙绝伦；下水作文，以身作则。月批两千余稿，费心劳神，乐此不疲。一代尊师，让人感叹。先贤风范，令人敬仰。

　　古之圣人为学者当立德不朽、立功不朽、立言不朽，是为"三不朽"。横渠又开四句，当为学子座右：为天地立心，为生民立命，为往圣继绝学，为万世开太平。"王石和文"，本是立言不朽，而百余年来，几为泯灭不传，幸赖文尧搜集，蔚为大观；兼得王瑃家乡父老期盼，部门领导倾心倾力，同心协契，编辑出版此书，可谓"为往圣继绝学"、为家乡文化开新局之盛举。

王石和文，是孟州大地上的一面文化旗帜。当为文化振兴鼓与呼，当为业绩不朽力与谋，当为民族复兴歌与舞。

是为序。

2022 年春

三百年前的盟约

王文尧

　　盂县历史悠久，文化灿烂，人杰地灵，可谓是有科举制度以来有名的"进士之乡"，考取进士的数量为全省之冠，其中不乏像王琦一样的杰出人士。王琦（1670—1742），字韫辉，号石和，山西盂县（今属阳泉市）芪池镇芝角村人。王琦是康熙四十四年（1705年）乙酉科举人，康熙四十五年（1706年）丙戌科进士，授翰林院庶吉士、检讨加一级。时至今日，王琦的故事，仍然是村中父老谈论最多的话题。王琦老先生，三百年来，无论长幼，乡邦一直这样尊称。

　　王琦是教育方家。是晋阳书院一代宗师，也是泽被后世的三晋先贤。

　　王琦对芝角村的影响是极其深远的。他在盂县老家乡居数十年，"敦重品行，德望大著。……其乡素称多讼，琦在日，乡人化于礼让，无讼事，远近称为礼义之乡。"王氏可谓村中望族，贤才众多。王琦大哥王玑是甲午科举人；五弟王璐为癸巳科举人、江西泸溪县令。大儿子王锡光为甲午科举人、四川叙州府隆昌县知县，二儿子王锡文是乙酉榜举人，临晋县教谕。侄子王锡誉为辛卯科举人、拣选知县；王锡信丁酉科举人、拣选知县；王锡谷为庠生，浑源学正。王朝士为戊子举人，辛丑会试乾隆皇帝钦赐翰林院典簿；王清绥为丁丑科进士等等。当时不足千人的芝角村留下了"百八生员九贡生，十二登科两翰林"的美誉奇谈，成为名闻遐迩的"秀才村"。

　　雍正二年（1724年），王琦被聘请为太原晋阳书院山长。掌教十余年，品端学邃，训迪有方，从游者由百余人日益增多至数千百人。丙午、乙卯至丙辰三次科考，晋阳书院登甲、乙科者百余人，成就斐然。王琦因病辞去山长后，晋阳书院将王琦先生的"教人条规"镌刻为教泽碑，以昭

一

后来。乾隆七年（1742 年），王珗病逝，全省士子"皆有梁木之痛"。由于王珗老先生之德行风范对晋阳书院学子的影响极其深远，癸酉（1753）年，王珗老先生被请祀太原三立阁，又配享晋阳朱子祀。仇犹大地，仅此一人而已。

王珗是古文大家。刘贽在《三立祠传》中写道：王珗"其为文，自出性灵，时文古文，自成一家。有《韫辉真稿》《石和古文》行世。"可以看出，王珗的作品包括时文与古文两部分。

康乾之世，山右士风颓靡，作者乏人，不逮东南远甚，而王珗最初是以擅写时文饮誉海内的。王珗的时文作品，不仅有为初学者入门所写的范文集《新增太史王韫辉入泮金针》，也有选编弟子优秀文章并品评的《三晋文是》，更有直接为科考所著的示范时文荟萃《太史王韫辉增订全稿》。

康熙五十一年，王珗的时文被好朋友彭泽进士袁学谟发现，"索全稿"，"付诸剞劂"，并预言"兹稿一出，必且家弦户诵"。果不其然，"其稿行世为集甚约，然已不胫而走"。这是王珗同榜进士、同事史馆的云南好友王思训说的。两年后，即康熙五十三年，再次增刻翻印《太史王韫辉增订全稿》。雍正十三年此书又再版，"其书甫出，不胫而走，洛阳几为纸贵。"南京好友许茹其描写了当时的盛况。

可以说，袁学谟、王思训、许茹其评定之《太史王韫辉增订全稿》，坊间辗转翻刻，后世流传颇广。其实这就是黄祐和刘贽所说的《韫辉真稿》，当就是天下学子的举业所用之书。黄祐抵晋阳公干，首先到晋阳书院亲晤王珗并写道，"予少为科举之学，常搜阅前代作者及本朝诸名人之文，以为举业科律已。乃得太史山西王韫辉先生《四书文稿》，读之清新俊逸，独出心裁，是能不受前人牢笼，而卓然自成一家言者。因手抄口诵，三复不忘，愿一晤其人为慰"。当黄祐见过先生一面之后，又感叹曰："天下有先读其文，而继见其人者，见其人益重其文也；有既见其人，而复读其文者，读其文益思其人也。"

王珗在文学领域的最大成就乃是古文，世人称其为"石和古文"。《王石和文》就是石和古文之集大成，被收录在乾隆版《四库全书》。《四库提要》称："是集中多议论之文，笔意亦颇纵横"。如卷一《文情》，倡导

"理范于同，而情生于独"，效仿古人，难有佳作；《文气》篇则主张"文者，心之声也。""运乎声者，气也。"养气运声，发之为文，与桐城诸儒文论相类。

石和古文的创作，不仅深受唐宋八大家影响，而且与"桐城派"古文家也相互借鉴。王珻与"桐城派"古文创始人方苞、姚鼐是同时代人。方苞在古文上倡导"义法"，主张文宜"澄清无渣"，宜"言有物""言有序"，忌六朝藻丽文风；姚鼐则强调文章要有神理气味，要讲究格律声色，要内容与形式统一。而石和古文既重"文情"，又重"文气"，既有道德情感，又有气韵声势。这是石和古文的最大特色。

1934 年由山西省文献委员会编纂的一部大型古籍丛书《山右丛书初编》，汇辑了唐宋迄明清历代三晋二十八位著名学者、作家的重要著作，王珻名列其中。在 1986 年影印《出版说明》中，郭象升这样评价："清古文家、盂县王珻以翰林告归，久掌晋阳书院教，时文负重名，而所自喜者乃在古文。有疑其不脱时文气者，然空灵浑浩，转变如神，自是眉山肖子。"

石和古文，在三百年前就风靡一时，家传户诵。学子启蒙，开笔为文，则读《入泮金针》。士子科考，蟾宫折桂，则诵《四书文稿》。学者学问，自成一家，则品《王石和文》。王珻文章三部曲，简直就是中国科举时代帖括考试的"活化石"，难能可贵。

王珻是历史学家。王珻既是翰林院学士，也是"三朝国史馆纂修官"。其实，三百年前出版的《太史王韫辉增订全稿》《新增太史王韫辉入泮金针》等著作，均冠以"太史"称号。时至今日，"王太史故里"的刻匾仍镶嵌在村口，这也成为芝角村所拥有的另一个雅称。

据乾隆版《盂县志》载：康熙五十二年三月十八日，敕授文林郎翰林院检讨王珻。敕曰："丹地储才，妙简金闺之彦；水天奉职，凤推玉署之英。尔翰林院检讨加一级王珻，学通载籍，品著圭璋。珥笔西清，曾预窥乎四库；分藜东观，雅擅誉夫三长。兹以覃恩授尔为文林郎，锡之敕命。於戏，掞藻称论思之选，疏荣及清切之班。渥泽宜承，素修加励。"

这份圣旨，显然是对王珻人品学识的肯定，更是对王珻修史录事的褒奖。

《王石和文》更多的是史评与史论，间有记史事者，如卷六之《周遇吉节录补闻》，可纠正史之误。

《四库提要》称：其记周遇吉死节事，谓"贼兵攻城急，城将陷，贼募献遇吉者。遇吉谓左右曰：'岂惜一死以累众，可献我！'兵民环泣。众遂以绳系公下，有两贼掖之去。公见贼骂。倒悬演武厅，磔之"云云，与《明史》本传不合。然按李天根《爝火录》卷七记载："遇吉缒城下，大呼：'我周都督也。'自成起，揖曰：'大同、宣府，愿以累公。'遇吉大骂，自成胁以刃，大骂益厉。贼悬之高竿，丛射杀之，复脔其肉。"

同样，《山西宁武守御所志·总镇周公墓表》刘玉瓒记道："公缒城出，自成犹立起礼公，公骂贼，不屈，乃遇害。"这些记载与瑃文所记均合。胡天游在《石笥山房集》卷五《书周遇吉传》中即取王瑃此篇立说，而《郭象升藏书题跋》中，郭象升批语亦称"王氏记载得实，而史传所称伪也。"

以上说明，《明史·周遇吉传》所记"遇吉巷战，马蹶，徒步跳荡，手格杀数十人。身被矢如猬，竟为贼执，大骂不屈。贼悬之高竿，丛射杀之，复脔其肉"是从《甲申传信录》等书抄来的，并不属实。

一个人，能在正史中留下自己的一笔，就极其不易。而能为正史纠偏，哪怕是一人一事，所赖就不只是才华，还有实事求是的风格，坚持真理的勇气，廓清迷雾的胆识。就凭《周遇吉节录补闻》一篇，王瑃这个"三朝国史馆纂修官"就是称职合格的，是名副其实的。

先生为师，桃李满天下。先生为文，朋友遍天下。先生去后，美名传天下。先生一生，顺风顺水。每临节点，进退自如。王瑃的人生，竟是如此美好。遇见王瑃老先生，注定也是人生的美好。三百余年后的今天，人们再读石和古文，仍觉余味无穷。而富有禅意的王瑃诗碑，还在芝山紫柏龙神庙立着，王瑃的《辛酉夏入山阅余前诸碑记感怀》诗这样写道：

复阅残文愧转生，灵区幸许侧微名。

长松入赋书疑绿，流水供吟字有声。

未必墨痕猿夜觑，定知碣影鹤来惊。

荣枯何用悲虫草，三百余年石可盟。

这也许真是三百年前的盟约。今天，我们终于以《王石和文集》的面貌，向世人汇报，同时，也向三百年前的王珣老先生致敬。

说　明

　　王瑃，字韫辉，号石和，所著作品，古文以号名，时文以字显，编辑则直以名传。这次《王石和文集》点校整理，收录了先生《王石和文》《太史王韫辉增订全稿》《新增太史王韫辉入泮金针》等著述，另附王瑃先生点评之《三晋文是》一部，分别拟名为《石和古文》《韫辉文稿》《入泮金针》《三晋文是（王瑃评）》，共收近 300 篇古文作品。另外搜得王瑃诗作 2 首，楹联、横匾若干，拟名为《韫辉诗抄及题刻》。传说中的《韫辉诗抄》《书院文是》《唐宋九家古文》等，仍佚失未见。

　　《王石和文》是王瑃的古文著作，有关版本情况最为复杂。据山西大学图书馆张梅秀与祁县图书馆王书豪撰文介绍，《王石和文》见诸著录的刊本有：

　　《四库全书总目提要》：《王石和文集》，无卷数，山西巡抚采进本。

　　《山西通志·经籍志》（光绪版）：《王石和文》，二卷。

　　《贩书偶记续编》：《王石和文》八卷，雍正七年培风斋刊本。

　　刘纬毅编《山西文献书目》：《王石和文集》九卷。雍正八年培风斋刊本；乾隆六年培风斋刊本；民国十三年盂县教育会铅印本；民国二十三年山西省文献委员会编《山右丛书初编》本。

　　山西省图书馆编《山西省古籍善本书目》：《王石和文集》八卷，雍正七年培风斋刊本。

　　山西大学图书馆收藏有四种《王石和文》，分别为雍正七年王瑃自序六卷本；雍正七年王瑃自序七卷本；乾隆六年黄祐序九卷本；《山右丛书初编》九卷本。

山西祁县图书馆藏本：雍正七年培风斋刻，乾隆二年、五年增刻本《王石和文》八卷。

国家图书馆古籍馆藏本：乾隆十八年癸酉版《王石和文》九卷。

民国十三年盂县教育会铅印本：《王石和先生文集》九卷。

傅增湘《藏园群书经眼录》著录清平河赵熟典药斋辑《国朝文会初编》旧写本，凡八十五家，各家为一册，中有《王石和文》一册，今未见。

从各家著录与图书馆藏本来看，《王石和文》有无卷数、二卷本，未见传世。六卷、七卷、八卷、九卷本，这四种不同卷数的版本均有刻本或增刻本。《四库全书存目丛书》及诸家书目皆据九卷本书前乾隆六年黄祐序定此书为乾隆六年刊本，实为乾隆七年增刻本，但习惯上，人们仍称之为乾隆六年本。

王书豪介绍说：民国十三年，盂县教育会据九卷本铅字排印二百部，前有常赞春署端、盂县知县王堉昌序，后有同邑刘声骏跋，校勘颇精审，惜传世不广。民国二十三年，山西省文献委员会复据九卷本收入《山右丛书初编》。行世最广者为雍正七年刻乾隆年间增补之九卷本，据盂县教育会铅印本刘声骏跋，此书书版藏于王氏宗祠。乾隆十八年，王玙奉祀三立阁，刘贽作《三立祠传》一篇冠于书前，故行世九卷本有前后印本之别。《四库全书存目丛书》影印所据山西大学图书馆藏九卷本，书前有刘贽文，知其为乾隆十八年癸酉版，书中板片拼版缝隙多有松动，望之似断版。全书九卷105篇。卷九目录殿尾之《八蜡庙》实为第九卷之第二篇，且篇题作《合修八蜡藏山文子庙碑记》。

现在能见到的《王石和文》，多数是民国二十三年山西省文献委员会编纂，山西人民出版社1986年影印本《山右丛书初编》第十五卷中的《王石和文》，这也是本次整理的底本。这个版本在收录的时候，并没有标明所选《王石和文》九卷本是哪个版本，在本次点校整理时，编者称之为"山右版"。这个版本有一些错漏之处。比如书前目录统计卷一为十篇，实际是十一篇；卷五统计为七篇，实际是八篇；卷七统计为二十篇，实际是十九篇。所以，山右版目录统计九卷为 103 篇，实际是 104 篇。

乾隆十八年刻印的由王玚先生的四个孙子"元绂、元纪、元缙、元绍校对，晋阳三立书院受业诸子参编"的《王石和文》九卷，共 105 篇，每篇文章之后都有评品之语，偶尔也有王玚"自记"，这是山右版所没有的。这次点校的时候，将这些评析语抄录过来，以飨读者。这个版本，编者称之为"乾隆癸酉版"。

乾隆癸酉版与山右版最大的不同，还不只是这些评语，而是多了一篇文章，叫《宋势二》。这很奇怪，那就应该还有《宋势一》之类的。这个问题在盂县教育会版《王石和先生文集》中，找到了答案。

在民国十三至十四年的时候，盂县教育会根据乾隆癸酉版，重新铅印出版《王石和先生文集》九卷本，106 篇，除个别篇章题目略有改动外，又增加了当时盂县知事王堉昌先生所写的序，刘声骏先生所写的跋。这个版本与乾隆癸酉版一样，在每篇文章之后也都有"评品"。令人惊喜的是第三卷中发现了《宋南迁》与《宋绝和》这两篇文章。这个版本，编者称之为"盂县教育会版"。

乾隆癸酉版《王石和文》第三卷有《宋势二》。这个版本在民间也几乎见不到，是山西大学霍东峰教授多次奔波，从国家图书馆古籍馆帮编者影印回来的。仔细一看，盂县教育会版的《宋绝和》与乾隆癸酉版中的《宋势二》除个别段落与个别词句不一样外，大部分是一样的，可以肯定这是同一篇文章，只是个别修改后，更换了一个题目。与之相邻的另一篇文章《宋南迁》，也可以说是同样题材的不同论述，也许这篇文章，最初就是那个《宋势一》。

这 3 篇文章，在《山右丛书初编》九卷本《王石和文》中均未收录。为了尽可能多地保存资料，所以在点校时，编者就将这 3 篇文章全部收录在了卷三。这是一件非常幸运的事情。

一个偶然的机会，从盂县李忠红先生那里了解到，传说中的王玚老先生给盂县名人武承谟撰写过墓表，确有其事。他很快给我发来了照片，作为印证。感谢《山西盂县姓氏源流考略》的编撰者杨有贵先生，提供了信息，给我们扫去历史的尘埃，让这两位盂县先贤的真挚友谊得以重现。

在搜集整理先生文集的时候，又从《三晋石刻大全·阳泉市盂县卷》中发现了大量的王珬碑刻古文，比对之后，其中有 6 篇在山右版《王石和文》中是没有的。而其中的 3 篇在乾隆版《重修盂县志·艺文卷》和光绪版《盂县志·艺文卷》之中都有收录。

在浏览周边地方县志的过程中，竟意外地发现了 2 篇王珬古文，一篇是乾隆六十年重修《太谷县志卷七·艺文》所收录的《武雨臣墓志铭》，另一篇是光绪己卯续修《寿阳县志卷十一·艺文》所收录的《重修学宫碑记》。

特别需要说明的是在盂县芝角山紫柏龙神庙发现了一块康熙五十九年所立《芝山雅集》诗碑，上面有王珬所写的一篇序。另一残碑上有王珬撰《增修龙王山听松楼记》文，碑已破损，文字漫漶不清，但据民国二十三年王垿昌编《盂县金石志略·题刻》载，此文"雍正五年八月，翰林院检讨王珬撰……今在龙王山。"为此，本书只录题目为记。

于是，在校勘整理《王石和文》的过程中，遂将这 11 篇碑刻古文举列辑为卷十，首次成就了《石和古文》十卷本。

王珬是清代初期的一位古文大家，最大的成就也是古文，三百年来，人们也一直把王珬之古文称之为"石和古文"。《王石和文集》以《王石和文》为基础，总共收集到先生 118 篇古文，并以十卷本的面目首次示人，可谓幸事！

都知道王珬老先生的古文好，其实王珬声名鹊起还不是因为古文，而是他的另一本著作《王韫辉稿》，当时称之为时文。

这本书俗称《四书文稿》。据说自出版以来，红遍大江南北。到康熙五十三年，此书又增订再版，由于需求量太大，不得不一印再印；到雍正十三年时，再次大量印刷。可见，石和时文当时被誉为大江以北无出其右者，绝非溢美之词。

可惜的是，编者遍寻资料，却难得一见。一次偶然的机会，编者发现在王氏族谱编辑工作委员会 2010 年编的《芝角王氏族谱》第二卷中，竟然有《王韫辉稿》20 篇文章。编者把这些文章收录过来，心里很是没底。这些文章感觉很独特，但是，文意经常不连贯，很让人费解。

2017 年冬天，编者终于又发现了由昆明王思训、江宁许泰交、彭泽袁学谟作序的《王韫辉增订全稿》，经过多方追寻，总算在漾泉清风的书斋里见到了这本书的真面目，原来这就是《王韫辉稿》的上卷。从目录来看，这部著作应该有 108 篇文章，题目都是科举时代帖括考试的原貌，分《论语》64 篇，《大学》4 篇，《中庸》4 篇，《孟子》30 篇，乡、会墨 6 篇。这本书，应该是雍正十三年增刻，在本次整理中被称为"雍正版《王韫辉稿》"。此版仅见一本，被漾泉清风所珍藏。

非常幸运的是在 2018 年秋天，从来轩又淘到一本康熙五十一年刻版的《太史王韫辉增订全稿》，书前只有袁学谟一篇序，这应该就是最早最完整的《王韫辉稿》，比对雍正版本，这本书要更加古旧精细。在本次整理中，编者把这本书称为"康熙版《王韫辉稿》"。

这两本书比对之后，目录是一样的，袁学谟序是一样的，所选篇目的内容也是一样的。这就完全证实了王玙先生的《四书文稿》是千真万确、实有其书！遗憾的是这两本书都只是上卷。校勘之后，明显感觉到康熙版要比雍正版严谨得多，因为这两本书几乎都是孤本，所以在校勘之中就以康熙版为蓝本，同时，把两个版本的不同之处都进行了标注与勘误，这一比对，发现错漏近 80 处。

皇天不负有心人。2020 年春天，从来轩又收获了一本《王韫辉稿》，居然就是下卷！虽然破损严重，前后残缺，但还是找回来 39 篇文章，每篇文章题目下方都有"王玙"字样，每两页之间的中缝处都印有"王韫辉稿"、四书名称以及页码。其中《大学》《中庸》各 4 篇，与目录相符；《孟子》29 篇仅缺了最后一篇；《论语》仅留存 2 个残篇。乡、会墨 6 篇文章全部丢失。

几经奇遇，《王韫辉稿》全书 108 篇，此次整理共收集到 96 篇！综合各方面因素，编者将王玙这部分时文著作称为《韫辉文稿》。从袁学谟序来看，当是康熙五十一年刊本，并由袁学谟、王思训、许泰交三人评定。而后，此书一再增刻加印，有康熙五十三年版增刻本，未见传世。

严格地说，这些文章都应该是王玙先生的早期作品。整理过后，编者发现《芝角王氏族谱》第二卷中的 20 篇文章在这里都得到了印证，只是家谱当中的文章颠三倒四，错误百出，难怪给人不可卒读的感觉。此次收集 96 篇文章，虽然尚有残缺，但还是基本能呈现其原貌的。另外，将书中那些名家的评析之语收录到这次的点校本中来，也把《王韫辉增订全稿》原书的目录附录书中，希望能为读者提供更多的信息。

"搜求王珣"之旅还在继续。令人惊喜的是，编者又发现并收录了一本嘉庆二十年版敦和堂梓行的《新增太史王韫辉入泮金针》。

《新增太史王韫辉入泮金针》刻本存世甚少，除了从来轩收录的一本，编者知道还有一本是凌云斋梓乾隆五十三年重镌《新增太史王韫辉入泮金针》刻本，此书在 2012 年交易过一次之后，再无音讯。两书均是增刻本，目录一致，内容一样。在每篇文章题目下面，都有"王珣"的名字，其内容也都是围绕四书章句展开的。

《入泮金针》，是王珣先生专为初学时文的学子们所创作之入门范文，文章虽小，精妙绝伦。这本小册子里，有王珣的 40 篇小文章，短小精悍，令人拍案叫绝。

这些范文，起承转合，你能体会出作者的苦心孤诣；一板一眼，你能感受到古人谋篇布局的章法。正是这本书，让我对读学经典有了新的感悟，对科举为文，也开始另眼相看。

《三晋文是》，是王珣入主晋阳书院后，先生和弟子们所创作之科考范文。目前，也只有从来轩所收藏之培风山房《三晋文是》"上论"一册 28 篇文章，因封面丢失，刻本年代不好妄测。至于"下论"，则未见踪影。

《三晋文是》这本书也很独特，能被编者挖掘出来，那是由衷高兴。全书 28 篇帖括文章，虽然只有 1 篇是王珣自己的，但是，这本书却是王珣任晋阳书院山长时，亲自编选出版的一本书。他从受业弟子与考取进士、举人的文章中选择出来，又亲自逐段评析，眉批，最后又对全文进行评价。如果这只是作文评语，也就罢了，但是，看过文章之后，你再看那些批语和点评，简直就是醍醐灌顶！

做王珣的弟子，与王珣一道学写文章，那该是一件多么快乐又幸福的事情啊！所以，编者决定将这 28 篇文章及王珣评语全部抄录过来。由于此书古旧破损，一些地方无法弥补，但是，一位学者师长的拳拳之心，殷殷之情，早已跃然纸上，甚至对我们今天学习为文处事，都有现实意义。何况这就是王珣编辑的一部著作。他在《王石和文》第八卷《〈书院文是〉序》中提到过这件事情。

至此，王珣先生从入门级的《入泮金针》，到提高级的《韫辉文稿》，再到《石和古文》，用黄祐的话说，那是"体用大备"。点校注的过程，完全是一次脱胎换骨的自我洗礼，更是一次引人入胜、趣味盎然的寻访之旅。寻访王珣，让我又一次从先生身上领略到了汉语文化的根脉力量，那么有魅力，那么有风度，那么温暖人心……

从小就听闻王珣先生有一部《韫辉诗抄》，老人们说见过，应该是先生的诗集，可惜未能找到。在芝山发现的两块诗碑上，也只发现了王珣老先生两首诗，这显得弥足珍贵。康熙五十四年秋，芝角村的文人雅士二十余人，在王珣带领下，来芝山听松楼下饮酒咏诗，写下了隽美舒雅的 28 首古诗，其中有王珣 1 首。之后，王珣子锡光将此盛会所咏诗歌刻在石碑之上，名之曰《芝山雅集》，并写了后记。虽不是曲水流觞，但把酒临风、畅叙情怀，亦是文人雅兴。听松楼下斯风在，洗净残碑诗自鸣。这块诗碑的发现，绝对是那场盛事之明证。

在盂县藏山景区，至今保存有先生撰写的楹联牌匾，极为珍贵。只是先生所描写过的"藏山石床"，已不见踪迹。《韫辉诗抄》虽然只搜得 2 首诗，另有 7 条楹联、横匾等，编者还是将其编为一个篇章《韫辉诗抄及题刻》，以待来者。

此次整理，将王珣先生的《石和古文》《韫辉文稿》《入泮金针》《三晋文是》等书稿结集成一本，应是首次。《四库全书总目提要》把王珣之作品称为《王石和文集》，没有标明卷数。此次整理亦以此命名，也算是向古贤致敬。

点校、简注王珣古文，既是学习的过程，也是不断甄别的过程。王珣古文有深厚的历史文化底蕴，上自远古，下至明清，无不涉猎；人物事件，兴亡更替，均有典故。这样在断句的过程中，如果对所涉及的人物史实一知半解，就很难把握。所以，不得不回到典籍原著当中，寻找来龙去脉，以求句读尽量准确。还有，许多字词已经在今天人们的视野中消失，而在王珂笔下却鲜活异常，须得体会当时的语境，感悟写作的气势，寻找文化的根脉，理顺历史的渊源，力求对作者当初的表意达愿有个恰如其分的还原，也使后来者能更好地阅读理解王珂古文。所以，点校的过程，也是对每一个标点符号与段落篇章进行反复思考、慎重斟酌的过程。

在这次整理的过程中，编者对文字进行了由繁体转简体的处理，对明显的错别字进行了勘误，对于圮圯圮不辩、戊戌成互用、己已巳不分的情况，也都进行了修正。对在一篇文章中，同一个字出现几种字体，比如於、盖蓋、略畧、里裡裏、历歷曆之类，就选择了我们今天规范的字形。文中出现的异体字，部分选择了现在规范的字形，有的保留了原貌。对于古代帝王名字的避讳出现的替换字，都据实进行了校正，并予以注明。个别的地方，因不同版本而用字不同，在甄别勘误的基础上，选取了最符合文义的那个版本用字，也都出校注明。

这次的编辑《王石和文集》点校本，是一次填补空白的探索，也是对先贤文化遗产的一次抢救性传承。由于资料极其匮乏，点校、注释当中肯定有不妥之处，还望方家指正。

文尧于从来轩
丁酉年孟春改
戊戌年冬雪再改
辛丑年冬至日又增补

目　录

石和古文

《王石和文》序 ……………………………………… 黄　祐　三

小引 ………………………………………………… 王　晦　五

三立祠传 …………………………………………… 刘　贽　六

《王石和先生文集》序 …………………………… 王堉昌　八

《王石和先生文集》跋 …………………………… 刘声骏　九

卷一 ……………………………………………………… 一〇

微子抱器归周辨 ……………………………………… 一〇

有子避席辨 …………………………………………… 一一

寿说 …………………………………………………… 一二

降服说 ………………………………………………… 一四

石和说 ………………………………………………… 一五

贫解 …………………………………………………… 一六

文情 …………………………………………………… 一八

文气 …………………………………………………… 一九

兵间 …………………………………………………… 二〇

生民之欲 ……………………………………………… 二二

福善论 ………………………………………………… 二三

卷二 ……………………………………………………… 二五

王荆公论 ……………………………………………… 二五

扬子云论 ……………………………………………… 二七

严子陵论 ……………………………………………… 二八

郭巨论 ………………………………………………… 二九

燕丹论 ………………………………………………… 三一

漂母论 ………………………………………………… 三二

何信论 ………………………………………………… 三四

鸿门论 ………………………………………………… 三五

鸿沟论 ………………………………………………… 三七

王景略论 ……………………………………………… 三八

邓伯道论 ……………………………………………… 四〇

郭汾阳王论 …………………………………………… 四一

盖寓论 ………………………………………………… 四三

文信公论 ……………………………………………… 四四

汤武论 ………………………………………………… 四五

卷三 …………………………………………………… 四八

魏不受卫鞅 …………………………………………… 四八

汉昭烈不取荆州 ……………………………………… 四九

淮阴侯取赵 …………………………………………… 五一

晁错居守 ……………………………………………… 五二

直不疑偿金 …………………………………………… 五四

北汉主报宋太祖 ……………………………………… 五五

岳武穆班师 …………………………………………… 五六

丙吉问牛喘 …………………………………………… 五八

宋南迁 ………………………………………………… 五九

宋绝和 ………………………………………………… 六〇

宋势二 ………………………………………………… 六一

卷四 ……………………………………………………… 六三

　　读《出师表》书后 ……………………………………… 六三

　　读王荆公《周公论》书后 ……………………………… 六四

　　读老泉《书论》书后 …………………………………… 六六

　　书韩非《说难》后 ……………………………………… 六七

　　读苏东坡《范增论》书后 ……………………………… 六八

　　读曾子固《书魏郑公传》 ……………………………… 六九

　　论韩子《与冯宿论文书》 ……………………………… 七一

　　读古史疑 ………………………………………………… 七二

　　读古史疑二 ……………………………………………… 七三

卷五 ……………………………………………………… 七五

　　静观 ……………………………………………………… 七五

　　山河日月喻 ……………………………………………… 七六

　　泰伯三让 ………………………………………………… 七七

　　游术 ……………………………………………………… 七八

　　智昏原 …………………………………………………… 八〇

　　君子之报 ………………………………………………… 八一

　　申君子报 ………………………………………………… 八二

　　施杏树戈地文 …………………………………………… 八三

卷六 ……………………………………………………… 八五

　　关帝庙碑记 ……………………………………………… 八五

　　藏山赵文子庙碑记 ……………………………………… 八六

　　周遇吉节录补闻 ………………………………………… 八七

　　书田子方庙壁 …………………………………………… 八九

　　重修云阁之舞楼记 ……………………………………… 九一

　　培风室记 ………………………………………………… 九二

游六师嶂记 ……………………………………… 九三

游芝角山记 ……………………………………… 九五

藏山石床记 ……………………………………… 九六

苌池怪松记 ……………………………………… 九七

考妣王府君李孺人合葬墓志铭 ………………… 九八

卷七 ……………………………………………… 一〇二

释讳 ……………………………………………… 一〇二

赵受韩上党 ……………………………………… 一〇三

蔺相如完璧 ……………………………………… 一〇五

蜀汉战守之形 …………………………………… 一〇六

从术 ……………………………………………… 一〇八

关壮穆绝吴 ……………………………………… 一一〇

唐肃宗论 ………………………………………… 一一一

辨桐叶封弟 ……………………………………… 一一三

三多族谱记 ……………………………………… 一一四

紫柏归根记 ……………………………………… 一一五

藏山新建韩献子祠碑记 ………………………… 一一七

新建文明阁碑记 ………………………………… 一一九

修盂城碑记 ……………………………………… 一二〇

重修盂东关城碑记 ……………………………… 一二二

《宋东京考》序 ………………………………… 一二三

《石楼县志》序 ………………………………… 一二五

培风山堂之始园记 ……………………………… 一二六

寿冯兆公母贾孺人 ……………………………… 一二八

祭许茹其文 ……………………………………… 一三〇

卷八 ……………………………………………… 一三二

论继母之服 ……………………………………… 一三二

读王荆公《伯夷论》 …………………………… 一三三

象入舜宫疑 …………………………… 一三五

惜分斋说 …………………………… 一三六

《书院文是》序 …………………………… 一三八

《唐宋九家古文》序 …………………………… 一三九

关帝庙碑记 …………………………… 一四一

昭文楼碑记 …………………………… 一四二

跋《唐宋八家山晓阁选》 …………………………… 一四三

彦明王先生墓表 …………………………… 一四五

董贞女序 …………………………… 一四六

张硕儒墓表 …………………………… 一四八

读《家语》疑 …………………………… 一四九

卷九 …………………………………………………………… 一五一

增修芝角山庙记 …………………………… 一五一

用兵疑《博议》 …………………………… 一五二

臧哀伯谏郜鼎疑《博议》 …………………………… 一五三

冀毅斋墓表 …………………………… 一五五

谒岳庙神像疑 …………………………… 一五七

名论 …………………………… 一五八

《王氏族谱》序 …………………………… 一五九

《王氏族谱》后序 …………………………… 一六一

家祠碑记 …………………………… 一六三

合修八蜡藏山文子庙碑记 …………………………… 一六四

卷十 …………………………………………………………… 一六六

重修藏山嶂楼记 …………………………… 一六六

重修藏山赵文子先生庙碑记 …………………………… 一六八

郭公施地碑记 …………………………… 一六九

新建慎交书院碑记 ·········· 一七〇

重建苍岩圣母殿记 ·········· 一七二

重修芝角山紫柏龙神庙并新置常住碑记 ·········· 一七三

赐授承德郎行取江南常州府无锡县祀名宦武逸溪先生
墓表 ·········· 一七四

处士武公雨臣墓志铭 ·········· 一七五

重修学宫碑记 ·········· 一七七

《芝山雅集》序 ·········· 一七八

增修龙王山听松楼记 ·········· 一七八

韫辉文稿

序《太史王韫辉增订全稿》 ·········· 王思训 一八一

序《太史王韫辉增订全稿》 ·········· 许茹其 一八二

《王韫辉稿》原序 ·········· 袁学谟 一八四

上卷 ·········· 一八六

论语

学而时习之 一节 ·········· 一八六

君子务本 一节 ·········· 一八七

为人谋而不忠乎 ·········· 一八九

贫而无谄 二句 ·········· 一九〇

子曰不患 人也 ·········· 一九二

子曰诗三 一节 ·········· 一九三

温故而知 师矣 ·········· 一九四

学而不思 二句 ·········· 一九五

由诲女知 一节 ·········· 一九七

好仁者无 二段 ·········· 一九八

盖有之矣 二句 ·········· 一九九

见贤思齐 一节 ·········· 二〇一

劳而不怨 ·························· 二〇二

父母在不远游 ······················ 二〇四

父母之年 二句 ···················· 二〇五

子曰古者 一章 ···················· 二〇六

子谓子贱 一节 ···················· 二〇八

其知可及 二句 ···················· 二〇九

孰为微生 一节 ···················· 二一一

冉子与之 九百（其一） ·············· 二一二

冉子与之 九百（其二） ·············· 二一四

子谓仲弓 一章 ···················· 二一五

冉求曰非 一节 ···················· 二一六

务民之义 知矣 ···················· 二一七

仁者先难 仁矣 ···················· 二一九

鲁一变至于道 ······················ 二二〇

仁者虽告 一章（其一） ·············· 二二一

仁者虽告 一章（其二） ·············· 二二三

必也圣乎 ·························· 二二四

不以三隅反 ························ 二二六

子曰富而 一章 ···················· 二二七

子曰饭疏 一节 ···················· 二二九

三人行必 一节 ···················· 二三〇

二三子以 一节 ···················· 二三一

荡荡乎民无能名焉 ·················· 二三三

巍巍乎其 一节 ···················· 二三四

固天纵之 一节 ···················· 二三六

子曰苗而 二句 ···················· 二三七

法语之言 两段 ···················· 二三九

子曰衣敝 一节 ···················· 二四〇

鲁人为长 七章 ···················· 二四二

子张问善人 一节 …………………………………… 二四三

居之无倦 二句 …………………………………… 二四四

论笃是与 一章 …………………………………… 二四六

舜有天下 远矣 …………………………………… 二四七

樊迟请学稼 一节 ………………………………… 二四九

上好礼则 用情 …………………………………… 二五〇

叶公语孔子 一章 ………………………………… 二五一

君子和而 二句 …………………………………… 二五三

士而怀居 士矣 …………………………………… 二五四

南宫适问 一章 …………………………………… 二五五

爱之能勿 二句 …………………………………… 二五七

君子上达 二句 …………………………………… 二五八

君子道者 一章 …………………………………… 二六〇

修己以敬 百姓 …………………………………… 二六一

下卷 ………………………………………………… 二六三

论语

不曰坚乎 四句 …………………………………… 二六三

不知命无 三句 …………………………………… 二六四

大学

欲诚其意 二句 …………………………………… 二六七

所谓诚其 二句 …………………………………… 二六八

人莫知其子之恶 ………………………………… 二七〇

货悖而入 二句 …………………………………… 二七二

中庸

中也者天 四句 …………………………………… 二七三

中庸其至矣乎 …………………………………… 二七四

使天下之人 一节 ………………………………… 二七五

纯亦不已 ………………………………………… 二七七

孟子

寡人愿安　一章 …………………………………… 二七九

乐以天下 …………………………………………… 二八〇

人皆谓我　全章 …………………………………… 二八二

国人皆曰贤　一段 ………………………………… 二八三

邹与鲁哄　一章 …………………………………… 二八四

尔为尔我为我 ……………………………………… 二八五

岂以仁义为不美也 ………………………………… 二八七

知而使之　四句 …………………………………… 二八八

然则圣人且有过与 ………………………………… 二八九

有贱丈夫焉 ………………………………………… 二九〇

圣人之忧民如此 …………………………………… 二九二

粢盛不洁 …………………………………………… 二九三

我亦欲正　圣者 …………………………………… 二九五

师旷之聪　五音 …………………………………… 二九六

既竭心思　一段 …………………………………… 二九七

先圣后圣其揆一也 ………………………………… 二九九

齐人有一　一章 …………………………………… 三〇〇

伊尹圣之任者也 …………………………………… 三〇二

下士与庶　一句 …………………………………… 三〇三

一乡之善　六句（其一） ………………………… 三〇四

一乡之善　六句（其二） ………………………… 三〇六

以友天下　二句 …………………………………… 三〇七

曰吾弟则　一节 …………………………………… 三〇九

所识穷乏者得我与 ………………………………… 三一〇

人之所贵　一节 …………………………………… 三一二

故天将降大任于是人也 …………………………… 三一三

及其闻一　二句 …………………………………… 三一五

孟子曰待文　一节 ………………………………… 三一六

人之有德　一节 ……………………………………… 三一七

附:《太史王韬辉增订全稿》原目录 ………………… 三一九

入泮金针

新目 ……………………………………………………… 三二七

贫而无谄 ……………………………………………… 三二七

父母惟其疾之忧 ……………………………………… 三二八

视其所以 ……………………………………………… 三二八

禄在其中矣 …………………………………………… 三二九

闻斯行之 ……………………………………………… 三三〇

何必读书然后为学 …………………………………… 三三一

有德者必有言 ………………………………………… 三三二

子张书诸绅 …………………………………………… 三三三

众恶之必察焉 ………………………………………… 三三四

而谁以易之 …………………………………………… 三三五

孰为夫子 ……………………………………………… 三三六

止子路宿 ……………………………………………… 三三七

小人之过也必文 ……………………………………… 三三七

民之所好好之 ………………………………………… 三三八

恶人之所好 …………………………………………… 三三九

虽圣人亦有所不知焉 ………………………………… 三四〇

亦将有以利吾国乎 …………………………………… 三四一

沛然下 ………………………………………………… 三四二

今日病矣 ……………………………………………… 三四三

予助苗长矣 …………………………………………… 三四四

旧目 ……………………………………………………… 三四六

则民兴于仁 …………………………………………… 三四六

兴于诗 ……………………………………… 三四七

三年学不至于谷 ………………………… 三四八

学如不及 ………………………………… 三四八

禹吾无间然矣 …………………………… 三四九

子罕言利 ………………………………… 三五〇

固天纵之将圣 …………………………… 三五一

我待贾者也 ……………………………… 三五二

苗而不秀者有矣夫 ……………………… 三五二

能无从乎 ………………………………… 三五三

匹夫不可夺志也 ………………………… 三五四

知者不惑 ………………………………… 三五五

席不正不坐 ……………………………… 三五六

于吾言无所不说 ………………………… 三五七

言必有中 ………………………………… 三五八

子为父隐 ………………………………… 三五九

是知津矣 ………………………………… 三六〇

为人臣止于敬 …………………………… 三六一

身不失天下之显名 ……………………… 三六二

今若此 …………………………………… 三六三

附:《新增太史王韫辉入泮金针》原目录 ………… 三六四

韫辉诗抄及题刻

辛酉夏入山阅余前诸碑记感怀 ………… 三六九

芝山雅集 ………………………………… 三六九

王石和韩大夫祠匾额 …………………… 三六九

藏山文子祠正殿楹联 …………………… 三七〇

藏山文子祠正殿匾额 …………………… 三七〇

藏山保孤祠匾额 ………………………… 三七〇

藏山韩子祠匾额 ………………………… 三七〇

藏山神祠正门两侧门上方砖刻 ……………………… 三七一

悼韩氏挽联 ………………………………………………… 三七一

三晋文是（王玮评）

贤贤易色 一章 …………………………………… 刘 灿 三七五

礼之用和为贵 …………………………………… 杨遐祚 三七六

信近于义 二句 …………………………………… 孙开经 三七八

吾与回言 一节 …………………………………… 王锡光 三七九

学而不思 一节 …………………………………… 周 昆 三八〇

举直错诸枉则民服 ……………………………… 罗光瑗 三八二

举直错诸枉则民服 ……………………………… 刘嗣汉 三八三

子贡欲去 一章 …………………………………… 蔡若采 三八五

君子无终食之间违仁 …………………………… 史献咏 三八六

其为仁矣 其身 …………………………………… 王 玮 三八八

君子怀刑 ………………………………………… 杜先瀛 三八九

事父母几 一节 …………………………………… 王 晶 三九一

不知也又问子曰由也 …………………………… 王 玑 三九二

其知可及 二句 …………………………………… 刘 焝 三九三

季氏使闵 一章 …………………………………… 陈之综 三九五

冉求曰非 一章 …………………………………… 李 梴 三九六

将入门 …………………………………………… 王 弼 三九七

子曰谁能 一章 …………………………………… 武桓锡 三九九

夫仁者己 一节 …………………………………… 蔡若采 四〇〇

夫仁者己 一节 …………………………………… 崔心颜 四〇一

巍巍乎舜 一节 …………………………………… 王 璐 四〇三

焕乎其有文章 …………………………………… 赵襄宣 四〇四

子在川上 一节（其一）………………………… 秦 骧 四〇六

子在川上 一节（其二）………………………… 秦 骧 四〇七

唐棣之华 一章 …………………………………… 冀 鲁 四〇九

由也升堂　二句　·····························韩本晋　四一〇

克己复礼为仁　·····························任九德　四一一

足食足兵　之矣　·····························侯继周　四一三

后记 ···四一五

目

录

一
三

石和古文

《王石和文》序①

黄　祐

　　天下有先读其文，而继见其人者，见其人益重其文也；有既见其人，而复读其文者，读其文益思其人也。

　　予少为科举之学，常搜阅前代作者及本朝诸名人之文，以为举业科律已。乃得太史山西王韫辉先生《四书文稿》②，读之清新俊逸，独出心裁，是能不受前人牢笼，而卓然自成一家言者。因手抄口诵，三复不忘，愿一晤其人为慰，而山川间阻，无缘得见。继又闻先生赋遂初③，退居林下④，冥鸿高举，瞻望天末，遂以为生平向慕之衷，将终自比于私淑之俦也⑤。

　　雍正十三年秋，予有山西巡察之役，甫入境，闻先生掌教会城书院。至则喜而趋谒，亲其道范，朗然如明月之鉴怀也，泠然如清风之涤烦暑也。爰进诸生于堂下，高诵予所夙识先生文，开明切示，为诸生得师庆。当是时，数十年积慕之衷，一旦见之而私心大慰，且信向之所童而习者，真有道之言也。先生官京师时，耻奔竞，键户读书⑥，同僚咸敬惮之。比告归，益砥砺实学，以朴醇范乡邦。与人言，恂恂如不出诸口。予别去，益心仪，弗能置。

　　乾隆六年，予方家居时，坊人以先生时文久脍炙于海内⑦，而古文集仅传播北地，乃于先生季弟泸溪令署中觅得先生文集，欲重梓之，以公四

---

①　辑自乾隆六年《王石和文》九卷本。
②　王：山右版为"玉"，据乾隆癸酉版。
③　赋遂初：晋代孙绰作《遂初赋》，写隐居生活。后借指去官隐居。
④　退居林下：退职归隐。
⑤　私淑之俦：私淑弟子之类。
⑥　键户：关闭门户。
⑦　坊人：旧指刻印出售书籍的商人。

方，介友属予为序。予展而读之，其议论上下千古，论事必持其要，论人必当其衡，合参之四书文①，而体用大备。顾予向所见先生之为人，恂恂如不出诸口者，至是觉昌言正论，罔所滞匿，谈是非成败之理，若决江河而下，则又叹贤者固不可测。而予向之所以重先生者，为尚未尽其底蕴也。见其人而重其文，读其文而思其人，予于先生中心藏之矣。

先生，字韫辉，石和其别号。先生自有说，见集中。

乾隆六年仲夏，江西新城后学黄祐书。

---

① 参：山右版为"呑"，据乾隆癸酉版。

小 引①

王　晦

评非出一人手，故不注姓氏。不敢问世，故不求序。

不问世，曷为梓②？欲问后世耳。问世且不敢，况后世？欲与后人语也。岂必后世之是之哉？后世是吾文，则吾得与后人语；后世非吾文，吾亦得与后人语。后人可语，今人不可语乎？夫今之人固已语之矣。

求序，是欲今人是之也。吾文无是者，又何求若世之君子？有不深谬其文而惠之序者，则吾亦不敢知已。

雍正己酉四月上旬，王晦题。

---

① 辑自雍正七年《王石和文》六卷本。
② 梓：用木头雕刻成印刷用的版，指印刷。

三立祠传①

刘 赟

王先生玑，字韫辉，号石和，盂县人。生而颖异，至性天成。甫七岁，祖烈病故，抱尸痛绝，三日不进饮食，人皆奇之。成童时，读朱子遗书，慨然曰："学人非徒习为词章，必做诚意正心工夫，始为无愧。"时人颇议。其以理学自居，因益加省察，恐涉浮夸，一言一行，求合古人。日所行之事，至夜静坐自思，稍有不合，终夕不寐。其读书有识，每读一书，必推究根柢。论古今是非得失，透彻入微。

登康熙乙酉乡荐，丙戌成进士，选翰林院庶吉士，授检讨。学养深醇，为名公卿所推重。与人接，温厚和平，对之如坐春风。以推荐，充三朝国史馆纂修官。旋以亲老乞终养归，瞻依膝下，服勤竭力，无异为诸生时。亲期颐病殁，哀毁骨立，呕血数次。每忌辰，辄涕泣终日。至壬戌冬，病已危剧，值母忌日，犹令人扶起，望茔稽颡号泣②，孺慕之诚，盖终身如一日云。

玑乡居数十年，敦重品行，德望大著。乡人王某与王某，因地互控，忽自相谓曰："我辈兴词到案，官法可受，独何面目见韫辉先生乎？"因彼此忿俱释。其乡素称多讼，玑在日，乡人化于礼让，无讼事，远近称为礼义之乡。尤善引掖后学，先德行而后文艺，人称其有安定之遗徽焉③。其为文，自出性灵，时文古文，自成一家。有《韫辉真稿》《石和古文》行

六

① 辑自乾隆十八年《王石和文》九卷本，即乾隆癸酉版。
② 稽颡［qǐ sǎng］：古代一种跪拜礼，屈膝下拜，以额触地。
③ 遗徽：生前的美好德行。

世。雍正二年，各宪重晦学行①，延为晋阳书院山长②，从游者百余人，俱因材造就，敦崇实行，勤修正学。其讲贯训迪谆谆，以立身行己为学者读书根本。由是以发之于文，则言为有物，科名直易易事耳。

掌教十余年，从游者日益众多，至数千百人。月中批改文艺，至二千余首，无不殚心训示。自丙午至乙卯、丙辰之间，登甲、乙科者百余人。及膺疾辞帐，诸生树教泽碑三立阁下，并镌其教人条规，以诏来许。自后肄业书院者，咸闻风私淑，以未及亲炙为恨。先是乾隆戊午，沈提学以"品端学邃，训迪有方"缮折具奏，奉旨"该部知道"。壬戌年若干岁卒，合省士子皆有梁木之痛。癸酉，公呈请祀三立阁，又配享晋阳朱子祀。

论曰：先生掌教晋阳书院，值书院颓废之后，当事振兴之，得先生以实学为化导十余年，人文蔚起，科第联翻，不足异也。先生殁后数十年，书院士子犹能言其丰度，称其教泽不衰，先生之道德生民之彝秉，俱见于斯。

呜乎，先生可以不朽矣！

甲戌进士，后学刘贽撰。

----

① 各宪：有关部门主管。
② 山长：历代对书院讲学者的称谓。废除科举之后，书院改称学校，山长的称呼废止。

《王石和先生文集》序①

王埙昌

余既读《武石庵文集》矣，同时，子和诸君又以《王石和文集》付印属序。

余惟二公之文，各有特出：石庵以跌宕逸致胜，石和则以缠绵悱恻胜；石庵之文多奇气，而石和之文多颖思，盖浸淫于公羊、吕东莱者深也。当时，石和先生之为人，其文雅雍雍，于此可见。

噫，时风不同，文派亦异。溯汉以后，文尚清丽；唐至韩、柳，始起八代之衰；自是而后，欧、苏、曾、王，各自名家；明兴举业，号为时文；清尤盛行，晚益矫揉。文品愈下，去古愈远，间有尚者，亦不免为时所囿。

石和先生于清康熙丙戌登甲科。掇词林，去石庵之时，则较后矣。其趋于时，亦必深矣。而能独尚于古，以见称于当时，流传于后世，其清新俊逸，亦足多矣。以视夫今之杂芜成章，谚词相尚，争趋于艰深怪癖者，自不可以道里计，是亦可以为今之学者式矣。

石和名玶，与石庵均以石号。读《石和说》，其圆融和雅，与石庵《爱石解》之突兀峥嵘，又似近于化者。盂山固多奇石，得二公而益名。余亦爱石不禁，因石而并羡其文，于付印略缀数言，以资识者。

民国十四年孟夏，知盂县事王埙昌叙。

① 辑自民国十三年盂县教育会排印《王石和先生文集》九卷本，即盂县教育会版。

《王石和先生文集》跋^①

刘声骏

右王石和古文九卷，清乾隆六年付梓，版藏于王氏宗祠。一时流传最广，几于家弦而户诵也。迄民国甲子，二百余年，版既残缺不完，士子也骛于新学，于古文几不暇问津。同人惧其久而就湮也，谋集资铅印，以永其传，合《旷观园全集》，排印二百部，以飨后学，庶斯文之不坠云。

邑后学刘声骏谨跋。

---

① 同前。

卷　一

微子抱器归周辨①

甲辰八月二十六日②

　　孔子谓："殷有三仁。"《鲁论》首著其人，曰："微子去之。"去殷耳，非归周也。使其归周，则微子之仁，岂得谓为殷有哉？微子之去，详于《书》，《书》之言曰："我罔为臣仆，诏王子出迪。"诏之去殷耳，亦未尝言归周也。世乃谓微子抱祭乐器奔周，周武王遂率诸侯伐纣。是微子不但无怀于商，而商之亡，竟自微子速之，岂不甚矣哉？

　　商道严肃骏厉，故商人之心，信而好义。迄今读《多士》《多方》，皆惕惕乎虑有商之人不服，而谋所以安抚之，若甚难者，亦可见商先王之德泽在人，而人心之不忘于商如此乎深且至也。微子为帝乙之子，乃不念二十八世之宗社，漠然弃之，先天下臣民而附于周，仁者固如此乎？彼器之定于成汤，而藏诸太庙，六七贤圣君世守之，以至于纣，六百年矣。一旦抱之奔周，何少无故国之思也？后世安禄山移唐祚③，奏乐凝碧池，乐工雷海清悲愤掷器于地。微子之贤，岂遂不若一海清？甘以殷先王重器，惟周封爵是求乎？

----

　　① 微子：子姓，宋氏，名启，后世称微子启、宋微子，是商王帝乙的长子、商纣王帝辛的长兄。周武王灭商，微子持祭器造访武王军门，武王复其位如故，仍为卿士，周成王封其于商丘（今河南商丘），建立宋国，爵位公爵，特准其用天子礼乐奉商朝宗祀，成为宋国之开国始祖。

　　② 甲辰：雍正二年，即 1724 年。

　　③ 移唐祚：指篡夺唐朝的皇位。祚，指皇位。

夫武王克商，大封帝王之后：神农之后于焦，黄帝之后于蓟，尧后祝，舜后陈，禹后杞。微子以胜国之裔，其独应不获一胙土①？是周自封微子，并非微子之有求于周也。且微子之封，在成王之二年。先是三仁中，箕子则释其囚，比干则封其墓，顾无一事及微子。可知微子自逊于荒，武王欲加之恩而弗可得也。迨武庚以殷叛，乃求微子而封之，则微子之入周，固自此始。

《诗》曰："有客有客，亦白其马。"夫微子既就封，周人犹宾之，而不敢臣。况当周之未兴，殷之未亡，而遽奔周，何以为微子？《左传》逢伯之对楚子言："武王入商，微子面缚衔璧以见，武王亲释缚，受璧而祓之②。"夫既谓归周矣，何又见？固皆知其说之诬也！

〔评品〕③

深醇瞻切，议扶纲常，不但于古贤有勋。

有子避席辨

《史记》称："孔子没，有若貌类孔子，弟子相与共立为师。"及穷以"宿毕不雨④""商瞿生子⑤"之事，有若绌于辨⑥，乃撤其座。异哉！所言必好事者为之，不可以信。

彼弟子之欲事有若也，岂不以为贤乎？果贤也，必不自忘。所造妄尸

---

① 胙土：指帝王将土地赐封功臣宗室，以酬其勋劳。

② 祓：古代用斋戒沐浴等方法除灾求福。

③ 评品之语，山右版无，据乾隆癸酉版补录。后诸卷各篇末评品皆与此同，不再出注。

④ 宿毕不雨：是一种天象，月离毕阴则雨，离其阳则不雨。其典曰：孔子出，使子路赍雨具。有顷，天果大雨。子路问其故，孔子曰："昨暮月离于毕。"后日，月复离毕。孔子出，子路请赍雨具，孔子不听，出果无雨。子路问其故，孔子曰："昔日，月离其阴，故雨。昨暮，月离其阳，故不雨。"

⑤ 商瞿生子：商瞿年纪大了还没儿子，其母要替他另娶。孔子派他到齐国去，瞿母请求不要派。孔子说："不要担忧，商瞿四十岁以后会有五个男孩。"后来果真如此。

⑥ 绌：不足。

乎圣人之座？若果妄尸圣人之座，而居之弗疑，开口论说，俨然为诸圣解惑授业，自尊大于七十子之上，则其不自量而心昧于圣人之道，不贤亦甚矣，又何待后之穷于所问，而始信其不足事哉？

且所问之二事，固未足以定师道矣。圣人无不知，知此二事固宜然；圣人之所以为圣，不在此。今弟子既师事有若，则当求详于圣人之道之所以至，问仁、问知、问政、礼乐，不当专以此虚无幽幻之事、占来察往者渎请而尝试之也。令有若诚知乎此，岂遂足为孔子？

当时，德行、言语、文学、政事之科，不乏知圣之深者，岂尚不知有若之不足为孔子？至此而后知之？有若岂尚不知己之非孔子？至此而后知其不足乎？吾如诸贤，固不轻以是推有若；有若之贤，亦断断不肯然也。

昔《孟子》谓："子夏、子游、子张，以有若似圣人，欲以所事孔子事之，强曾子，曾子曰：'不可。'"曾子，大贤也！曾子既不可，则子夏、子游、子张，当亦随知其不可，故其事遂不复行。

谓行之者，好事者之妄耳。不然，今日立之师，明日撤之座，吾见一堂之上，断断然几何不以师道为戏乎？或曰："弟子思孔子而不得见，故师其貌之类孔子者，道之浅深，德之至与不至，无论也。"余曰："如是则有若撤座之后，貌岂遂不类孔子？"

〔评品〕

绝倒。事得快辩解颐，自令四座绝倒。

寿　说

丙　申①

天地间孰能寿于人？而人之生于天地间者，又孰能寿于今日之人？

盖鸟兽草木之物，蠢然无知，不可以寿言。则所贵乎人之寿者，不过谓其耳可听，目可视，手足可持行，口可言事理当否。周旋于君臣、父

---

① 丙申：康熙五十五年，即1716年。

子、夫妇、昆弟、朋友之交，家国天下之大，皆可以求尽其所当为。而下逮日用饮食之细，乐也可歌，悲也可泣。凡山巅水涯，亦皆可以随其身之所处，而求遂其意之所欲致。非是，则前之千古非寿，后之万年非寿也。何者？

自有天地以来，其年不知凡几。而腐渐灭息，与鸟兽草木同尽于不知凡几之年者，其人又不知凡几。即魁梧奇杰、富贵豪华之子，亦随众人生死于其中。而我独能以无往不可之身，随所处而求尽其所当为与意之所欲致，则甚矣！

古之人皆夭，而我至寿也。彭祖至今，犹以寿称，是遵何说哉？何谓寿？有斯寿；何谓夭？无则夭。有者何？可见可闻是也；无者何？莫知莫觉是也。古之人有悟于见闻之不常，而知觉之不可再也，故往往托之不朽，以传于后。俾后世读其书，慨然想见其人，亦巧以不寿为寿之一术也。然今日我知有古人，古人已不复知有我矣。况后人之渺茫不可指数者，其于今又何知？

嗟乎，古人不能有知也，后人未及有知也。乃于古人既往，后人未生之日，幸而适然有我，且适然有我之今日。则莫久于今，而前后为至暂，莫久于今之一刻，而千古万年为至速也。苏子曰："自其不变者而观之，则物与我皆无尽也。"夫物安能不变？其观者自不变；即观者亦安能不变？以其有不及观之时。而当其及观，固不变；不变而观物之不变，不变也；不变而以观物之变，亦不变也。变与不变，不变于观；而观者之为寿，大矣。

斯寿也，何寿也？是尧舜之不能留，孔孟之不能待；苏秦、张仪之不能以诈取，而秦皇、项籍之不能以势夺也。其易得也哉？得之不易，则承之亦非轻；轻以承之，而不求无负于所生，则生为虚。虚生，与不寿同。

〔评品〕

涉笔恣肆，如鸿蒙云将，汗漫九霄。

降服说①

丁未十一月初七②

　　圣人缘人情而制礼。情有时屈于义，则不得不夺情以就义，而又不使人之绝其情。故情重于所生，而义重于所后。自汉以来，论为人后之礼者，无不求详于情，义特为后者。事有不同，则因事立议，遂或畸于情，或畸于义，而不能得其画一之理。欧阳子之论③，深为宋人所非。

　　欧阳子固未尝灭义，而独解"为其父母报"，有失《仪礼》之旨。彼谓："服可降，父母之名不可改。"夫其父母云者，乃《仪礼》推原之词，非以为后者，遂据而父母之也。故疏曰："报之为言，使同本疏，往来相报之法。"若既亲于所后之父母，复亲于所生之父母，是两父也。果亲于所生之父母，而报以降服之期，则父母无期服之礼，是薄于所亲也。

　　故以谓父母之名不可改，则服亦必不可降。服既可降，则亦不得而仍父母之名矣。使谓礼不没其文者，便如其称，则《礼》固曰："为所后者之祖父母、妻，妻之父母、昆弟，昆弟之子，若子。"夫所后者，父也。固不得以礼没其文，遂不父母之，而但称之为所后也。且为后者，于所后之亲属若子，则于所生之亲属不得若子也。不若子，则不若父也。盖圣人不讳人之所后，故重之以三年；亦不讳人之所生，故报之以降服礼。

---

　　① 降［jiàng］服：旧时汉族丧服制度之一。如子为自己的父母应服三年之丧，如果其已经过继给别人，就应该为生身父母降三年之服为一年之服，即仅服齐衰不杖期，降低一等服丧；为祖父母仅服大功，为曾祖父母仅服小功，为高祖父母仅服缌麻，均较原有规定正服降低一等。亦泛指从简治丧，缩短丧期。

　　② 丁未：雍正五年，即1727年。

　　③ 欧阳子：即欧阳修。

大宗得收族①，自期及缌麻②，缌麻之外而为后者，固有矣。然不以本服之轻而有减，亦不以本服之重而有增，明乎？降服自为其父母报，并非期大功、小功、缌麻，缌麻之外所得而增减之也。斯报之尽也，若又无改于父母，何以别其为人后？孔子曰："名不正，则言不顺；言不顺，则事不成。"父母其所期，而期于所父母，名与寔违，不可为事甚矣。

宋人之持义甚严，欧阳子欲慎参乎情，故借《礼》文以自伸其说。夫欲自伸其说，而因事轻重其议，犹不失一时之权；若曲解《礼》文，俾《礼》之本旨，不明于天下，而天下后世伥伥焉无所依③。以定情义之准则，欧阳子之失言也。

〔评品〕

刻核明切，羽翼经传。

石和说

诲号也。丙申八月二十三日④

石，何以和？石，不石观也。不石观，何以言石？石之为言不可易，而加以和。石其姓，和其名也。予既借和之名以和石，遂借石以石予。即借石之和，以石和予。予以石为名，石以予为姓也。

石于天地间，为性最介。芝山之麓，大石蹲出，蟠结深固，其为介也甚矣。然束数路之冲，往来行人，至则坐卧石上，杂踏狎玩，磨之莹然如鉴，日射之，光可耀数里。虽欲不名之以和，其可得乎？

---

① 大宗：宗子，嫡长子，宗法制度，嫡长子承继大宗，称为宗子。收族：收合族人。指嫡长子承继大宗可以收合族人，别亲疏，序昭穆，定次序，并使其不背离。

② 自期及缌麻：《仪礼·丧服》所规定的丧服，由重至轻，有斩衰（cuī）、齐（zī）衰、大功、小功、缌（sī）麻五个等级，称为五服。五服分别适用于与死者亲疏远近不等的各种亲属，每一种服制都有特定的居丧服饰、居丧时间和行为限制。斩衰丧期三年，缌麻丧期仅为三个月。

③ 伥伥：无所适从的样子。

④ 丙申：康熙五十五年，即 1716 年。

夫石之性，从无取于和，而兹独命以和，则石为不同。即和之情，从无取于石，而兹独系诸石，则和亦为不同。不同，故有取也。使石非和，吾恶取于石；和非石之和，吾又恶取于和。石与和不相谋而适相合，合之适足励予。予行欲端，鉴石之性；予言戒戾，鉴石之情。不端而戾，则对石未尝不发愧，而羞其见故我也。

昔柳子厚之愚其溪也①，溪以子厚重，故溪之名从子厚。予不足以重石而有学于石，故予之名从石。溪与石，彼此取重之义不类，其有所爱而名之则一矣。独是予爱之石常在，而爱石之予不常在，则石之见爱于予者，又将转而见爱于人。欲如子厚之名从己发，而俾天下后世之莫与争其溪也，能乎？

虽然，石之名，自予和之，则石自予专之；予之外，固不复有石也。不复有石，石不石观矣；石不石观者，予不予观也。则予安知予之非石，而石又安知石之非予乎？予在则石予，予去则予石。后之人有爱石者，即所以爱予。倘有爱予者，石宁不当之？

怡然呼而欲应也哉！

〔评品〕

人与石，竟说得合同无间，栩然若庄生之梦蝴蝶，道理实自君子和而不流衍来。

贫　解

丁巳②，删旧《乐解》题

夫人乐，莫乐于为天所厚；忧，莫忧于为天所薄。富贵贫贱，极人生厚薄不同之致，而天非有厚薄于人也。天之于富贵贫贱无心也，人物未判，无有谁何？适然而物，则物之；适然而人，则人之；适然而富贵贫贱，则富贵贫贱之而已。

---

① 柳子厚：即柳宗元（773—819），字子厚，唐代河东（今山西运城）人，唐宋八大家之一。湖南省永州市西南，本有冉溪，柳宗元谪居于此，改其名为愚溪。

② 丁巳：乾隆二年，即 1737 年。

陶人凝泥为器，何尝厚薄于泥？适为罍①，则罍贵；适为甓①，则甓贱。其始固贵之，未始不可贱；而贱之，未始不可贵也。天之于富贵贫贱，亦若是焉耳，岂其有心厚薄之哉？迨富贵贫贱之局既定，而厚薄遂不能一也。由厚递推之，以至于至薄；由薄逆推之，以至于至厚，其数几不可以亿计，维天亦不能自掩其不同之数。而使天下之人，谓吾一无所厚薄于此也，不得已以忧乐平之。

俾富贵者，患难未尝不惧，疾病未尝不痛，死亡未尝不哀，其忧一无减于贫贱。而贫贱者之所以为乐，亦遂一一无减于富贵。夫人之贪富贵而厌贫贱，不过以可乐可忧之在是耳。诚忧乐之情无异，则虽富贵之，而非遂厚之；贫贱之，而非遂薄之也。然以富贵贫贱异其境，而以忧乐同其情，则有余者终在富贵，不足者终在贫贱。

富贵贫贱适足以变天下之忧乐，而忧乐之情，又无以自平，于是，仍平之以忧乐。使富贵之乐，不可以或过；贫贱之乐，不可以不及。富贵者惴惴焉，有或失富贵之虑；而贫贱者，绝无有不得贫贱之忧。如是，则虽以忧乐平天下之富贵贫贱，而乐常吝于富贵，而忧常宽于贫贱。天固曰：惟如是，始足以平天下之忧乐。而富贵之，而果非厚之；贫贱之，而果非薄之也。

然则天之厚薄于人，诚不可以寻常测也！厚心为上，而身厚非厚；薄心为大，而身薄非薄。人惟体天所以厚我之意，而无自失其情，则富贵而乐，贫贱而乐。虽当忧，而亦无害其为乐。不然，则无往而不得其忧也。

富贵者之淫于乐，君子直以为忧，何论贫贱？盖乐生于情，而情主于理，理得而情适，无关富贵贫贱也。故君子之乐，在富贵贫贱之外。然吾以乐归贫贱，为厌贫贱者言之也。夫人厌贫之心，更甚于厌贱！故又专名之为《贫解》。

〔评品〕

霞蔚云蒸，毫端万态。

---

① 甓：砖。

文 情

丙 申①

喜怒哀乐之情一动，则不自知其所至。是非成败、富贵贫贱、老少死生之故，郁乎中而达于文，若歌、若泣、若狂夫之呼号、若细语，一一与喜怒哀乐之情相发。无情之人，未有能工于文也。

若当喜乐之时，而为哀怒之文；当哀怒之时，而为喜乐之文，则不能肖。虽同属喜怒哀乐之情，而此时之所为文，易一时而复为之，则亦不能肖。夫一人之情，一人之文，其心之所能思，而口之所能言，非遂相什伯也②。而不当其时，遂不可以强而肖。况欲借古人之言，以舒今人之情，岂非并欲借古人之情乎？古人之情不可借也。纵极语言藻缋之妙③，亦止道古人之情之所有，于己乎何与？

且自有文以来，其情之有而人所欲言者，亦概见于古人矣。后之人穷思敝虑④，偶自喜其言之不同，及观古人已先我而言之，而我之所言，乃其余也。于是恨其生之晚，不能与古人同时。当古人未发言，即参一义，以自鸣胸中之奇；又恨古人言之太尽，不肯稍留余地，以待后人，令后人复出一词，颉而抗之，遂使后人，无往不出古人下也。

恨此不暇，而又袭之，以自陋哉。秦汉而后，能文之士不绝于世，有相学，而无相袭。彼其所学者，在神来气往之际，至喜怒哀乐之情，则庄、列不能告之马、班，马、班不能告之韩、柳、欧、苏。虽其情不无过中失正，而能自言其情之所得，故其言皆可以不朽。非如后之所号剽窃

---

① 丙申：康熙五十五年，即 1716 年。
② 相什伯：相差十倍、百倍。
③ 藻缋：文辞，文采。
④ 穷思敝虑：形容用尽心思，想一些无关紧要的事情。

家，冥顽而不情，为可陋也。文中子之著述①，拟诸《论语》，其理非不粹，后人读之，若不敢以为文中子之文也。彼所以动乎其情，微有间焉尔。

理范于同，而情生于独。独之所生，固未可强而同也。世有工画者，写一人，须眉神态，罔不毕肖。好事者窃而摸之，复持以赠一人，则彼一人者见之，固不知其为己写也，遂不以为工。今世为文之士，不求工于画，而欲窃其画之工，岂非不情之甚也与？

〔评品〕

思议隽妙，处处惬人心脾；中幅极缠绵沉郁，则又情生于文矣。

文　气

山水草木之生，皆可通诸文。

尤爱松之挺然郁然。动而为韵，则笙簧交作，鼗鼓钟磬之喧于空中②，而听者不测其声之所际也，神乎韵乎！挺然之质，老于雪霜；郁然之色，沃于雨露。韵独动于风，风无形而有声。而文之韵又动于气，气并无声而有力。虽极天下之重，无不举；极天下之坚，无不透。故能发于文之先，充于文之中，溢于文之外。或振之而高，或幽之奥以曲。或纵之而放乎，不可遏抑；或节制之，则讪然以止③。其为气也不同，而养之皆必有道矣。

《孟子》之气，养于理；《战国策》之气，养于世故；庄列之气，养于虚；史迁之气，养于忧患及名山大川；唐宋以来之气，多养于读书。入之深，则心有定；心有定，则气盛；气盛，则能直达其意之所欲言，油然

---

① 文中子：王通（584—617），字仲淹，道号文中子，绛州龙门（山西河津，今属万荣）人，隋末大儒，著名哲学家、教育家、文学家。王通与其弟王绩，其孙王勃，世称"三王"。

② 鼗鼓：俗称"拨浪鼓"。

③ 讪然：戛然而止的样子。

沛然，随其言之所至，曲折赴之，而靡不宜也。

孟子曰："至大至刚，塞于天地之间。"今诚不敢望是。然独不曰"志壹，则动气"乎？今之学者，志不足以帅气，嗜欲昏于中，取舍乱于外。其观古人之书，是非喜怒，泊然一无所动，则其心，渺不与古人相浃。吾未见古人之气，可猝然借之为我有也。昔庖丁解牛，心"悚然为戒"，慎乎其养气也。推之百家众技，造其精，莫不由于养气，而况于文乎？

文者，心之声也。五色辨诸目，五味悦诸口，而五声之动，起于人心，入人最深。彼其所以感人，亦有运乎声之中者矣！运乎声者，气也。以无声声声，则人莫穷其声之所自来，而莫定其声之所自往；往来之所以入于环中，环转者无穷。

故文章之气通诸松，而极于乐。

〔评品〕

智周今古，思入微芒；向来论文家，从无此透辟。

兵　间

丙　午①

间之为道，以浅乘深，十间而十败；以深乘深，十间而五败，其半之胜败不可知；以深乘浅，十间而五胜，其半之胜败不可知。故间有初，义之所及，不待智者而疑也。则舍其初，而用其再，愚者信之，智者疑焉；则舍其再，而用其三，虽智者不能疑也。如是者，十用之而五胜；合以胜败不可知之半，则可以胜者，操其七也。

曲逆②、魏武③，古之所称"善间者矣"。然今观其间项羽、韩遂也，皆出于义之再，非必胜无败之道。幸而无败，则项羽、韩遂之浅，其深不

---

① 丙午：雍正四年，即 1726 年。
② 曲逆：即曲逆侯陈平。
③ 魏武：即魏武帝曹操。

二〇

在曲逆、魏武也。

曲逆之间项羽也，羽使至，以太牢进。及见，佯惊之，曰："以为范增使耳。"遂易草具进。不知曲逆何恃，谓此一事，足以走范增也。两国交兵，一使之至，动关军机。安有授之馆餐，而不知为谁使者？既不知，则区区进食之人，又安敢意为轻重，而以太牢、草具，立变于俄顷哉？是明示增之有私于汉，而惟恐羽使之不知之也。

夫增诚有私于汉，则汉方秘之不暇，其肯以帷幄重事，轻泄于进食之人，而又转泄于羽之使？是其为间亦已浅矣！羽但少能察，则向之疑增者，至是反可以无疑。或佯受其间而逐增，阴用其计。汉君臣之所畏者，增耳。增去则其谋之施于羽者必轻。汉以施于羽之谋，而羽实应以增之计，吾恐汉之以间乘羽者，必且为羽所乘。

魏武之间韩遂也，军前交语移时，不及军事，及遗书，故点窜其字句。此其为间尤易明，虽韩遂亦未必不知之。使能不待马超之疑，即时召超言其事，两人阳背而阴合之。则魏武之以间乘遂者，必且为遂所乘。

惜不能出此，卒致败亡，以成曲逆、魏武之智。故曰项羽、韩遂之浅也。

夫间之取效最神。然一为人乘，得祸之大且速，往往甚于攻战。《孙子》五间，而不实言其事，诚难之也。自非知己知彼，发于无形而中乎无声，则其术不可得而轻试矣。知彼之间，无浅非深。曲逆、魏武，惟知彼之浅，故深也。以深乘浅，无往弗胜。

而但以为五胜者，诚恐机或泄于临事，而情势变于所备之外，则胜败之相参，其半不可知；惟取半之不可知，而亦早筹于意中，则无至于大败。故善用间者有五必胜，七可胜，而无三大败。非天下之至深，孰能与于斯？

〔评品〕

于胜败之多寡，明用间之浅深，而以中二事证之，熟于情势，故往复辩论，无不得其机要。

生民之欲

戊申十二月二十一日^①

生民无欲，则不可以治。圣人道之以欲，使天下群趋，于是而为之各遂其求。所求既遂，则趋之者益甚，而其情遂肆出于天下，虽圣人，无以禁其后。

衣食，人之大欲也。使必织而后衣，耕而后食，则人之不耕不织者，何所赖？天下又不可无不耕不织之人，乃人有求于耕织，而耕织无求于人，则欲不能相通，而天下何以治？圣人于是有权以通之，而以金银珠玉为之，易其衣，易其食，使天下之人，知金银珠玉之可用，甚于菽粟，而金银珠玉之权，始重于天下。

夫金银珠玉，始非可重也。重之，自圣人始。使圣人不重金银珠玉，则金银珠玉与石无异。使石为圣人之所重，则亦未尝不金银珠玉也。然而石之必不可重者，以其多也，圣人导天下，必择物之少者而用之。然后，人知所私，私故重，重之而惟恐不得，于是相逐相争，以至于相盗，而卒无有所止。斯时，虽执天下之人，而理喻之曰："金银必不可欲，珠玉必不可欲，彼肯从吾言，而易其逐之、争之、盗之之情耶？"天下将有逐之、争之、盗之而必不可易者，无怪也。

以欲导之，而以理胜之。理固不可得而胜也，有术焉，仍胜之以欲。使金银珠玉一无所用^②，而惟以菽粟为用^③，则天下之欲，固将群趋于菽粟。天下群趋于菽粟，则逐之、争之、盗之之情，未必不复施于菽粟。然菽粟，积之不能久，藏之不能多；不多不久，则不甚私；不甚私，则人之趋之者，必不如金银珠玉也。

---

① 戊申：雍正六年，即 1728 年。
② 一无所用：山右版为"无重于用"，据乾隆癸酉版。
③ 用：山右版为"重"，据乾隆癸酉版。

果其至如金银珠玉，而后复以金银珠玉通之，则亦圣人疏节天下之人情，使其欲有所间歇，不至于流而无极也。

〔评品〕

大气斡旋，意到笔随，开合顿挫，无从觅其段落之痕。

福善论

丙　午①

人之品有三，而天诱人为善、戒人为不善之权，伸于一而穷于两。善者曰："天，但能祸福我，岂能善恶我？"不善者又曰："天，既不能善恶我，岂能祸福我？"此天之权，所以两穷也。惟中人之冀福而为善，避祸而不敢为不善，天遂得以此鼓舞天下之人，而使天下之人皇皇焉冀善之福，而避不善之祸，故其权独伸于一。

然天下之中人最众，则天之权，其得行于天下之人者，亦最众。今必夺天之权而为之言曰："为善必不福尔。"将善者倦。且曰："必不福尔，而祸尔。"固未尝不惧也。嗟乎，天之鼓舞天下者，独有祸福；而祸福之权，独得行于中人。使中人皆以作善为惧，则天之权一无所伸；天之权一无所伸，而善类几何不绝也？

吾以为祸福之理，原并行于天地，或以听善不善之自值，则有矣。而其实善之得福，固终多于不善也。特以古今来善者少而不善者多。千万人之不善，而得福者数人；天下不计其千万人，而但以数人为多。数人之善，而得福者一二人；天下不计其数人，而但以一二人为少。

二三

---

① 丙午：雍正四年，即1726年。

伯夷、叔齐①，古之善人也。积行而饿死，世谓天之不福善人矣②。然夷、齐死近三千年，其死亡于兵燹饥荒之余者，不可指数，而至今不闻复有夷、齐，则知不可指数者之不得其死，非必以善也。知不得其死者，非必以善，则为善者之非必不得其死也，盖善而得福，乃理之常。

天者，理而已。子思曰"君子居易以俟命"，解之者曰："易，平地也。险则危，而平则安。"吾未见游康庄之险，而蹈水火者之必无恙也，何必天之有心记检之哉？天但概无记检，则为善者，已可不惧。况作善降祥，天固未尝不一注心乎！岂惟无惧，又将恃焉？

大凡人之坚于有为者，莫不有所恃；虽小人之为不善③，亦有所恃也。假令早夺其不善之恃，而深知为善之必福，则小人亦未必不勉强于善，以为幸福之具，况君子乎？吾故以祸福之权归天，诚欲使为善者之有所恃也。然则为天者，岂徒较量于一言一行之善，朝为而夕报之？此类今人小丈夫之所以报施，天何其浅？君子断不以此责报于天，而使天下之人，谓天之权有所不胜也。

〔评品〕

阂中肆外，道理处处满足，唐宋人当分一座。

---

① 伯夷、叔齐：是商末孤竹国君的两位王子。相传孤竹君遗命立三子叔齐为君，孤竹君死后，叔齐让位给伯夷，伯夷不受；叔齐尊天伦，也未继位，哥俩出国前往周国考察。周武王伐纣，二人扣马谏阻。武王灭商后，他们耻食周粟，采薇而食，饿死于首阳山。

② 福：山右版为"无"，据乾隆癸酉版。

③ 之：山右版无此字，据乾隆癸酉版。

卷　二

王荆公论①

丁　未②

　　小人而君子矣，不谓之君子，不可得也，始非君子也；君子而小人矣，谓之君子，不可得也，未始非君子也。

　　吾尝以人之为君子小人，有幸不幸。此虽不足尽君子小人之论，而其间成败毁誉之所遭：或幸，而激之为君子；亦或不幸，而激之为小人。如宋之王荆公，可惜也。荆公耻其君不为尧舜，可谓有君子之志。其《上仁宗皇帝书》，高而辨，根柢六经之言，可谓有君子之才矣。而竟不为君子，则以学君子未尽其道，不幸众人激之，遂于道为畔也。盖未尽其道，则泥古病今，已不能不自挠于事之难行；而又激于人之多言，则情益愤，而持之愈不平。

　　夫荆公之法，不尽可行，而言之者，遂以为尽不可行。其不可行者，荆公亦未必不自改，言之者，又不及待其改，荆公遂激，而一出于不改。此荆公不能容当时士大夫，当时士大夫亦不能容荆公，过不独在荆公也。

---

　　① 王荆公：王安石（1021—1086），字介甫，号半山，谥文，封荆国公，世人又称王荆公，临川（今江西抚州）人。北宋思想家、政治家、文学家、改革家，唐宋八大家之一。

　　② 丁未：雍正五年，即 1727 年。

不然，司马温公亦尝作相矣①，欲改顾役为差役，苏轼、范纯仁②连争之，不受。纯仁曰："是使人不得言耳。若媚公取容，何如少年夤附安石，以速富贵?"温公深谢之，然卒不易其议。

夫顾役，荆公之法也。今既不可改，则昔亦非不可行，而温公又必欲改之。如此，此可知宰相立法而欲天下之从己，亦人情之常。温公未尝不同荆公，但温公能谢苏、范言；而荆公遂悻悻，自恃其才。此其所以不能无挠于事，而徒激于人之多言，以自取败也。夫徒激于人之言，而卒以败天下事，诚亦不可谓君子，独惜其非有，所以激之，固未始非君子也。

嗟乎，士患无君子之志，而荆公不幸以志成其拗；有志则患无才，而荆公不幸以君子之才遂其矫；有志与才，已患不得用，而荆公不幸以大用，败君子之志与才。夫古之真君子，无不幸；彼其所以为君子，非幸也。然天下之幸而为君子者，固有矣；而荆公独不幸③，不得为君子，其可惜也哉！其不可不慎也哉！

〔评品〕

唐之柳子厚、刘梦得亦类，是文欲为君子者知所谨，非徒为不为君子者恕也。

---

① 司马温公：司马光（1019—1086），字君实，号迂叟，卒赠太师、温国公，谥文正，世人又称司马温公，陕州夏县涑水乡（今山西夏县）人，世称涑水先生。北宋著名政治家、史学家、文学家。宋神宗时，因反对王安石变法，离开朝廷十五年，主持编纂了中国历史上第一部编年体通史《资治通鉴》。

② 范纯仁（1027—1101），字尧夫，谥忠宣，吴县（今江苏苏州）人，北宋大臣，人称"布衣宰相"，参知政事。范仲淹次子。

③ 而荆公：山右版为"荆而公"，据乾隆癸酉版。

扬子云论①

甲辰七月二十二日②

圣人之言，平正通达，千万世由之而不能尽。后之儒者，理不足千万世，而其言乃使一世不可知。

扬子著《法言》《太玄》③，而《太玄》尤极意，故其言曰："世不我知，无害也，后世复有扬子云，必好之矣。"吾谓其薄当时而厚于后之人也。后世亦世之积耳，知文者无择于时，未必不在当世；一世无知，亦难信后世之必有知也。子云没四十载，而《法言》大行于世，《太玄》至今罕有传者，亦安在后世之必好之哉？

唐时始得一韩子，韩子固以子云自负矣。然韩子之才，亦非千百年所可待也，千百年有韩子，亦或千百年不能有韩子。设世终无韩子，又谁知子云之文之足好者？即宋之程子，亦以其书为无益，朱子又谓支离不成物事。"百世以俟圣人而不惑"，程朱非其人与？程朱不以为好，不知子云之书，其于世安用也？

子云之书，一拟之《易》，今其"方、州、部、家"，为隐于乾、坎、艮、震、巽、离、坤、兑，而六十四卦之文，固未若八十一首之晦涩而不可读也。子云方欲以发明易理为事，而不可读乃过于《易》，其又何取？况《易》之为书，精于理而奥于数，吉凶消长、进退存亡之道寓焉。子云当新莽之乱，不能去于几先，乃以刘棻之问奇字④，投天禄阁，几毙。己则不阅，而欲使后世之士，奉其书以为修悖趋避之道，恐愚者不敢为

---

① 扬子云：扬雄（前53—18），字子云，西汉官吏、学者，蜀郡成都（今四川成都）人，是西汉著名的辞赋家，也是汉朝道家思想的继承和发展者，对后世影响很大。扬，乾隆癸酉版、山右版皆为"杨"，据实改之。

② 甲辰：雍正二年，即1724年。

③ 玄：乾隆版、山右版皆为"元"，据实改之。下同改。

④ 刘棻：西汉刘歆之子。为讨好王莽，伪造一道"符命"进献，反坏了王莽计划，后被王莽杀害。

信矣。

然则韩子之所取于《太玄》，毋亦惟其文之好，而非谓其理数之果足与《易》上下也。夫子云之书不及《易》，而其言必使一世不可读。如《易》者，直当终天地，无读可也。然后之学者读《易》，而不及子云之书，何哉？子云之书，非不高也。顾《易》之为易至矣！不容后之圣人，复有作也。子云非圣人，而欲奋一己之心思，囊括群圣人之奥，故其言高而不可读。然不可读者，圣人不以为高。

圣人之言，平正通达，千万世由之，而不能尽者也。

〔评品〕

宕而逸，抑扬婉中，司马子长之风。

严子陵论①

壬　寅②

严子陵可谓高士矣。虽然光武不兴，子陵必不隐，子陵之所学，非隐也。

子陵既与光武同学，意其建谋发策，必足发光武所未至，而有可施于当世之务。子陵而果于隐，光武亦不与之友矣。光武既兴，固子陵可以有为之日也，而顾矫之曰："士各有志。"则奈何志与学之相违若是。吾尝以是求子陵之心，而窃意其有未大也。

盖子陵之视光武，不过忘年友耳。其年长于光武，而所学又过于光武。以素所重己而己不甚重之人，一旦贵为天子，统万国而臣妾奔走之，子陵亦王臣，安所逃于天地之间？其偃蹇之怀，遂不能为光武下也，观"足加帝腹"之事可见矣。夫人即善傲，亦何必放诞至于此极哉？彼其心，

---

① 严子陵：严光，字子陵，会稽余姚人，东汉初隐士，少与刘秀同游学，刘秀即位后，严子陵不愿出仕，更名隐居，披裘钓泽于富春江。刘秀再三相邀，授谏议大夫，仍不屈，乃耕于富春山，老死于家，年八十。

② 壬寅：康熙六十一年，即1722年。

以为不如是，则无以见天子之不足贵，而鸣己不臣天子之节。故由今忆昔，隐隐有一故人。天子在，不能自遣，于是挟之自傲，而不觉其颓然放也。

乃或者不察，而曰："光武召之，不以道也。"又曰："度光武不足大有为，而惧言计之不行也。"夫物色旁求，非不知子陵者。子陵学无其具，则可有其具。遇此明信中兴之主，尚不肯相与有成，其将何待而可？孔子曰："天下有道，丘不与易也。"士生三代后，辄谓："非尧舜之君，必不可与共治。"此亦学无足适于用，而徒见其论之高，为不可近也。

故即令光武言听计从，以大尽子陵之学，迹其偃蹇之态，所学或不出黄老家，亦未必遽有伊周之业，兴治扶化，度越汉廷诸臣十百倍也，其又安知光武之负子陵？彼子陵之被征，年已六十余矣。计其所生，当在元、成之代。历哀、平不隐，新莽不隐，而独披裘钓泽①，变姓名于光武之世，是光武之世，不及哀、平、新莽也。

盖子陵有轶天下之才，而无容天下之量，则天下遂不可以容其身，一激而入于隐也。隐，岂其本心哉？虽然，高矣。

〔评品〕

光武大，子陵高；许高不许大，而高士之身份益显。

郭巨论②

甲辰六月二十五日③

郭巨埋子养母，载孝义乘，今庸夫孺子，皆能言其事，以为孝，至尾

---

① 披裘钓泽：用来形容人隐居山泽。
② 郭巨：生卒年不详，东汉隆虑（今河南林州）人。以孝闻于世，其"埋儿奉母"被收录《内丘县志》，东晋干宝《搜神记》也有记载，后被列入"二十四孝"，也常遭人非议。
③ 甲辰：雍正二年，即1724年。

于大舜、闵子诸人。嗟乎，如郭巨者，固当治以杀子之罪也，恶得为孝哉？

孟子云：“不孝有三，无后为大。”孔子之告曾子曰：“身体发肤，受之父母，不敢毁伤。”若郭巨之故杀其子，而绝先祖祀，其所毁伤，岂但身体发肤之不谨而已乎？孝子之事亲，其事随分可尽。郭巨有母而不能养，己则不孝，岂一子之为累？而顾不能听其自为饥寒，如途人肥瘠之不相关，而必计致之死而后快。子即死，其母未必遂甘旨也。

且甘旨又何足以养母？巨其以母为贤耶？不贤耶？不贤，徒以重其惨刻之过；贤，则呼号悲切，伤骨肉之相残，而食不下咽也，何养之能为？古之君子，宁以善养，不以禄养。取非其有以奉二人，犹谓之不孝，况杀其子者乎？孝、慈，一理也，不孝必不慈，未有不慈而孝者也。郭巨忍于杀其子，必忍于弃其母。而犹曰：“孝之！孝之！”云者，亦伪而已矣！

世乃谓：“掘地得金，天所以赐孝子。”其诬天尤甚。天虽仁爱，断不加爱于杀子之人。其得金也，安知非郭巨自藏之而自掘之乎？盖其时，以孝举人，故欲杀子以成孝名，又托得金以成孝，可格天之名。使埋子即可以得金，则天下之埋子者益众；埋子者众，则天下之孝子皆不能有其子。郭巨之父母畓欲以孝名，岂复有郭巨哉？

五伦①，一人情也。自古矫情干名者②，多出于诡异奇谲之士。至愚者，慕其事而不得，遂逞其心之不仁，不难绝性以欺世；而世之愚者不察，又转相称誉，以是为当然，致生人之类，竟不幸而为人子，而天地好生之心，绝矣。此五伦之贼也！

抑吾又思③，巨既得金，则子固可以不埋。金果巨自藏，则巨固意子之不即埋也，而世反传其埋子以为孝。吾故不论金之得不得，而深论其埋子之罪，使知矫情绝性之事，必不可以欺后世。而后世之称其孝者，适所

---

① 五伦：古人以君臣、父子、夫妇、兄弟、朋友为“五伦”。孟子认为：父子有亲，君臣有义，夫妇有别，长幼有序，朋友有信。这是处理人与人之间关系的道理和行为准则。

② 矫情干名：故意违反人之常情，以博取好名声。

③ 思：山右版无此字，据乾隆癸酉版。

以与于不孝，而徒见其识之愚，为可笑也。

〔评品〕

愚人好名，至灭天理而不顾，患中世道矣；逐层辨击，义挟风霜。

燕丹论①

戊申十一月十八②

尝读《燕世家》，未尝不悲太子丹之义。而燕君臣不自强奋，忍杀所爱以媚秦，为苟延之计，可恨也。

秦之为暴烈矣，诸国之待亡，不可旦夕。亿使丹之谋得遂，则非徒燕国安，诸国赖之俱安。今观其举动，固燕之人所不能为，虽齐、楚、韩、赵、魏之人，亦尽不敢为。至韩亡数年，始见一张子房耳③。丹之谋与子房合，子房幸而不死，丹不幸而死，后人多以此壮子房，而罪丹之轻谋取祸，则狃于成败之见也。不知天下之败谋，善乘之，每足以成功。

彼秦人之自视制天下如仆妾，一旦几毙匹夫之手，即天下视秦，质子割邑，奔命之弗遑。尚有人焉，探虎狼之穴而欲制其命，虽无成，实秦之所心慄，而天下之人心所大奋也。使燕知其终为秦灭，而以国授丹，一听丹之所为，则丹必能得燕人之死力。燕人知战亦亡，不战亦亡，必出死力以抗秦。随遣一介，以利害切动诸国，则齐、楚、魏必幸燕之首先，效死合力，以与秦从事；而韩、赵之已灭者，如张子房辈，必能收合余烬，为燕甘死于秦。此一役也，燕可以造。

① 燕丹：燕太子丹（？—前226），姬姓，燕氏，名丹，燕王喜之子，战国末期燕国太子。秦灭韩前夕，被送至秦国当人质，回到燕国，他以暗杀秦王政来阻挡秦国兼并之势，曾策划过荆轲刺秦王事件。事败之后，燕王喜担心秦国出兵攻打燕国，便杀太子丹，将其头颅献秦军以求和。

② 戊申：雍正六年，即1728年。

③ 张子房：张良（约前250—前186年），字子房，战国晚期人，祖上五代相韩。曾在古博浪沙刺秦，后以智谋助刘邦夺得天下，被封为留侯，与韩信、萧何并称为"汉初三杰"。

观子房击秦不中后，陈胜、吴广皆得乘之起事，而谓诸国独无意哉？燕不知出此，而杀丹以谢秦。夫秦欲得燕耳，岂徒丹死之是快？丹死，而燕卒灭于秦；齐、楚、韩、赵、魏，无丹之谋，而亦未尝不灭于秦。可知足以存燕者，丹之谋；谋不遂，而燕灭，非丹之罪也。

丹与子房之谋，同出无聊耳。为两人者，其所得施于秦，固惟有此而已矣，岂料其万全也哉？然子房之不死，其势可以死也，击不中宜死，击中亦宜死，非若丹有可乘之势。丹惟知虑于行刺之先，而未虑及于刺不能行之后，此其智之所以不如子房。使子房处丹之时，则亦可以不死。独是丹不死于秦而死于燕，固尤丹之所深恨也。

〔评品〕

温公以燕亡罪丹谋，不知燕之亡形已成，不系丹谋也。读此，觉昔贤之论，未称尽允。

漂母论

丙　午①

漂母其闻道乎？其讽淮阴之言②，何有合于君子之行也？

君子之处世也，报人，而不望报于人。嚣嚣焉挟望报之心，而自喜其德之甚，望之愈奢，则报之愈难；报之愈难，则人将忍而出于无报。不报则怨，怨斯雠，两雠相寻，而德尚安在哉？故君子之不望报，非徒以忠厚之道待人，亦欲自留其德，而予人以可报之道，则人终不能忘，虽忘亦不雠。

彼淮阴者，固终其身，未忘报也。吾观子房之尽忠于韩也，不望韩报；其立功于汉也，不望汉报，故能成天下之大事。而有以自全其身说

---

① 丙午：雍正四年，即 1726 年。

② 淮阴：韩信（约前231—前196），淮阴（今江苏淮安）人，曾由齐王被贬为淮阴侯，是西汉开国功臣，军事家。

者，谓圯上老人①，教之以忍；不知惟忍，故不望报。当其受书圯上时，已尽挫其英锐之气，而宠之不加喜，辱之不加怒，宠辱之不惊，于报何有？故其成大事者，忍为之。而善全于成事之后者，则惟此不望报之心。子房所默受诸老人，而自得于忍之余者也。

漂母之告淮阴，言尤显于老人，而淮阴不用也。淮阴遇食于漂母曰："必重报母。"母曰："哀王孙而进食，岂望报乎？"漂母之心，未必如老人深思远虑，而其言切中淮阴，想亦见淮阴怏怏不自戢之状②，而故为是言，以折其气。使子房闻之，必有所以用其言；而淮阴不能为，可惜也。

淮阴之初将也，高祖则设坛拜。请假王，则以全齐畀之③。高祖岂真有爱于淮阴，而不自惜其名？器之甚诚，以淮阴之望报，非此无以厌其心也。迨淮阴之功益大，而高祖报之者已尽。淮阴望报之心不休，高祖其何以厌之？观其语蒯生曰："汉王遇我甚厚，不忍负！"推是言也，使其非厚，则负之矣。可知淮阴望报之心始终未绝，而高祖之不能不疑且惧者，惟此。厥后淮阴非有叛于汉，而卒以叛获罪，实此望报之心致之也。

夫人固有无足重轻之言，善受之，足为终身之用，故君子不敢轻其言。使淮阴能用漂母之言，则亦可以免。不用其言，而徒以千金为报，不得谓淮阴不负漂母也。

〔评品〕

望报，自是淮阴一生病根，却借漂母之言发出，又借老人之教子房形来，遂使文情错综迷离。

---

① 圯上老人：黄石公，曾授张良《太公兵法》于圯上，也指张良拾履拜师的故事。圯，桥梁。

② 戢：本义为收藏兵器，引申为收敛、止息。

③ 畀：给予。

何信论

己 亥①

汉高帝战争之臣，韩信为第一。帝非信，汉室之天下，未可知也。功成而身死，论者咸恨吕后之惨，而惜汉之不能保有功臣，为不义。

然吾以为信之死，非吕后杀之，而高帝杀之；亦非高帝杀之，而萧何杀之也。② 何非杀信，以何当救信也；其当救信奈何？以信非反也。信反，何不救，则信死于法；信非反，而何不救，则信死于何。何固心知，信之非果反也。使信果欲反，当齐军之见夺，信可以反而不反；及云梦之游，信又可以反而又不反；迨降为淮阴，而势固已蹙矣。安有陈豨方受君之恩③，邂逅相遇，遽以反情相告？告之，而又不赴约，徒观望迟回，以自贻戚耶？

夫信素知兵，处危疑之际，虑患又深；知兵必明于乘机，虑患深，必不轻泄以败事。此舍人之告变，当何与后所文致，事之不必有者也。或谓信虽未反，虑其终当反。夫虑其终反，不过削其职幽之耳，何至于杀？即杀，亦止其身可耳，何至于族？假令信如黥布、陈豨④，发数万之兵，传檄叛汉，汉将以何法加之？

盖信无叛汉之形，而高帝不忘杀信之心，而不欲居杀信之名，吕后深知之。高帝、吕后有杀信之心，何又深知之，亦不欲居与知杀信之名，故一以其事委吕后。彼吕后者，性既敢杀，又未亲见信之战功，遂忍于相负，不惜以杀信之名自予也。其实杀不专自吕后，吕后虽悍，不过一

---

① 己亥：康熙五十八年，即1719年。

② 萧何：（前257—前193），沛郡丰邑（今江苏丰县）人，辅佐刘邦建立汉朝，制定汉律，被封为酂侯，史称萧相国。

③ 陈豨：秦汉之际汉王刘邦部将，后反叛，自立为代王，在灵丘被樊哙军所杀。

④ 黥布：即英布。六县（今安徽六安）人，因受秦律被黥，又称黥布。叛楚归汉后，被封淮南王，与韩信、彭越并称汉初三大名将。前196年起兵反汉，因谋反罪被杀。

妇人。

以高帝之英略，生杀之柄，岂遂不能自主？以何之得君，当高帝征豨时，后每事必相议，此事岂不与闻？闻之而岂不与谋？观高帝还，闻信死，且怜且喜，则帝之情可见。观何绐信入贺，则何之情亦可见矣。然则何有忌于信乎？非也。考古志，信死，门客抱未岁子诣何，何仰面大哭，密送南粤王。何既悲信之死，岂其忌信之生？其不救信，何之自为计也。

高帝之不悦勋臣久矣。当信登坛受拜，高帝已不能不疑信[1]。及拔赵下齐，高帝又不能不畏信。使君疑且畏，而尚能安于人臣之位，从古未尝有也。故信反亦死，不反亦死。使何力争救信，高帝终疑何。与其救信而见疑，不如负信以自全，此何不救信之隐意也。夫不救信，则亦已矣，岂必附吕以绐信？然不救信，则不得不附吕。附吕而信死，虽谓何之杀信也，亦宜。

〔评品〕

有深文，入何处；有原情，出何处。其出何处正入何，使无可逃。最得文家擒纵之法。

鸿门论

辛　丑[2]

知天之不可为，而犹欲以人争之，斯真能有为者矣。其卒不可为，天也。

沛公入咸阳，范增疑沛公有天子气。鸿门之役，数目羽杀沛公，羽不果。后之论者，咸病增，谓沛公既有天子气，天子安也可杀？且增于羽之诸暴不谏，而独劝杀沛公，故不能佐羽成王业，卒亡垓下。甚矣，其论之陋也！

---

① 帝：山右版无此字，据乾隆癸酉版。
② 辛丑：康熙六十年，即1721年。

　　使羽早听增杀沛公，安有垓下之亡哉？其亡于垓下，固增既去时也，所谓天之不可为者也。当楚汉之争，势不两立，羽不杀沛公，沛公必杀羽。增既委身事羽，则必望羽之取天下；望羽之取天下，则不得不杀沛公。使逆意沛公之为天子，而不敢谋加刃焉，则是为人臣怀二心，而甘以主之天下默授于人也，岂事君之义哉？

　　况羽之攻入关也，其心未尝须臾忘沛公。鸿门一会，楚汉得失之机如反掌。增早夜焦思，而幸得此机；此机一失，大事遂去。增方自恨其人，谋之未遂，而乃以增之不能顺天为非，是乎？且君子之欲尽人以争天也，亦以所谓天者，原在揣度疑似之间，非如人事之确然而可据者也。故增之疑沛公有天子气，亦在揣度疑似之间耳。

　　彼沛公素尝以天子自疑，良、哙诸臣亦何尝不以此疑沛公？如是，则鸿门之会，岂不可恃以无恐？而一时君臣相顾失措，几不自保。夫增之识沛公为天子，亦未必过于沛公之自识、与张良之识沛公也。以沛公之自识，而畏羽之杀；以良之识沛公，而畏沛公之见杀。则是羽竟可以杀沛公，而增之谋杀沛公，固未尝为不可也。

　　夫即使沛公果不可杀，在增为臣之心，亦所不顾，况其在揣度疑似之间哉？至于羽之诸暴不谏，吾亦不能无憾于增。然增朝夕亲羽，亦未必不谏，或谏之而不听，亦未可知。如鸿门之劝杀沛公，而羽不听是也。盖不可为者，天；增之所尽者，人也。厥后鸿沟之约，良劝沛公负约击楚，羽乃亡垓下。

　　嗟乎！观沛公之不肯释羽，愈知羽释沛公之疏也。故范增之谋，与良同。良幸，而增不幸耳。

〔评品〕

　　知天不可为，而欲以人争之，道破千古英雄本色，归结到幸不幸，使亚父无冤九泉。

鸿沟论①

庚子十二月十二②

楚汉既割鸿沟以盟，已而汉负约击楚，楚卒以亡。后儒乃责汉之不义，而以子房教之击者为非是。噫，过矣！君子之论人也，必揆之于时，度之以势，兼究其人初心之所存与夫德之能至与否，不得以迂阔难行者概论，而刻绳之也。

汉高乘广、胜之变，以泗上亭长呼众起事，苦于战者七八年，其初心不过欲得天下，以图富贵，非真有悯于秦政之暴，痛生民之涂炭，如商汤、周武之师，为不得已而兴者也。一旦时与心逢③，天授我以可得之机，而又曰："姑舍勿取。"将以鸣信义于诸侯，则其违情失时，与宋襄公之不擒二毛④、不鼓不成列，何以异哉？

夫楚汉之不两立，不待智者而知；汉之不能与楚敌，又汉高自知之也。彼自兴兵以来，得与楚相持不下者，仅见有此尔。以汉之势，至能与楚相持不下，其势即终能下楚。故目前之安，虽汉之所贪，而将来之势，汉之所必争也。暂欲引还，未几必自悔，悔必乘间，复出关以有事于楚。然至复有事于楚，而胜败之势又不可知矣。况汉即无事于楚，楚必有事于汉；其与汉盟，楚之不得已也。

当是时，成皋失利，兵罢食尽，姑许盟，以为息肩之计。不旋踵⑤，

---

① 鸿沟：古代运河，是连接黄河与淮河的通道，在今河南荥阳。楚汉相争时，为刘邦、项羽两军对峙的临时边界。

② 庚子：康熙五十九年，即1720年。

③ 时与心逢：时运机遇和心中愿望遇到了一起。

④ 宋襄公（？—前637），宋国第二十任国君，是春秋五霸之一。公元前638年，宋、楚泓水之战，面对强大的楚兵，宋襄公率仁义之师，要待楚兵渡河列阵后再战，结果大败受伤，次年死。

⑤ 不旋踵：来不及转身。比喻时间极短。

必且选精简锐，悉甲以来，而暗哑叱咤之师①，度汉能当之乎？不然，义帝尝有约矣，"先入定关中者王！"及汉高入咸阳，羽怒提兵攻函谷关，一举而拔。鸿门之役，汉高仅以身免。彼既不顾义帝之约，又何恤于汉高之约？既不难以锐师拔函谷，又何难以全师逼鸿沟？岂以子房之智，不能早见及此，而肯舍之勿击，以自遗患哉？

昔武王东征至孟津，诸侯会者八百，金曰："纣可伐矣。"武王复归。此圣人养晦顺天之意。若使当牧野之役，壁垒相对，商主忽下割地之诏，恐武王闻之亦疑且惧，未必肯俯首听命耳，退处故国也。汉高之于武王，其德为何如？楚置太公俎上，汉遗之书曰："若其烹，分我一杯羹。"是岂"敝蹝天下，窃负而逃"之义乎？以武王之未必行者，而责于分羹之主，欲其顾名思义，一切成败利钝置之不问，固已难矣。

〔评品〕

奕奕熊熊，是《致堂管见》《东莱博议》中文字。

王景略论②

丁未四月初九③

秦王景略之终也，属秦："勿以晋为图。"后人以景略始终为晋，列于张子房之不忘韩、狄怀英之不忘唐④，过论也。

夫景略之心，不同于两人；而景略之势，亦不同于两人。彼韩，非汉之敌，故在汉，得以为韩；唐，亦未尝与周为敌，故在周，得以为唐也。若秦、晋之各君其国，各子其民，俨然一大敌国矣，景略身在秦，尚安得

---

① 暗哑叱咤：形容厉声怒喝，威势很大。

② 王景略：王猛（325—375），字景略，青州北海郡剧县（今山东寿光）人，十六国时期政治家、军事家，前秦王朝丞相。

③ 丁未：雍正五年，即1727年。

④ 狄怀英：狄仁杰（630—700），字怀英，并州晋阳（今山西太原）人，唐代武周时期政治家，曾犯颜直谏武则天复立庐陵王李显为太子，使唐朝社稷得以延续，追赠文昌右相，谥文惠，唐朝复辟后，追赠司空、梁国公。

而为晋？使其果为晋，景略亦不忠。景略于晋，非有必不可逃之义也。

子房，韩之世臣，忠汉而非寔仕于汉；怀英虽仕周，而犹当唐祚未绝之时，寔唐之旧臣也。景略则晋人，而未仕晋，固非晋臣也；未仕晋，而仕秦，固秦臣也。人之为义，其重孰与于臣？官人之官，禄人之禄，而乃身秦心晋，阴为图存之计，则为人臣有携心，是子房、怀英之所羞道也。

且苻坚之遇景略①，不为不厚矣：谏行言听，极后代人君用贤之道。而景略经营国中，辅君成富强之业，固亦非不贤而能之也。厚，则君有不可忘之义；而贤，则不敢忘其君。忘君以利敌，中士之所不屑，而谓贤者为之也哉？使景略之心，诚在于晋，宜必不仕秦。

当桓温之伐秦也，景略披褐谈世务，温已署为军中祭酒。彼温虽跋扈，非遂王敦之比，会稽王尚能义沮武昌之移，况以景略之才，而得左右其间，俾之竭力王室，复晋中原故所失地，未必非温之能。不然即舍温归晋，制温觊觎之谋，亦未必非景略之能。乃不从温，南旋，则知其心，亦非以晋为必当事。既而事秦，则其心非以秦为必不当事，亦可知也。

景略盖功名经济之士，思得一君而事之，以自吐其胸中之奇。晋则晋，秦则秦，非真有得于圣贤出处之道，必择而后进者也。及晋不知而秦知，士为知己者用，景略之心如是而已。

观晋之伐燕，景略劝秦救燕，破晋师于谯，此得谓之为晋谋者乎？不谋于生时，而反欲谋之于死后，难矣。然则其终之语，何为曰为秦耳？诚知晋不可乘，而恐秦之自取败也。厥后，秦果败于晋，益信景略之非为晋谋。若曰景略不谋晋，则诚有之。

〔评品〕

审势推情，一归于理，卓然论世之文。

---

① 苻坚之遇景略：苻坚（338—385），字永固，又字文玉，小名坚头，氐族，略阳临渭（今甘肃秦安）人，十六国时期前秦皇帝，在位励精图治，重用汉人王猛（字景略），成功统一北方，并与东晋南北对峙。

邓伯道论①

己亥九月初七②

　　晋没于石勒③，仆射邓伯道挈子、侄以行，恐遇贼，不能两全，乃弃子留侄，卒以无嗣。时人义而哀之，曰："邓伯道无儿，天道无知！"嗟乎，此天之所以有知也。伯道之弃子，于理为不安，于情为不顺，逆理而违情，虽欲不谓之欺天，不可得也。

　　夫父子之恩，天性也。己之于子，父子；弟之于其子，亦父子。全弟父子之伦，而戕己父子之性，伯道信以为人之亲其子，果不当如其侄乎？即自揣其爱侄之切，果胜于爱其子乎？吾不知弃子时，子若何恋？恋于伯道，而伯道此时竟何以为情也？今设有两途人，呼号望救于我，其望生之情均，其可死之势亦均，而我必杀一人以生一人，仁者固有所不为。伯道之视其子，其视途人为何如？而忍为之乎？况伯道当日，原非处必不两全之势也；使处必不两全之势，贼手刃而胁之曰："杀尔子，则存侄；杀尔侄，则存子。"伯道念己身之尚在，痛亡弟之一息，不得已而舍其子，亦强义者之所为，然君子犹谓其情之难也。

　　乃初与贼遇时，已掠其牛马而去，则此后不复遇贼，亦未可知；遇贼，而贼不害其子，亦未可知。安有预悬一或然之想，而曰："度不能两全。"遂弃之以去哉？则贼之杀子犹未定，而伯道之杀子早自决也。且当日之贼，未有定所，伯道虽弃其子，安知弃子之后，不复遇贼？遇贼，而安知贼不复害其侄？是侄之存亡，并不系乎子之弃与不弃。欲存一未必生之侄，而先弃一不必死之子，盖徒以全存侄之名尔。而又自言曰："幸而能存，

① 邓伯道：邓攸（？—326），字伯道，平阳襄陵（今山西襄汾）人，西晋永嘉之乱时被石勒俘虏，授为参军，逃至东晋，历任多职，官至尚书左仆射。为官清廉，在吴郡太守任上深受百姓爱戴。

② 己亥：康熙五十八年，即1719年。

③ 石勒（274—333），本名匐勒，字世龙，上党郡武乡县（今山西榆社）人，羯族，十六国时期后赵政权建立者。

我后当有子。"嗟乎，伯道既以弃子之事矫人，复欲以存侄之事邀天乎？使天早语伯道曰："尔后当无子！"则伯道之弃子，或未必若是忍且决也。

古人云："为善无近名。"夫求名于人且不可，况责报于天乎？今果冥冥之中有定伯道之案者，其从全侄之例乎？其从杀子之例乎？不知何以引断也。昔第五伦于兄子病，一夜十起，退而安寝。于子病，不一省视，而竟夕不眠。彼虽自谓有私，然第五伦之私，在人情之中。伯道之公，在人情之外，所谓"非人情，不可近"者也。易牙之"烹子啖君"，与此事清浊虽异，而其心之忍则一也。使天下慕伯道之所为，吾恐刻薄之夫，皆矫情干名，欲以侥幸于天，而父子天性之爱，几何不绝于人世哉？吁，天道其知之矣！

〔评品〕

觑定忍心邀名，立言雄辩层出，伯道无从置喙；读之令人慈爱之念油然自生，洵有关世道人心文字。

郭汾阳王论①

甲　辰②

大臣之得，固于君也，不以术。用术则自疑而疑君，疑君则君亦疑。用之不善，则君之疑立形；用之善，则无可疑之隙。而有不信之心，疑固待时而动也。

史称郭子仪穷奢极欲，方正学以为子仪徇众人之为③，而使君知己不

----

① 郭汾阳王：郭子仪（697—781），祖籍山西太原，华州郑县（今陕西华县）人，唐代政治家，军事家，有平定安史之乱、再造大唐之功，封代国公、汾阳王，被尊为尚父，追赠太师，谥号忠武。

② 甲辰：雍正二年，即1724年。

③ 方正学：方孝孺（1357—1402），宁海人，字希直，号逊志，因在汉中府任教授时，蜀献王赐名其读书处为"正学"，亦称"正学先生"，明朝大臣、文学家、思想家。洪武三十一年（1398），明太祖死，惠帝遵太祖遗训，召方孝孺入京，先后任翰林侍讲及翰林学士。燕王朱棣发动"靖难之役"，挥军南下京师。惠帝亦派兵北伐，讨伐诏书檄文皆出自方孝孺之手。建文四年（1402）五月，燕王进京，方孝孺拒不投降，被捕下狱，因拒绝为朱棣草拟即位诏书，于南京聚宝门外被处以凌迟之刑。

足疑，保身之智也。余曰："非也。贤者固有所不足，此子仪之不足，尔不得以为智。以此为智，则子仪亦不善用其术矣。"君子之事君也，必其心一于君，而又使君之能知其心，故上下之交不疑。子仪之心果一于君矣，不宜又徇众人耳目之欲，以自开其可疑之端也。

天下之可疑者，孰有大于欲？臣之所望于君，与君之所惟恐不能厌其望者，皆是物耳。安有裨将、牙官森列堂下，服食、器用之好一拟诸天子，而欲使人主之不疑，谓情也哉？而不疑者，则以唐太宗保全功臣，绝于往代；数传之后，遗意犹存。仆固怀恩之叛，则全其母；李怀光之叛，则念其子。况子仪之功，倍蓰此两人者乎！而子仪又能不以利害芥于胸，诏书一至，即日就道。当时之君，有深亮其心者矣，非亮穷奢极欲也。

观相州之败，则谗留京师，以李光弼代。盗发子仪父塚，入朝之日，上下汹汹然。是当日之疑子仪者，固有也，曷尝尽以穷奢极欲免哉？厥后，杨绾做相，子仪减去声色五之四，可知子仪之心，亦自知靡丽非苟①。臣所宜特以大节无愧，小小者无事矫饰，姑狃于性之所好而不能自克，非果求免于穷奢极欲也。

使其功成身退，日随二三羸仆，萧然山水间，无复耽乐富贵之见，岂遂不能自免？岂必穷奢极欲，而后足明其心之无可疑耶？如此而使人主不疑者，幸矣。非子仪心一于君，而又能使君之知其心，何以全之？昔王翦将秦兵六十万伐楚，临行，请美田宅。翦之意，以为空国之兵在己，恐君疑之而中掣其肘，则功不能成，故以是坚君之志，非徒欲保其家也，翦以是行于阃外②。而谓子仪欲用为终身自全之计，恐子仪之智，不肯用于此也。

子仪有再造之功，奢欲何足累子仪？然不如无之为愈也。指子仪之所不必有而以为美，则适足掩子仪之贤，而令天下后世功高震主者，相率而入于骄也。

〔评品〕

议论委折周达，有似紫阳序论波态。

---

① 靡丽非苟：极度浪费、奢华，没有穷尽。

② 阃外：指京城或朝廷以外，亦指外任将吏驻守管辖的地域，与朝中、朝廷相对。

盖寓论①

乙 巳②

李晋王克用，既灭王行瑜，请乘胜取李茂贞③，朝议不可；将入朝，盖寓止之。胡致堂曰："盖寓于此，有失策焉。不早请诛茂贞，乃致朱全忠先手，以移唐祚。"嗟乎，唐祚之移，岂系茂贞之诛不诛哉？而盖寓此言，可谓知大体矣！其为克用虑，至深远也。

盖克用心忠于国，而才近跋扈。自沙陀入卫以来，乃仅得闻斯语也。当是之时，强藩镇各擅数州之地，以自尊大。召不来，挥不去，乘衅则请入朝，危及乘舆。天子下堂，出走宫阙；宗庙之大，为之灰烬；百姓流离，或数岁不得宁居，为祸最烈。使克用一旦不奉天子召，徒以请诛茂贞之故，强自入朝，惊骇朝野，天下闻之汹汹然，将跋扈之迹，与此辈何以异？盖寓甚为克用不欲也。且克用即入朝，茂贞亦不得诛。

当朝议之不许取茂贞，非果欲全茂贞也？盖其心之畏克用，甚于畏茂贞，故欲留茂贞以角克用。今虽欲入朝，朝议必力止之。止之不获，群小必拥天子，西走茂贞。茂贞既挟天子，以拒克用，则茂贞为有名。天子在内，而克用攻之于外，朱全忠必假援天子之名，以讨克用，则全忠亦有名。挟天子之贼拒于西，援天子之贼讨于东，克用居其中，固俨然一叛臣耳，其何以自免？设不幸而败，天下谁为克用谅之？此盖寓所为深虑者也。

抑又有可虑者，朱全忠之欲篡唐，非一日矣，不以茂贞故也。茂贞不诛，全忠借口于茂贞；克用诛茂贞，全忠又将借口于克用。盖唐时之人，徒畏藩镇之祸，而不辨其谁为忠邪。假令得诛茂贞之后，强兵之名震天

---

① 盖寓（？—902），唐末蔚州（今张家口蔚县）人，辅佐晋王李克用镇抚太原，入关讨伐王行瑜，最为李克用信任。
② 乙巳：雍正三年，即1725年。
③ 贞：乾隆版、山右版皆为"正"，据实改之。下同改。

下，此固朝之君子所疑，而小人所忌也。疑且忌于内，而朱全忠遂得以兵，伪声克用之罪，内外交攻，其时，克用能自安乎？全忠之兵不解，势又必罢克用以谢全忠。所谓虽诛茂贞，而犹有可虑者，此也。盖寓岂不虑及此哉？及后茂贞再犯阙，克用发兵，入援不果，似为失策，然朱全忠甚仇。克用入援，全忠必袭其后。此又盖寓与克用之隐虑，后人或不得而知也。

嗟乎，茂贞、全忠各结内臣以为声援，而克用无之，此所以不得近乎天子，而卒困于晋阳钦。然其得守晋阳，而终唐之世，无失臣节，未必不自盖寓此一言基之也。盖寓，可谓知大体矣！

〔评品〕
因时度势以立言，识力超卓，开拓万古心胸。

文信公论①

乙 巳②

小人之害君子，不可谓不知君子，留梦炎知文信公矣③。知文信公奈何？以其劝元杀信公也。劝元杀信公，何为知信公？知信公之能叛元也。元不杀信公，信公必叛元；必叛元而杀之，何为不知信公？

夫存一必叛人之志，而又挟必可以叛人之才，尚欲留人之国，而冀人之无加害于己，盖亦难矣。故数年之不杀于元，幸耳。及其见杀，信公固曰："知我也。"然则"黄冠归故里，方外备顾问"之言，伪乎？曰："奚为不伪？"信公尚不欲以徒死，岂其欲以苟生？

---

① 文信公：文天祥（1236—1283），字宋瑞，自号浮休道人、文山。吉州庐陵（今江西吉安）人，南宋末政治家、文学家，爱国诗人，与陆秀夫、张世杰并称为宋末三杰。

② 乙巳：雍正三年，即1725年。

③ 留梦炎（1219—1295），字汉辅，号忠斋，衢州（今浙江衢江区）人。以状元宰相身份降元仕元，失节保命。元帝忽必烈有心释文天祥为道士，其阻曰："天祥出，复号召江南，置吾十人于何地！"文天祥从而被杀。《宋史》《元史》均无其传。

方其提赣州乌合之众，奋然仗戈，先天下勤王者而作之气，是其志固不在生，诚欲有为也。及元兵压城下，犹议背城一战。真州之脱间关，走闽海，是岂知其不可为，而遂不为之者欤？其志又不在死也。当是时，以张世杰之忠焉而死，以陆秀夫之贤焉而死，乃入万死一生之地，留其身以有待者，独有一信公在①，元亦不能不以此畏信公。"黄冠归里"之言，聊以谢元世祖不死之意。其实，果得归里，数年之后，遇有水旱盗贼，信公肯坐失其机，守黄冠之故约，而甘与元之君若臣，靦然面目，共生于天地之间哉？

夫以信公之贤，而当宋之新亡，一时逸民义士，未尽泯没以死，一有可乘，鼓之遂起，正不待土崩瓦解如元之季世始然也。使信公不早计及此，而但欲以黄冠之身，终老牖下，则与举兵入援之日，前后何径庭哉？盖信公一日不死，则宋祚一日可复。

故当其生也，无偷生之心；而于其死也，亦绝不肯有苟死之意。迨至不得已而死，则信公之不幸，然吾谓信公亦幸而死耳。考元自世祖混一后，数十年之间，无大失政，信公即不死，亦无机可乘。无可乘，则不如死；死于故里，则不如元。而其所以得死，寔留梦炎能知信公使然。

嗟乎，留梦炎徒知害信公耳，岂知所以成信公也哉？

〔评品〕

黄冠一语，从未有阐发及之者；得此而信公心事，益与日月争光。

汤武论②

己亥九月初八日③

尧舜之圣，幸而揖让；汤武之圣，不幸而征诛。汤武心非利天下，不得已而出于征诛。而后之言征诛者，必自汤武始，以是叹汤武之所遇为不

---

① 信公：山右版无此二字，据乾隆癸酉版。
② 汤武：商朝创立者成汤与周朝创立者武王之并称。
③ 己亥：康熙五十八年，即1719年。

幸。论者不察，徒求诸古人扬厉之词①，曰："缵禹旧服②。"曰："于汤有光。"遂以为圣人之仁至义尽者，于是乎在。

嗟乎，圣人即不以此损盛德，奈何指其所不幸，而以为美哉？此如周公之诛管、蔡，孟子论"为过之宜"，若遂指此为公之德之盛，则固公之痛心疾首，而不敢自安也。盖人伦之所遭，有常有变。圣人人伦之至，良以圣人能尽其道。谓人伦必不变于圣人，虽圣人亦有所不能。故以汤武之圣，而不能得之于君臣；以周公之圣，而不能得之于兄弟，皆极天时人事之惨。圣人亦受颠倒于气数之内，而其心，几无以白于天下后世，此圣人之不幸也。

孔子删《书》，虽无非于南巢、牧野之事，而《鲁论》一书，常若有微词。故朱子曰：文王、泰伯，同以至德称之，其旨微矣。微之者何？以其称让为至德，则不让者之非至德可知；称服事为至德，则不服事者之德之非至，又可知。若徒称文王、泰伯，而美为德之至，固不可言微也。

至其论才，则又曰："唐虞之际，于斯为盛。"此虽圣人盛周之才，而周才之所以不及唐虞，亦概可想矣。盖际者，揖让之会也。周非揖让，不得为"殷周之际"，而又安从借才于异代乎？向使"十乱"得与武王从，小心翼翼之，圣偕"殷三仁"，比肩事主，都喻吁咈于一堂之上③，纵其才不尽如五人，而以二三人当一人，其优绌正不敢臆断。而圣人之所以论定者，又不知其何如；乃不获有此，而卒以燮伐大商④，成太白悬旄之绩。圣人"才难"之叹，倘未必不寓此乎？记者会圣人之意，而先之曰治，曰乱，戡乱之才，其不可与致治同年而语，岂顾问哉？

昔"成汤放桀，而有惭德"。曰："予恐来世，以台为口实。"吁，圣人之虑来世亦至矣。使成汤生于来世，亲见放伐之事，正恐忧切于中，而食不下咽也。岂但虚悬此心，而虑得失于万一也乎？至武王行之而不惭，

---

① 扬厉：发扬，意气风发。
② 缵禹旧服：继承中国九州之地。
③ 都喻吁咈（xū fú）：皆为古汉语叹词。本以表示尧、舜、禹等讨论政事时发言的语气，后用以赞美君臣论政问答，融洽雍睦。
④ 燮伐：协同征伐。

成汤先之也；武王以成汤为先，而天下后世遂以汤、武王为先。

夫求揖让于三代之后，尧舜未必能行，则征诛固天运之不得不然。以不得不然者，而汤武先之。先之者，不幸也。苏子曰："武王非圣人。"其论为过。余谓武王特圣人之不幸者尔，而文王深远矣！

〔评品〕

汤武之圣，而犹以所遇为不幸，可知君臣大义，一毫不得宽假，愈见古圣人胸中，真是纤芥难容。本孔子之言为宗，而尧、舜、泰伯、文王、周公，主宾错综，变幻入妙。

卷　三

魏不受卫鞅^①

戊申十月三十日^②

　　吾今而知，小人之可以亡人国也，而亦可以存人国：用于既强之国，则亡；用于将亡之国，则存。

　　秦孝公用卫鞅而秦强，秦之亡即亡于恃强，故曰用于既强之国则亡。秦强而六国亡，使六国用之，则亦强；彼其所以致强之道，不过刑名法术而已，终亦必亡。然必不亡于初强之时，故用于将亡之国则存。鞅初在魏，公叔痤劝魏用之^③，不果，卒走秦。夫不用鞅，未为魏失也。彼鞅者，诚不可用，而独纵之入秦，则魏之亡形兆矣。后秦东向制诸侯，魏之受患最先，魏自贻戚耳^④。

　　孝公死，秦人怨鞅，将杀之。鞅亡入魏，于此不用，则魏之大失也，何者？秦固鞅之所必报也。小人之心，安乐则暴，而忧患则深。鞅以得罪幸脱之身，求全于魏，则将悉力自效。其所经营于魏者，当不同于用秦之日，更不同于公叔痤初欲用魏之日。必且愤发雄勇，大作魏人之气，而深

---

　　① 卫鞅：商鞅（前395—前338），卫国国君后裔，姬姓，公孙氏，故称卫鞅、公孙鞅。因立功获封于商十五邑，号为商君，故称商鞅。战国时政治家、改革家、思想家，法家代表，通过变法使秦国成为富裕强大的国家，史称商鞅变法。

　　② 戊申：雍正六年，即 1728 年。

　　③ 公叔痤：战国时期魏国大臣，孟尝君死后，担任魏相国。痤，乾隆癸酉版、山右版皆为"座"，据实改之。

　　④ 贻戚：留下烦恼，招致忧患。

合五国之交，并力为秦患。非但若合纵之士①，鼓簧于口舌，徒幸无事，而不旋踵以取败也。盖纵谋之败，以无可恃，果有魏以为诸国之恃，则不败矣。

观田文合韩、魏之兵攻秦②，直入函谷关，以文之怨，在秦也。幸而鞅怨在秦，则魏不得复仇鞅。昔管仲，齐桓公之仇也，用之以霸。鞅之才，诚不及管仲，独不可与文辈比论乎？魏不师桓公，而反纳之，秦以幸秦旦夕之无侵。夫秦之侵魏，徒有鞅在耳。秦知用鞅以侵魏，魏不知用鞅以挠秦，则奈何暗于利害之机哉？

虽然鞅之暴大矣，魏用鞅，则鞅不杀于秦。以鞅之暴，而得其所死，岂天之所以报小人？吾今而知，小人之可以亡人国，即能自亡也。

〔评品〕

不游掠于营外，直入坚阵，变化诡谲，英锐莫当，国策秘钥有是，此固得之。

汉昭烈不取荆州③

甲　辰④

天下有大势，惟勇者能据之；乘天下之势有大机，惟智者能得之。机之所关，间不容发，其机一失，后虽百其谋，力以追之，而智者无所用其谋，勇者无所施其力。若昭烈之不取荆州，可谓失机矣。

荆州，天下之大势也。扼南北之喉，得之可以制吴、魏。故壮穆因之北向，而魏人不敢当其锋。然当南北之冲，为吴、魏之所必争。故壮穆方北向，而吴人遂已袭其后，则荆州之得之重，而守之难，亦概可见矣。余尝论荆州之守，非壮穆所难守，所借之荆州，是以难耳。

---

① 纵：乾隆癸酉版、山右版皆为"从"，据实改之。

② 田文：即孟尝君。战国时期齐国贵族，门下养食客数千，"战国四公子"之一。

③ 汉昭烈：刘备（161—223），字玄德，东汉末年幽州涿郡涿县（今河北涿州）人，西汉中山靖王刘胜之后，三国时期蜀汉开国皇帝。

④ 甲辰：雍正二年，即1724年。

三国时，吴、魏皆有凭借。蜀君臣无尺土之阶，以白手定大业，则蜀之人才，固过于吴、魏。刘表不能以荆州再世，信非昭烈之辈，孰能长据而有哉？使乘表之让，获有荆州，魏虽强，必不能临江横槊，而吴人亦绝不敢以非分之想，萌觊觎于荆州也。乃姑息犹豫，坐失此机。既失已，而始百谋，力以取之；取之于魏，而又名借之于吴。

物之固有于己者，人非甚强不敢夺；而物之偶借于人者，人虽甚弱不忍弃。荆州之借，吴之所不忍弃也；吴之不忍弃，则昭烈之所不能夺也。盖借，则于势不安；借而不还，则于理不直。以不安之势，重之以不直之理，故虽壮穆之智且勇，不能以此折吴人之心。而吴君臣早作夜思，得之则荣，失之则辱，不能一刻甘心于荆州者，亦职由此也。

彼曹操者，知荆州之不可复得，遂舍之为饵，以构两国之衅。而两国六七年间，往来争辩，使不绝于道，哓哓然今日议分①，明日议还，卒之仇怨相寻，至于毁败。荆州之亡，实亡于不取荆州之日也。孟子曰：“行一不义，杀一不辜，而得天下弗为。”此言圣人心理之极，非所语于干戈扰攘之际也。

成一时之小谅②，失天下之大计，乡党自好之士为之，岂取天下者所宜出哉？况不取荆州而取益州，武侯盖逆知荆州之借，未可久安，故不得已，复事于西，以为自安之计。其实早取荆州，以坐观益州之变，则益州终可取。而致其取之，亦必有道矣，可不至如当日之急遽而无序也。

或曰：“表甚私其后妻之子琮，未必实以荆州让昭烈。”夫表，非曹敌也。当操举兵压境，表实不能无惧心；况其将死，而孱弱之刘琮，岂足支大颠？表诚知，与其以荆州弃之操，何如委之昭烈？而令其子有所依，以自全也。则为昭烈者，与其以荆州弃之操，何如取之己？而令表之子有所依，以自全也。取其地而全其子，固亦义之可通者矣。比益州之取，不犹愈乎？

故昭烈之不取荆州，于是乎失机。

---

① 哓哓然：争辩、嚷叫不止的样子。
② 小谅：指小事情上的信用。

〔评品〕

于当时情势，洞若观火，故曲折透快言之，遂为千古定论。若行文之飞扬，出没不可踪迹，眉山而后，孰与抗行？

淮阴侯取赵

甲　辰①

用兵之道，入险难，弗大胜，则大败；险而能以实行之，故不险。尝至井陉道，凭吊淮阴所以取赵处，何其险也！及观背水之阵，则又险。

夫淮阴号知兵，奈何出入万死一生之险，以侥幸成功，岂不亦不慎矣哉？及详制胜之由，然后叹淮阴用兵之神，而知彼知己，其行之险者，皆实也。兵莫神于奇，莫速于劫，莫秘于间，三者皆用兵之所难，而淮阴兼之，尚于险乎何有？

井陉，赵之所倚，为一大险也。不入井陉，则无以探赵之咽喉。当是时，赵若以重兵阻关，则井陉必不能入。或曰："淮阴料赵之智，必不能以兵阻关也。"淮阴能料赵，不能料左车子②。赵若听左车子之言，必以重兵阻关。或曰："淮阴料赵之智，必不能听左车子也。"既入，不速夺赵壁，则井陉必不可久驻。或曰："淮阴背水之阵，能得士卒之死力，故赵可速胜，其告诸将曰'置之死地而后生'是也。"是皆不然，人之智虑，变于俄顷③。赵虽不听左车子，设左车子再三争之，安必不听？设赵之亲信，有是左车子之言者，以其言，再三争于赵，赵安必不听？淮阴虽善料，恐料不及此。

况井陉之地，既难于入，尤难于出。当日赵陈高阜，望井陉若隧。赵若坚壁不战，以轻兵出井陉后，则淮阴之兵必乱，背水之阵，徒速之死

---

①　甲辰：雍正二年，即1724年。

②　左车子：李左车，生卒年不详，西汉柏（今邢台隆尧）人。赵国名将李牧之孙，秦汉之际谋士，秦末被赵国封广武君。背水之战亡赵后，韩信向其求计，用百战奇胜良策，使韩信收复燕、齐之地。

③　俄顷：乾隆癸酉版、山右版皆为"俄倾"，据实改之。

耳，是皆不测之险也。淮阴安肯以三军之命，徒试之于一料哉？淮阴固筹之定矣！盖先有间伺于赵，凡左车子之为赵谋，赵之所以不听左车子，已无不得其情，然后决意入之，而无疑也。既入而恐赵之不速战也，故为背水以饵之，使赵人贪背水之利，空壁而来。然后千余人，得以间道入赵壁，拔易其帜，一鼓而赵可虏也。

大抵用兵之道，无试险，无争利：料险之可，不十不入；料利之可，不十不贪。凡此者，赵失而淮阴得之，故曰："行之于险者，皆实也。"后宋高祖伐南燕，一踵淮阴取赵事①，料燕之智，必不能守大岘。既过，喜形于色，盖喜己之得脱于险，则知入大岘时，未免有试心也，其较淮阴之成功，固已幸矣。蜀之马谡，亦所称知兵者，街亭之役，卒以死地取败，又孰谓"死地可尽生"？

〔评品〕

以"行之险者，皆实"为主，识议卓绝。淮阴逆赵，文逆淮阴，井陉一战，历历如在目前。

晁错居守②

戊　申③

苏子曰：错"使天子自将而居守"，欲为自全之计，乃所以自祸。夫谓为自祸，是也；而以为自全，非也。错，非欲自全者也。错之谋，即如寇准澶渊之战④。

---

① 一踵：追随，继承，效法。

② 晁错（前200—前154），颍川（今河南禹州）人，西汉政治家、文学家。汉景帝时任御史大夫，主张重农抑商、移民实边与削藩。吴楚七国之乱，景帝从袁盎计，腰斩晁错于东市。

③ 戊申：雍正六年，即1728年。

④ 寇准（961—1023），字平仲，祖籍山西太原，华州下邽（今陕西渭南）人，北宋政治家、诗人，出任宰相，力主御驾亲征，澶渊退辽后，因王钦若、丁谓等人排挤，数被贬谪，病逝雷州，复爵莱国公，追赠中书令，谥号忠湣，人称寇老西儿。

七国之反，以诛错为名，其心不能不忌有天子。错使天子自将，以中七国之所忌，则彼师为无名，而三军之气夺矣。错欲以此，速已天下之乱，不幸计沮身灭①，初非因欲自全而然也。自全之说，苏子特因袁盎之谮，而究其弊于居守，其实错之心有断断不至是者也。

错之所以得死者有三，而不在欲自全。当文帝时，贾谊欲众建诸侯，而少其力，文帝尚迟回，不肯用。错乃谋削七国，无故发不世之难，固已险矣。当是时，方捍患之不暇②，犹暇借是倾袁盎，则适足发盎之谮锋。而自将之议，又犯天子之不顺。何也？

七国之削，非独错谋，实景帝之深欲也；削之而反，则帝之所不料也。反出于帝之不料，则己不能无悔于错谋，而又重之以所不顺，虽使从错之议，率六军之众，亲冒矢石，获成功而还，为居守者，将何以堪之？彼澶渊之役，寇准身与行间，王钦若犹有孤注之谮，真宗卒以此疏寇准，况错之居守者乎？

夫人臣，为国家发不世之难，遗天子以情之所不顺，而先施启奸谮之口，如是者，无一不可危。则错之滨于死，数矣；而特不意死之，若彼速也。盖人好为欲速之谋者，其取祸亦速；而险于谋天下之事，往往自中其身。错惟锐于削国，而算弗先定；一旦变出非常，其急切之心，遂不能少待。使少待，而以一二大将，奉天子之命，出兵制吴、楚，则吴、楚亦必败。观错诛，而吴、楚不退；卒成功，周亚夫固知无待于天子之将也。惟天子自将，则试险而成功速。

吾观错之谋汉，与其所以自败，始终无出险与速。盖识有余而气不足，不能自养其锋，骤用之，以至于败。故其父谓错曰："刘氏安，晁氏危。"惟不知自全之道使然耳。不自全，卒亦无济于天下之事，此天下之所为惜也。苏子固曰："天下惜错之，以忠而受祸。"使果欲自全，则不忠而可诛矣，又何惜？

〔评品〕

错本自不能无失，不必复以欲自全，故示深文。通篇出入、操纵，俱极酣畅淋漓

---

① 计沮身灭：自己的计谋遭到阻止，并给自己带来了杀身之祸。

② 捍患：抗击、抵御忧患。

之致。

直不疑偿金①

甲辰六月二十二日②

直不疑买金，以偿同舍，世称为长者。苏子独谓之："求名有以哉？"或曰："不疑偿金，弗令人知也，何名之求？"余曰："此不疑之所以求此不求名之名也。"孟子曰："好名之人，能让千乘之国；苟非其人，箪食豆羹见于色。"

若汉以来，士之好名者，与孟子之时又远矣。能让箪食豆羹，千乘之国或未必然也。不疑偿金，是直箪食豆羹之义耳。其以金偿，同舍固以名自偿也。彼谓金可以得名，而所谓盗金者，即终可以得不盗金之名，并可以得不辞盗金之名。故不辨之而偿，偿之而复不辨。若隐隐以偿金之名，寄之同舍，待同舍之误，持金者告归而必返，返而必不昧其金，然后情暴事彰，而其名遂取之如左券也③。孰谓其果以盗金自污哉？

盗金者，小人之事；而偿金，君子中之盗也。君子之处世也，不敢邀君子之名，亦不故邀小人之名。无故而甘居小人之名，则其情必有甚贪，而于名将重，有所不能忘。古之人为君受过，为亲受过，有时冒天下之疐，而不必自明其心，彼其心诚有不得已。视不疑之偿金，其大小为何如？岂不箪食豆羹之不若乎？且不疑亦乌能充其偿金之心！设使所亡之金多，而至于力之不能办，不疑将何以偿？或同舍者，贪不疑之偿，易一时而再以亡金告，不疑将何以偿？

夫人必有不视千驷万钟之识，而后能平情于一介。若不疑之区区于薄

① 直不疑：西汉南阳人，官至御史大夫，做官低调，人称长者。
② 甲辰：雍正二年，即 1724 年。
③ 左券：古代称契约为券，用竹做成，分左右两片，立约方各拿一片，左券常用作索偿的凭证。后谓有把握即操左券。

物细故，其不平也甚矣，安能充之以至于大而无往行之不得也？昔蘧伯玉①，耻独为君子。不疑偿金，难为受金者地矣。不疑，而非君子；不疑而君子也，能不耻哉？

〔评品〕

看破邀名伎俩，层层抉发，如剥蕉心。

北汉主报宋太祖

乙 巳②

"辞之不可以已也③，如是夫。"吾于北汉主钧所以报宋太祖，知之也。北汉偏据太原，地非广于蜀唐，兵甲之强且利，亦未必过于吴楚、荆南诸大镇也，乃终钧之世，晏然无事，阅十余年，无一矢加遗，岂不以其辞哉？

史谓："宋祖哀钧之辞，而不忍加兵。"非也，宋祖诚服之矣，徒哀之云尔乎？北汉世承汉业，于历数为正统，使当隐帝遇害时，若天命之有归，传檄天下，伸大义以混一海内，则名正言顺，固未见其当绌于宋也。宋乃欲假桓、文之故智，慁汉来降，曰："尔何困此一方民？"其词浮而骄。钧之报宋则曰："我家世非叛者，区区守此，惧汉氏之不血食也④。"大哉，言乎！心之不欺，气之不侮，力之足以奋发而有为，俱于是乎在。亡国之君，未闻有此言也。

诚念高皇帝如线之祚，传于渺身，身既负荷先业，于宋非臣非叛，尺寸之地，义不当予人。宋即贪汉之土地人民，欲兴无名之师，北逾太行，向能死社稷之君，以决胜负，问鼎于城下。吾知不欺，必能结民；不侮，

① 蘧伯玉：蘧瑗，字伯玉。春秋时期卫国大夫，孔子的朋友。封先贤，奉祀孔庙东庑第一位。

② 乙巳：雍正三年，即1725年。

③ 以：乾隆癸酉版、山右版皆无此字，据《左传·子产坏晋馆垣》补之。

④ 血食：受享祭品。古代杀牲取血以祭，故称。

必能驭众；奋发有为，必能得士卒之力。将背城一战，出死力以抗宋师，宋能必其有济乎？

故宋祖知无济而不为，非果有哀于汉也。不然，南唐之灭李煜一门，臣妾请成其可哀，视汉为何如？乃宋祖则曰："卧榻之侧，岂容他人鼾睡。"何不忍于汉，而独忍于唐？且李继勋之攻汉，在钧死之未逾月，独不念汉氏之不血食乎？以此知宋祖之非真有哀于汉也。

宋祖尝雪夜至赵普家，计下太原。普深阻之，而又张其词曰："诸国既平，弹丸安逃？"盖一时君臣，当大业甫定之余，欲侈服远之略，不肯以言示人弱，概如此也。其实太原之不能骤取，宋祖与普固已相喻于无言矣。其不能骤取者，以有钧之辞在耳。

观钧死之后，继勋帅师攻汉，竟不能克，至太宗之四年乃下。益知生前所以为此辞，实有自固之算，其知彼知己，非出于仓猝也。太祖之服，岂徒以辞而已乎？然则钧固非但能辞也！

〔评品〕

宋非哀汉，史家从未参及；明眼看破，婉曲中复，极雨骤风驰。

岳武穆班师

壬　寅①

学者不设身处古人之地，而谈可否于事外，则甚易；况执事后之成败，以定可否，无怪其言之多中也。岳武穆朱仙之役，功垂成而班师，卒去天下事。说者曰："公当违诏以进，待其成功，然后以身请罪，则身亦可免。"嗟乎，公之所处，固万无可进之势也，即进，亦无成功之理。为此说者，徒见其易于事外之谈，而亦不中于事后之见，其弗思已耳。

宋之和议，非但秦桧所深持，亦高宗之所便也。金牌之诏，一日十二，公安能抗不奉命哉？兵法云："将在军，君命有所不受。"此言偶尔攻

---

①　壬寅：康熙六十一年，即 1722 年。

守之事，非所语于公之所处也。当桧以和议沮公，公之得与桧格者，独有战功。乃和之苟安已形，而战之成功未见，以金之强，岂得锐师压之？果遂如与诸将之约"饮黄龙府，可计日而待"哉？

夫公之成功，桧之大忌也。忌功之成者，刻不容待；而公之成功，尚必需之时日，则此时日之内，桧必百计中公。越一日不归，再必变法以诏；越数日不归，必数变其法以诏，不但如金牌十二已矣。甚或责以阻误国是之罪，夺之职而收其兵符，当是时，犹能抗不奉命乎？

又或遣一臣，亲宣天子之意，曰："举朝甚忧将军跋扈，天子独嘉乃忠，谓将军其必还，以执朝臣之口用，昭天子用人不贰之德。不然，即请血使臣颈，以明将军之果不臣也。"当是时，犹能抗不奉命乎？使不奉命，则真叛矣。如是以求成功，则功固不可成。

用兵之道，作气为先。身负叛名，三军之士咸有进退维谷之惧，师未动而气先沮丧矣。以沮丧之师，深入重地，声援不至；金且以重兵袭其后，孤军久老于外，焉有不败乎？小败，则桧得以丧师按公罪；大败，则以公假手于金。夫人臣欲忠于国，而徒抗天子之明诏，奋万死不顾一生之计，以侥幸成功，固已舛矣。况功之无成，卒误国家事，而亦无以自明其心迹。公之智勇，其何取于此？

盖公之班师，经也！以公之班师为失计，欲公之行权也，然无功不可以为权。公之心，固非一二事外者之见，所能测识也。

〔评品〕

设身处地，方有此论；后儒纷纷言权，徒扰古人。

丙吉问牛喘①

甲　辰②

丙吉为相，出见群斗，杀人横道。不问，曰："京兆之事。"见牛喘，下车问之，曰："三公调阴阳，职当忧。"时人谓其知大体。甚哉！丙吉之好为大言也。然其细己甚彼③，以宰相之体安在哉？

正朝廷，以正百官；正百官，以理万民。俾百姓安乐寿考，靡有不得其所，是则体之大者矣。若区区一牛之喘，不过物类气息之偶然，未必有关阴阳之事。且阴阳之在牛与在人，孰重？百姓不亲，而后物失其性，不推其本于人，而遽于物是问，吾未见阴阳之大，果一牛所能转移而调剂之也？京兆任百姓，而宰相反任一牛，则京兆之职，固大于宰相矣。

夫宰相，百官之率也。兵、农、礼、乐，钱谷、刑罚之务，不必身任其劳，而无不心筹其成。若一切谢之非己事，则天下事，莫不有官；官，莫不有司；各诿其事于所司，而宰相其何事哉？《周官》之制，自冢宰，以至司兽，皆有事。杀人，则曰京兆之事；牛喘，独不可曰司兽之事乎？若必以牛为阴阳所兆，则天地间，固不独一牛。草之黄，木之枯，风之鸣条，雨之破块，莫非阴阳之所兆，而欲执是，以理阴阳，虽圣人不能，况丙吉乎？吾恐牛即有阴阳之理，亦非不问斗杀之丙吉所能问也。

昔文帝问钱谷、刑狱之数于周勃，勃不能对；问陈平，平以宰相调阴阳，非其职。吾谓平实不知，故欲此以塞其责，非实知之，而以为不当言也。然亦未至如丙吉之混轻重而失序若此之甚也！盖丙吉者，是不问钱谷，而问耗鼠；不问刑狱，而问斗蚁，曰将以"调阴阳"也，不亦细乎？

古之君子，仁民而后爱物；其爱之也，亦必实有所及。齐宣王"以羊

---

① 丙吉（？—前55），字少卿，鲁国（今属山东）人，西汉名臣。宣帝时封为博阳侯，后任丞相，为政宽大，谥定，为麒麟阁十一功臣之一。

② 甲辰：雍正二年，即1724年。

③ 细己甚彼：对自己的事情细致入微，对别人的事情不闻不问。

易牛"，孟子讥其恩足以及禽兽，而功不至于百姓，然固已及之矣。吾不知丙吉问牛之后，其恩之及于牛者，又安在？竟有何术焉，可以已牛喘也？嗟乎！彼固以阴阳之事，非人所能推诘也哉？

〔王玶自记①〕

丙吉之贤，固不以此一事掩；若贤，此一事反足掩丙吉。玶蚤岁曾有是作，后读司马温公，所论多同，遂毁之。然事终不能已于心，故复论及。自记。

宋南迁②

壬　寅③

苏子曰："周之失计，未有如东迁之甚者也。"余观苏子之论古成败，往往隐宋事。宋当英宗、神宗时，天下尚习于治安。智哉，苏子！岂料宋之必至于迁，而故作未雨之虑乎？厥后，宋果以南迁亡，故宋之失计，亦未有如南迁之甚也。靖康之变，金挟二帝北，宗泽累表请还京，则是宋固可以无迁。迁则当于关陕，以扼天下之背，否则荆襄，以通南北之喉，而偷逸于江湖襟带之地，固已左矣。

尝观小民之御警，勇则御诸间，次御户，最下则走入室奥，据床覆被，以幸其旦夕之无见已也。不知一入其室，不操尺刃，而已击主人于牖下。夫据床之逸，诚不若于闾户之劳；而闾户者之得祸，固亦不若是之速矣。终高宗之世，据床覆被之见也，乌足以言天下之势？

然当是时，宋固非无人也。其未迁，则李纲有关中、襄阳、建康之议，而以建康为下；既迁，则赵鼎有荆襄、巴蜀、关中之议，而以荆襄为先。宋不之从，而惟欲临安是都！都临安，则虽建康已不可复得矣，况进而荆襄？盖都荆襄，不守犹可入蜀，入蜀终可出陕。都临安，不守不得不入闽，入闽不得不入海，自然之势也。

---

① 此篇为王玶自记，据乾隆癸酉版。

② 辑自盂县教育会版《王石和先生文集》卷三。乾隆癸酉版、山右版无此篇。

③ 壬寅：康熙六十一年，即1722年。

自晋以来，南北交争，以北并南者数，而南之得志于北无。有桓温、宋武，入关而旋去之，故卒无成。可知势之所在，从高制下，弱不倍不败；从下制高，强不倍不胜。譬两人相搏于上下之地，其力之强弱同，而用力之难易，固不问而知也。临安，天下之最下也，自古为降国。即宋初之钱氏，亦可见矣。使金当日者顺流而下，则宋之亡，岂待崖门覆舟之日哉？

大哉，宋太祖之言！曰：百年后，天下民力殚矣。谓其不迁陕，而都汴也。夫都汴且不可，而况临安？然临安之迁，实胎于都汴。故君子观周于东迁，而益思周之王，与夫后之有天下者，所以兴也。

〔评品〕

上下千古，以为言；运南北之势于指掌中。

宋绝和①

壬 寅②

尝观宋之亡于和，而速亡于不和，皆不可谓知势。强弱之势，两则不能合，三则合弱。合弱则成强，合强则愈弱，而两弱俱亡。吴越之人同舟而遇风，则相救如左右手，非吴越之相爱也。势之所值，存则俱存，亡则俱亡，不得不然者也。

金本宋敌，而有元则为宋党。元起自沙漠，蚕食尽诸国，灭夏侵金，而不及于宋者，金为之隔耳。故宋之有金，犹六国之有韩、魏也。秦不能越韩、魏，以取齐、楚、燕、赵；元亦不能越金，以取宋。为宋之计，但益修前好，使金无南顾之忧，得以一意向元；然后内修国政，缮军实，静观二国之成败。金胜，则以重兵袭其后；有元，金必不敢专肆力于宋。不胜，则乘敝取金；并金之地，亦足以抗元。胜负，均无彼交争之不暇，其

---

① 辑自盂县教育会版《王石和先生文集》卷三。乾隆癸酉版、山右版无此篇。

② 壬寅：康熙六十一年，即 1722 年。

谁我争？则金一日不亡，固宋不亡之一日也。宋不知祸之即己，而欲和元以逞。

夫元之不可和，非但如昔日之金也。金虽日侵宋，而餍宋之金帛者有年，亦未必遽有吞宋之心。若元之设谋定虑，非金帛是问；宋即欲和元，其心与乎不与，终必背宋。况未及元背，而又趋兵于元①；独不思宋之与金孰强，而金之与元又孰强。宋尚不能支金，而何望于元？元尚足以制金，而何有于宋？嗟呼，其未有以灭虢取虞之事告之者？徒速之祸，以取败而已矣。

使其用于高宗之代也，则可以张。彼其时，内则有若李纲、赵鼎，外则有若韩世忠、岳飞，刘锜、吴玠诸人，为之运筹决胜，不可以和也。而和，宁宗以降，不可以不和也。而惩和之覆辙，欲奋螳螂之臂②，泄数世之冤，遂致一败涂地，不可复振，岂非同一法而倒施之者欤？

盖宋无日不以灭金为事。前既失于不果灭，既遂至于不能灭，而终又失于灭。金灭，而宋随以亡。然则宋之灭金，乃其所以自灭也哉。

〔评品〕

筹画宋势，情类国策，用笔则眉山。

宋势二③

壬　寅④

尝观宋之亡于和，而速亡于不和，皆不可谓知势。强弱之势，两则不能合，三则合弱。合弱则成强，合强则愈弱，而两弱俱亡。吴越之人同舟而遇风，则相救如左右手，非吴越之相爱也。势之所值，存则俱存，亡则

---

① 趋：盂县教育会版为"超"，据乾隆六年版。

② 臂：盂县教育会版为"背"，据实改之。

③ 辑自乾隆癸酉版《王石和文》卷之三。此文与前文相类，字句有所不同。山右版无此篇。

④ 壬寅：康熙六十一年，即 1722 年。

俱亡，不得不然者也。

金本宋敌，而有元则为宋党。元起自沙漠，蚕食尽诸国，灭夏侵金，而不及于宋者，金为之隔耳。故宋之有金，犹六国之有韩、魏也。秦不能越韩、魏，以取齐、楚、燕、赵；元亦不能越金以取宋。为宋之计，但益修前好，使金无南顾之忧，得以一意向元；然后内修国政，缮军实，静观二国之成败。金胜，则以重兵袭其后；有元，金必不敢专肆力于宋。不胜，则乘敝取金；并金之地，亦足以抗元。胜负，均无彼交争之不暇，其谁我争？则金一日不亡，固宋不亡之一日也。宋不知祸之即己，而欲和元以逞。

夫元之不可和，非但如昔日之金也。金虽日侵宋，而餍宋之金帛者有年，亦未必遽有吞宋之心。若元之设谋定虑，非金帛是问；宋即欲和元，其心与乎不与，终必背宋。况未及元背，而又趋兵于元；则元之取宋为有名，而宋自贻戚也。舍易与之金，而结难信之元；失宋金之众，而恃孤宋以与元从事。嗟呼，其未有以灭虢取虞之事告之者？徒速之祸，以取败而已矣。

使其用于高宗之代也，则可以张。彼其时，内则有若李纲、赵鼎，外则有若韩世忠、岳飞、刘锜、吴玠诸人，为之运筹决胜，不可以和也。而和，宁宗以降，不可以不和也。而惩和之覆辙，欲奋螳螂之臂[1]，泄数世之冤，遂致一败涂地，不可复振，岂非同一法而倒施之者欤？

盖宋无日不以图金为事。前既失于不果取，既遂至于不能取，而终又失于取。金取，而宋随以亡。然则宋之取金，乃其所以自灭也哉。

〔评品〕

筹画宋势，情类国策，用笔则眉山。

---

① 臂：乾隆癸酉版为"背"，据实改之。

卷 四

读《出师表》书后

乙 巳①

　　君子不得已而有言，故其言，人不可学。非言之不可学，其所以不得已者，不可学也。盖其不得已之言，初非有学于人也。三代已后之文章，莫盛于两汉，而《出师表》冠绝。彼其忠爱悱恻，皆出于心之不得已，虽董、贾未之到也，何论后世能文之士？苏子称其与《伊训》《说命》相表里，可谓知言矣。

　　然今论两汉之士，其钻经研传、博极古人之书者，或不屈指武侯，武侯固未尝以书为事也。岂独武侯？即伊尹、傅说，当时无多可读之书，亦未尝以书为事也。使三人者屑屑焉日以书为事②，而劳于诵读，如后世操觚家，求工声音、句调之间，以自鸣其能文而已焉，虽其言未必不胜于后人，然欲如是之卓然千载而与日月争光，不可得也。

　　盖言者，所以征理而发事也。当其理明事切，得之心而注之手，并不自知其非古人也，又何知有古人之书？凡知有古人之书而为言，则皆得已；得已，则言皆可学而至，而非其言之至也。自武侯以来，宇宙之书，不啻倍于古；读书为文之士，宜亦倍于古。而古之作者反不概见，非其才不及，与功之未加也。盖其书既烦择而不精，于书之深者概遇以浅。而其浅者，咀之而易竭，阅之而难解。学之者，不识其易，而徒惊于所难。字

---

　①　乙巳：雍正三年，即 1725 年。
　②　屑屑焉：劳瘁匆迫的样子。

梳句梠①，数卷之书，穷岁而莫尽。及尽，彼则无余，而我亦无所得。故其耳目昏耗，而文章之不逮于古，职是之由②，学者盖不知也。

古人云："书，智者之作耳，智者不读也。"夫吾谓不读书，则无以开其智，惟智者始可以读书，智者之读书，能无书也。武侯啸吟隆中时，于书想无不读；当流涕入告，不过自抒其不得已之言，岂复有所谓古人之书在其意中哉？史称"武侯读书，略观大意"。夫大意得矣，尚何略？然则武侯之略，即武侯之所以能深也夫。

〔评品〕

读书能无书，武侯确赞，尤足开后人读书行文之三昧。

读王荆公《周公论》书后

乙　巳③

周公"所执赘而见者十人④，还赘而相见者三十人，貌执者百余人，欲言而请毕事者，千有余人"，此《荀子》载周公之言也。王荆公曰："甚哉，荀子之好妄也。是诚周公之所为，则何周公之小。"

余谓见士，固宰相之事。纵其事未必有，其道非不可行，不得以为妄。且周公之见士，不必其一日也。使一日而见十人、三十人、百余人、千余人，势诚不可给；若合终身而计之，十人、三十人固少，而百、千余人，固未为多也。公将于不贤之中而取其贤，于贤之中而又取其大贤。安有南海、北海之士，人各一才，才各一具，渺然不一识其面，而风闻悬度⑤，遂谓苟取一二人而已足耶？且士之见公，何为也哉？

---

① 字梳句梠：逐字逐句仔细推敲。
② 职是之由：由于这个原因。
③ 乙巳：雍正三年，即1725年。
④ 执赘：古代华夏族交际礼仪。赘即礼品，拜谒尊长及串亲访友时必携见面礼物，始于周代。
⑤ 风闻悬度：靠传闻揣测。

公方制礼作乐，凡周官三百六十之选，所在皆需人，汲汲然求当世之士如不及，故士以此得见于公。非如战国诸公子，窃养士之名，欲以士之言语权诈，倾动诸侯王；而行若毛遂、侯嬴之徒，固无由一至公门。望公之接引而礼遇之也，不得以孟尝、春申比。

至谓周公但宜立学校之法，而不必劳其身以见天下之士者，其言尤不备。学校之设，莫详于周矣。考周之太学，王世子、王子，群后之世子、卿大夫，元士之适子，民之俊秀，皆与焉。五年，视博习亲师；七年，视论学取友；九年，而后可知类通达，亦已迟矣。若使待教行化洽，举公辅、庶司之器，无不取给于学校，则非迟之数十年不能也。将数十年之前，何所取以为治？

夫天下之才，原不能尽于学校也。当日者，吕、散、夭、括之才①，幸皆用于文武之世。设使其未用此数人者，能必尽归之学校乎？不尽归之学校，而周公遇之，能无执贽以见乎？后荆公当国，新更学制，养士以千数，而周、张、程、邵②，非出于荆公之学校。然则学校之立，原以养天下之才，而未必能尽天下之才。欲以此废彼，固不可为训矣。

荆公乃谓：荀子生于乱世，不能考论先王之法，而惑于乱世之俗。夫见士，岂乱世哉？盖亦狃于先王学校之法，谓可以易天下；而不知见贤、立学之义，圣人固并行而不悖也。周公非小，而荆公小之。荀子于是乎不妄。

〔评品〕

思议宏通，如霞绚目；有关经济之文，非徒翻案也。

---

① 吕、散、夭、括：即吕尚、散宜生、闳夭、南宫适，均为西周开国功臣。

② 周、张、程、邵：即周敦颐、张载、程颢、程颐、邵雍，与朱熹均为宋代著名理学家，被称为宋朝理学六子。

读老泉《书论》书后①

丙　午②

　　穷者，变之基也；变之，穷每至，无所复入。万物之情不能安于无入也，于是，复起而变之，以求通于所入，而脱然自出于穷之外，不穷则不变。寒之不穷，则不炎；炎之不穷，则不寒。使当夏之初，而思入于秋；冬之半，而思入于春。虽天地之大，无所用其变。故穷者，变之基；而天地，圣人所以乘也。

　　圣人虽有善变之才，而不适值夫穷，则亦囿于变之中；任天下之所变，而卒不可以变天下。苏子谓：忠质可变而为文，文不能复变而为忠质。以周之制，"不容为其后者计也"。嗟乎，岂知不容为后计者，正后之所容以计哉。"食之太牢矣③"，不可"复茹其菽"，岂其习于夏之炎矣，不可复入于秋之爽乎？极乎夏，固秋之所乘；而太牢之厌，固即菽之所以乘也。故忠之后可变为质，质之后可变为文，文之后复可变而为忠质。

　　秦人乘可变之势，而不善用其变，严刑暴敛，以困天下，所谓以炎夏之穷，一变而入于冬也。汉乘秦之敝，而亦未得圣人以为之变，故不纯不备，终不足以语于先王之道。夫先王之道，岂遂绝于天下后世哉？帝可变而王，王可变而霸，其势易也。霸变而为王，其势难，而非理之必不可者也。人之变，变于运；运之变，亦变于人。人有为而运无为，虽一日之间可观矣。初盛拟诸早，极盛之时拟于午；过则昃④，昃之不可变而为午，固也。然有时气朗风清，固不啻午也。夏商之季，昏暴淫虐，岂非狂风庚雨之发作于日中乎？

　　故一日之时，先后不变；而气之阴阳，无不可变。古今之运，先后不

---

① 老泉：即苏洵，自号老泉。
② 丙午：雍正四年，即 1726 年。
③ 太牢：古代祭祀，牛羊豕三牲全备谓之太牢。
④ 昃：太阳偏向西方时。

变；而政之盛衰，无不可变。变者，所以救其穷也。古先王立制，原无不穷之理；后之变者，乘其穷而矫之太过，则不久亦穷。穷复变，故其变速，若变而折乎大正，久之始穷；穷而后变，故其变迟，此善变者，但变于所穷，而无尽失乎彼先王立制之意。其所以立制之时，原未至于穷也。穷而后不得不待变于圣人，圣人者，能乘变之穷者也。

〔评品〕

惟圣人能乘变之穷，自是千古定论；深雄奇幻，擒纵莫可端倪。

书韩非《说难》后①

甲辰七月二十六②

史称：韩非著《说难》甚具，而悲其以说，卒死于秦。嗟乎，岂其知之而不能行哉？惟其行之，是以不免于死；非之死，固即死于著《说难》也。君子之说君也，合则留，不合则止，两言决耳，其又何难焉？彼非者，虑难之端无不至，则用说之术，亦无不至，盖必欲其君之从而后已也。

今夫济川者，无必于济。测津梁之浅深，审风波之险夷，可斯济，否则已焉。有老于操舟之子，挟必济之心，而巧施其无不济之术，未有不覆者也。非之著《说难》，可谓老于操舟矣。且所以用其说者，亦不过战国狙诈之谋，以利害倾动人主，束迫之使无不然耳。不必其说之，能用以正，而有得于古，大臣事君之道也。

事君之道，太上格心，其次格行；心与行正，然后上下之交固，一合而不可离。若徒以非道之言，而尝试于所交疏，将悦于利，利之既得而终疑；悚于害，害之既去而终畏。吾未见权谋狙诈之朝，疑畏日积，而上下能相与有成也。若是者，说虽行而必危，又何论其不行？

---

① 山右版题为《读韩非〈说难〉书后》，据乾隆癸酉版。

② 甲辰：雍正二年，即 1724 年。

夫说者，以言进于人，固必问其人为何如。孔子曰："不可与言而与之言，失言。"苟不可，虽一言已过，岂待多端谋之求合耶？秦政之乱，贤人君子避之若浼①。非以韩国诸公子入使于秦，不能为韩计，而又以计求合于秦，其择主之智已谬，区区虑说之难，不亦末乎？彼非之虑，亦少疏矣。

人主之心，必有所信。李斯者，秦之所尊信；而姚贾，又秦之所亲信也。非，羁旅之臣，未因于所信，欲肆百中之口，立谈间回人主意，而夺其所亲信，则尊信者闻之，安得不忌？两信交谋，而非安得不死？非之说秦，其揣情料势，当亦靡所不至，而乃独昧于此乎？

由是言之，非之著《说难》，亦容有未具也。

〔评品〕

即就《说难》发议，以矛刺盾，不攻自破；韩非子千载孤愤，见此亦当爽然若失。

读苏东坡《范增论》书后

己　亥②

苏子《范增论》，文词宕逸，甚可爱，独惜其责增者太过，而不能使增之心折于地下也。苏子曰："增之去，善矣，恨其不早耳。增之去，当于杀卿子冠军时也③。"嗟乎，独不思增之初心为何如，而谓肯去于此时哉？

增少好奇计，留心当世成败之务，其欲有所攀附，以就功名者，已非一日。行年七十，而后遇羽，增固恨其遇之晚也。广、胜之毕，可以代秦天下者，惟刘与项，而项强于刘。增初未遇刘，而先遇项，原未尝以项为非其主也。即劝项梁立义帝，亦不过为项氏计。彼卿子冠军，义帝偶用之

① 浼：污染。

② 己亥：康熙五十八年，即 1719 年。

③ 卿子冠军：秦末楚怀王臣宋义的号。宋义（？—前 208），原为楚国令尹。秦末楚国复辟后，为楚怀王熊心的大将军。章邯攻赵时，宋义奉楚怀王令统兵解救，因屯兵观望不进，遭项羽发动兵变，为其斩杀。

人，赵之役，实庸而骄。羽杀之救赵敝秦，诸侯震慑，不敢仰视，霸天下之业，从此定矣。

增知佐羽定天下，何惜一卿子冠军？增之于项氏，当归梁时，已有君臣之分；至羽既诛卿子冠军，而君臣之分遂定。入关后，始识沛公有天子气，岂能舍项羽而中道事之乎？当时，从龙之士，云附沛公；其自项归刘者，有矣。而增独能事羽不变，增固有人臣之义也。

盖增之于项，成则俱成，败则俱败，虽明识羽之不足谋大事，而犹欲竭己之才，以济羽之强，庶成东西中分之业。追陈平间行，羽疑增不能用，不得已去。至彭城，疽发背死。则知增之初心未遂，而其恋恋于羽者，固未有已矣。若于杀卿子冠军时便去之，以明进退之义，则增徒没没老耳①，后世安知有增？

《易》曰："知几其神乎？"此圣贤之所以难进而易退也，岂可以律豪杰功名之士？然增不去，祸终及己。故不得已而去之，以全其身，亦不可谓不知几也。增去，羽遂亡。则增之去就系羽者，固甚大，而谓可轻也哉？

〔评品〕

亚父功不遂志，抱憾九泉矣，何堪后人复责之备也？惟此原心立论，往复顿挫，逸气欲飞。

读曾子固《书魏郑公传》②

甲　辰③

"魏郑公以谏诤事付史官，太宗怒之，薄其恩礼，失始终之义。"曾子固以此叹郑公之贤，书于传后，一篇之中，"反覆嗟惜"，甚有味乎言之也。虽然，郑公诚贤矣，其所以观理之识于此，得毋有未至乎？

---

① 没没：无声无息，无所作为的样子。
② 曾子固：即曾巩。
③ 甲辰：雍正二年，即 1724 年。

人臣之事君也，善则称君，故使天下知君之善，不必复知吾之善也。若曰某政善，以吾谏之而行；某政不善，以吾谏之而止，是掩君之善，而以善自予也。不然，是欲与君并其善也。自予则私，并则不让。虽在朋侪之中，犹不能无恶于意，而况君也哉？

曾子固乃谓：不如此，"将使后之君臣，谓往代无谏诤之事，或启其怠且忌矣。"夫人臣幸遇纳谏之主，则当道其机，无塞其流；皇皇焉致吾君于尧舜之不暇，舍此不计，而徒为后世之为君、为臣者计乎？若郑公以此逢君之怒，而后亦不敢深有论说，可谓自塞其流矣！且使后世闻之，咸曰：纳谏如太宗，敢谏如郑公。犹不能保始终之无间，将谏者谁不惧而自怠哉？

子固又曰："伊尹、周公之切谏其君者，其言至深"，"存之于《书》，未尝掩焉"。固也。然伊尹、周公之所以谏，亦其史官自为书，非必伊尹、周公之自付之也。且其书删于圣人，其所言者，皆祈天永命之道。若郑公之逐日而言，逐事而言，其言未必尽可见于后世，宜太宗之闻之而怒也与？

成王之命君陈曰："尔有嘉谟嘉猷①，则入告尔后于内，尔乃顺之于外。曰：'斯谟斯猷，惟我后之德。'"夫成王不忘此于臣下，而谓太宗独无望于郑公乎？或曰："纳谏非不美，世固以此传太宗之贤矣。"余曰："里人有暮夜之愿②，吾言之，而彼改之。则其改过之名，非不美。"然使自吾告于人曰："彼方作慝，赖吾言止。"则其人闻之，固未有不怒者也。故谏诤之事，自天下传之则可，太宗自付之史官则可，自郑公付之，则大不可也。

夫以郑公之贤，绝非欲沽直于后世也。不过以遭时遇主，其一时相得之雅，知无不言，言无不受，为往代君臣所未有。庶垂之青汗，播于无穷，使天下后世知吾君有纳谏之美；且使太宗知人君之一言一动，不能泯于天下后世，益谨小慎微，以求至乎其治之至也，讵料以此失始终之义

---

① 嘉谟嘉猷：好谋划、好策略。
② 暮夜之慝：把人家不知道的罪恶隐藏起来。慝，就是把心隐藏起来，存有邪念。

哉？以此而失，固郑公自取之也。厥后辽东之败，太宗犹恨郑公不在。则知太宗之心，终未尝不亮郑公①。而郑公平日之所以敢谏其君，由太宗纳谏使然耳，贤不独在郑公也。

嗟乎，太宗诚贤矣哉！

〔评品〕

南丰书传主，归美郑公。文或顺其语阐发，或就其语翻驳，旁通曲畅，要本之中正和平。洵推当代巨手。

论韩子《与冯宿论文书》②

甲辰七月十七日③

余读韩子《与冯宿论文书》，而窃谓文章之系于所知，重也。嗟乎，文章之知难矣。为文而为世所知，则文未必至；若世尽不知，又何取于文之至哉？

韩子非不欲世之知，世无能知韩子，故与冯宿有激乎言之也。使其果有知韩子者，不至如当日之大惭大好，大好大怪，韩子岂乐俟后世之知？韩子之俟知于后世，韩子之不得已也。顾韩子之文，诚不易知，不谓当日之士，何竟出今之士之识之下也？今韩子之所谓惭者，诚不可寻。读其得传于世，为士之心慕手追，而不敢必其有至者，固必韩子之深思极虑大称意，而自以为好者也。乃今读之，亦但觉其好，而不以为可怪，何哉？

虽然，使今之士，生韩子之时，骤读其文之渊然苍然，而惶惑万状者，亦未必不以为可怪。而怪韩子者，得生今时，从容读韩子之文，亦必以为好，而翕然称之无异词也。士固疑于目而言于耳，何必唐之人为然？此韩子之所以无惭于不知，而一意望知于后世，非果不欲当世之知之也。

---

① 不亮：不原谅，不宽恕。

② 山右版题为《论韩子〈与冯宿论文书〉书后》，据乾隆癸酉版。韩子，韩愈之尊称。

③ 甲辰：雍正二年，即1724年。

况非韩子者，直当以不知为惭耳。韩子之文，不易得好；非韩子之文，亦不易得怪。非韩子而得怪，则安知怪之者，非适出知文之人？而己之所好，乃足惭也。此不得以韩子之不惭、不知为解矣。

且韩子之文，亦非世尽无知也。其不知者，人人之为见。至若孟郊、张籍、李翱数子，皆高明深识，而笃嗜于韩子，不可谓不知韩子之文也。使并无数子之知，将其文湮没佚散，不必留于后，而亦难望后世之必有知矣。后世之知韩子，以数子为之发端也。然则韩子之文，尚不能不托之于当世，而士敢谓世人之不必有知乎？但不必人人之知耳。人人知之，固必有深知者焉以为不足知。若求人人之知，则又人人之所为不足知也。

〔评品〕

作者知者，相得而益彰，无限感慨冀望；文情之妙，在若远若近间。

读古史疑

戊　申①

三皇氏世系年纪远矣，荒略难信，故学者独详五帝以来事。其所传闻异词，亦往往不能无疑。

《史记》颛顼②，才子八恺③；帝喾④，才子八元；至舜，皆得用；而《虞书》不列其人，安知非四岳、九官、十二牧诸人而异名耶？然以年考之，则八恺不当用于舜世，而索隐以八恺主后土为禹，八元敷五教为契。禹、明为鲧之子⑤，《夏纪》鲧为颛顼子，以禹列恺，不可为据甚矣。独孔安国传《书》，以皋陶名庭坚，曹大家注《列女传》，以伯益为皋陶子。

---

①　戊申：雍正六年，即1728年。
②　颛顼：高阳氏，黄帝之孙，昌意之子，中国上古部落联盟首领，上古五帝之一。
③　才子八恺：昔高阳氏有才子八人，世得其利，谓之"八恺"，亦作"八凯"。子，山右版为"予"，据乾隆癸酉版。
④　帝喾：高辛氏，姬姓，名俊，中国上古部落联盟首领，上古五帝之一。
⑤　鲧：古人名，传说是夏禹的父亲。

庭坚，八恺之一，则益，颛顼孙也。

《秦纪》又以益为大业子，岂大业即皋陶？然推大业为女修子，女修为颛顼之裔孙，又何以称？且皋陶虽少，亦当生于颛顼之末年。越帝喾在位七十年，帝尧在位七十二年，至帝舜在位六十年，让禹位时，皋陶犹以迈钟闻，则皋陶不下二百余岁。鲧殛于舜，当亦不下二百岁。自黄帝来，人率百岁，而两人之寿独久如是哉？

乃《颛顼纪》又云：骆明生鲧。骆明，颛顼子也。《汉书·律历志》又以鲧为颛顼五代孙。由前说，则皋陶、鲧，当与帝喾同为黄帝曾孙；而帝喾之子尧与禹、益为四从兄弟。由后说，则禹为尧之侄，或曾孙；而益，又加远也。一人而祖孙之互易其代，将何所据而是？

或谓古之一姓不避名。皋陶之庭坚，非即八恺，如少昊名挚，帝喾之子亦名挚，然固不敢臆矣。帝喾四妃，生稷、尧、契、挚，则稷、契为兄弟。契之十四世孙为汤。稷之十五世孙为文王。后儒又疑汤、文，不当隔六百年为叔侄。

"汤崩，外丙二年，仲壬四年"，孟子之言也。蔡氏亦以太甲继仲壬后。而《大纪》论汤，伊尹无舍嫡立弟之理。然考商世，固多立弟。太甲弗明厥德，伊尹敢放于后，独不可夺于前？但汤崩丁未，太甲即位戊申，则又无外丙、仲壬历数。凡此者，其果足信乎？

夫有所信，则不能不有所疑；守其所信，则疑者固可弃也。而未知弃者之果不足信也？以信弃疑，不若以疑存信，故宁疑。

〔评品〕

头绪极纷，叙断极净；其于可疑处，言之凿凿。

读古史疑二

戊　申①

女娲氏之治天下，炼石补天，甚诞。而羿射十日事，何为犹附《尧

---

① 戊申：雍正六年，即 1728 年。

纪》？孔子删《书》弗载，固不可信。独《玄鸟》《生民》诗①，至今学者称焉，以为圣人之瑞。不知圣人之所以异于人者，不过耳能聪，目能明，心思能睿哲。天之所以生圣人，亦不过以聪明睿哲，足为天下君臣、父子、夫妇、昆弟、朋友人伦之极而已矣。岂必弗出于人，而后贵哉？

盖天地之性，人为贵，为其形生神发，能得天地之正气，而圣人尤人中之最贵者。果如二诗所云，则圣人之生，亦不正而怪甚矣。事之怪者，鲜不为不祥。今若以人而育物，世必共指为不祥，况育于物乎？奈之何又不育于物也？维天笃生圣人，其安所取于此？

禘祭之义②，应推始祖所自出。若仍祀自出之祖则非其父，为渎若偾尸一。玄鸟、巨人迹，而骏奔俎豆之，被之诗歌，扬厉无穷之功德，颂之乎？侮也。后秦之于大业，亦神其瑞于玄鸟，盖慕商、周事，而附会之也。夫始皇得天下，出自吕姓，则玄鸟之瑞，固不能及于始皇。凡若此者，直可见于齐谐、邹衍之书，不当列于正史，以滋天下万世之惑也。

或曰："玄鸟、巨人迹，朱子固以之注《诗》矣。"余曰："此朱子因《史记》之言，而未及改正者也。"然《史记》之言，出于《列子》。列子，好奇之士，其言岂足为典乎？其与补天、射日，何以异也？有谓补天，为赞天之所不足；以玄鸟始至之日，祠高媒祈子③；为玄鸟降生，从帝高辛行，为履帝武。其说近之。

〔评品〕

苏明允《誉妃论》最隽，辨得此互相发明，足开商周两朝圣人蒙雾。

---

① 玄：为避帝王讳，乾隆癸酉版为"元"，据实改之。下同改。
② 禘祭：古代对天神、祖先的大祭。
③ 高媒：亦称"高禖""媒神"，古代帝王所祀专司婚姻、爱情、生殖之神。

卷　五

静　观

戊申十二月十五日①

　　静居一室之中，将旦，悠然会天地古今之形声，而形声无有也。无形，故形形；无声，故声声。使入于彦声之中②，其为形声也，几何？登山者，不可谓见山；涉海者，不可谓见海。远而望之则见，然见其所望，而不见其所不望；惟以心望之，则无不见矣。

　　天下事入乎中者，必不能见其外。闭离娄于户中③，问以户外之事，与瞽者无异。好恶之情炎于心，而成败、利害、攻取之事接于目，虽智者处之，不能以无失，况愚乎？然愚者，立乎外而观之，亦未尝无所见也。今夫以我观人，其耳、目、口、鼻、须、眉之神态，无不见；以我观我，则不见；以人观我，则又无不见。无他，人处我之外，我处人之外也。处乎外者，无我也。

　　苟无我，则我亦为人，故亦可以观我。我游心于千古，则千古之上，千古之下，无不有我；我游心于六合，则六合之内，六合之外，无不有我。千古六合有我，而今之所有，固非我也。我以观千古六合者观我，而观我者，固非我也。非我，故能观我；能观我，则无不观；观不以我，则仍一无所观；一无所观者，静也。

---

①　戊申：雍正六年，即 1728 年。
②　彦声：指美好的声音。
③　离娄：此指传说中目力极强的人。

善乎苏子之言曰："事有必至，理有固然。惟天下之静者，乃能见微而知著。"见知，为智者之事，不言智，而言静，以智者亦有时而不静也。平旦之时，固无不静。善观者，能常守此静而不失，虽谓人人之皆智，也可。

〔评品〕

静悟之后所见，故自不同是儒是子。

山河日月喻①

戊申十二月十七日②

山河，天下之奇观也。取石于山，取水于河，以作山河于都邑之内。蠢之成峰，缺之成巇，汇之而池，衍之而流，矶激之而湍澜，然固不如山河之大且深也。主人自奇，而观者羡焉。递而窃于画，为峰、为巇、为池、为流、为激湍，一一与山河相肖，然又不如山河之可登而涉也。而观者聚而叹美，主人益自奇。

嗟乎，彼之所为山河，固皆像天下之所有，非天下之所无；使果所无，则又不足奇也。乃不奇其有之真，而反挟所像之假者以为贵，何哉？盖真者，天下之所公，不得私而有也。惟假，则可私；愈私，则愈贵。甚矣，人情之好私也。

道德天下之公理，而或假之以炫世；文章发道德之蕴，亦天下之公器，而或假之以傲物。然当其炫之、傲之，固知其非道德文章也。道德文章，无可炫与傲也；炫而傲之者，私之也。日月照天下，夜光之珠，照不及寻丈，世或千万金易之，而不可得。夫世有爱而欲易之千万金者，吾不问而知其非日月也，日月非爱之者所得私也。

故天下之好私者，每不爱日月山河，而爱珠、爱画，爱所作之水石。

---

① 山河：山右版为"山山"，据乾隆癸酉版。
② 戊申：雍正六年，即 1728 年。

彼所作之水石，与画、与珠，皆一无适于用，挟而私之，不过炫与傲耳。而不谓从而羡之者，岂其未见日月山河哉？然不有羡之者，则彼亦何从而私之？为炫与傲也。惟私，故小。

吾于无私，而见日月山河之大；于日月之经天，山河之镇地，而见道德文章之大。士之慕道德文章者，亦众矣，其无若珠、若画、若水石之作而为也？

〔评品〕

不事雕饰，而疏横之气，溢于行间，惟老故横！东坡晚年文字，往往如是。

泰伯三让①

己　亥②

或问："孔子称，泰伯三以天下让，为至德。让周乎？让商乎？"曰："让商。""何以知其为让商？"曰："即于孔子之称'至德'知之也。"

《鲁论》称："至德者二，曰泰伯，曰文王。"朱子曰："孔子论武王，而及文王之德，且与泰伯，皆以至德称之，其旨微矣。"盖文王让商者也，同文王于泰伯，则泰伯亦让商者也。但使让周，孔子未必以"至德"称之矣。即称之，而曷谓其旨之微哉？微之者何？但言让之为至，而不言不让之非至也。以成汤之圣，而不能让于前；武王之圣，而不能让于后。成汤、武王之德，非有议于天下；无议于天下，则不得竟指其德之非至。而但称泰伯、文王为德之至，则圣人之意之所重，固独有在于让也。

夫君臣之际，前后圣人所至慎也。生民以来，无所逃于天地之间，其义大于兄弟，泰伯力行。夫义之大，而不敢自明其心，故后人不知让之何属。然圣人之称至德，固必于其至大者称之矣。或谓："泰伯果让商，则

---

① 泰伯：吴太伯，吴国第一代君主，东吴文化之宗祖。周部落首领古公亶父之长子，两个弟弟仲雍和季历。父亲传位于季历及其子姬昌，太伯和仲雍三让，出奔荆蛮，定居梅里，建立勾吴。

② 己亥：康熙五十八年，即1719年。

当留其身以自靖①，如文王之三分有二，以服事殷可也。"彼太王实始翦商，欲以天下；及文王其不得遽及者，徒有泰伯在耳，伯去，而翦商之谋遂成。

后武王克商，有天下，未尝不始于泰伯。曰此文王不能得之于武王者也，而谓泰伯能得之于太王乎？且太王之心，非有利于天下也。天之祚，明德久矣。虞之后有夏，夏之后有商，商之后不能不有周，故周之代商，虽泰伯亦知其不得不然也。事有可以为，又不得不为，而特不自我为之，庶其心之对天地而无愧，质鬼神而不惭也。泰伯之心，如是则已矣。

故太王、武王可以取而取也，泰伯、文王可以取而不取也。取之，行天下之大权；不取，守天下之大经。君臣，天地之经也。圣人于太王、武王而外，固不欲天下后世之行权矣；乃权，又天下后世之所不能不行。圣人亦知天下后世之不能不行，而独赞泰伯、文王之不行者，以立君臣之义。

若曰："权固无累于德，而德之至者，卒在此而不在彼也。"信乎？泰伯之让，非商无以为德之至；孔子称泰伯之让，非商无以见其旨之微。而朱子之所以阐幽发隐，合泰伯、文王而一之者，意在斯乎！或者不推其义之无大于此，而徒以为兄弟之让，小矣！夫伯夷、叔齐，兄弟之让者也。孔子但曰"古之贤人"，而不称以"至德"，何哉？

〔评品〕

让商？让周？千秋聚讼，得此可正其纷。

游　术

癸　卯②

吾友孔贯原为余言："某园，天下之幽丽处也。奇花瑶草，曲流怪石，

---

① 自靖：各自谋行其志。
② 癸卯：雍正元年，即1723年。

轩榭之胜，都极人世罕有。一方士大夫称游观之美者，于是为最。主人既贵显，日出入黄阁紫扉之中①，无因至其地。某岁暂归，居园者一日，亲朋故旧之谒无虚晷。其所为幽丽者，卒不得而寓目焉。吾尝携壶至园中，十日而返，园之胜，尽有于目中矣，今犹仿佛能一一言之也。"

余曰："有是哉？子得游之术矣。主人承阀阅之旧②，辇石引涧，积数世而后成。子有之于十日，何易？以数世之劳，而居者一日，子反有十日之乐，何久？则安知子之非主人，而一日居者之非逆旅客耶？"

盖人之求适己者，非以己适也。适，物之接乎己者也。陈奇淫玩好之物于市，聚而观者，靡不称快；观者快耳，不问其人也。推之，人有锦绣，可以悦吾之目；人有管弦，可以悦吾之耳，何必据而有哉？苟其悦之，又何必非有也？然则吾之所有者，固大矣。彼园之花，孰与大块之文章？园之水，孰与江河之大且深？园之山，孰与武夷、会稽、泰、华？此乾父坤母遗之，为我不鬻之产。极天下之有财者，莫能藏；有力者，莫能夺；而惟知其乐者，能有之。

吾乐天地之有。彼人之所乐，不过分天地之有，则亦不过分吾之有；彼分吾之有，则彼固无有也。而吾又羡彼之有，则吾亦无有也。吾非无有，无于有人之有，吾无；人之有，故有有，有则有不有。吾并无吾之有，故无不有。则以为吾有之，可也；以为人有之，亦可也；以为人与吾同有之，可也；以为人与吾同无有，可也。同有，而人不有有，故吾独有；同无有，而人有有，故吾独无不有。无不有，故无不游；盖吾之游也，以心。

吾于子，得游之术矣。

〔评品〕

所见甚远，胸中言下，有智珠流走。

---

① 黄阁：汉代丞相、太尉和汉以后的三公官署避用朱门，厅门涂黄色。后以黄阁指宰相官署。

② 阀阅：指有功勋的世家、巨室。

石和古文

七九

智昏原

甲辰八月初四日①

天以书，开天下之智。李斯焚书，天之厌智也。上世之人，智于书；后世之人，昏于书。天厌智，天亦厌昏。厌昏者，天心之常；而厌智，则天之变也。

盖智与智不相治，有高于人之智，而人咸受治焉。故治一国者，必一国无复同其智；治天下者，必天下无复同其智。使天下之人，各逞其智，而大智照如神，小智察如鬼，胥天下之人皆鬼神②，而天下何以治？

仓颉造字，鬼为夜哭，畏天下之趋于智也。鬼犹畏之，而况于人乎？流至战国，人心之智，险而无所复入矣。彼李斯者，一举书而火之，天下之人，昏昏如也。汉兴，除挟书之律，天下渐多智，然固不如书未焚时。自是著作愈纷，邪妄庸靡之书，皆行于世，而人之智，又不如书既焚时。

夫书，非能昏人；其书，本自不智。古人之书，如源泉，探之而深，推之而广。后人之书，行潦也，扰之，斯浊耳；理不足发天人之奥，情不足状事之物精；学者久于其中，而神气汩矣③，几何不为仓颉之鬼所笑乎？

夫一代之兴，必有一代之文章。书之善者，何时蔑有？恶夫邪妄庸靡之乱真也，有能别其真伪，而审择禁毁之，固人心由昏而智之一大机也。昔书焚于秦，而《六经》独不灭，可知天亦甚护理之正者。今其所亡百家之书，不可考；想其理，固不如《六经》。而后世之邪妄庸靡，想又不如所亡之书。而天之厌昏，又甚于厌智，则其书，固不待如书契之兴④。至秦时之久，当必有人焉，审择而禁毁之也。然非大圣人，莫能任其事。

天厌智，必假手于大恶之人；及其厌昏，必假手于大圣之人。非圣人

---

① 甲辰：雍正二年，即 1724 年。
② 胥：全，都。
③ 汩：扰乱，沉没。
④ 书契之兴：指文字始，画八卦，造书契。亦指文字兴起。

而为之，则又昏矣。

〔评品〕

书以道智。而不别其真伪，则书反足以昏人。故知读书，不可以无识。

君子之报

壬　寅①

天之于真君子必报，于真小人必报。其可善可恶，混处于君子小人之中者，则每听其自为富贵、自为贫贱于其间。此如草木同生，偶值时地之异，则荣枯自为不同，而非必天之有心位置之也。

天之所用心，盖在真君子与真小人矣。乃尝求诸古君子之报，而窃叹天之用心，有所不可知，何哉？或君子不得君子之报，或君子而得小人之报，甚或不如小人之报。此怀忠履洁之士，每欲翘首问天，而天高无言，不知天固有以报之矣。

今夫富贵安乐，为天所爱，不轻予人；才德显名，尤为天所爱，尤不轻予人。彼既得天之厚，能自拔非常，有以显当时而传后世，则华于身与华于心，孰荣？荣于一时与荣于万年，孰久？其得报之轻重大小，岂可以寻常计哉？而犹必欲天之富贵而安乐之，窃谓其望于天，亦过也。

且夫尽古今之君子，而悉与之富贵安乐，虽天亦有时而穷，何也？人之为君子者，或近乎仁，或近乎义，其所取原自不同也。近仁者，浑然而温，如春夏之能生；近义者，毅然而肃，如秋冬之能杀。秋冬之际，意肃气寒，即以天所甚爱之物，而欲畅茂滋荣，以助其生，恐造物之才，固有所止矣。

语云：太刚必折。夫折不折，君子无惧，然其理不可易也。故吾谓古今之为君子者，不独所遭有幸不幸，而所禀亦有幸不幸焉。君子而近仁，

---

① 壬寅：康熙六十一年，即1722年。

君子之幸者也。诗曰："恺悌君子①，神所劳矣。"夫恺悌，仁之谓也。人而恺悌，则和平之福，有不操券而至者乎？君子知其然，故持己谦，接人恕，其养德也如春。

〔评品〕

说到不报而报，则君子无憾；说到报，皆自取。则君子无尤于天人感应之理，真是通达周至。

申君子报

壬　寅②

人知天之恶伪君子也，甚于恶小人乎？伪君子，犹得君子之半也。恶君子之半，岂其恕小人之全？然自天视之，固全小人也。而又得君子之半，则更险于小人。

小人不知有善，伪君子不忘有恶。伪君子与小人同一恶，而多一伪。伪，非恶乎？是恶之中又倍其恶也。倍恶不恶，天亦不聪。且小人者，固无待于天之恶。伪君子，则非天不能恶之也。彼小人者，乡邦非之，行路谤之，其于不善之报，亦略相当矣。伪君子，独俨然于身世之间，居之不疑，人既不之知，而又不欲天之知。岂天之昭昭在上，而肯受其欺罔乎？

盖名者，天之所恃，以偿君子也。人世便益巧利之事，天亦不能助君子之人，使出其才以与小人争，而独留身后之名，以待古今来孤忠苦孝、强仁慕义者之所为。若并此而亦窃之，其何以偿君子？尝论域中之权有三：曰利，曰势，曰名。而名之权大，天方操此权，以待君子。而伪君子乃窃之以自予，则天之权去矣。

孔子曰："譬诸小人，其犹穿窬之盗也与③！"小人盗财，伪君子盗名；

① 恺悌：和乐平易。
② 壬寅：康熙六十一年，即1722年。
③ 穿窬之盗：指钻洞和爬墙的盗贼。窬，通"逾"。

盗财者盗于人，盗名者盗乎天。既盗之矣，犹欲主人不之知，反奉以廉让之名而酬其德，岂情也哉？然则天下之为君子者，岂必皆安而行之？而勉强于善者，非乎？曰伪者，反乎真而为言，非反乎安而为言；君子之伪，即小人之真也。即吾所谓小人者，亦不过指庸劣贪鄙者言之，非有宽于天下之巨奸大慝①。若巨奸大慝，则天之恶之也，固甚于伪君子。

〔王玮后记〕

学君子不实，每滋斯弊。余未能学君子也，亦不敢不以自警。自记。

〔评品〕

以天恶，警伪君子；思议处处，沁心透骨。

施杏树戈地文

壬 寅②

余家杏树戈地，称沃。大人受自祖，先以授于玮。玮业之以为重，非徒地之谓，谓是先世之遗泽所存也。祖若宗之，问晴课雨，而亲履其亩者也，衣之食之，数世于兹矣。村之巽隅，新建文昌帝君阁成。余奉大人意，献之作香火计。或曰："此地，子之所重也，当令世守之，不如以他地易。"余曰："此正余之所以重此地也！"

念阁经始于家大人与族之诸父兄，余辈奔走之，以襄其事，乡人士之所敬而祀也。今思所以献于神③，必择物之素重，而又可以垂诸久远者为称。夫人心有所敬，不得不假于物。假于物，而不将其所重；与心有所重之物，而谋所以位置之处不将于所敬，二者皆失也。

吾敬神，岂敢有爱于地？吾重地，固不敢有靳于神矣④。靳于神，而

---

① 慝：邪恶。
② 壬寅：康熙六十一年，即 1722 年。
③ 献于神：山右版为"献神于"，据乾隆癸酉版。
④ 靳：吝惜。

徒委之农夫野老，岁计升斗之获，守也与弃等，且亦安知后世子孙之必能长有此地乎？人世盈虚，消息之数；是惟无来，来则必去。故一切靡丽之物，罔不随时俱尽。惟地之纵横于西畴南亩者①，历古今莫之变。然地虽不变，尝数而不能不变其主地之人；则以主地之人视，地虽谓地，亦有时而去可也。

余尝行田野，询荷锄之父老。或曰："某地已易主也。"或曰："某地易主而又易也。"问有数十年不变者乎？十无四五矣；历百年而不变，盖十无一二也。用是慨然太息：思彼祖先世②，朝拮夕据，辛苦遗子孙，当纤毫不肯施舍；而子孙承之，仅如萍水之转相鬻③，数世之后，欲吊为谁氏之有，而杳不可识，甚无谓哉？兹地祖父相承，二三百年④，以至于余而不变。诚恐余一旦先地而去，而将来地之存亡，又不可知。则人与地俱尽，其视世之转相鬻，而不识为谁之有者，何异？

嗟夫，余悲世人重地而反轻也，故以是羞诸神。神在，则地不去；地在，则人亦不去。后之人易其亩，溯厥所由，以为某地某氏之所施。庶知区区之忧，来自祖父，非晦今日之所敢德色也。虽更阅数百年，谁有过而问其直者哉？故时之人，无如余之善守祖地也。后之子孙读吾文，知神明之不可慢；而祖宗之所遗者，虽一物不可轻。弃其谋，所以保之难。如此，则余之重地，固非以地重也。

〔评品〕

缠绵笃挚，读之不知是情是文。

---

① 西畴南亩：指田野，谓农田。西坡、南坡向阳，有利于农作物生长，古人田土多向南、向西开辟，故称。

② 思：山右版为"二"，据乾隆癸酉版。

③ 之转：乾隆癸酉版为"转转"，据山右版。

④ 二三百年：山右版为"三百年"，据乾隆癸酉版。

卷 六

关帝庙碑记

神之祀遍天下，与尼山、梓潼比①。祀尼山以德，祀梓潼以福，神兼以威，宜祀神者尤众。惟神之德，以白手佐昭烈成帝业。君臣之义，始终无间；镇抚荆襄，上下倚之，其福利于国家甚大。一时吴、魏之人，慑其威，惴惴不敢仰视。使身不即死，必能席卷许昌，指顾复高皇帝大统，汉业之兴，不止三分而已也。

每读史至樊之役，未尝不叹吕蒙之失，计智出鲁肃下也。肃初以荆州假蜀，岂其忘荆哉？亦以荆非蜀②，则不能据之以抗魏。盖三国并争，吴、蜀之所患，皆在于魏；魏之所患，则不在吴，而在蜀；而蜀之最足为魏患者，尤在神。吴不知合蜀以为外固，而反诡计袭荆；荆袭而吴亦不振，徒祸蜀而资魏之逞。魏既张，两国遂不可为，卒乃致后之灭蜀平吴，为司马氏阶者以此。此神之所死不瞑目也。

忠汉之心不遂，而充塞于万世，故大义于今为烈。谈蜀君臣事者，犹凛凛有生气。上自王公大人，以及穷乡荒壤之牧竖走卒、商贾负贩之流，慕其德，慨然而凭吊冀福者，虽疾痛，未尝不呼神佑。至乱臣贼子，过庙泚颜③，或逡巡趑趄于门之外，而畏不敢入拜也，其威亦灵矣哉！

---

① 梓潼：山右版为"文昌"，据乾隆癸酉版。
② 荆非蜀：山右版为"荆州蜀"，据乾隆癸酉版。
③ 泚颜：冒汗的样子。

夫天下之人情，不过为慕、为冀、为畏，而三者并得施于神。故通天下，无不祀神。固巷，盂郊外之僻里也，旧有关帝君庙，且坏。里人奋输财力，修之聿新，三情固不忘于僻里哉！亦因是，多里人之好义。

〔评品〕

光明俊伟，文境拟两汉。

藏山赵文子庙碑记①

乙　巳②

事之忠且苦者，不报于身，必报于子若孙。否则，精魂英魄之无所泄，往往郁而为神。

赵氏世忠于晋，下宫之变，何其苦也！况公孙、程两侯，以他孤出文子于难③，先后继以死，其忠苦之载在史者，令人不可卒读。及赵后称雄列国，虽始封之，燕、齐、鲁、卫，莫与较大，可不谓忠苦之报与？然两侯之裔，竟未大显于世，何哉？且韩、魏未有斯苦，而亦与赵裂土君国，则知赵自为神明之后，此未必天之所以报下宫也。

故数人之忠苦，郁而未伸，团结于一时，而光怪于异代。遂凭奇岩、峭石、绝壑之间，发之为风云，蒸之为雨露，搏荡之为雷走电掣，以感动乎人，而庙食于土，理无足怪。独是神之灵满宇宙，而式凭之者④，顾独亲于盂，以盂故为藏孤处。十五年匿山中，其精神胥萃于山，与盂人生死相狎而依者，二千年于兹矣。故盂人之敬神尤切，神日歆黍稷之荐，而膏泽之，以酬下民之勤如响应。

---

① 藏山：古名盂山，坐落在山西盂县城北18公里处太行山重峦叠嶂中，东临石家庄，西接太原，南望娘子关，北倚五台山和西柏坡。春秋时，程婴舍子救赵氏孤儿赵武，在此藏匿15年，遂名藏山，并立祠祭祀，距今已有2600多年的历史。

② 乙巳：雍正三年，即1725年。乾隆癸酉版、山右版均无此二字，据藏山碑刻补之。

③ 文子：山右版为"文予"，据乾隆癸酉版。

④ 式凭：依靠，依附。

神，固犹是人情，其灵之团结光怪，而必不容掩遏者，固有然也。己亥秋八月，山水暴作，庙几圮。晦惧忠苦者之不祀也，倡谋于邑侯。孔君择董事者六人，且遍告乡人，士咸鼓舞从事，输财力以后至为耻。工作之劳，阅三四岁罔间①。当是时，四方以歉告，哀鸿之声延数百里，孟岁独无恙。落成日，殿榭墀阶②，大易厥规③；栋梁榱桷之饰④，完以华。岁益大熟，父老走相哗，以为是神之灵，争入山奉，馨香无绝。

嗟乎，兹役也，显慰斯人求泽之愿，而隐存忠苦者血食之报⑤。其关于农桑、人心、风俗之故非细，岂尽人力哉⑥？倘有神焉，阴相之。

〔评品〕

将神所以得为神处，说得极平实；将神所以感动人处，说得极亲切。高论赞幽明，与名山同不朽。

周遇吉节录补闻⑦

壬　寅⑧

明总兵周遇吉，守宁武关，死甚烈，杂见书传中，世多能言其事，然与余所闻颇不类。余得之太原马守备⑨。马，故公兵丁也，言公死事，始

---

① 阅三四岁罔间：历经三四年没有间断。
② 墀：台阶上的空地，亦指台阶。
③ 大易厥规：大大改变了原来所具有的规模。
④ 榱桷：屋椽。
⑤ 存：山右版无此字，据乾隆癸酉版。
⑥ 力：山右版无此字，据乾隆癸酉版。
⑦ 周遇吉（1600—1644），原名时纯，原籍江苏睢宁，明末锦州卫人，抗清名将，杨柳青大捷，创造了明清交战史上罕见的以少胜多战例。崇祯十五年（1642）冬，接任山西总兵官，李自成取道山西进攻北京，太原沦陷，巡抚蔡懋德自尽，副将熊通投降，周遇吉从代州退保宁武关，怒斩来劝降的熊通，孤军奋战。关破，身死。
⑧ 壬寅：康熙六十一年，即1722年。
⑨ 守备：明清两朝的官职名。在清朝是管理军队总务、军饷、军粮职务之正五品官，受各省提督、巡抚或总兵管辖。

末最详。

　　当李自成将寇太原，公时在代州，且夕巡城上。忽一骑飞报："母舅至郊厅。"附公耳语，左右不知语何。但闻公厉声云："何来寻死？"舅为明副总兵，已降于贼，盖贼遣之说公也。骑飞驰去，移时复来，附公耳语，公厉声云："将头取来！"遂遣健卒数人去。舅勇甚，两卒出不意抱之，伸身，卒皆仆地，厅壁亦催。旁一卒恐，速刃其胸。须臾，持头血淋漓至。公哭，命棺葬之。后数日，闻贼攻太原。公提兵往援，至忻州地，颇逡巡。

　　余又闻之杨故老，当贼之攻太原也，巡抚蔡懋德，曾飞文檄公与大同总兵姜瓌。公至忻州，待姜不至。此与马"逡巡"之说相合。

　　当是时，公欲援未及，贼之前锋已至，公战大捷。贼势益集，遂退代州，出奇兵奋击，复大捷。会食尽，公恐宁武有失，于是移守宁武关。贼至，公开门，连战皆捷。贼怯，欲引之去。有伪书生教之复战，公复欲战。王兵备不可①，令土塞其门。公曰："如此是为死城矣。"贼累日夜，攻城益急，城上不能支，将陷。贼扬言曰："献周遇吉，一城无死。"公谓左右曰："遇吉，生不能报国家，今岂惜一死以累众？可献我！"兵民环泣不肯。公曰："死耳，无泣，可速献！"众遂以绳系公下。公时将巾布衣，有两贼掖之去。

　　公既下，马等随报公夫人某氏曰："公且降，可无虞。"氏曰："安有降贼将军哉？必死矣。"言未讫，贼纷攀衙墙上。氏命马等射之退。又命人运草，马等会意趋出。甫出，火大起，呼号之声，惨不可闻，氏与家属尽死于火中。贼既陷宁武，恨其久不下，屠杀一尽，血流成波有声。以数门土塞，不可走故也。兵备亦自杀。公见贼骂。倒悬演武厅，磔之②。

　　公死后三日，有壮士伏公尸哭。哭讫，触石死。壮士失姓名，尝盗公马，公壮其人，释之，给马。故来为公死。至今宁武演武厅，天阴，则石有血痕，壮士血耶！公血耶！

---

　　① 兵备：官名。明制于各省重要地方设整饬兵备的道员，清代沿置。
　　② 磔：古代一种酷刑，把肢体分裂。

王玮曰：公死，无愧张睢阳矣①。然睢阳死后三日，而救兵至，故十日贼亡。公死，谁至者？盖仅一壮士耳。卒之身死，国亦灭。于以悲公之不幸。虽然公死，则明为有臣！至今父老皆能言公事，何为不幸哉？

〔王玮后记〕

按史，李自成将犯山西，公请济师于朝，朝遣副将熊通，以二千人来赴，公令通防河。会平阳守将陈尚智已遣使迎贼，讽通还镇说降，公怒立斩之。不言是公舅，岂史偶未详？抑马当时听之误耶？然马又言"公哭"则似有戚谊者。姑据所闻，俟为史者之核采焉。玮记。

〔评品〕

摹绘逸事，声情俱现，笔意自《段太尉状》《张中丞传》得来。

书田子方庙壁

戊 申②

介之仙台③，有所谓蚜蚄庙④，土人俎豆之维虔。每岁五六月交，禾虫有作，父老纷走庙下，奉黍稷以告，哀吁之声，相闻于道。如是环十数村而遥，虫卒不为灾，其亦灵矣。余偶经其地，有绅士语曰："此田子方庙也。"异哉！奚为乎？天下有名实之相违如此者乎？遍索碑记，则近人所为，无复言子方事，惟门额有"三贤"字，其字迹断落，仅可寻。

《汾乘》载："子方与卜子夏、段干木⑤，号三贤。"想昔之好义者，建祠于兹，后人不核，徒以"子方"与"蚜蚄"音相合，而又冠以田，

---

① 张睢阳：张巡（708—757），蒲州河东（今山西永济）人。安史之乱后，张巡死守睢阳（今河南商丘），前后大小四百余战，斩敌将数百，杀贼卒二万余，重创叛军，直至粮草耗尽、士卒死伤殆尽而被俘遇害，为保障唐朝东南安全，平定安史之乱立下奇功，人称张睢阳。后获赠扬州大都督、邓国公，绘像凌烟阁，从祀历代帝王庙。

② 戊申：雍正六年，即 1728 年。

③ 介：即今山西介休。

④ 蚜蚄：黏虫，一种农作物害虫。

⑤ 段：乾隆癸酉版为"假"，据实改之。下同。

遂置子夏、干木不道，而子方之名独以讹显。今庙象尚三，其加冕而旒①，则后人附会而新之也。嘻，果蚼蚄夺子方之位耶？抑子方窃蚼蚄之祀耶？我人不敢知。独念蚼蚄胪诸祀族，次先穑矣②，亦何地不可居歆③？而实逼处此，以与后之君子争，有数椽也，不已陵乎？

而子方者，义至高，生不苟合当世。岂其千百年后，忽改行易德，区区一祀之爱，取非其有而腹是果，常士犹将耻焉，敢谓子方其不吐乎？然今之享祀者，伊谁哉？其又谁为福民而利赖之也？盖古之圣贤，生有殊功德，死则以风云雨露之泽，庇厥庶民。子方贤人，不辜下民之请，为之捍灾御患，俾弗嫉于蟊螣④，用克有年，亦理之可信，而特不能自言"其非蚼蚄也"。民日受捍灾御患之德，以时举祀勿敢坠，亦遂不知其为子方也。

夫吾谓子方之得祀于土，宜矣！其祀，宜在士大夫；乃士大夫不祀，而独祀于农夫野老。农夫野老祀之，又不知为子方；而士大夫，又不为之辨其非。将跪而祝之，曰："蚼蚄，坐而受之，则子方也。""谷士女而降之康者，子方也。"颂神功而矫举之，则又曰："蚼蚄，名与实违。"人祀之非实，神享之非名。非名则冒，非实则滥；滥与冒也，弗光祀典。

为告乡人，曰："先生姓田，名子方，魏文侯时人，文侯下焉。与卜子夏、段干木，著于春秋之季。"祀不可阙也，名不可假也。

〔评品〕

解流俗之惑，还先贤之祀，义韪文炳。

---

① 加冕而旒：戴上大礼冠。
② 先穑：稼穑之神。穑，收割谷物，亦泛指耕作。
③ 居歆：安然享用。
④ 蟊螣：古代的一种害虫。这里就是指蚼蚄。

重修云阁之舞楼记①

丙　午②

　　乌川之大观，在云阁。插汉凌霄之状，环境数百里，未有也。居人李友梅募众修舞楼于阁之前，走余求记，因录古碣文以示。按万历十一年记"唐敕遣尉迟敬德复造"，则知唐以上阅有年。又云"自汉以后渐圮"，则知汉以上阅有年。嗟乎，考阁之由来，其使人怀古之情深也。

　　余惟秦、周之际，列国日以干戈相寻，绛宇紫庐之盛，罕有闻者。意其在两汉时，年丰物阜，都人士安乐寿考，而乌川沃壤数十里，山川之所钟毓，必有缙绅大夫、卓识之士出其间，遂相群山之透翠，左右二水之潆流③，蜿蟺喷激④，胥极于兹地，故建阁束其隘，以寓扶偏起胜之意⑤。此有心者所经营，岂偶然耶？魏晋而降，应亦兴废相间无绝，以是至唐犹有遗址。唐既受命有天下，推老子为姓所自出，崇祀跻上帝⑥，故今其阁奉三教。

　　乌川径可通塞外地。敬德生朔漠⑦，初事刘武周，归唐。想其生平，横戈立战功，其往来攻袭之地，或多经于是，因不忘也哉？吾因更有感矣。敬德于贞观间，得图形凌烟阁。后数年，至高宗时，遣官复图者七人，而敬德已不与。况今千年后，虽欲过凌烟凭吊往事，于断碑残碣之中，觅其姓氏，而杳不可得。不谓兹阁犹留之也，独是碑既述汉唐，而汉唐旧文未见，岂土人徒得之传闻？抑岁久为风雨所剥蚀？余向偶经其地，亦未及考。

---

① 云阁：在山西盂县西烟镇东邢村。
② 丙午：雍正四年，即 1726 年。
③ 潆：水流回旋。
④ 蜿蟺：屈曲盘旋的样子。
⑤ 扶偏起胜：扶助偏远之地，兴起人文之胜。
⑥ 跻：登，上升。
⑦ 朔：山右版为"溯"，改之。

他日有好义者，广厥赀力，完兹阁益新，余将遍索古碑摩读之，以识颠末①，并赋云物山水之美，则舞楼之修，其小焉者也。或又曰："马氏曾于西南隅，重修汉壮穆庙。"今复环之，方丈数楹，以增兹阁之胜。若是亦宜牵连得记。

〔评品〕

低徊唱叹，无限吊古之情。

培风室记

甲辰九月二十二日②

余作室于松山之半，名曰"培风室"。其地多风，故取诸风；然不培，则风之积不厚，而无以行远。

庄子曰："而后乃今培风。"言风之可以行远也。盖物之能入微而行远者，无过风与水。水障之，则绝。风则动于呼吸之间，放乎无极，舒之非有，卷之非无，孰障之？而孰绝之？无可绝，故行远。尝偃卧室中，以听山之风：声摇山巅，韵动林内，一旋绕于室之左右。始听以耳，而噫如，而嘘如；小者飒飒，大者飑飑③。既听以心，若词章之鼓吹，为文风；若抱德者之实大而声宏，为道风；若坐明堂出令，若大将之号万军，若忠臣义士感时忧事，呻唔而写怨也，为治风；而古人得之以培。

盖天地间，无非是气，气之所积，莫不有风，风皆可培。培于天，则为温为肃；培于人，则有文章、道德、政治。尧、舜培之，其风也动；孔、孟培之，其风也流；荀、扬培道义之风而未醇④，程、朱培之；汉唐

---

① 颠末：始末。

② 甲辰：雍正二年，即1724年。

③ 飑飑：大风的样子。

④ 扬：乾隆癸酉版为"杨"，据实改之。

以后，诸名臣各培事业之风；左史、韩、柳、欧、苏之徒①，培诸文章。培之厚，故行之远。

大哉，风乎！播于六合之外，被乎百世之下，而实藏之于一心之中。今而知，心之可以生风也，与天地通矣！吾以天地之风听古人，而以古人之风听天地。心不能生风也，而未尝不心乎风。心无风，但以风名；室无风，而心乎风。遂以"风"名室，而勖之"培"②。

〔评品〕

于风，听出如许道理；故培字，俱从心上做工夫；说鹏说鲲，尚多旷语。

游六师嶂记

己　卯③

六师嶂最奇胜，名与藏山埒④。甲戌夏⑤，同志者偕游，余后至，不甚悉，然其胜彷佛于意中，历三四年未尝忘也。

既张硕儒约余读书山中，意在藏山、六嶂两境云。于是，先寻六嶂。嶂出众山之上，崖削如屏，故游客名为碧屏山，而土人则仍谓之六师嶂也。传有六羽士化于山之洞内，今其洞极邃。好事者束燎照之入⑥，或一二里不能穷，往往燎灭而返。

有庙构于嶂之腰，颇壮丽，非六师也。门从裂石而入，庙后倚深岩，岩内池水幽黑，深不可测，以小石激之，碧光闪动，若有龙神之出没，悚然不敢逼视。出岩，断桥横木而南，得茅屋数间，即可休息读书处也。一

---

① 左史：左丘明（约前502—约前422），春秋时史学家。鲁国人。相传曾著《左氏春秋》（又称《左传》）和《国语》两书。左丘明是中国传统史学的创始人，被誉为"百家文字之宗、万世古文之祖"。

② 勖：勉励。

③ 己卯：康熙三十八年，即1699年。

④ 埒：等同。

⑤ 戌：山右版为"戍"，据乾隆癸酉版。

⑥ 束燎：火把。

白发山人，作柏屑香。即之言，弗顾。坐移时，将归，乃曰："有径至藏山，三里许，一路景不减是。"行焉，果得奇嵲数，状皆可绘。

北折逾岭而东，已迷藏山故径矣。行及数里，林木渐茂，有斧斤之余蘖置路①，盖樵夫所仅至也。余若有骇，欲返。硕儒曰："樵夫至之，奚不可？"疾行数里，山益高，林益密，有斧斤之大木当径，盖伐木者所仅至也。两人均骇，硕儒欲返。余念已至此，返艰，因曰："伐木者至之，奚不可？"行之益疾。越数岭，迥非人径，蒙杂蔽空，鸟鹊乱喧。尝闻山中人言："鹊喧必有虎。"骇甚。又越数岭，日将沉，林中暮色苍然而来，萧飒之声四起，茫然不知所出。

欲陟岭以待旦，至则万山丛峙，不辨南北东西之向。而隐隐风送对山樵歌，大声呼之不应，而山下别有应声。急就之，恶林如栉，尺寸不能视。忽山断石分，下绝万仞，缘之而行，上下壁立，中不能旋足。此时亦不知应者之果在否也。良久，乃下，其人已陟对山之半。遥揖而问，曰："此非藏山道所由乎？"曰："此去藏山绝远，久号虎穴。"以手遥指其路，复疾行。至刘氏庄，昏黑久矣。急向一门扣之，主人闭弗纳。连扣不已，方肃之入，问曰："何来？"余曰："迷藏山而来也。"主人曰："嘻，来何暮？此非藏山道，久号虎穴，樵夫牧竖莫敢至者，来幸矣。"

余两人且喜且骇，越宿乃行。后二日，囊书复至藏山。

〔评品〕

不夹议论，处处写生，从《史记》得来。

---

① 余蘖：本意为被砍去或倒下的树木再生的枝，这里指砍伐树木后留下的残渣碎屑。山右版为"余孽"，据乾隆癸酉版。

游芝角山记①

癸 卯②

　　山之生于天地，有幸不幸焉。或幸，而名擅古今之胜；或不幸，而历古今无闻知。彼其实非甚相让也，而名之显晦顿异，岂非所遇不同？轻重之，惟人使然哉。

　　余少读柳子《永州山水记》，私怪造物之秀，岂其独钟于是州？及读欧阳永叔《记滁州》者③，乃知永之外，固复有滁。往岁至滁，寻醉翁、丰乐二亭遗迹，求当年诸峰林壑之美，未见独跨吾芝山也。又访于永，来人亲见，穹谷嵁岩之状，或不如子厚所记云。倘见者虽遇其胜，而未及搜耶？然则山之有胜而未经人搜，固不乏也。

　　吾负游山之癖。每携朋入芝山，松之大者干霄，小者栉密。林外得夷石如几，可环坐饮。有泉，盈流石径，作细大鸣，与松韵相间；引觞满酌，颓然成醉，不知永、滁之足乐，视此为何如？独惜吾山不得生于永、滁，以邀二公之游；又叹二公独不谪吾乡，得前后游是山，为之穷奇而抉秀也。

　　故山虽具有永、滁之胜，而见是山者，犹独羡永、滁，此山之所以不遇也。虽然，永、滁之山，自开辟至唐宋，千万年而始遇二公。当未遇之时，荒寂何遽？不若吾山。则吾山千万年后，安知不有二公其人者发之？俾赫然擅名宇内如永、滁也，未可终以为不遇矣！独是开辟至今千万年，既无有一知之者，则后世虽更历千万年之久，何不可终无一知之者，又未可以为必遇也？

　　嗟乎，山与天地无穷极，其知不知无所谓后世也。自吾不及见山之

---

　　① 芝角山：在山西盂县城北十里，村曰芝角，山曰芝山，西映七峰，东连耸岫，南瞰礼仁，北引苌池，岩谷幽邃，林木森茂，中有紫柏龙神祠。

　　② 癸卯：雍正元年，即1723年。

　　③ 滁：乾隆癸酉版作"除"，据实改之。下同改。

知，遂不得不俟知于后世；后世知之而吾不见，吾憾吾不见；而后世或终不能知，憾更甚。天下之山之美者，众矣！如永、滁之见知者，有几？岂独吾山也哉？吾以山推之，抑又不独山也。

〔评品〕

遇之显晦，颠倒无数英雄；天乎？人乎？今古有同慨也。

藏山石床记

癸 卯①

攀磴至藏山之中巘，路折而南，忽复西，入小石门，崖石突出，当径旁，高于径三四尺，土木杂积猥奥②。独相石之隅殊廉，度其下必夷，因与张硕儒、余弟荆润、书童、道人、道童，并力剪辟，五六日乃尽，果得平石如床。

日光得熏灼，午仄，壁阴下，陈簟憩之甚温。床头横石半尺许，长短与床齐，可枕。寻其旁，隐有斧凿之痕，知前人曾有乐乎此者，其爱石之情，想与余同也。书课暇，则携壶石上玩。云岚烟壁，晨夕旋佳之态，以极此石之乐。今历二十四年，余复来坐此石，回忆当时并力之人，硕儒、道人已逝，两童不知处，独余与荆润在耳。顾余冉冉将老也，若倍二十四年，保能复坐此石乎？若再倍二十四年，固断断无之也。后人之坐此石者，又谁哉？其亦如余之徘徊眷恋于石否也？

嗟乎！今古之感，其使人不忘矣。彼前人之斧凿，而爱斯石者，不知阅几百年而后发于余。余今日欲问其人，而已杳不可得。后之渐而积踏者，又不知几百年；其有爱而发之同余情者，又不知几百年，欲问余今日之为谁，而又必不可得也。夫几百年则已远，年之几百与几百相积而远，遂不可穷人于无穷之内。前不能待于后，后不及望乎前，独石以不欣不戚

---

① 癸卯：雍正元年，即 1723 年。

② 猥奥：茂盛深邃。

之质，逆旅古今人，而阅其死生往来之变。人为万物之灵，而不能与万物
争夭寿，类如此石，可叹也。

今日者徘徊眷恋于石之上，醉而歌，歌而悲以泣，怪造物者胡不竟石
余？而俾无今古之感，其不足乐乎？然余果石，而又安知石之乐也？余其
如此石何也？

〔评品〕

设想都在前后际，千古万年，茫然遥集。

苌池怪松记

癸　卯①

桂之焚，漆之割，松、柏、楩、楠之伐②，皆以材戕；有不材者，腐
澌岩阿③，往往为世所薪，则亦戕。

苌池西落，赵文子行祠内，植耇松二株④。右者倚徙飞插，如凤舞；
其左类龙形，皆松之弗戕于材者也。而类龙者最古，身臃曲不五六尺，两
干交纽为一，横拖南北，观之莫测首尾。其粗，倍于身有半，旁数枝，既
舒复回，亦纽干成环。皮骨悉入干内，无迹，故其干，乍细乍粗，屈突夭
矫，如老龙之横偃舒放于空中。虽不为世所材，而其材，固已奇矣，非果
如世之不材者，株守而自腐也。

夫材，戕于人之所贵；松不材，故人不知贵。不材，戕于人之所贱；
松非真不材，故人不敢贱。伸之缩之，纵之横之，无往不得其为松矣。忽
有好事者，嫌其长枝碍檐，为之削其杪。其果以材戕乎？不得而知也。其
果以不材戕乎？亦不得而知也。然则削之者，自陋耳。尔松何过焉？虽
然，松亦有自取者矣。

---

① 癸卯：雍正元年，即1723年。

② 楩［pián］：山右版为"梗"，据乾隆癸酉版。古书上说的一种树，亦称黄楩木。

③ 腐澌：腐朽尽灭。

④ 耇［gǒu］：高寿。

　　尔既偃蹇于世①，不为匠石之睨，则当厚为敛戢②，不得恃其无用，疏荡自任，而伸之缩之，纵之横之，不复顾流俗中，亦有好恶为也。瓦砾当径，行者掷焉，恶其无用也；非恶瓦砾之无用，恶其无用而碍人之用也。彼流俗者，既以为弗材，又病其有碍，一旦好恶出于心，从而戕之，若掷瓦砾，又何怪乎？虽于松，无甚伤，而好恶之情，则可惧矣。

　　大抵物之在世，有用则险，无用则腐，而自恃其无用则肆。险与腐，定自天，肆成于人。尔松无患于天矣！慎无自肆焉，以为当世之所侮也。

〔评品〕

　　苍秀如老树着花，意为贫贱肆志者，痛下一砭。

考妣王府君李孺人合葬墓志铭

　　先考府君王姓讳缵先③，字接武，山西太原府今隶平定州盂县北乡永宁都芝角人，敕封文林郎翰林院检讨加一级。生明崇祯丙子，享年九十三岁，其卒雍正六年正月十六日也，后先妣李氏五十日④。先妣为明四川遵义府知府讳应龙孙女，邑庠生讳廷荐女⑤，敕封孺人⑥。生明崇祯戊寅⑦，卒于雍正五年十一月二十六日，享年九十岁。今以三月二十二日，合葬于祖茔之次，不孝海泣而志之。

　　志与史，相表里。史馆之征实者三，一取诸墓志铭。以故世之子孙，欲扬其亲者，必求当代显官大人之言为荣；而显官大人重其子孙之请，遂

---

　　① 偃蹇：傲慢。
　　② 敛戢：收敛。
　　③ 先考府君：对已故父亲的尊称。
　　④ 先妣：对已故母亲的尊称。
　　⑤ 邑庠生：明清时期称州县学为"邑庠"，所以秀才也称"邑庠生"，或称"茂才"。
　　⑥ 孺人：古时称大夫的妻子，明清时为七品官的母亲或妻子的封号。也用为对妇人的尊称。
　　⑦ 祯：山右版、乾隆癸酉版为避帝王讳为"正"，据实改之。下同改。

不惜浮摭美善①，以张厥生平，又溢美及子孙，此于作志之道无取。夫誉非其实，则与志他人无异。而美及子孙，固非所以志其亲也。昔人重一字之褒，奈何以浮且溢者，掩亲之实行，为人子者惧焉。

按太原王姓，世系载于史，甚远。自十二世祖讳仁美来兹土，以耕读世其业，越数世，人无不横经②。后族渐繁，始间有易儒而业者，然青衿之士益众，取科名宦游者相望。曾祖太原郡庠生，讳汲用，少孤力学，卓然不苟一介，士林推为古君子；生祖待赠公讳烈，尤谨饬，于物无失色。

盖自曾祖、祖，历府君三世，无只字入公门云。祖生子二：长伯父太原郡庠生，讳绎先；次即府君。府君幼颖悟，甫为文，即能屈其侪辈；从祖丙戌经魁懔③，负才，少许可见府君文，未有不击节。以亟失祖姚太孺人史氏，遂辍帖括不治④，然居常益自愤，因为儿辈延师督课，至夕为之讲贯，儿辈诵声不歇，府君从不寐。至康熙乙酉，珻始幸乡荐⑤，丙戌成进士⑥，兄、弟、子、侄⑦，登贤书者⑧，连六七科无虚榜，一门颇得侧于文事。而极固陋如珻，文亦过邀，士大夫口谬为"海内操觚家"，所传诵不知其源多出于府君，而不逮府君远也。

府君未试于位，无赫赫之绩，然静而有识，论古今事辄中退让，不敢以气加人。自言横逆之来，忍于未发则易，待既发之后，恐彼此难收。尤研倚伏之理，常训子孙曰："盛衰相环，与其过衰，宁弗盛。""吾不愿子孙富贵，但世世为读书人足矣。""若时富贵来逼，当存不富贵之心。"故终其身约于自奉，甘粗垢弗厌。惟营儿辈笔墨之费，则殚厥心，罔惜吾家稍席前世之丰。

---

① 浮摭美善：指专门挑拣浮夸溢美之词吹捧。摭，拾取，摘取。

② 横经：横陈经籍。指受业或读书。

③ 戌：山右版为"戊"，据乾隆癸酉版。

④ 帖括：唐制，明经科以帖经试士。把经文贴去若干字，令应试者对答。后考生因帖经难记，乃总括经文编成歌诀，便于记诵应时，称"帖括"。后指科举应试文章。

⑤ 乡荐：应试进士，由州县荐举，称"乡荐"。

⑥ 戌：山右版为"戊"，据乾隆癸酉版。

⑦ 侄：山右版为"住"，据乾隆癸酉版。

⑧ 登贤书：科举时代称乡试中式为登贤书。登贤，举用有道德有才干的人。

妣孺人出巨门，益不习贫；中年困鞠育之计，日典簪珥，佐府君教子力业，惟恐儿辈以贫故隳进取。迨儿辈次第叨科名，才劣不克致通显，以养父母致始终，甘旨弗充，此不孝瑃所椎心自讼而莫容也。孺人之附身极菲，切嘱勿易之华；附府君身尤菲甚，府君顾蹙然以为过。有慰之曰："是于封君之分，固歉。"府君曰："'情分'二字须明，非谓过分穷，子之情竭矣。"

嗟乎！儿辈既以穷累父母，乃父母独甘穷，惓惓儿辈，至死弗能已。今检笥篋所遗藏，一器一物，靡不敝垢，不孝瑃有深痛焉！然则儿辈之不肖，其负我父母之德，固多矣。惟府君之德，谦而能忍；孺人则顺而好义。府君之终，自扪其胸，曰："吾生平无一昧心事，倘阌前小贸易，保无有一二铜钱之不如值者。"嗟乎！即此固未必有，府君检点至此，此古人之所以"谨屋漏"。瑃泣识其言，用告后世子孙不知省察者。

府君长孺人二岁，孺人以十七岁归府君，齐眉七十三年。生男五：长，甲午科举人、拣选知县玑①；生丁酉科举人、拣选知县锡信，庠生锡谷。次，待封文林郎玶，生辛卯科举人、拣选知县锡誉，锡章、锡冕。三，琨，生锡繁。四，乙酉科举人、丙戌科进士、选翰林院庶吉士、历任翰林院检讨加一级、三朝国史馆纂修官瑃，生甲午科举人、四川叙州府隆昌县知县锡光，葆光幼。五，戊子科副榜、癸巳科举人、拣选知县璐②，生锡荣，幼。女三，皆适名族。诸子孙所娶，及孙女之适人者，省文不载。

念瑃尝滥竽史局，追陪诸君子之后，府君又尝顾瑃于长安③，得接一时名公卿，及四方文学之士，故今之望人，亦多知府君。今非不能邀一言之华衮④，特以府君积行，惟恐人知，不敢以是违夙志。而不孝瑃撰述遗行，亦不敢片词假借，使后世疑其文而反有不能得于府君，则不孝之罪，

---

① 拣选知县：清代，大多数情况下都是进士做知县，但举人已经具备为官资格，在一些情况下可以择优录为知县，即拣选知县。

② 知：山右版无此字，据乾隆癸酉版。

③ 长安：清代所称之长安，即今之北京。

④ 华衮：古代王公贵族的多彩的礼服，常用以表示极高的荣宠，后指君王。

于焉滋大！执笔荒述中，宁野且略也。

铭曰：惟我府君，谦和守常。孺人相之，恭顺而良。天眷乃德，俾寿且康。虽康而寿，寿弗山长。有原山腹，不骞不伤。室庐未远，生死相望。历千秋而百代，仰古槐耆松之郁然者，知吾父吾母之藏。

〔评品〕

语质而挚。

卷 七

释 讳

庚子　丁巳①

天下惟事之常者，不必讳。而至常莫如死，惟人甚恶死，故其讳死也为独甚。偶言之，则以为不祥，闻之者亦以为不祥。嗟乎，彼固以死为重事耶，重则愈不可忘于言。古之人当乐而悲，每痛心于死生之大，诚有以达乎其理矣。

盖死者，人品、事业、学问之一大课程也。谓生平之程，至是焉始定，过此以往，虽上智无所用力矣。此古今来，圣贤君子，所为朝乾夕惕②，毕力以争此一刻，求其死之无憾而后即安，而不敢有讳其事也。曾子曰："仁以为己任，死而后已。"孔子曰："朝闻道，夕死可矣。"可知不死而已者，且虑乎其不可以死也？岂其讳之，而以为非己事哉？

且讳之，亦何尝免于死？富贵贫贱，人生有经有不经。惟死，则无不经。无不经者，常乎？变乎？经之，反以为常；而言之，反以为变，可笑也。昼，必死于夜；朔，必死于晦；春，必死于冬。天地不能以此为讳，而况人乎？

人，得天地阴阳之气以生，故生必有死；而不能如天地之健，故一死而不复生焉，则已矣。虽讳之曰"不死"，奚益？

① 庚子　丁巳：庚子为康熙五十九年，即 1720 年；丁巳为乾隆二年，即 1737 年。写于庚子，改于丁巳。

② 朝乾夕惕：形容一天到晚勤奋谨慎，没有一点疏忽懈怠。乾，乾乾，即自强不息；惕，小心谨慎。

嗟夫，余亦甚悲。人之死而不复生也，而不必讳也。人，必知有死之悲①，而后知有生之乐。据炉饮醇醪②，不自知其乐也？启户见同云密雪，裂人肌肤，方知不寒者之为足乐也。当劳，方知逸之乐；当病，方知无病之乐。然劳，可以知逸；有病，可以知无病；死，则不可以知生。故不若于逸时念劳，无病时念有病，生时念死，然后知未至于此者之足乐也。

天下事，当其未至而谋之，则不至于有悔。适百里者，方晨，知暮之终及，而急于行；至晡③，知暮之将近，而愈急于行。彼讳言暮者，未及行而忽暮；讳言死者，未及尽生之当为而忽死，可不谓大哀乎？故不讳言死，欲重用其生也。人能重用其生，而无惊于死，则一切可喜可怖之境，俱不足动其心，乃可以临大事而不乱。斯亦养气之一助也！

〔评品〕

生必有死，惟生顺，则死宁；见人当生时，一刻不可放过。张明痛切言之，如青天白日。

赵受韩上党

壬　子④

秦昭襄四十七年，攻韩上党，郡守冯亭以上党十七城都市入赵，赵受之，卒有长平之败。论者咸以受，罪平原君。夫吾谓赵之所以失者，在当受之时，不知所惧，而但以得地为喜；既受之后，不知自保，而徒以贪地为能，其失不尽在受也。

秦之蚕食诸侯久矣。赵为秦之劲敌，秦何尝一日忘赵？自赵成侯高安战后，于肃侯则战，于武灵王则战，于孝惠王则战，于孝成王则战，岂其以受上党哉？夫秦之与赵，越韩千里，而干戈相寻如是；况拔上党而实逼

---

① 死：山右版为"死也"，据乾隆癸酉版。
② 醇醪：味厚的美酒。
③ 晡：指申时，即下午三点到五点。
④ 壬子：雍正十年，即 1732 年。

处此，则固朝发而夕至也，赵何以待之？故其取上党，灭韩之兆也；灭韩，亡赵之渐也。冯亭以地入赵，非真有忘于韩，实欲亲赵以抗秦。使赵之君臣得地而惧，早作夜思，生聚训练，以固其内；设险置戍，以防其外；增十七城之赋役，合韩西向秦，则秦赵胜败之形，未可知也。此一役也，赵可以强。

战国之时，兵连祸结，谁非土地人民是利？其谁肯得地而舍之，转以滋大国也？岂必定料其有长平之败哉？且长平之败，固成于赵括，何者？秦即因上党之故而伐赵，岂能必胜赵？赵即因上党之故而败于秦，岂必败之至于此极乎？假使当日者，秦间不行，廉颇尚将，彼白起虽知兵，安所施其能哉？以赵括之劣，遇白起之勇，虽无上党之受，其败当复如是也。不然，秦赵前后经数战，胜负率相当；而四十余万之命，胡为独尽于赵括？独是括之骄诞无实①，邻国知之，朝臣知之，其母亦知之。而不知者，独一赵君耳。吾不知赵君以括代颇之时，平原君安在哉？不能于此时痛哭争其事，纵不受上党，奚益？

赵豹曰："圣人祸无故之利。"盖言利之不可幸也。赵之君臣有幸心矣：幸目前之利，而忘自强；受雠国之间，而以庸妄代老成。此虽以秦之强，不能逞志于赵，况赵之于秦乎？故赵受上党亡②，不受上党亦亡。不受，则安于弱而祸迟；受，则祸速，而尚可以强。赵惟不能自强，而徒速其祸。则虽谓：赵之亡，兆于上党之受可也；而其实，失不尽在受上党也。

〔评品〕

断制屹如山岳，高文老识。

---

① 骄诞无实：指骄纵放肆，华而不实。
② 故赵：山右版为"赵故"，据乾隆癸酉版。

蔺相如完璧①

壬子②

秦、赵，战争之国也，相抗以势，势之所在，不得示人以弱。示弱，则人得乘间求逞于我，而我愈不可以振。蔺相如之完璧归赵也，其事甚壮！奋单使之威，折虎狼之秦，用是不辱其国，此岂不明于天下之势者哉？杨龟山谓③："相如不当轻身以重璧，区区一璧，与之可也。"嗟乎，璧之在赵，璧耳；挟之入秦，则国势之所为重轻也。苟为国势重轻之所系，虽瓦缶，不当以让秦。

六国时，韩、魏数赂于秦④，而赵独否。至长平败后，始欲割六城为媾⑤，而虞卿以为忧。然则秦之所大欲于赵，与赵之所深患于秦，而惟恐不能以自保者，皆不系乎赂也。盖秦之视韩、魏，若弄掌耳；有所求则伐，得所求则舍，擒纵之惟意。而赵，不如是也。譬如两虎相捽⑥，爪牙威力皆足以相角，稍退则反为所噬。彼秦受赵璧，而必以十五城为易，秦固不敢以韩、魏视赵也。故赵虽畏秦之强，而许其璧，犹必欲得十五城之易以为名。若城与璧两失，则徒为笑于天下，而赵其不竞。

且夫无故贪人之宝，而欲取为己有，此其情已不逊；虽以十五城为约，实要以不得不从之势，安知非借是窥赵，而欲试其侵侮之端？其意不

---

① 蔺相如：生卒年不详，战国时赵国上卿，政治家、外交家，平生以完璧归赵、渑池之会与负荆请罪三大美谈载诸史册。

② 壬子：雍正十年，即 1732 年。

③ 杨龟山：杨时（1053—1135），字中立，号龟山。北宋熙宁九年进士，哲学家、文学家。先后学于程颢、程颐，同游酢、吕大临、谢良佐并称"程门四大弟子"。他与游酢"程门立雪"，成为尊师重道的典故。

④ 魏数赂：山右版为"魏赂"，据乾隆癸酉版。

⑤ 媾：交好，交合。

⑥ 相捽：冲突，争斗。捽，揪，抓。

专在璧也。况璧入，而又自悔其约①，此市井反覆之为，虽匹夫尚当以受绐为耻②，而谓赵甘之乎？夫赵果畏秦，而不敢爱其璧，则当与于求璧之初。今既申明二国之约，而选国之不辱君命者以从事。相如慷慨受君之命，捧璧而西，漫无所得，徒拱手奉之于秦，则赵君臣之任相如何意？而相如复何面目以归于赵？故于此时，为相如计，惟有与璧存亡而已矣。

盖秦以城求璧而赵不与，曲在赵；入璧而秦不与城，曲在秦。虽恐璧之坏，而按图示复与，既先欺赵，则曲亦终不在赵。况秦终必不与城，此相如所以决意使之怀归而无疑也。璧既归赵，则相如之事已毕，死之，生之，惟秦是听，而尚何惧哉？然秦既不得璧，必不杀相如，此又相如之所能料秦于十九者也。

后渑池之会，相如从赵王入秦。秦王请赵王鼓瑟，相如亦请秦王击缶，以劫秦王于五步之内。信如龟山言，则鼓瑟之细，虽赵王独为之以媚大国，何害？乃相如尚不肯以此伸秦屈赵，而况璧乎？

〔评品〕

当日情势，实不得不如是；非相如之勇，却不能如是。揆情度势，透辟无遗。

蜀汉战守之形

壬　子③

知战而不知守，不可以语将之智；然欲守无可守之地，虽智者无所施。苏子曰："孔明弃荆州而就西蜀，知其无能为。"盖以西蜀之不可战也。夫孔明之取西蜀，非遂弃荆州；迨荆州既失，孔明之犹足有为者，幸而西蜀在耳，何者？

用兵之道，战与守不可偏用也，而守固先于战。战必于平原旷野、戎

---

① 自：山右版为"而"，据乾隆癸酉版。

② 绐：欺骗。

③ 壬子：雍正十年，即1732年。

马四出之地；而守非长关绝塞，则无以拒敌人之长驱，而自固其国。北燕、西秦，可战可守之地也；洛阳、汴泗，可战之地也；西蜀之地，则仅可以守；荆襄不连西蜀，亦仅可战，而不可守。孔明之智，岂不知剑门、峡江之险，其守不可出，其出不可继？顾其意，欲合荆、蜀，为战守之计；厥后，荆州失利，则孔明之所不料也。

假使当日者，庞士元尚在，孔明专任荆州，以西蜀为庭堂，而荆州为门户，则吴、魏之强，直可鞭棰使之矣①。若使不得西蜀，则吴、魏必且先手。苟其地一先为吴、魏所据，而孤守荆州之旅，前后牵制，亦坐而待困之道也，虽欲偏安一隅，其可得乎？故蜀之继世，将无关、张、赵、马，而昭烈之贤远非后主所及，姜维之才又远不逮孔明，然得绵国祚四十余年，守蜀之效然也。

大抵古之大有为者，莫不固可守之形以为战。李密劝杨玄感②，"经城勿攻，直入咸阳。"欲以守为战，不从，而玄感亡。柴孝和劝李密"留翟让，掣东都"，自以兵入关中。欲以守为战，不从，而密又亡。惟唐高祖则约词谢密，使东缀王世充之兵，而径捣长安，用成帝王之业。此一举也，直与汉之高祖争烈矣。

司马温公乃谓：项羽不能修德，虽听韩生之言留关中，终亦必败。此自论其德耳，不知韩生之所论者，势也！使犹是汉高、项羽之德，而互易其东西之势，则鸿沟定约之后，楚之天下，何遽至于亡哉？汉，惟得可战可守之地，故兴；楚，惟居可战不可守之地，故亡。

宋太祖入洛阳，谓："迁洛不已，终当迁陕。"当时群臣，不能从宋祖之言。百年后，天下卒以多事。孔明思关陕而不可得，不得已思其次，则其入蜀之意，谓与汉、唐两高先后同揆可也③。故为孔明之计者，得荆州，

---

① 鞭棰：用鞭子抽打。

② 李密（582—619），字玄邃，京兆长安（今陕西西安）人。大业九年（613），隋炀帝征讨高句丽，越国公杨素之子杨玄感筹划起兵，李密为之献上策袭据涿郡，中策攻占长安，下策攻打洛阳。后为瓦岗军首领，称魏公，杀瓦岗军旧主翟让，引发内讧，降唐又叛唐，被盛彦师斩于熊耳山。玄：山右版、乾隆癸酉版避讳为"元"，据实改之。下同改。

③ 同揆：同一法则，同一道理。

则为汉高，为唐高；失荆州，则为宋祖后世之虑。但荆州之失，实天不祚汉，而出于孔明之不幸，非其始谋之果有未至也。

大凡英雄之谋人国也，必策万全而后已。不为万全之策，而贪利争捷，固不足得志于天下。夫贪利争捷者，一时侥幸进取之计，非立国久大之谋也。苏子之言，或从事后成败以为之论。天下事论成败于事后，则古人之失固多矣。

〔评品〕

西蜀攻守之形，洞然于心，了然于口；将汉楚、唐、宋错综写入，镕若一事，是何等力量？

从　术

壬　子

欲集天下之势，必使众知所恃。有所恃，故弱者得以自立；而合众之弱，可以成强。不然，则群弱各怀利害，而趋避之弗遑①，以至于散亡不可收。周末，纵横之说，两持天下之势，以歆动人主，秦卒用横并天下②，横易，而纵难也。张仪之才，非能过于苏秦，而幸居其势之易。苏秦始亦用横，不合于秦，不得已，东归成纵。及齐败约，乃挟秦、燕之姻，喝齐归燕十城；则苏秦已不能不自杂于纵横之间。故曰：纵之难。

盖纵横之术，莫不有所恃。而横之所恃者，秦也。秦之心一，而六国之心六。秦非横，别无以自利，故其谋用之不变。六国则瞻利顾害，一有不利，而已不能以自保其谋矣。后之策纵者曰："六国无赂秦。"曰："四国当助韩、魏攻秦。"吾以为，六国非不知赂秦之失，而迫于不得不赂；四国亦非不知助韩、魏攻秦之得，而困于不敢攻。何者？

秦人虎噬，而一国安危之机，悬于旦夕。彼五国者，谁肯姑舍其安，

王石和文集

---

① 弗遑：匆忙不安定的样子。遑，闲暇。
② 秦：山右版为"奉"，据乾隆癸酉版。

以急一国之危？而此一国又安能孤守其危，以待五国之救，而不惧秦之旦夕亡己也？故不得不折而附于秦，附秦而救至，又不得不助秦以攻救。当此之时，尚欲坚明约束，俾相救如左右手，虽尾生不能以成其信①。夫尾生之信，固可一人为之，而非可合众人以为之也。

今有搏虎者，必更相订约，并力无散。及虎一震怒咆哮，则奔走自顾之不暇，且惟恐不能移害于人，而冀己须臾之无害及也。惟得强有力之人，奋不顾利害，挺然独捍于前，则众有所恃，各逞其长戟劲弩，交加于虎，而虎为立毙。嗟呼，六国之时，独无有一人焉，肯任其搏虎之事者。其背盟散约，日以土地人民争啖虎狼之秦，无怪也。

然此一人者，必其国可以自强，而深明天下之大计，不以始终易其志。此必不在燕与齐，燕、齐缓，不与秦为难。又必不在韩与楚②，韩弱无足恃，楚足恃而远不及援。惟赵、魏之国，差可自强。魏适当秦之冲，而信陵君又深明天下之计，观不助秦伐韩，窃符救赵，亦可谓不易其志者也，故能率五国之兵，大败秦人于河内。

使魏终用信陵，则生聚训练，以自强其国。秦伐韩，则救；伐赵，则救。伐楚、燕、齐，则救。诸国得我之势，有所恃以自完其国，其谁不奋而协以从我？夫然后议不赂秦，议助韩、魏攻秦，无所施而不可。纵有败，盟之国而有所恃，则不败者固多；至于皆败，而比当日之亡亦已后矣。苏秦非有积忠于六国，鼓口舌之能，以成纵约，秦人不敢窥函谷关十五年，况信陵之贤乎！

嗟乎！人才，国之势也。不能用人以作众之恃，而徒曰"攻秦""无赂秦"，是则诚然矣，其谁能然也哉？

〔评品〕

苏氏父子《六国论》千古绝唱。此更翻进一层，其谈成败处，真令风云色变。

---

① 尾生：古代一个坚守信约的人。一天，他与一个心爱的女子相约在梁下相见，该女子没有按期到来。突然天降暴雨，水漫到腰间，他还是痴心等待，信守诺言不变，直至洪水把他淹死。

② 必：山右版为"心"，据乾隆癸酉版。

关壮穆绝吴①

壬子十一月②

孟子曰："行一不义，而得天下，不为。"言天下固可不得也。若人臣佐主取天下，则义主于必得而并非有可得、可不得之义。然其心，又不忍以不义取，则当其不行不义时，而其必取天下之计已大定于心矣。壮穆义绝吴婚③，卒失利于吴，说者谓"公激于一时之意气，不屑与吴国通好，虽终不得天下，亦有所不顾，故心与事不及相谋。"此实不足以知公义之至也。

汉、吴之势，何尝一日忘于公心？公之心，固不以天下全归之汉不已者也。欲以天下归汉，则不得不取吴；其不遽取者，以有魏在耳。若灭魏之后，不吴是取而焉取哉?！公固曰："吾方籍尔之土地人民，灭此而后朝食，而与尔为婚媾乎？"许之而终不取，则以儿女之私缘，忘国家之大计；许之而终取，则包藏祸心，以图人之国，反覆危险④，非公之所以为心。盖汉与吴终不能和，公与吴人皆知之。公即与吴为婚，吴亦终负公，而公必不能负吴，然公又终不能不取吴，故与其失信于后，毋宁绝之于始也。

昔下邳之变⑤，公尝羁旅于曹，而未尝自讳其归刘之意，此公之不欺曹也。公之不许吴婚，亦公之不欺吴也。曹、吴，公之雠，奚为不欺？盖公忠汉之心，根极于天性，光天地而昭日月，虽雠敌之前，无所容其隐忍之词。

夫忠于汉，类守义者所能。不欺曹、吴以忠汉，非义之至者不能。公固以绝吴之言，决其取吴之志，所谓得天下而不行不义者也。其终不得天

---

① 关壮穆：山右版为"关壮缪"，据乾隆癸酉版。壮穆，关羽谥号。
② 壬子：雍正十年，即 1732 年。
③ 壮穆：山右版为"壮缪"，据乾隆癸酉版。
④ 覆：山右版为"核"，据乾隆癸酉版。
⑤ 下邳：古地名。即今天江苏省睢宁县古邳镇，别称邳国、下邳郡。

下，乃天耳，非公之所悔。不然，吴国之大，亦何辱于公？公之智勇，岂不念及于天下之事，而徒悍然出之于口者哉？

〔评品〕

光明洞达，堪与日月辉。

唐肃宗论①

戊　申②

理用之于常，而势用之于变。苟为势所不得不然，而有可以济于天下，势得，理亦未尝不得也。世皆言："唐肃宗之即位于灵武，为逼，不子；而玄宗传宝于肃宗③，为纵，不父。"信斯言也，是使唐之天下不至于亡而固不足以快其论理之心也。

夫理之至，莫不通乎势。势之所在，失之则不及为；挠之，则为适足以生变。彼其论肃宗也，既有以失天下之大势；而其论玄宗也，又挠以势之所必不能行。守一时之谅，而甘以父之天下让于贼，姑置其所以讨贼者，而与吾子校当立不当立之义，是岂势之可通者哉？

孟子曰："舜视弃天下，犹弃敝屣也。"此推圣人仁孝之极，其实瞽瞍果罹于法，舜亦未必肯弃尧所受之天下。况肃宗弃天下，则实害于孝；而不即位，则天下又万不可得。何者？当时之天下，已不知唐有天子矣。虽明告以天子在蜀，而贼见据长安，乃徒遥奉一传闻不可知之天子，则天下之心不固，又安知奸谀之臣不窥伺两宫、而各怀向背于父子也？如是，则唐之天下乱，不独在贼矣。

---

① 唐肃宗：李亨（711—762），唐玄宗李隆基第三子。安史之乱起，被任天下兵马大元帅，负责平叛。至德元载（756）在灵武即位，尊玄宗为太上皇，命郭子仪、李光弼等讨安史，收复长安、洛阳两京，在位六年，庙号肃宗，谥号文明武德大圣大宣孝皇帝。山右版目录本篇为"唐肃宗"，与文中题目不一致，据实改之。

② 戊申：雍正六年，即 1728 年。

③ 玄：乾隆癸酉版讳为"元"，据实改之。下同改。

故为此时之玄宗、肃宗计，皆当以天下为心。玄宗心天下，不必天下之自己取；肃宗心天下，不必天下不自己取之也。此虽玄宗无命，犹当行天下之大权，以系中外之望。况军驻马嵬时①，玄宗固曾以天下授之肃宗，其即位灵武，犹是遵马嵬之命也。即位，而玄宗复命为天下兵马大元帅，不知马嵬之命已行也；知之，而即传宝于灵武，犹是行马嵬之命也。

吾见父子之间，心安理得，恶有所谓逼与纵哉？或者曰："肃宗请之，而后即位，则无失。"嗟乎，是乃与于失之甚者也。古今来，安有自请为天子者乎②？请之而从，则是肃宗非复奉马嵬之命，玄宗不能不疑肃宗；请之而不从，则是玄宗自悔其马嵬之命，肃宗不能不疑玄宗。父子相疑，而天下之大势去矣。其失，孰大于是？

然则肃宗一无失乎？曰："有之。"肃宗之失，在平贼之后，而不在即位之初。今有人夺父之物，必拱手让父之取，而己不敢先于父与；既取之，而以为是取于人，非取于父，而遂欲据之为己有，二者皆失也③。故为肃宗者，但当退居储位，固迎上皇，率天下臣民而上之玺，一而不获至再，再而不获至三，必求玄宗之受而后已。使玄宗必不受，不得已而居之，则亦无憾矣。惜乎，玄宗之所以辞④，与肃宗之所以请，今皆不知其心何如，然其事固可无恶于天下。夫事之无恶于天下者，虽圣人不绝也。

〔评品〕

道理光大，议论闳通。

---

① 马嵬：即马嵬驿，因晋代名将马嵬在此筑城而得名，在今陕西兴平。唐玄宗天宝十四年（755），安史之乱爆发，次年七月，唐玄宗逃至马嵬驿，随行将士杀死宰相杨国忠，请求处死杨贵妃。玄宗无奈，遂赐贵妃自缢，史称"马嵬之变"。

② 天子：山右版为"天下"，据乾隆癸酉版。

③ 失：山右版为"夫"，据乾隆癸酉版。

④ 玄宗：山右版为"元宗"，据乾隆癸酉版。

辨桐叶封弟

辛　亥①

成王以桐叶戏小弱弟，曰："封汝。"周公入贺。王曰："戏也。"公曰："天子无戏。"遂封于唐。柳子曰：如此是"教王遂过也"，必非周公之所为。余则谓：王之弟，当封者也；当封而封之，非过，其何遂？

武王克商，大封兄弟之国十五，同姓之国四十。周之子孙，不狂惑者，皆为诸侯。小弱以天子之弟，而不获一胙土②，其于亲亲之道实阙。此虽成王无戏，公犹当以时入告于王，况王言及之，故公因而成之，非果以事之不可行者。但执天子无戏之义，而勉强迫束，俾无自食其言而已也。

凡人君之言，当论其是与非。是，不当问其戏与非戏；果非是，虽朝出而夕更之，不为过。即如柳子所云："设王不幸，以桐叶戏妇寺，公亦将举而从之乎？"果是，则惟是之行；是，则不得谓之为戏也。在王出之为戏，在周公听之为正。

夫人臣之事君，能因事纳诲奖顺③，其君之美，使戏者亦无不归于正，斯其用意深矣。若必沾沾曰"是戏也，必不可行"。待其戏既寝，而又曰"是必不可不行"。则凡事之行止，前后惟臣意之所变，而天子不得自行其意，此徒足重君心之难，而事之得相与有成者，不亦寡乎？

夫持责难之义，危言谠论④，而不以戏渝开君心之渐⑤，此三代以后，正色立朝者之所为，大圣人之转移君心者，正不必如是。且戏，原非天子之所宜。遇事之当为者，而劝其无戏，则王知己之动出为令，虽一嚬笑之

---

① 辛亥：雍正九年，即 1731 年。
② 胙：山右版为"祚"，据乾隆癸酉版。
③ 纳诲奖顺：进献善言，顺势助成。
④ 危言谠[dǎng]论：正直的言论。谠，正直。
⑤ 戏渝：嬉游逸乐。

不可苟，而谨小慎微，以自善其后，是适足以杜王之过，而非所以为遂也。周公之意，岂不然乎？

或曰："封唐叔，史佚成之。"夫成之自史佚与非史佚，今不得而知。而其事，要非周公之所必不可为也。况公方负扆治天下①，无巨细取决于己，乃以封国之大典，听诸史佚，而己不与，亦未必然矣。

〔评品〕

柳州之辨，本自留间；乘间攻入，探情抉理，简切之中，神韵无穷。

三多族谱记

辛亥十一月十四日②。松

余畏友端木氏，髯叟。其族之人，咸挺身而髯，多寿、多男，而又多君子。上世分司五行之职，宣令于东方，而天下顺之。禹受命有天下，以勋进为春官长③，而封诸国中，得与勾龙氏之位相次。越商、周千余年无显者，至秦始皇帝东封泰山，叟家为东道主人，赐爵大夫，由此遂以大夫世其族，蔓延于天下。然其家抗直孤厉④，不屑中风尘之物色，故多隐于深岩大谷之中。

余邑僻在万山，傍山而家者，数十族，皆大夫苗裔。其家于北山之麓者为众，宗派蕃衍多男子。大夫长苍然眉寿，世之祝年者，虽公卿大人，未尝不具书礼请大夫。彼武陵武功之族，世所称著氏，然时辄靡谢；独大

---

① 负扆〔yǐ〕治天下：指监国代理朝政。扆，古代宫殿内门和窗之间的地方，或指古代宫殿内设在门和窗之间的大屏风。

② 辛亥：雍正九年，即 1731 年。

③ 春官长：我国古代六官之一。六官指天、地、春、夏、秋、冬六官。天官长：太宰，主管内廷防御。地官长：大司徒，主管土地、民生。春官长：大宗伯，主管祭祀、声乐、礼仪。夏官长：大司马，主管军队、治安。秋官长：大司寇，主管司法审判。冬官长：大司空，主管兵器制造。

④ 抗直孤厉：刚直不屈，而又超群出众。

夫家，节劲心坚，卓然有君子之风。自秦以来通籍者①，率在春官里行，后代良材辈出，怀奇利用之士，亦往往出入冬官门下。惟族于兹者，虽衔大夫之号，而抱朴如处士②，其或老其材以待用，或以无用为有用。大夫家进退有义，余不得而识也。

余尝载酒为大夫长寿，至则万石君之胄，未尝不在。余时抗坐，不为让，至大夫家之环而侍者，虽诸幼辈，亦不敢俯视。其家风喜丝竹，每奏之，泠然而善；间则慷慨奋发，如惊涛骇澜，凄风寒雨之骤至。余悚然不敢为听，辞去数十武，音犹在耳。

一日邀余赋诗，偕官子文同往。子文脱冕榭，问故，曰："吾毛属于大夫，凡吾之纵横艺林者，皆大夫之余香③。"顾余粗操翰墨，亦有通家之谊④，遂与往来不绝，无一二日不相见。故其族之祖孙、父子、昆弟，无不与余善，因丐余谱其族。余惟自大夫长而下，为子、为孙、为耳孙、为云孙，盖数十世于兹矣，而大夫长犹得拊爱之如同室⑤，岂不盛哉？

爰为之次乃家世，俾后之览者，无忘大夫典型，且知多寿、多男、多君子，如大夫家。而独肯引余为同调，固亦余之幸也。

〔评品〕

寓意最正，亦奇亦确，写得陆离光怪。

紫柏归根记

辛　亥⑥

达幽明之理，识鬼神之情状者，无怪，虽怪亦常也。芝角山有龙神

---

① 通籍：姓名录于宫廷门籍。
② 处士：本指有才德而隐居不仕的人，后亦泛指未做过官的士人。
③ 之：山右版为"子"，据乾隆癸酉版。
④ 亦有通家之谊：山右版"有"在"通"后，据乾隆癸酉版。
⑤ 拊爱：爱护。
⑥ 辛亥：雍正九年，即 1731 年。

祠，世传为紫柏树，能作云雨，以润于民，乡人至今俎豆焉①。而语之，则犹疑以为怪，虽然，祭法固言之矣："山林、川谷、邱陵，能出云，为风雨，见怪物，曰神。"神固不必尽，古之人为也。其于紫柏何疑之与有？但事信于目而疑于耳，九州六合之内外，不乏幻杳奇谲之事，以至诞妄不可诘。而文人笔之异录，无虑千亿数，后之君子，读其书，终以为疑。紫柏虽非其理之无，而世远年湮，未得于目之所亲见，则事之有无，固不能使人之不疑也。

丙申夏，祷雨龙庙，掘得柏根于院中，绛色虯形，刺之得液如生②，紫柏之说，于是焉可信。时里人士或议毁，以龙非柏；或议藏，以柏即龙。先君子持之曰："藏是，柏非龙也。而或为龙之所凭，凭之久，则亦龙矣。"石言于魏榆，晋侯问师旷，对曰："石不能言，或凭焉。"龙之为灵，出没不可方物，往往凭于幽岩、绝谷、古木，而呈其烟雾变化之状，其与柏，固将合同而化，何必是龙而柏之非？且龙必有死，而神则不死，其神安知不在柏也？

龙祠始于《封禅书》，三代弗秩之典③；而柏之得树东社，则已久矣。"郑旱，有事于桑山，斩木遂不雨。"董仲舒谓：春旱，令民以水，曰祷社稷山泽，无伐山木。是云雨之作，未尝不通其理于木。乡人但见作云雨，而不能指为何神，遂概谓之龙。其实神之所以灵，未必鳞甲须爪而行空者也。今像神于庙，而柏是毁，木之与泥，奚择焉？

夫天之生物，莫灵于人。古圣贤尽性至命，以极经天纬地，既殁，则归魂于天，而弥纶于宇宙之内④，不在累然衣冠之藏也。然过墟者，罔不敬矣？柏虽植物，既歆下民之飨，倘亦有其魂之所弥纶，而根其故我。彼河图洛书之理，何与龟马？设世有得遗骨于河洛之间者，必不以为可弃；况紫柏历千百不可知之年，而其根犹生，则又安知非千百年内，山之精灵

① 俎豆：古代祭祀、宴飨时盛食物用的礼器，亦泛指各种礼器。后引申为祭祀和崇奉之意。

② 刺：山右版、乾隆癸酉版均为"剌"，据实改之。

③ 三代：对中国历史上的夏、商、周三个朝代的合称。

④ 弥纶：统摄，笼盖。

钟是，其灵不没，故其根不死也。

瞻之者用是有戒心，岂其曰毁？其如《周礼》埋祭山林之义，不亦顺乎！人士韪先君子之言，藏于岩下西北之邃，以石塞其口。盖闻海柏根曾化为石。藏之既久，行与石化，将兴云致雨，必有肤寸而合，游扬光怪于岩之际者，是紫柏之所归根也。记之，俾后人无迷其处，且无以其事为怪而不信云。

〔评品〕

典确闳邃，纵横自如。

藏山新建韩献子祠碑记

壬 子①

太史公谓："韩献子绍赵氏孤②，以成公孙、程两人之义，为天下之阴德，宜与赵、魏，终为诸侯。"嗟乎，周衰，同异姓诸国，残灭十无一二。韩以侯国之卿，崛起有疆宇，得与赵、魏同君国子民，合土地、兵甲之强半天下；守其绪至十余世，其为明德之报远矣。而溯祖先父功德，乃权舆绍赵孤一事哉！亦可知此事之造福于赵甚大，而自叔带以下，血食皆拜献子之赐。

盖赵自成子，从文公，定伯业，世有勋于晋。及下宫难作，献子义沮屠岸贾，弗获。告赵趣亡，赵庄子义弗肯，曰："有子，必不绝赵祀！"献子为诺。后晋景公十七年疾，卜得"大业之后，不遂者为祟"。献子因以赵孤言，而文子得复赵，田邑如故。献子用以此践其言。

独念复赵孤于成者，献子也；而出赵孤于难者，公孙、程也③。假令不得公孙、程两人之义，献子虽欲不食其言，而坐俟成败于十数年之后，固无能为矣。不知献子当日竟何恃以诺庄子？盖献子之存赵祀也，不在景

---

① 壬子：雍正十年，即 1732 年。

② 绍：接续，继承。

③ 公孙：山右版为"孙公"，据乾隆癸酉版。

公十七年。当时，屠岸贾之威擅晋国，国之诸将，半司其耳目。使非有阀阅共谋之士，周旋弥缝其间，两人何以出入晋宫？而十五年匿山中，亦未必无风闻泄于外；而敢必赵祀之为不绝也，则赵孤头角未露之日，固献子所早夜以筹，而幸龟策有告，遂乘之以立。

故史迁曰："程婴、公孙杵臼之藏赵孤武，韩厥知之也。"观赵氏被害时，献子称疾不出，则赵氏始终之计，已大定于胸中；而或者不察，以为献子至是始功于赵，浅矣。夫人固有发策定谋、济天下难成之事，而不必使人识其心者。献子身为晋卿，使人得识其为赵之心，则晋君臣必疑，而将不利于赵。故公孙以存赵之孤，而死于前；程以赵孤之存，而死于后；献子则不死，而委曲全赵孤于前后之际。此三人者，迹不必同，而其心皆可以对天地而不愧，质鬼神而无惭，所谓同功一体之人也。

今盂山，故赵地，以得藏文子故，而秩成信侯、忠智侯祀，乃独献子是遗，则其典实有阙，揆诸文子之崇德报功为不称。珝故捐赀构祠①，命僧寂玉营地于中嶂之绝壁下，像祀韩献子。适丽牲之石弗具②，有金代旧碣，鲁鼓其阴③，遂附镌纪事，而又颜于祠，曰："不绝人祀""以见献子""晋贤大夫"。行业多可书，其得祀于藏山赵文子庙者，独有取诸此也。

且珝尝过梁山，故老言，山之九即峰，有藏赵氏孤处。倘其时索孤未已，必不敢十五年株处一山，而或旋移之以为避。然《诗传》谓："梁山，韩之镇其地，固为献子采。"即是亦可推献子之与知藏孤事，而与诸公同庙食于兹山④，宜哉！

〔评品〕

阐幽发微，情事曲畅，当令两名卿，怡然地下。

---

① 捐赀〔jú zī〕：指捐献资金。

② 丽牲之石：指祠庙或墓前所立的碑。

③ 鲁鼓：此指打磨平整。

④ 而：山右版为"得"，据乾隆癸酉版。

新建文明阁碑记

辛　丑①

圣人以善教人，而天下之好善、恶不善者，定乃天下之人。不能无冀于福而为善，无惧于祸而不为不善。好恶之情，遂不足以胜其为不为之念，而圣人教人为善之道且穷。

夫圣人之教，原非使天下自悖其福，而徒驱于祸之中也。其善不善，共行乎祸福之途，福虽不必与善为缘，而亦未尝故与善相避；如是则为善之心，亦可以定矣。而圣人之教，固可信于天下；然人之所冀于福，又不但如是，而其教人为善之道，遂不得不穷。

盖小人以不善幸福，君子以善即为福，而中人以善求福，天下之中人固众矣。有道焉，期天下以君子，而一徇中人之情，以大锢小人，而俾不得逞志于祸福之途，则惟纳祸福于善不善之中，而使天下求福于善，惩祸于不善，而为之，而不为之，庶有以神乎？

教之用，而通其权，于圣人之所不及，此文昌帝君之牖世其功，谓与孔子配，可也。孔子有教，而天下不肯为不善；帝君有教，而天下不敢为不善。天下之自然而不肯为不善者，几人哉？使孔子不得帝君之教，天下将有悖心反道，肆然于日用伦常之际，而不复以天地日月为可忌者，无感焉，何者？彼诚无所冀而惧也。

人惟冀与惧之念交于中，而一意之萌，惕然如不可以对鬼神，此原与世之坚僻盗名者异②；力而行之，亦圣门之所谓"强恕而行"也③，恶害于道哉？一念强之，强而至念，念人无不善之念，此其人为何如人？一人强之，至人人皆强，世无不善之人，此其世为何如世？念与念相积，人与

---

① 辛丑：康熙六十年，即 1721 年。

② 坚僻：固执怪僻。

③ 强恕而行：出自《孟子》，指按推己及人的恕道尽力去做。

人相化，久之，但知善之可乐，不善之可耻，则亦无所用其冀与惧矣。虽圣人，教人为善之初心，又何以加诸此也？

岁壬午八月二十九日，族中诸父兄，以士子攻举业者，屡踬场屋①，感堪舆之理，议建阁于村之巽隅，迄乙酉岁六月二十四日告成。晦适以是岁登乡荐，后历数科无虚榜。今诚不敢谓获隽者果能善，然爱慕青云之士，或因是罔肯玩愒②，奋发自励于文行，亦不可谓非。帝君诱人为善之权之所寄，而堪舆家所谓巽隅振文明，固有征而未敢深恃也。不然，何地无巽？各祠一神而事之，岂必皆有利焉？

后生勉哉！果能砥行学文，以力于为善，是乃所以事帝君也，其将福汝。若果能力于为善，而并不惟福是求，则其能事帝君也益大。帝君之福人，又岂必区区专于富贵利达哉？

〔评品〕

并谋利计功，亦纳入正谊明道中，方是圣人砺世磨钝本旨。其论圆而正。

修盂城碑记

庚　戌③

今上御极之七年，海内登上理鸿纲纤目之张举者④，弗可亿数。一时亲民贤吏，遂各相山川风土所宜，恪恭兴事，成久安长治无疆之业，我盂则于是以修城告。

盂城四阻于山而小，然从未罹于兵。国初，土寇薄城下几危，卒歼其丑于城之西门外。至今问其遗事，而父老尚有言之色动者，则以城虽小，其完有可恃以为存也。后因循不葺，渐即颓圮，往来如履坦，官民熟睇以

---

① 屡踬场屋：是指在科举考试中，屡试不中的情况。踬，绊倒，喻不顺利。场屋，此特指科举考试的地方，也称科场。

② 玩愒：谓贪图安逸，旷废时日。

③ 庚戌：雍正八年，即 1730 年。

④ 鸿纲纤目：大大小小的纲要条目。

为常，盖天下太平久矣。

富庶安乐，室家妇子相欢聚，身不经干戈戎马之扰，其望烽警燧，或至白首不闻其事，因不思设险自固而然也。顾吏柄境之兴革，惟境大事是讲，城盛也，所以滋丰保大。值时和民豫之年，而陴隍罔饬①，司土者，于政实有阙，非徒为寇之出入与非常，聊以固吾圉焉而已也②。而有备无患之道，未尝不于是乎在。

邑侯闫公煊，甫莅任，即心营其事。期年，政洽民孚，乃以意喻诸人。而邑之绅衿黎庶争输财力者，旦夕云集城下。环垣而理，其长五百五十八丈五尺，为高三丈。或基稍崇，则减之尺者二，为阔八尺；或址稍隘，则增之尺者二。而女墙饰以睨③，则修；堞台所凭以为御，则修；西门视三门独弗坚，则修。数十年来，孟邑之工，盖未有烦且大于此者。乃问所费，则不过一千七百缗④。问其时，则起于己酉三月三日，迄七月之晦，不过五阅月。用力少而成功多，侯何幸得此于民？则以圣天子过化，存神速于风雷，而各大寮为之勤宣德意。侯用是承厥风旨，凡有施为，动合机宜；爱民力，故民不辞劳；惜民财，故民不知费。其鼓舞从事，而奔走之恐后者，洵有自来，非偶然也。

兹役也，侯亦尝自愧其乏，不能广施，以为民先。然使侯果有囊可解，虽不惜千万金，以成此功，将多财好施者，类能之。而考风者，实嘉且憎。谓其财，保无腋于民⑤；且民也徒诿其事于上，逡巡雉堵之下⑥，袖手不一执其劳。是吾民终事之心不兴，而上之所以感动乎民者，或未有道也。然则侯之寡施，而能致民，不亦贤乎？至其董事奔劳，捐输人名，已纪之别石，不复及焉。

---

① 陴隍罔饬：对城池的颓圮破败不加治理。陴隍，城池。饬，整顿。
② 圉：防御。
③ 睨：偏斜。
④ 缗：古代计量单位，一缗钱就是一贯钱，一千个方孔铜钱用绳穿连在一起，就是一贯。
⑤ 腋：剥削。
⑥ 雉堵：代指城墙。雉与堵，为古代计算城墙面积的单位。长三丈高一丈为一雉，长一丈高一丈为一堵，三堵为一雉。

叙事议论，相辅间出，绝类欧、曾风味。

重修盂东关城碑记

庚 戌

《春秋》城筑不绝书，重病民也。闫侯既理内城而竣，复踵事于东关。途之人以为难，谓民之财力幸用于前矣，不可以复。嘻，是而其未知前之役。夫前之财，固未尝费；而力，固未尝劳也。虽数兴之，何病？且永以为利。

盖东关之与城，势为辅车。居民烟火万家，冠盖之族如云，廛邸市肆交错于内①；币帛财贿米粟之所积，商贾往来者之所辐辏，治内繁华之区，于是称最。倘陴堞之弗完②，奸宄③者日伺焉；或有不逞大惧④，为我居民病。侯于是比初籍，而校酌之。俾财焉勿淫，汰其浮之一二；工焉勿滥，汰其浮之二三。心画悉定，然后属之绅士民：以董畴亮陶事，埏人是察⑤；畴谐石事，砣人是纠⑥；畴格灰事，锻人是课⑦，各虔乃事。惟惧稍不致坚，致有陨越于邑大造⑧。事讫计费，与侯始之所画一一相符。于时，穷乡僻野之民，群来走睹城下相告语，以为吾侯何术之施，而成之无难也若是？夫吾以为，事之难易，何尝惟视举事之人？

兹关成于明嘉靖中，日久颓废。当事者，非概无廑于心⑨，奈工费多

---

① 廛邸市肆：古代城市中的居民住宅与集市。
② 陴堞：女墙，借指城墙。
③ 奸宄：指违法作乱的坏人。
④ 不逞：指失意，不得志。泛指为非作歹。
⑤ 埏人：制陶人。埏，用水和土。
⑥ 砣人：石匠。砣，碾盘上的石轮。
⑦ 锻人：此指烧制石灰的人。
⑧ 陨越：颠坠，丧失。
⑨ 廑（qín）：勤也。

寡之弗省，辄嗫不言其事。间有锐事者，甫兴作，而费耗纷然四出，亦遂畏之中止。以故官民蒿目，因循百七八十年，卒无有人焉敢起而任之者①，无怪途之人以为难也。若侯今日之举，则固无难矣！盖今日之所费，不过官俸之余，与绅士民之所乐输；其役不过公费之所雇，财力既无与于民，民其谁谓我难？不然，城之役大矣。有司不善设法，而闾阎是问；虽其道终主于佚民，而难与图始者，且执非常莫殚之虑，以挠我有司，有司遽能有喻焉？

故于修城，见侯之功；而于不劳民，见侯之德；且于寡费，见侯立法之善。盂人感侯之功德，而又良其法，为纪诸石，曰：关西因内城为垣，东南北环之如制，其长盖六百丈，高三丈，阔七尺，间增减之近是。御敌之台六，门于东者二，南北各一；新建崇楼于东门之上，工颇不减于内城，而约费仅得五百一十四缗。有奇量材程工计佣，存之于籍，悉可法后之有事于城者。其如侯法从事，慎无畏其难，且无病我民也。侯讳煊，字言扬，直隶南宫人，以庚子科乡荐，任盂县事，克勤于民，多惠政云。

〔评品〕

清腴典奥，《左》《国》之遗。

《宋东京考》序

辛亥六月②

一事一迹之在当时，绝无足异，惟后之人，凭吊往事，往往考其城郭、宫室之制，园苑之观美，及渠洫关梁之营置，以至一闾一墓，无关政治风俗之大，而寻其遗迹，慨然如见当年事，而发歌泣之情于无穷。或所传闻异词，则不惜近征博讨，以求一当。昔人谓："读书得误字为快。"夫人情，何快于误？倘亦好学深思，从疑索信，而怀古之情有不能自已焉也。

---

① 任：山右版为"仁"，据乾隆癸酉版。
② 辛亥：雍正九年，即 1731 年。

梁因宣武军之旧，建都于汴。五代干戈相寻，视国都如传舍①，无复创制显庸之志，遂一切因陋就简，以至于宋，而始称渐备。宋祖鸿开国之谟继世，因之海内太平，百姓丰乐无事。工筑营缮之兴，踵事增华，靡不穷极其盛。盛极而衰，荡然无存什一于千百，亦其天时人事相环之理，不得不有如是也。独是宋之距今，未远也。汉晋以下之迹，往往见于故都，可道说。而宋近在数百年内，其贤君相之德业，学士大夫之文章，悉于今为烈。而独东京己事，忽湮泯磨灭，至求其故墟而不可得，岂不惜哉？此亦有由矣。

汴滨大河，河水数以决告，而又冲东西南北；为戎马四出之地，无险阻绝塞之可凭，故名区奥境，半沉没于洪波巨浸之中。而烽燧之余，蹂躏烬毁；问其故老，而杳无复有存者②。斯东京之征信为倍难，物之留而可稽者，不得与他都会齿，岂非地势之遭不同所致而然哉？夫政治载于史，风俗载于志，其繁简质文之烂然青简，不变也。不变者，无庸考。惟是境遇之迁移，或迹是而名非，或名在而迹去，非实有得于见闻之余，则名与迹相谬，谬与谬相传，非但如鱼鲁帝虎之讹③，可以心揣而得也。后虽有博古之君子，其何从而正之？

周子维宗，客大梁数载，随境讨搜。凡书之所有，必求信于目；目无可信，则访之耆旧④，以求信于耳；至耳目无可信，则仍参之稗官野史，以证其见闻之所得。俾城郭、宫室、园苑、渠洫、关梁、闾墓及他迹之非一而足，无不纤悉胪列，而东京一百七十年间，遂炯然若目前事。虽间及于前，不过溯其沿革之原，或偶及于后，亦不过推其沿革之委，其意总求核乎宋之东京而止，故曰：《宋东京考》也。

诚得其沿革之故，以想其时之盛衰，而政治风俗之大，亦未尝不略见于此矣。且吾则更有感也：宋祖欲留都洛阳，晋王谏止之，谓："国家之固，在德不在险。"夫其始之兴也，固以德；而其后之亡也，则以无险之

---

① 传舍：古时供行人休息住宿的处所。

② 复：山右版为"后"，据乾隆癸酉版。

③ 鱼鲁帝虎：指将鱼误写作鲁，帝误写作虎。泛指文字错讹。

④ 耆旧：年高望重者。

可恃。有国者，观前之所以兴，与后之所以亡，修德而无忽于险，则虽以此书为得失之林，可也。

〔评品〕

昌明赡博，浑浩流转，南丰得意之笔。

《石楼县志》序

辛亥十月①

吾友袁子梅谷，纂修《石楼志》既成。缮为八帙②，都诸志而三，其"艺文志"独居五。甚矣，袁子之湛于文而嗜也。夫志，犹诸史，无亦惟是详搜核讨，求得往昔遗事，阐贤人君子之幽，俾信而可传，以不没于后世则亦已矣。岂其掇藻摭缋而文③，是为将天下宠其文，而究何得于古之人与事也？虽然言之不文，其行不远，彼其所言之事，不能按真肖曲，而其人之始终本末，适掩于固陋畔散之词，后世安所据而信之？

古之所称良史，独司马子长绝冠，惟其以旷代之才，纵横上下古今之林，每传一人，吞吐骋顿，曲写乎事之所难明。假令移其人与事，而属班、范以下为之，其同不同，固未可知。故当时之人物事迹，得托于子长之文，不可谓非遭逢之幸，文亦何累于道哉？且其所谓文，原非徒竞于词，而以掇藻摭缋为足以当之也。

《禹贡》一书，不遗壤植坟垆④，以至筱簜⑤、箘簵⑥、龟蠵⑦、齿革、羽毛之属，罔弗悉具；而《周官·职方》所载，其琐罗纤列，往往近是。此皆无意于文，而为天下后世能文之士所莫及。子长惟有得于此，故辨而

---

① 辛亥：雍正九年，即1731年。
② 帙：帛书用囊盛放，叫作帙。后指书画外面包装的套子。书一套叫作一帙。
③ 掇藻摭缋：指写文章专门堆砌华丽辞藻，华而不实，言之无物。
④ 垆：黑色坚硬的土。
⑤ 筱簜：细竹和大竹。
⑥ 箘簵：竹名，可制箭杆。
⑦ 龟蠵〔xī〕：海之大龟。

不华，质而不俚。范蔚宗乃自谓"体大思精"，诚雄其文之甚，然似著书自为文者之言，非所例于左右史之记言动，其于《禹贡》《周·职方》之意为间矣①。知此意者，可与论志史之文也。

袁子以名进士起家，文章擅海内。来令石楼，起残救敝，循政次第举，而独于文教之兴，三致意焉。诚念石邑，僻在万山，曩数被于兵，不沐以诗书之化，民将野健而逞，悍然弗率长上之教，故立学课艺之暇，复有事于志之役。今阅所志，星野、津梁、户口、乡村、风俗之最琐细者，亦莫不灿然，有文可诵。而艺文所载，则又不过表扬忠孝节义，为百姓疾苦请命，期无失悦安强教之意而已焉。而未尝徒以文自鸣，则吾所取于袁子之文者，固在此也。

昔文翁治蜀②，道其俗，从事于文，而蜀士习为之大振。今石士之兴起者，岂不骎骎渐泽于雅乎？迟之数十年后，行且家弦户诵，有文章命世之英，接踵继出，炳焉得侪于两汉之选者，知必自袁子今日始。然则学不通于治，信不足为文。故吏如袁子，可与言治；士如袁子，可与言文。夫志之文，犹诸史也。吾请以兹志之序，质诸袁子，而继今与之言史。

〔评品〕

往复和平，卷舒自如。

培风山堂之始园记

辛 亥③

昔未有，而今有之，则始；园有于昔，何为始？不知则弗有也。既

---

① 为间：谓相隔甚远。

② 文翁治蜀：文翁（前187—前110），名党，字仲翁。西汉循吏，公学始祖。汉景帝末年为蜀郡守，兴教育、举贤能、修水利，政绩卓著。文翁治蜀首重教育，其创办的文翁石室，是中国乃至世界上第一所地方官办学校，两千多年未有中断，乃今成都石室中学前身。班固云："至今巴蜀好文雅，文翁之化也。"

③ 辛亥：雍正九年，即1731年。

有，何以不知？以园，固富贵者之所有；吾以贫贱辱园，不园观，故不知园之有也。今非富贵，何以知？盖历观富贵之园而窃喜，吾之不贫贱也①。富贵者厌于甘食美衣崇榭不足，则继之辇石引涧而为园，故能为园者，率称富贵之尤。然当其为之也，穷工极巧，不惜绘天下山川云物，以求克肖；一有不肖，则引为憾。及退观吾园，适为彼之绘本；彼求肖吾园，吾园不求肖彼也。

园出芝山之麓，西背松岭，结室于上。有涧从岭之绝谷而来，雨集则奔流，委汇于室之前。林木上下荫翳，环池掩映；厥树，楸、檀、榆、柳、白杨，厥果，梨、枣、杏、桃、李，山花之不培而荣。鸟之飞鸣，而啼阴噪晴者，不可品识。其负戴驰驱，喧踏于林之外者，为行人；迤素曳翠，隐现变幻于林之间者，为远山与川雾。每携觞坐石，遥极万类，风自东来，则园林唱而岭松和；如波涛西来，则岭松唱而园林和。如琴瑟于时，得之耳，成声；得之目，成色；得之心，则声色俱入于化。举人世之穷工极巧，靡费数千万金，求仿佛泉石之奥而不可得；吾独得之，虽不美于衣食轩榭，而世之所称尤富贵者，其乐固在此，而不在彼也。且吾与富贵同其乐，而乐亦不同。

彼富贵者，志满意适，求罔不遂，聊借是以逞豪华，未必其心专一于是，而实有味乎枕石漱流之趣也。吾惟无所得于彼，故专乐于此。盖其枯槁沉抑，无与当世之宠荣，惟穷而思息，以深究其清幽淡泊之味。诚非如古之君子，实有是乐于中②，而适然遇诸山水花木之间也。然是数者，富贵人得之以为华；吾幸得之，而又能深究其味，则亦未尝不乐，乐而后知，吾之果未尝不富贵也。

嗟乎，造物之富贵，原非有靳于人也。人诚明乎富贵之义，则何地无园？诚明乎园之义，则何时无富贵？吾向者，惟知富贵之园，而不知园之富贵。故富贵者，日得挟所有以傲吾园，吾园亦遂黯淡无色，甘为庸夫孺子之所共弃。是吾以忧贫贱而失园之富贵久矣！园而有知，当笑我之无知

① 吾：山右版为"喜"，据乾隆癸酉版。
② 是：山右版为"足"，据乾隆癸酉版。

石和古文

一二七

也。而后乃今知之，则吾之有园，固自今日始。虽谓吾之有富贵自今日始，可也。因名其园曰：始园。

〔评品〕

所见亦达亦实。

寿冯兆公母贾孺人

乙卯七月①

《诗》三百篇中，咏妇人女子之事，盖详《采苹》《卷耳》《桃夭》《鸡鸣》，皆见《风》谣。而圣人取之，以为天下后世法，然未闻著为母仪也。且其所咏，率化行俗美，宜室宜家，士女相警戒之词，而无一言及于寿。即言寿者，终《雅》《颂》之什，累牍矣。而寿母，仅见于《鲁颂·闷宫》。岂造物之锡寿，易于男子，而难于妇人？妇人之贤者，宜于为妇，而不宜于为母与？

盖妇人，无非无仪，亦唯是主中馈，佐夫子以事舅姑；至称之为母，则固以其子而母之也。子不贤，人何以贤其母？子不贤，而无以彰母之寿。人何由得寿其母也？彼截发窥游之事②，彤史为烈。向非陶、王二子，其事业功名足垂之竹帛，后世安知二母之贤？故二母之贤，贤于其子；独其寿不寿，固未可知也。

---

① 乙卯：雍正十三年，即1735年。

② 截发：截发留宾，为贤母好客之典故。陶侃（259—334），字士衡。东晋名将。陶侃幼为孤子，少有大志，家境贫寒，与母亲谌氏住在一起。同郡范逵有名望，被举荐为孝廉，有次到陶侃家做客。陶侃家一无长物，而陶母截发留宾，锉荐喂马，款待范逵，为乡里传谈，以为贤良。窥游：窥游识贤，为贤母教子择友慕贤的典故。王珪（570—639），字叔玠。唐初四大名相之一。《新唐书·王珪传》载：王珪当初隐居终南山时，与房玄龄、杜如晦交好。一次，母亲李氏道："你将来定会显贵，但不知道跟你交往的都是什么人，你把他们约来看看。"恰好房玄龄等人前来拜访。李氏暗中观察后大吃一惊，命人备办酒食，并对王珪道："这两人都有宰相之才，你能与他们交往，将来必定显贵。"后来，王珪在贞观年间，果然成为一代名相。

冯子兆公，慧于文业，工诗赋、古文词、书画、《素问》，公卿大夫，多引致之为重。而一时求字问疾者，纷集于户，无虚晷。人既争重兆公，因益重兆公之母，制锦称祝，以申锡纯介嘏之意①，是陶王二子之所难，而三百篇中绝无而仅有者。兆公何幸，得此于母哉？

古之议婚必择妇，妇之关于门户甚大。吾闻冯之先世，有隐德，天将大冯氏之门，因笃生明经公，绩学砥行，即以孺人作之配，益讲明于修身教家之道。故兆公之文学，多得于幼仪，而孺人遂以贤母称。其八秩帨辰②，在明年之正月。乙卯秋，同人以余适寓会城，预为请序。或曰："大比在即，当待兆公之贵也。"余曰："兆公成进士，孺人不过为进士之母，官翰林，不过为翰林之母；其贤而寿，有以加乎？且世之富贵，而不能寿其母者，何限？"兆公遂以贫贱欷耶。

始余得兆公于三立书院，在乙巳、丙午之交。把手论文，两人青以纯，方十余年。而兆公仅得慈侍③，余虽欲着斑斓之衣，承欢菽水④，岂可得哉？盖余同兆公之贫贱，而以不肖不能及时娱亲，重有羡于兆公也。今推犹亲之谊，称觞数百里外，兆公跪进余觞，孺人其霁颜加一匕箸也。当是时，兆公之乐何如？

〔评品〕

姿以宕而愈流。

---

① 锡纯介嘏：赐予大福。锡通"赐"，赐封之意。纯，大。嘏，福。

② 帨辰：女子的生日。帨，佩巾。古代女子出嫁时，母亲所授。用以擦拭不洁。在家时挂在门右，外出时系在身左。后世遂称女子的生辰为帨辰。

③ 慈侍：旧登科甲者对母在父丧之称。《石点头·莽书生强图鸳侣》："大凡登科甲的，父母在便谓之具庆。若父在母丧，谓之严侍；母在父丧，谓之慈侍；父母双亡，即谓之永感。"

④ 承欢菽水：语出《礼记·檀弓下》。孔子曰："啜菽饮水，尽其欢，斯之谓孝。"菽，豆类的总称。用豆子和水来奉养父母，博取父母的欢心。后遂以"菽水承欢"指身虽贫寒而尽心孝养父母。

祭许茹其文

丁巳四月①

嗚呼！士惟文字性命之交，历久而难忘。虽不相见而相思，思之至于风雨晦明，溯洄无从，又每恨于不相见。况乎驹走梭掷，石火电煌，其幽明之睽阻者，不徒天之南，地之北，而竟成今古之茫茫。则低徊往事，感念夙谊，安能不临风怅望，而涕泗之交滂？

壬辰之岁，迪来先生来自江西，晤余帝乡。腹咏口诵，唯津津乎公之道德与文章。余之愿交于公，实于是焉心藏。后余解组②，访公金陵。杯酒论文，气沉神扬，而益信迪来之告我非荒唐。迪来作吏石楼，把袂太原，两人靡言不及公，而绩满迁处，道公之里，其与公叙悰而谈心者，想亦念余。而彷徨三人，踪迹参商，从未聚于一堂；而晤此则思彼，晤彼则思此，异迹而同思者，盖越二十余年而如常。前岁，公致余书，言随往处州，又冀余偶以他事南下，或邂逅处州之署。而意若几几乎不敢望。孰意言犹在耳，溘焉长逝。遂修文地下而为郎。

嗟呼！公之品行，遵濂与闽；公之翰藻，学欧与韩。展其底蕴，固足黼黻庙廊③；否则，折一枝之桂，亦何难决胜于科场？顾乃白首衡门，羁旅异境，而游魂于处山之岩岩，钓水之汪汪；有心者求其故不得，欲向高高而问彼苍。

嗟呼！一时之屈，后世之光。公之著述，久脍炙于人口；所选房行闱牍，咸不胫而走四方。且有令子，克嗣缥缃④；世之显而达者非一，以此

---

① 丁巳：乾隆二年，即 1737 年。
② 解组：去官。指辞官返乡。
③ 黼黻：泛指礼服上所绣的华美花纹。此喻指文章好。
④ 克嗣缥缃：比喻能继承父祖的书卷事业。缥缃，指书卷。缥，淡青色；缃，浅黄色。古时常用淡青、浅黄色的丝帛作书囊书衣，因以指代书卷。

较其所得，未知孰短而孰长①。虽然公于此，诚可以无憾；而朋友之私，故旧之情，不能无痛于公之不第，而为下荆山之泪者数行。念余文之固陋，望作者而未遑②。独公与迪来之不弃，手自铅黄而加详，天下有不深谬余文者，或不河汉。公评"余独何心能无读"，遗言而断肠③；顾余之谫劣④，不能发公于万一。今所得致于公者，七百字之哀言，涂荒纸而一张，诚有愧乎迪来之交，全终始而棺椁衣衾之附于公者⑤，罔有不臧？

嗟乎！自古迄今，靡不有死；富贵贫贱，同归于尽，何问乎为彭与为殇？公今先逝我，岂终强所争？唯先后迟速之间，而又何伤？吾所伤者，于公半世兰情，仅识一面，而一朝千古，如薤之露而草之霜。可知人生知己，不但聚会为难，虽求常为一世之士而不可得，则奈何以非金非石之质，忘人寿之无几，劳劳焉妄逐乎兔迅与鸟忙。

嗟呼，公则已矣！余与迪来异地同声，哭公于数千里之外，以为是昔所称同调之士也。而今则云：亡，尚飨⑥！

〔评品〕

蔼而挚，凄然可悲。

石和古文

---

① 未知孰短：山右版为"未孰得短"，据乾隆癸酉版。
② 未遑：没有时间顾及，来不及。
③ 而：山右版为"有"，据乾隆癸酉版。
④ 谫劣：浅薄低劣。
⑤ 衾：山右版为"食"，据乾隆癸酉版。
⑥ 尚飨：旧时用作祭文的结语，表示希望死者来享用祭品的意思。

一三一

卷　八

论继母之服

丁巳八月十五①

礼之制，继母服也。有权焉，天人参者也。民之初生，无礼而有情。圣人缘情制礼，故礼生于情。有人情所不及者，圣人为之礼以范之，使其情必至于是而后已，故情又生于礼。礼生于情者，天之自然；情生于礼者，人之当然。天下日习于当然之道，而久不自知其非自然也，则礼教之权微矣。

继母之服三年，此圣人忧天下之父子而为之，教其母以慈，教其子以孝也。继母之于生母，其情不同，可知也；而比之以服，其何以报亲母？说者谓："子之所以重父也。"夫重父，则祖父母为父所自生，而降以期服；伯叔为父所同生，而降以期服。降于所自生同生，而独重于所配，先王制礼之意，恐未必尽于是。故知此为圣人之所以教慈而教孝也，何者？服降于祖父母，而天下未尝不知祖父母；服降于伯叔，而天下未尝不知伯叔；降服于继母，而天下几不知为母矣。

五伦之中，有天合，有人合；继母之于子，其初固途人也。途人而一旦名之为母子，其情已不能无；疑而又降之服，天下将愈疑。曰："果也，其非母子也。"积疑生忌，积忌生残，忌残交相起于门内，势必有因母子而贼父子之恩者，人伦之变，孰大于是？圣人故为之同其服，明示于天下，曰："此固尔之母子也。"天下亦皆曰："此固吾之母也。非吾母，而

---

① 丁巳：乾隆二年，即 1737 年。

吾何以服之三年?"又皆曰:"此固吾之子也。非吾子,而何以为吾服三年?"夫天下有吾服之三年,为吾服三年,而尚欲加之忌残者?固人情之所大不顺也。而孝慈之天,于是动矣。

然圣人当日,又非以理之所本无,而徒为之礼,以强天下也。使以理之所本无者强天下,则天下亦未必从;执途人而责以三年之服,虽加之刑,其可得乎?子之于继母,始虽途人,今固父之妇,而夫之子矣。为吾父也妇,而吾不以为母,吾何以为人子?为吾夫也子,而吾不以为子,吾何以为人妇?是虽礼之未制,而孝慈之理,固亦不能无动于心也。

圣人因而制之为礼,使其情一无不及焉。则情礼相生,而天人合;天人合,而后母子之分定;天下之为父子者,愈无不定。此圣人制礼之微权也。

〔评品〕

教孝教慈,虽未经先儒发明,而原情酌理,遂成至当不刊之论。得此可以翼经,可以注律。

读王荆公《伯夷论》

丁巳七月二十一日①

事有出于诸子百家,苟其理不可信,不得已参圣贤之意以为断;若非不可信,而圣贤意又无明指,必欲强释之以就己意,则徒足掩他书,而自失其事之所据,斯尚论之者过也。

《史记》称:"武王伐纣,伯夷耻食周粟。"王荆公非之,以谓纣至不仁,武王至仁,伯夷必不避武王而不事,至引孔子"不念旧恶,求仁得仁,饿于首阳之下",孟子"不立恶人之朝,非其君不事,居海滨以待天下之清"为证。吾谓此数书者,固未足证伯夷之必不耻食周粟也。

彼荆公之所谓不念,以为不念纣耶,则纣恶未尝旧,与恶不仁之意

---

① 丁巳:乾隆二年,即1737年。

悖；以为不念武王，则武王非恶也。是其言已自龃龉矣①。且伯夷固不立恶人之朝，岂遂欲立武王之朝？殷之三仁，何尝无恶于纣？今读《书》所载，其痛心于宗社之亡者最至。伯夷谊，诚不同三仁，亦何至竟欲灭商之祀，而翘首待武王哉？夫伯夷所待于天下之清，原不在周；纣或悛心而改过，武庚或继纣而中兴，庶冀得其君而事之，以延有商六百祀之基，非其君不事，伯夷固当以武王为非其君也。

荆公又谓："伯夷、太公，为天下大老，春秋已高，或欲归而死于北海，抑来而死于道，抑至文王之都，而不及武王之世以死。太公相武王而成之，二人之心，岂有异耶？"是又不然。二人同为天下大老，太公可及武王而相，伯夷独不可及武王而饿乎？安知非欲归，而文王已死不果归？或至文王之都而武王已立，遂避之而不屑就也。盖伯夷、太公，同思文王，一则行天下之权，一则守天下之经，各行其所是而已。伯夷之所是，乃天下人之所不共是，惟不共以为是，独能守之，至死不变，其是乃在万世亘天地而不灭也。

武王伐纣，来会者八百国，若伯夷而亦宗周，是八百国人人之见耳，何以为伯夷？太王欲翦商，而泰伯不从；文王服事殷，而武王伐之。彼祖孙父子之间，已不能不各有所是。伯夷之与太公，又何必同观于始居北海，而终饿首阳？此必为耻食周粟而然。若以逊国之故②，而至饿以死，则亦愤而怨矣，孔子何为乎贤？孔子之贤伯夷，盖指逊国一事；而孟子谓圣之清，则统始终而言之也。夫以武王之圣，而伯夷不能容；非清之至者，孰与于斯善乎？

吕东莱曰③：武王得无君之罪，天下获有君之幸，而伯夷则不之恕也，可谓知伯夷之心矣。由是而言，《史记》称"伯夷耻食周粟，而饿于首阳"，非不可信也。

〔评品〕

反复攻辨，痛快淋漓，足令"耻食周粟"心事，昭然若揭。荆公虽拗，当亦无从

---

① 龃龉：上下牙齿对不齐，比喻意见不合，互相抵触。

② 逊国：谓把国家的统治地位让给别人。

③ 东：山右版为"果"，据乾隆癸酉版。

置喙。

象入舜宫疑

甲辰六月十九日①
丁巳八月初九删②

《孟子》之书，有经门人问其有无，而辨其无者，如"百里奚食牛""伊尹割烹要汤"是也；有门人未及问其有无，而但就事论理者，如"象入舜宫，而欲使二嫂治栖"是也③。然则"象入舜宫"之事无乎？曰："未必有也。"何以知其无有？曰："吾必之于象，必之于尧，必之于舜，而皆知其无有也。"

象虽傲，敢傲于兄，必不敢傲于天子。二嫂，固天子之女也。象何敢使治栖？且象傲耳，非遂愚也。观其有杀兄之谋，而必假父母以为名，岂能无惧于天子？当尧之妻舜也，九男事之，百官、牛羊、仓廪备，其爱惜而隆礼之如此。以天子之所爱惜而隆礼者，一旦致之死，而处其室，谓不惧百官之哗于下，九男之从而发其事哉？

夫抑思尧之时，何时乎？九族既睦，平章百姓④，固天下大治之时也。使舜果死，而象入舜宫，而有舜之所有。异日者，尧进四岳而咨之，问其所以试舜者，曰："已死矣。"问二女，曰："适他人矣。"九男、百官各皆走散矣。此何如之世也？虽大乱者，不至此。尧何以君天下？尧之为君，必不容象有此事。故象亦断断不敢为此也。况四岳之荐舜也，曰："父顽、母嚚⑤、象傲，克谐以孝，烝烝乂⑥，不格奸⑦。"帝曰："我其试哉。"于

---

① 甲辰：雍正二年，即 1724 年。
② 丁巳：乾隆二年，即 1737 年。
③ 治栖：古人称兄纳弟妇，或者弟纳兄嫂。
④ 平章：平正彰明。
⑤ 父顽、母嚚：指大舜之父母顽固奸诈。后用指愚顽暴虐的家长。嚚，愚蠢而顽固。
⑥ 烝烝乂：孝德厚美，贤才过人。烝烝，厚美、兴盛的样子。乂，治理，安定。
⑦ 格奸：至于奸恶。

是，厘降二女于妫汭①。是舜之升闻，固以其能孝亲而不格奸也。

完廪②、浚井之谋③，纵有之，亦当在二女未降之先。若既降，而复有此事，不格奸者，如是乎？所称"克谐以孝"又何也？孟子曰："瞽瞍底豫而天下化④。"夫底豫，即书所谓"克谐而不格奸"之时也。当是时，天下既已化，而有弟不克悛心，竟同异类者之所为，则伤风败俗，自家始矣，何化之有？当必不然。

然则《孟子》何以不辨其非？曰："孟子就事论理，以明圣人待弟之心，其事之有无，不暇辨也。"战国好事之流，敢为异说者固多，何可尽信？故吾发其私心之疑，如此若帖括家应举业者，则一以《孟子》之书为断，可矣。

〔评品〕

文说《孟子》，就事论理，便非翻《孟子》之案；又说制举业者，一以书为断，并非翻《万章》之案，不过自发其心之疑也。而推究情理，断制如山，匪直破疑团，兼足维风教，洵有关世道之论。

惜分斋说

戊午二月二十七日⑤

陶士行曰⑥："大禹圣人，尝惜寸阴；至于众人，当惜分阴。"嗟乎，是何言，分之易惜？"分之说"不当为众人言也。

---

① 厘降二女于妫汭：指尧嫁二女于舜事。妫汭，妫水河湾，舜所都之地。妫水源出山西省永济市南之历山，注入黄河。

② 完廪：瞽瞍派舜去修粮仓，当舜搭梯上到仓顶时，瞽瞍就命象把梯子扛走，并在下面放火，想把舜活活烧死。

③ 浚井：瞽瞍派舜挖井，要将舜活埋在井里。当舜入深，瞽瞍与象共下土实井。

④ 瞽瞍底豫：瞽瞍得以欢乐。瞽瞍，亦作瞽叟，舜之父。底豫，谓得到欢乐。

⑤ 戊午：乾隆三年，即1738年。

⑥ 陶士行：陶侃（259—334），字士行（一作士衡），东晋名将，封长沙郡公，赠大司马，谥号桓。诗人陶渊明的曾祖。

盖分之为义大矣。禹惟惜分而至寸，非惜寸而遗分也。自有天地以来，一分之细，积之可成万年；而万年之远，析之不外一分。日月以之而盈亏，山河以之而陵谷，城郭人民以之而今古。其间贤愚贵贱之相错，成败兴亡治乱之相递，君臣、父子、昆弟、夫妇、朋友之相周旋，恩怨之相寻，喜怒、悲愉、爱恶、取舍，至纷然不可纪极①，而当境之实而受用者，无过于分。人欲无虚此当境，其实而可以致力者，亦无过于分。若越此分，而至彼分，至彼分而留此分，虽天地圣人，亦有所不能。

是以尧舜之执中，汤之敬跻，文武之缉熙执竞，孔孟之不厌不倦、操存舍亡，子思之慎独，所争皆分也。禹之治水，八年于外，不为不久；然自既载壶口，以迄四海会同，无非历分而成。故天地间，惟分为至重。

人知百年之有用，而不知呼吸为至久也，莫迅于呼吸。当呼，并不可为吸；当吸，已不能为呼。是惟呼吸之时，乃为有用；而呼吸之前，呼吸之后，皆虚而不可致力者也。危乎？微乎！自非大圣人，安能惜之至于此极乎？圣人惟期之远，故所惜愈近；众人惟狃于近②，故所惜反远。惜尺之阴，则虚寸；惜丈之阴，则虚尺；惜百年，则虚一生。至一生皆虚，而历百年不啻无一分也。

惜分之说，岂可望于众人哉？虽然，谓众人不惜则可，谓众人无分则不可，谓众人有分而可不惜，尤不可。盖众人之才，固万不逮圣人也。众人惜之百，不足当圣人惜之一。圣人不惜，不得为圣；众人不惜，并不得为人矣。彼士行之言，分虽易，而其望众人也，不已至乎？我，众人也，幸天不置我于分之外，即未尝不与圣人同在可惜之中。因顾而自警曰：分中人？分中人！恶可以不惜？遂书之，而额于斋。

〔评品〕

道体周流无间，分阴所关最大，是从"子在川上"章悟来。

① 纪极：终极，限度。引申为穷尽。
② 狃：因袭，拘泥。

《书院文是》序

乙 卯[①]

古今之文章，惟其是。是非者，天下之公心。而韩昌黎独谓太史公[②]、司马相如、刘向、扬雄之徒[③]，"不为当时所怪，必无后世之传"，此不过以文自树立之道，教刘正夫。其实数子在当日，未必人尽怪而非之也；即昌黎之文，亦未必当日人尽怪而非之也。其怪而非之者，固皆不知文之人。

文章之是非，必问于知文者；而不知文者，何论？不知文者，谬以是为非；犹知文者，不以非为是。彼此各自为是非，而卒之是非，天下之公心。其是而是之者，固常且众也。惟扬子云以好奇，颇不理于时；乃后世自昌黎而外，即程子、朱子、苏氏父子，未闻有是词焉，恐亦不可谓为后世之传矣。

然则求文章之是，岂必定如子云？彼昌黎，三试礼部而不中；欧阳永叔知贡举，大为时所谤，时承六朝五代，是非汩乱之后[④]，虽不必人人非，而偶为越雪之惊犹宜。若当今文明化成之世，圣天子光轩熙尧，丕正文体，文章之是非，如揭日月于中天。士生今日，但患其文之不是，不患是而有司之诬非之也。

夫所谓文之是者，原非但不谬于理，必意刻词警，而气足以相辅。古之号能文者，惟有得于此，故其文，不必尽中圣人之理，靡不卓然自立，而为法于天下后世。况帖括代圣贤语，其理原无容岐；果能意立词随，词出气行，则其理自无不显，而天下翕然称之[⑤]，无所容其异同之见，无

---

① 乙卯：雍正十三年，即 1735 年。
② 太：山右版为"大"，据乾隆癸酉版。
③ 扬：山右版、乾隆癸酉版为"杨"，据实改之。下同改。
④ 汩乱：扰乱。
⑤ 翕然称之：一致称赞。

惑也。

　　山右密迩神畿①，沐菁莪棫朴之化②，又得诸贤大僚鼓舞振作，而宗匠者为之督学使，故操觚之家，骎骎日泽于雅。余因得于书院课业中，择其合者，付诸剞劂，以为是之嚆矢③，而未敢信其果是也。

　　盖求是有道，虽意、气、词互用，而气为难；然舍词意，又别无用气之法。诚寝食沐浴于古人之词，而深得其命意之所在，俾我之喜怒哀乐，与古人浃洽无间，则真气动矣。气动，则辞无不达，意无不鬯④，而谈理无格格不吐之病。所谓言之长短，与声之高下，皆宜也。士能于此求文章之是，行将与古作者为徒，岂其龃龉于一第，直探囊取之可也。

〔评品〕

　　其体高洁，宕处流姿。

《唐宋九家古文》序

己　未⑤

　　"六经"为文字之祖，而操觚家不敢以为文。孟子生当晚周，异学争鸣，能依"六经"之旨以为言，历秦汉，迄唐宋，惟孟子文章最盛。故唐宋诸君子，莫不祖"六经"而宗孟氏，后世学者转相效法，亦遂非唐宋之文不道也。

　　夫唐宋以上，非无文章。自韩昌黎衰起八代，而诸君子先后倡和，率变先秦、两汉之体貌，而未尝不抉其精，人情欣于所迩，宜其学唐宋者尤

---

　　①　山右密迩神畿：山西靠近帝都。山右，古人以东为左，西为右，因山西在太行山西，所以，就称山西为山右。密迩，贴近，靠近。

　　②　菁莪棫朴：比喻众多贤材，济济一堂，受到了良好的熏陶与培养。菁菁者莪，《诗经》的篇名，赞美培育贤材。棫朴，《诗经·大雅·棫朴》的篇名，喻贤材众多。

　　③　嚆矢：响箭。因发射时声先于箭而到，故常用以比喻事物的开端。犹言先声。

　　④　鬯〔chàng〕：同"畅"。

　　⑤　己未：乾隆四年，即1739年。

众。明之中叶，高才绩学①，间轶唐宋而步秦汉②，然未见其能秦汉也，或则蹶焉。有逊志唐宋者③，则接足曾、王之门矣。有志者，向往尚友之，而不敢奉以为宗，此唐宋之文所以脍炙人口，而亘千古莫之变也，可谓盛矣。

自古文章之盛，变而不变。不变，则蹈常袭故，附会雷同，而不可以为文；变，则诡谲支离，此之所见，问之彼而不以为可。一二人之所可，质之天下人，而枘凿不相入④，如是又安取以文为也？文以明道，而道非一人之所独。故古圣贤之文，其理不过愚夫愚妇之所知能；苟为愚夫愚妇之所知能，固天下人人意中之所欲出也，然欲望出于天下之人人，则固不能。

今夫日用饮食，山川草木之显而易见，莫不有理，人人皆可知其故，或遂执途人而授之笔，往往不能造一语⑤。惟能文者为之，探奥钩元，纵横变化，靡不如其意之所欲出。彼实有得于中，非强而言之，亦明矣。

盖文与道，相表里。道足者，文自至，不然亦志于道，而知足以及之者也。韩欧之文，因文见道；朱文公体道为文；其他柳、苏、曾、王所见，虽不必同，要其笔之所至，皆足以发难显之情。苟于道，有所见皆能亲切言之，而曲尽其所以然；不如是，则无以成一家言而名后世，是九家之所以不变也。

何必九家？是乃秦汉以来，诸子之所不能变，质之孟子而一原者也。故尚论九家之文，可合为一家。夫九家非有意于一，而造其是不能不一。学者诚欲造其是，惟会其所以能一之故；则执笔为文，亦不过自写其意之所欲出，虽九家并不必有一家，而后九家可学也。然非深于读九家，安能无九家？非静熟于人情物理，出入诸子百家之书，则亦不能读九家。

嗟乎，学者至能读九家之文，而其于文章，得所宗矣。宗九家，所以

---

① 绩学：谓治理学问。亦指学问渊博。
② 间轶：间或超过。
③ 逊志：虚心谦让，迎合心意。
④ 枘凿：比喻两不相容。枘，榫头。凿，榫眼。"方枘圆凿"的略语。
⑤ 往往：山右版为"弟往"，据乾隆癸酉版。

宗孟子也。

〔评品〕

醇意高文，如明霞纾晴空。

关帝庙碑记

己未四月作①，十二月初一删

天地何为而覆载？日月何为而照临？山川何为而流峙？气为之也。非气，则不能无绝续于今古。晦朔陵谷，变运之际，而天地日月山川，不可以终古；况人禀天地之理，而肖形于日月山川之内，非气，愈无以为生。故生莫非气，气必有理，而得乎义之理者，其气为最盛。可以富贵，可以贫贱；可以生，可以死。生则为圣为贤，而死则为神。

孟子曰：是"集义所生"，诚有以探乎气之本也。然集义者，圣贤存养省察之事，若神之义，又非有待于集而后能。盖其本乎天而成于性，不徒求合于事，事随其所遇，以行其心之所安。遂莫非全体之流露，而自极盛大流行之趣，虽神亦不自知其气之何以来，而何以往，人又乌从，而知之不可知。故神，世之论者，不测神义之所以至，而徒曰：扶炎汉，义也忠；不忘昭烈、桓侯，义也信；封魏武之金，义也节。此固未始非义，然皆忠臣义士分内之事，有不必待神而能者矣。

且使神之义，可以一二指，数则有至，有不至，未必能充塞宇宙，浃洽人心，而天下后世，尊之以至于今，凛凛有生气如是也。惟其如是，故非义之至者不能。夫天下事，造其至者，虽匹夫匹妇，一节皆可见天地之心，况大圣大贤之所为乎？

伯夷为圣之清，柳下惠为圣之和，良以清和之能，造其至耳。惟神，固义之造其至也，岂不谓圣之义者乎？义至于圣，则其义无以加；而浩然之气，亦遂不能有所绝续于生死之际，此神之所以参天两地，炳日月，镇

---

① 己未：乾隆四年，即 1739 年。

山川，血食于天下后世，而令天下后世尊之至今，如是凛凛有生气，无疑也。彼施民勤事定国，御灾捍患之祀，各秩于典，而神之所以为神，尚不必区区例诸此矣，何也？气为之也。

阳曲大盂镇，旧有关帝庙，肇于万历二十八年。越康熙十年，而修之者有荣君某某；今越数十年，又得荣君某，踵而修之。然则荣氏之慕义者，亦多矣。

〔评品〕

从孟子《养气》章推来，将所以为神处写得弥纶布濩。

昭文楼碑记

己未八月①

国家以文章爵人，仍不大离古仁义忠信之意，抑亦三代以后，其法不得不出于此也。故文章之事，每与世运隆污，而为天心所甚重，阴以司其篆者②，统天下之文人学士，而为之甲乙进退于其间，此士之以文章进者，莫不竞言天。而有志者或惧焉，以为文章，人心所自出，徒诿于天，将能文之士何恃？

然窃思人同此心，而能文者，何以不概生于世？生之而又或有显、有不显，何哉？盖两间文明之气，必有所钟，往往发于名山大川，而英伟奇杰之士，遂得应气而生，以显烁于当世。其山川之高下向背，或不无古今变迁。有心者所为，相厥地势，施补偏救敝之功，固亦非其理之不可信也。

晋，旧文献大邦，古圣帝名王之所产。而阳邑③，首隶会城，文章、事业之汗青简者，代不乏人。厥后，科名渐减于往代。癸丑春，阖邑之绅

① 己未：乾隆四年，即 1739 年。
② 篆：此指簿籍。
③ 阳邑：古邑名，晋国大夫阳处父封邑，在今太谷县东北。

士民，增修文昌阁于巽隅①。因福建进士沈公一葵令阳时②，与孝廉刘君璋所建。旧阁而巍叠其楼，祀奎星于楼之绝上。近瞩远瞻，万类毕现，一方文明之气，于焉大会。乙卯夏落成，李君琦适以是岁登贤书。后乡会获隽者相继③，一时翘首青云之士，几莫定其功之所归。

　　将归于人，彼其人，率生于数十年之前，顾必有所待而后发，则不得不归于地。而地，岂能为功于无文之人？仍不得不归于天。然天，实阴察天下文人学士之高下，而甲乙进退之究，非有所私于人也。盖天之爱斯文，甚矣！归功于天，天心之所不乐也。故善承天者，不恃天；人事尽，而天之命属，地之气凝；天地人，相得益彰，而人之权为重。维神固日高高在上④，以鉴此邦士之所修、于人事何如也，多士勉哉！

　　是役也，工巨而人和。当其为之，以后为羞；及工成勒名，以先为耻。吾见彼此交相让，而不乐以功自与也。故文内俱不载姓氏，而纪于碑之阴。

〔评品〕

　　或言天，或言人，或言地，而主意仍归于人。出没纵横，变化不可端倪。

跋《唐宋八家山晓阁选》

己未七月十六日⑤

　　嗟乎，甚矣！旧事之难忘也。虽山川草木、道途旅舍及征逐游戏笑语之处，一再经过，往往流连不忍去。况生平诵习之书，而又为良友所手赠，如之何其使人无感于心也？

　　余少与故友张硕儒连窗事笔砚。硕儒案头有山晓阁《唐宋八家选》，

---

① 巽隅：指东南角。巽，八卦之一。巽为风，位东南，主吉。
② 沈：山右版中为"沉"，据乾隆癸酉版。
③ 获隽：会试得中。亦泛指科举考试得中。
④ 神：山右版中为"绅"，据乾隆癸酉版。
⑤ 己未：乾隆四年，即1739年。

余借观之。一夕硕儒窥余灯下，知余颇有味乎其书也。曰："子爱读是书，请以为赠，愿无负赠者之意。"当是时，余陋处穷乡，不获闻当世大人先生之绪论，窃意世所称高才能时文者，其构思取气，想亦无能出于八家，因逐日程诵，不敢稍后于时文。然不过移声袭调，借为时文之助，绝非专心致志。而于古人之精神义理，有深相浃洽者也。

后成进士，官翰林，归家作汗漫游，东西南北，经涉万里，未尝不以自随，其得开卷而读者，究时无十一于千百也。前既徒读，而不能专；后虽得专，而又不能读。此余所以有负良友之赠，而常抱歉于是书也。今余老矣，其得致力于是书者愈无几时①，偶检敝箧，如晤当年寒灯风雨之况，而良友夜分持赠，丁宁告语之情，宛然如在目前。不觉掩卷神伤，而涕为之潸然下也。

嗟乎，硕儒既不得见是书，余幸得见之，而又不能终读。回念书之与余，相习已五十年。今装帙其本，不知得相习者又几年。若善藏之，其得后余而存者，或不下百年也。夫八家之精神义理，存于世，无终极。余徒寄思本头，而计存亡于百年之后，不亦浅乎？虽然余诚不能与此书共存亡，本存则余之思存，而得托之以百年；本亡而余之思未尝不存，所托又不止百年。

夫人生固罕得百年者，日劳劳于富贵贫贱之途，炎于中而动于外，几不自知其寿之所终。迨忽焉以尽，而云飞烟散，乃不能与一纸争寿。一纸之可怀，岂不胜于富贵贫贱？然则此书之发余旧怀深矣！抚今追昔，余固不知旧之为书也，果何心也哉？

〔评品〕

笔抑情深，低徊欲绝；读之，烟雨迷离。

---

① 几：山右版中作"岁"，据乾隆癸酉版。

彦明王先生墓表

己未十一月十五日①

先生王姓，讳焞②，字颜明。邑庠增广生③，为处士讳希尹之仲子，于族为瑅祖辈，以帖括教授里中三十年。族子弟之业儒者，尽出先生门下。间有他姓缙绅④，慕而致之西席⑤。族子弟往往负笈以从⑥，故族之颇复振于文事也，自先生始。

吾族在顺治中，青衿之士甚众，罕得自奋于青云。后岁仍饥馑，人困于衣食之计，益废举子业不治。而文章是非利病讲究之法，绝口十数年，迄后生无闻。先生孤寒士，独奋发诗书于众所弃置不为之时，召收族之隽而有志者，为之肄业讲贯。数年之后，采芹者接踵相继⑦，最后明经乡、会两科，及宦游之人益众⑧，非先生之门人，即门人之子弟，与其弟子也。

而先生独不幸，穷以死矣。其死，在瑅登贤书岁之冬。凡后瑅而进取者，先生皆未之见也。先生立身有法度，取予不苟一介，而色温气下，于童叟一无所忤。故族之为士者，重先生之文；而为民者，重先生之行。历先生之生，迄死后三十余年，凡后生之见先生与未及见先生者，每言及先生，未尝不知先生之为善人而能文也。

---

① 己未：乾隆四年，即 1739 年。

② 焞：王焞，是王瑅之启蒙老师。

③ 增广生：科举制度中生员名目之一。简称增生。明初定制，生员名额有定数，府学四十人，州学三十人，县学二十人，每人月给米六斗为廪食。后增加人数，廪者遂称廪膳生员，增广者称增广生员。清沿其制，而名额皆有一定，廪生有廪米有职责，增生无之，故增生地位次于廪生。

④ 缙绅：原意是插笏于带，旧时官宦的装束，转用为官宦的代称。

⑤ 西席：古人席次尚右，右为宾师之位，居西而面东。后尊称授业之师或幕友为"西席"。

⑥ 负笈：指背着书箱到远处去求学的意思。

⑦ 采芹者：指可以入学的生员。

⑧ 宦游：是古代士人为谋取一官半职，离开家乡拜谒权贵、广交朋友的旅游。

嗟乎，天道福善，而善人必有后。先生文可式靡，而独艰于一第；行足范俗，而反不能自贻其子孙。凡经先生之口授讲说，与其所私淑，食稽古之报①，光门户者比相望；而先生竟无尺土片瓦之存，岂天之福善人者，果迟而有待？抑福善祸淫之理，虽古之君子，不能无失什一于千百，固有如此也。

先生不过古之君子耳，又何怪？虽然，吾不能不忆先生之生平而悲。先生长子汝霖，博学能文，早饩于庠②，前先生卒。次子汝梅，后卒。有孙运生，亦卒。次贞生③，曾孙甲成。先是占者，谓其葬地不善。众门人议改之，而未果。今门人之不存者过半，而孙又不能为主，其事或遂已。

瑂大惧先生之文行久而愈湮，故立石几识其处，而又为之叙述始末，将刻诸碣，以景先生之风，而志小子之思焉。

〔评品〕

叙次夹之议论，悲愤出以和平，文章中《国风》也！

董贞女序

己未七月二十日④

忻州贞女，李昌之妻⑤，曰董氏。既为昌也妻，胡女？以其尚未妻，故女之也。女已，胡妻？妻之以见终为昌妻也，女在抱。其父，国学生董某，许字昌，将届婚而昌亡。女自矢靡他⑥，以意白母。其父走闻昌母王氏，王氏悲喜诺。盖王氏年二十，已故其夫、昌之父，克显抚孤昌一十三载，以节著于里。女既入门，拜夫于枢，拜姑于堂，晨夕执妇道。乡人士

---

① 稽古：考察古代的事迹，以明辨道理是非。

② 早饩于庠：早年为生员享受廪膳补贴。饩，赠送食物。

③ 贞：乾隆版此处讳缺字，据芝角《王氏族谱》补之。

④ 己未：乾隆四年，即1739年。

⑤ 昌：意为光明、明亮。现写作"皓"。

⑥ 自矢靡他：至死不变。形容忠贞不贰。自矢，犹自誓。立志不移。靡他，谓无二心。有成语"之死靡他"。

义之，争赠诗歌。孝廉张子安世，录闻于四方之友。

太史王玙曰：呜呼，贞女董氏之所为，可谓难矣！

《风》诗之咏妇事者最详，而节妇自共姜以外无闻。说者谓妇女之节而在下，或不工咏歌，不尽达于轺轩①，若是宜莫详。《列女传》乃刘向之书，不过著有国家兴亡，法戒之大义，至范史，备采野闺之秀，而列于传者，仅十有七人。此十七人者，曹大姑传其学，蔡文姬传其才，其他传贤传孝，而不必尽以节传，则信乎节之难也。虽其节，或死或不死，君子第论其事之难易，而死生固非所论。

昔程婴、公孙杵臼，脱赵孤于晋宫。公孙问曰："立孤与死，孰难？"程曰："立孤难，死易。"自常情论之，鲜不谓其违难易之分。乃公孙甘择其易，而以难遗程；程亦慨然自任其难，而不以生愧公孙。厥后十五年匿山中，险阻备尝，而后得复赵氏于故。始信二公之言，绝不自欺以欺人也。今董氏痛舅之亡，伤姑之无子，自入寒帏，代夫事其母，谋立后以延李祀。其事之大小，诚不可与程、公孙较；而其心之不自欺、以尽于所难，则一也。

夫天下事，有不可不为，人不尽为，而己独为之，则难；有可以为，人尽不为，而己独为之，则尤难。以氏未结其褵②，夫亡，别赋于归③，其事亦可无诮于世；乃氏独深痛于心，而有不能自已者。假使氏处共姜以下，诸人之地，以死以生，必能不愧于诸人；若诸人与氏易地而处，正不知能为氏之所为否？故氏之所为，为尤难。

且吾于是更有为氏难者礼。夫死，称未亡人，其意盖皇皇以待亡也。今氏之所待，或十数年，或数十年，以至百年身死而节完，其待固已久矣。氏即不自以为难，而吾能不为氏难乎？虽然，"不难不节，节不极难不传。"氏勉哉！

---

① 轺轩：本意为古代使臣乘坐的一种轻车。代称使臣。

② 结其褵：古代嫁女的一种仪式。女子临嫁，母亲给她结上佩巾。后即以结褵指结婚。褵，佩巾。

③ 于归：指女子出嫁。

〔评品〕

守节难，女子守节尤难。故篇中只从"难"字发论，文致疏古奥衍。

张硕儒墓表

*己未八月初四日*①

乾隆四年秋，故友张硕儒之仲子，请表其父于墓。夫余实陋于文，不足发吾死友之懿。顾念获交于公最久，深知公之言行、意气、文章；公之知余亦最深。以知己之人，而又为己所知之人，徒以陋靳于词，俾转求能文而不相知者为焉，其何以慰吾思友之心？而死友之目，恐亦不瞑于地下也。

公性果敢有为，羞一切龌龊之行②，平居议论风生，若决江河而下，往往以论屈其座人。虽间不无过中失正，而心坦直可原，其有戾于理者固寡，故人亦不能复其词以相抗。使其遭时得志，居喉舌之位，必能亢直喜事，敢道当世之所难言。而惜其未达死矣，死而无传于人也。

公家饶于赀，好蓄古今书，乐交一时翰墨之士。遇急难辄恤，虽处远乡，而邑中士大夫，莫不知重公。其为文爽切，颇与意气类，而不喜藻缋粉饰，至累踬于场屋。故虽知重公者，亦不知重公文，而余固知之也。

公之祖庠生讳慊，端饬有守，余初为之表于墓；后公考讳光文之殁也，余又为之表；今又表公。嗟乎，余年长公二岁，而公家若祖、若父、若孙，皆得见余文；文无足论，而余之衰且老，何以堪也？

忆余与公定交时，皆未弱冠。风雨连窗，诵读晨夕无间。诵读之外，有得未尝不劝，失未尝不规；规之，而未尝不惕然省、怡然无忤于意。时携酒登临，兴深，则论古今成败，及当世文章之得失是非。有不合者，虽剧言恣辨③，卒未尝不归于一，可谓一时意气之隆。而忽焉长逝，杳成今昔之不相及。

---

① 己未：乾隆四年，即 1739 年。

② 龌龊：乾隆癸酉版为"龅龊"，据实改之。

③ 剧言恣辩：言辞激烈，恣意辩论。

然则人之于世，幸而耳闻目见，得开口论说，自吐胸中之所有于知己之前，为时几何也？生哭其死，生又哭其生，死生之相距，又几何时？顾役役焉敝精瘁神，较锱铢毫末于人世，而忘其身之寄世为有尽，欲何为也？

公讳彦，字硕儒，太原府庠生。生子二：长云翔，国学生；次云翱，庠生。享年若干，距余今之表也，又若干年。

〔评品〕

生死聚散之感，如有哀弦急管，奏于纸上。

读《家语》疑

己未十月十六日^①

世疑《家语》非孔氏之书。夫《家语》，明载孔子言行，与群弟子之问答，何自而知其非？且其书见于《礼记》，见于《左氏春秋》，又见《中庸》，参之《论语》《孟子》，亦有合者，何自而知其非？但其记事间涉隐怪，则疑为孔氏之书，而或杂以后儒之附会。如少正卯两观之事^②，久疑于心；及读朱子《舜典·象刑说》所疑^③，益不禁疑之发也。

夫孔子之以周道治鲁也，非即尧舜之道乎？《舜典》曰："钦哉钦哉，惟刑之恤哉！"今为政七日，他务未遑，不言而杀一大夫，如刈草芥。揆诸圣人，钦恤之心^④，其用刑恐不若是之轻也！古者刑人于市，与众弃之，

---

① 己未：乾隆四年，即 1739 年。

② 少正卯（？—前 496）中国春秋时期鲁国大夫，官至少正，能言善辩，被称为"闻人"。少正卯和孔丘都开办私学，卯多次把孔丘的学生吸引过去听讲。鲁定公十四年（前 496），孔丘任鲁国大司寇，代理宰相，上任后七日，就把少正卯杀死在两观的东观之下，曝尸三日。

③ 朱子：朱熹（1130—1200），字元晦，又字仲晦，号晦庵，晚称晦翁，谥文，世称朱文公。祖籍徽州府婺源（今江西婺源），出生于南剑州尤溪（今福建尤溪）。南宋著名理学家，儒学集大成者，世称朱子。其理学思想对后世影响很大，是元、明、清三朝的官方哲学。

④ 钦恤之心：指理狱量刑要慎重不滥，心存矜恤，戒滥纵之失。

必使死者知罪，生者知警。

今少正卯之诛，果谁与乎？国君不知，朝臣不知，国之人亦不知。虽少正卯，亦不自知其罪之何以至此极也。徒以子贡之问，而后知其有五大恶！是当时之人，固但知其诛，鲁之闻人而不知其诛，"心逆而险，行僻而坚，言伪而辨，记丑而博，顺非而泽"者也，其何以信天下？将使后世之当国柄者，威福自擅，一切莫须有之事，皆得借之为口实也，岂小患哉？恐圣人用刑，断不若是之隐也。

或谓鲁国君弱臣强①，孔子欲借少正卯以威三家，是又不然。昔"宰我对社"，而孔子非其说。朱子谓："是时，三家僭乱，惟礼可以已之。"少正卯既为鲁大夫，必为三家之所素用，不告而杀其所用，则三家之心必疑且惧，而谋所以去，圣人不终日也，尚何鲁国之为？且权不施于三家，而反诛他人以示意，则其意何以对少正卯？而使少正卯之无负冤于地下乎？

彼共工、欢兜之罪②，虽不及诛，而尧之恶共工也，曰："静言庸违，象恭③……"禹曰："何忧乎欢兜？"是二人者，当时固明知之，而明言之矣。非若少正卯之不言而诛④，诛而复不言，而绝无知于人也。彼子贡尚不知，何况他人？朱子曰："少正卯之事，予尝窃疑之。《论语》所不载，子思、孟子所不言。虽以《左氏春秋》内外传之诬且驳，而犹不道也。乃独荀况言之……"是必齐鲁陋儒，愤圣人之失职，故为此说，以夸其权耳。

由是言之，则《家语》为孔氏之书，而或杂以后儒之附会，不可尽信。若以少正卯之诛为可信，必其所载，子贡之问当赘也。

〔评品〕

翻论，确有至理；上关经传，下关世道。

---

① 或：山右版为"哉"，据乾隆癸酉版。
② 欢兜：相传是上古时代唐尧时候的人，为尧帝之臣，传说是颛顼之子。因与共工、三苗"作乱"，被舜流放到了崇山。
③ 静言庸违，象恭：指语言善巧而行动乖违。犹言口是而行非的意思。典出《尚书·尧典》。唐尧之时，共工佐一方，屡有嘉言，时成事功。欢兜荐之。尧帝曰："静言庸违，象恭滔天。"意谓共工、欢兜者，虽多善言，行实违之；外貌恭敬，心则狠戾。
④ 若：山右版为"吾"，据乾隆癸酉版。

王石和文集

卷　九

增修芝角山庙记

　　庙之经修也匪一，率以补救卒事。自己丑岁始置常住而宏厥规，越今近二十载，又以重修告，盖踵事而增之华也。

　　庙面山而逼背。庙北营山门，依门环之垣，垣外阔基二丈余，东西长倍以半。从基廉俯视，斗削成崖。于垣内依东岩构室，引洞水暗度室中，潜行外基地，北出，喷薄于崖之半。雨后观之，悬瀑飞流，激射可爱。又穿北院室①，前后其户，以宾温爽，与东室配。

　　先是鼓泉当东室基，甃之平为井，渟然于阈右②；井之衺南，为西岩，岩洞颇邃，洞泉黝而寒，列群碑于洞口。盛夏，泉水盈泻，潺湲鸣碑际。自洞透而北，不十数武，石壁峭立耸峙，有泉涵壁趾，益澄而甘。蹲泉起楼，临壁上，曰"听松楼"。每风动松巅，鼓吹云间，登楼听之，栩然立尘外。

　　兹役也，工不侈而致幽。董事者，盖于此乎有匠心也。按芝角村北枕山，山为村主嶂，历修多同韩氏。岂韩之先，曾有寓居于此者？今弗可考。但前既与韩氏同修，后之修者，何必外韩氏？况祀神，公典也，我子姓用不敢私。匪徒使人谓我能修睦于他氏，诚恐稚松渐盛，后世子孙有专而利之者，其若山灵，何是以不义贻后人也？故莫若互察而守，俾永无坏！

---

① 北：乾隆癸酉版为"比"，据山右版。
② 渟［tíng］：水积聚而不流动。阈：门槛，界限。

后之子孙，非事于庙，其谁敢问山木之值，以违先德而取怨恫于神明也?!

〔评品〕

敍次疏古详悉。

用兵疑《博议》①

壬戌三月二十四日②

吕东莱言③："君子之用兵，无所不用其诚。"盖惜宋襄、陈余用诚之无多④，而徒以杯水救车薪之火也。夫谓兵专于诚，既未足尽兵之道；而以宋襄、陈余为一日之能诚，尤未足尽诚之道。宋襄、陈余，皆未能实用其诈者也，恶足以言诚哉?

诚以言乎，其无不实也。其理虽尽于君子，而用未尝不通于小人。君子用之以行其忠，小人用之以行其诈。故《诚意》传曰："小人闲居为不善，无所不至。"此谓诚于中，形于外。可知诚之为道，原不专属乎仁义忠信云尔也。若施之于用兵，则固有道矣。

兵，虽非小人之事，而用之，则不得尽施以君子之心。故凡度之己而实有可守，度之人而实有可攻，奇正进退，变化无穷，而一心之中，莫不有确然可据之势。将遇敌之愚者，可以大胜，而智亦不至于大败，是则所谓用兵之诚也。诸葛武侯，本此义以用兵，故生平不试于险；而后世之谈

① 《博议》：即吕祖谦著《东莱博议》。

② 壬戌：乾隆七年，即1742年。

③ 吕东莱：吕祖谦（1137—1181），字伯恭，世称"东莱先生"。南宋著名理学家，博学多识，主张明理躬行，学以致用，反对空谈心性，开浙东学派之先声。他所创立的"婺学"，也是当时最具影响的学派，在理学发展史上占有重要地位。与朱熹、张栻齐名，并称"东南三贤"。著有《东莱集》《历代制度详说》《东莱博议》等。

④ 陈余（? —前204年），魏国大梁（今河南开封）人，名士，与张耳有刎颈之交，后二人反目。陈余为赵国成安君。汉王刘邦遣张耳、韩信攻打陈余，背水一战亡赵，陈余被斩于泜水之上。

兵者，要未以武侯为非君子也。

若仁义忠信，殷汤、周武之所以施于三代，安可概责之宋襄、陈余哉？盖兵，诡道也。君子亦不能不用其诈。用诈之深，而至于不可破，乃诚，何则？其所自立者，实也！宋襄、陈余惟不能实用其诈，其至于颠倒覆败固宜，而尚以是矜一日杯水之诚，不亦诬乎！

宋襄欲以义声倾动诸侯，徒窃乎诚之名；陈余暗于入深出险之道，以义师自许，并未得诚之用。假令宋襄早知有伤股之残，必击楚师于未济；陈余早知有拔帜易帜之乱，岂肯不听左车子之言，以重兵绝淮阴之后？今以二公之事，问二公之心，一心先不能自信天下，其孰从而信之？吾不谓仁义忠信之师，乃如斯而已也。

夫东莱之所谓诚，固仁义忠信也。以此为诚，无论非二公所得假且其道，究不可施于兵。苏子之论兵曰："惟天下之至信，为能诈。"夫信，诚之谓也，与诈相反。苏子合而言之，斯深得乎兵家言诚之旨矣。若陈余、宋襄之诚，一用而即败，而东莱犹惜其不能无所不用。嗟乎，吾恐多用，则愈多败也。

〔王玙后记〕

东莱言：用兵贵诚；而以宋襄、陈余为一日之诚。恐后世谈兵者，过信其言，为害匪细，故于此不能不致一疑，非敢乘前贤之间。自记。

臧哀伯谏郜鼎疑《博议》①

壬戌四月十八日②

君子之事君也，择而后事，非事而后择。既事矣，而犹心逆之，曰：

---

① 臧哀伯：臧孙达，姬姓，臧氏，名达，谥哀，鲁孝公之孙。鲁桓公二年（前710）夏四月，从宋国取来郜国的大鼎，安放在太庙，不合于礼。臧哀伯劝谏阻止，鲁桓公不听。

② 壬戌：乾隆七年，即1742年。

"是当与言以成其善，是当不与言以长其恶。日道之纵欲败度，以至于陷溺死亡而后已。"此虽庸劣之鄙夫，恐不设是心也。顾反责贤智者以为之，且深责其不能为，以为非是无以全臣子之节，而不知已灭臣子之义。

夫无义，又安得有节？臧哀伯世仕于鲁。羽父弑隐公，而立桓公。则羽父、桓公，皆哀伯不同天之仇也。春秋之义，臣弑君，子弑父，在官者得杀无赦。哀伯为鲁之世臣，既不能讨，又不能逃，而有靦面目，甘心立于仇人之朝。哀伯之失节，固难以自谢矣。然君子之罪哀伯也，在弑隐之初，而不在事桓之后。桓弑隐，则桓为哀伯之仇；哀伯事桓，则桓为哀伯之君；哀伯以郜鼎谏其君，而吕东莱不之是也，曰："所言者是，所与言者非。"谓不当发忠言，以补乱人之阙。

夫君之有臣，所以已乱也。况哀伯为鲁之世臣，而隐、桓皆惠公之子，哀伯既奉桓而君之，则当尽其为臣之义，昭德塞违①，纳君于无过之地，用保厥宗社，俾十二公之血食无委于草莽，是亦为世臣之道，而可告无愧于惠公者也。而必曰："是仇也。仇之，何如勿事？"前忘隐而事桓，既不忠于隐；后事桓而戕桓，复不忠于桓。将使哀伯生平前后，无一不出于乱也，何疏于为哀伯计哉？

齐桓公杀公子纠，而管仲相桓公，孔子无非焉；唐太宗杀建成，而王珪、魏征为太宗名臣。夫三子，之所以取重于天下后世，非重其为桓公、太宗臣，而重其能尽忠于桓公、太宗之世也。假令管仲怀槛车之辱②，王、魏不忘六月七日之变，各包藏祸心，以乱人家国事，则天下后世，其以三子为何如人？吾不知东莱于此，将从而取之乎？其必不取也。然则哀伯之与羽父，其不可同年而语，亦明矣。东莱欲正名定罪，不肯置哀伯于羽父之下，不已甚乎？

---

① 昭德塞违：彰明美德，杜绝错误。

② 槛车之辱：齐襄公死，管仲辅佐的公子纠与鲍叔牙辅佐的公子小白争夺王位，在从莒国返回齐国的槛车之上，管仲一箭射中小白。六天后，当公子纠从鲁国归来，公子小白早已登基，是为齐桓公。齐桓公不计前嫌，任管仲为相，终成霸业，为春秋五霸之首。

厥后桓不能听哀伯谏，动不以礼，卒致彭生之祸①。吾方憾哀伯之所以格君心者，有未尽，而其功不如管仲，激言敢谏为不如王、魏也。而东莱转若以彭生之祸，为哀伯之所宜幸。不识哀伯，又何幸于此？嗟乎，东莱罪哀伯于事桓之后，无怪其责之多过也。

〔评品〕

议峭辣，态纤绰，出入处不爽累黍。

冀毅斋墓表

辛酉九月十五日②

平遥冀子，讳鲁，字毅斋，从余学于晋阳书院。余既旋里，复负笈于盂。告别归省，至家即亡，距别余之时仅五日。逾月，余始闻信而哭。又逾月，其叔君聘来求表于墓，余大哭。死生人之常，余所以痛毅斋者，以毅斋固孝友人也。其生平气谊、经济、文章，无一之当死，而卒以笃孝故致死，死犹能以英魂出奇，令余追念其生平之气谊、经济、文章，不禁西望出涕于无穷也。

毅斋为武孝廉讳君锡子，孝廉善事其父讳俨处士公，抚诸弟甚挚，命毅斋与其叔君聘同学于余，友爱相得无间。窃意能友者必能孝，此毅斋为人之大节。与人交，然诺不欺；无贤愚，不肯以色忤，而不夺其胸中黑白之辨；有时谈天下事，及论古今成败，津津出诸口。

予尝高其谊而逆其才之有以用，知非章句迂书生所能为之一二仿佛也。少嗜韬略，偶应武童子试，冠一军。督学使见其文而奇之③，惜不当

---

① 彭生之祸：公子彭生，春秋初齐国大夫。前694年，鲁桓公与夫人文姜到齐国聘问。文姜与其兄齐襄公私通，被鲁桓公得知。四月丙子，齐襄公招待鲁桓公，回去的时候，命公子彭生和鲁桓公乘一车，并将鲁桓公杀了。在鲁国人的请求下，齐襄公归罪于彭生而杀之。

② 辛酉：乾隆六年，即1741年。

③ 督学使：学政的别称。明清时派往各省督导教育行政及主持考试的专职官员。

以鸿才角技勇。归即诣学博，告弃去，就余问举业。初阅其文，汗漫无归，不可绳以举子业尺度。数月，淘汰渐净。乙卯岁大比，以国学生入闱①，文为司衡者所识赏②；既以微疵见放，益自奋，涵肆于前辈大家③，而得其高明果毅之气，同侪交让为不可及，拟其必捷。

乃于辛酉六月廿六日，忽以父病召归。星驰，未及家三十里，于乡人得孝廉凶信，痛堕马下。入门一哭即绝，绝复苏，阅三日死。既死，而两目视，家人多端抚祝如故。叔君聘为取族子立嗣，乃瞑。然每至夜分，大声呼苦于院，家人与之语不应，止复呼。盖孝廉主冀氏宗祀，所生止毅斋，而又无子，自恨其所负未展于世，一抒其显亲扬名之意，俾孝廉之宗祀，得所托以传于后世。故目虽瞑而心未瞑，忧虞愤懑之气，不得伸于人间，至郁为苦痛，大发于厥声，有凄绝也。

余尝疑人死之无知，读《传》载"荀偃以不复嗣事于齐，卒不瞑"为奇。今观毅斋事，其奇同，而竟悲声显闻于人如生，为奇绝。可知古今来，有心人深虑家国之事，至死不变，有如是也，至是乃不敢不以人死之知为有。

嗟乎，毅斋之友爱，以及气谊、经济、文章，余知于生前，而笃孝乃得于死后。然惟其孝之笃，益信其友爱非诬；而气谊、经济、文章，皆有所根，非徒矫情饰貌，博浮名于世好而已也。

君聘归，读余文于墓，复为余告毅斋之灵，曰：子之文章，何难取一第？天靳不得用，而徒抱其气谊、经济以死。然天能死子，而不能死子之孝。子死于孝，而子之文章固自在也；其气谊、经济亦得托之以不没于人口：毅斋其无恨！

毅斋又喜音律，善琴工；真草书法，临怀素大草有得。在盂时，尝为余写《芝角山庙碑记》，端楷可爱，而未镌毅斋名。余方别磨碑，以待毅斋书，而毅斋竟亡。

---

① 入闱：指参加科举考试。
② 司衡者：负责评阅试卷的人。
③ 涵肆：潜心竭力。

〔评品〕

情事凄怆，声泪交集，不知是情是文；夜台有知，毅斋可无憾于九泉。

谒岳庙神像疑

辛酉十月十三日①

形神俱也，形在，斯神在。天之形高明，故其神无不覆；地之形广厚，故其神无不载。岳渎之形②，岩然巍然，浩浩荡荡，故其神，无不镇而润。人钟岳渎之气，而成形于天地之间，得为万物之灵。其寔，人固弗灵于岳渎也，使岳渎反借灵于人，而屑屑焉欲变其形，而惟人之是肖，则亦小之乎为岳渎③，而罔以成其镇物润物之功。

洪荒以前无祀法。孔子删《书》，而《尧典》尚阙其文；至舜受命，始类于上帝，望于山川。望者，望其地以祭，未尝有庙也。后世礼仪渐备，《祭法》所载，天地、社稷、山川皆有祭；然圜邱、方泽、坛墠之制④，至今著为令，亦未尝有庙也。故韩魏公《北岳庙记》云："庙而祭，非古也。"庙祭已非古，况从而人之乎？

古之秩山川者，五岳视三公，四渎视诸侯。三公、诸侯，爵耳；视之者，视其爵，以差牺牲、玉帛之数，非遂从而人之也。人己，则必有祖宗、子孙、居里、姓氏，今岳之祖宗、子孙为谁？而居里又安在也？其姓氏果属于何族？而命自何代哉？

或曰："纪于《封神传》。"夫《封神传》，不经之书，岂足为典？且封之为义，不过使之配食；社，以句龙配；稷，以后稷配。句龙、后稷，

---

① 辛酉：乾隆六年，即 1741 年。

② 岳渎：五岳和四渎的并称。渎，水沟，小渠，亦泛指河川。四渎，古代对中国长江、黄河、淮河、济水的合称。

③ 渎：山右版为"而"，据乾隆癸西版。

④ 圜邱：同"圜丘"，在天坛内。中国明、清两朝帝王每年冬至祭天的场所。方泽：即地坛，又称方泽坛。明朝清两朝帝王祭祀"皇地祇神"的场所。坛墠：坛场。祭祀之所。坛是祭祀时的高台，墠是祭坛四周的墙垣。

原非社稷也。今若举社稷，而人之为句龙、后稷，固社稷之所不受矣。吾不知今之人而祀者，果为岳乎？抑为配岳者乎？

大抵封告山川之事，出于中古以后。天开于子，地辟于丑，人生于寅，而山川生于天地。则人未生，而岳之为灵，固已久矣。此亦何待于人，而像其形以为重，形神俱也！非其形，则非其神。然则今之所祀者，固人耳，非岳也，何以得神之所在？

吾故以为天地山川之祀，皆当神之以位，而不必像之以人。盖祀典之举于官者①，沿革皆有自，或沿或未及革。若愚庶无知，遂任意绘饰，罔有忌惮，竟若不知天地山川之非人者，往往冕旒上帝，而冠之以姓。夫上帝主宰两仪，即无极、太极之理，而徒曰人也哉？

〔评品〕

精理发声，名言警聩，是关系宇宙纲常文字。

名　论

庚申十二月二十日②

德，人所自立也，而天之报德者，有富，有贵，有名。乃人之慕名，每不如其慕富贵；而得富贵之难，又未至难于得名。则天之所以报人者，名固重于富贵，且富贵亦不能无借于名也。

极富贵者之所衣不过满体，所食不过满腹，此亦无以甚异于人。然而富贵之异于人者，以人之争荣乎富贵也。假令埋金玉于深谷，匿公卿于荒野，人无可以知富贵，富贵又何荣？况吾所谓名，又非苟荣于富贵者之所能必得也。彼世之富而不仁、贵而不义者，固有矣。乘富贵之势，以逞其恣睢暴戾，秽行在一时，而恶声留后世。如是之富贵，往往与名相反；纵欲名之是借，而又乌可得哉？

---

① 祀典：祭祀的仪礼。
② 庚申：乾隆五年，即 1740 年。

虽然反乎名者，非天之所以为报也。报者，报其人之所应得。贼仁害义之徒，凭机任运，以侥幸于不可必得之数，此并非出于天之所予，而又何报之有？使如斯以为报，天固不应以秽行恶声为仁爱斯人之具也。然则天之所以报人，无论富贵贫贱，罔不惟德是视。德修于己，而名施于世。贫贱则独善其身，富贵则兼善天下。富贵出于天，而得名与贫贱同；与贫贱同者，出于天而实不徒恃乎天；不徒恃天者，正天之所深欲报也。

盖人之生于天也，原有清浊厚薄之异，因所禀之异而名。而富贵之，以成其厚名；而贫贱之，以成其清。惟厚与清，皆天之所以笃爱有德，故报，罔不惟德是视。而富贵之报，亦统归于名。孔子曰："君子疾没世而名不称焉。"非疾无名，疾无德也。

〔评品〕

一字不肯苟下，是古人镂心炼气之文。

《王氏族谱》序

辛酉八月十五日①

谱系不明，则将有亲疏罔辨，近远无别，休戚不相关，庆吊不相通。以一父母之生，而渐沦于秦越人之漠不识其谁，何无怪焉？是大可痛也。昔人谓："宗法立斯谱系明。"然自卿大夫不世其官，而宗法不得行于世。苟谱系之克明，则人知念一父母之生，而宗谊固未尝不宛然在抱也。

魏晋及唐，雅重族姓。顾公卿大夫，以门阀相高也，意不在叙宗，故考所自出，率帝王公侯之后。夫天下之生民，众矣！九州四海之大，岂尽帝王公侯数族？数族而外，岂尽无所生，以留于后？而留于后者，岂尽无贵而显为公卿大夫者也？是未敢以为然也。汉初之功而侯者，罕能与国相终始，四五世则绝，绝则散为黎庶。迄唐之代，虽其后裔，欲溯厥始封，而往往不可得。彼唐虞三代，年世益远，经秦氏之暴，焚书坑儒，文献之

---

① 辛酉：乾隆六年，即 1741 年。

征，澌灭殆尽①，而尚欲叙次如章，正庶昭穆之无谬②，固亦难矣。

乃世之纂谱者，犹多蒙唐也。不思阙疑考信③，动引帝王公侯为远祖。夫即使果出帝王公侯，而传闻疑信之间，亦甚不可为据，况源流一失而已断，强续移乙注甲，奈之何不诬前人，以诬后人也。故诬而失乱，则有孙祢其祖④，祖溷为孙之诮⑤；诬而失伪，则有谓他人父、谓他人祖之嫌。以水源木本之谊，而徒为矫诬夸世之具，适足增有家之羞而已，复何谓哉？

吾家系出太原。太原之王，自周、秦以来为右姓⑥。今太原土著，已莫识正庶昭穆之次。而吾迁祖从太原，历常山，而来盂，并不识迁祖所自出，又安问自出已上之祖？故吾之谱吾族也，自迁祖始。迁祖至余才十二世，阅二、三世单传共祖，厥后宗支繁衍四出，聚族而居者，盖十无七八也。其间或流落异地，而无所稽，则难书；或义养随母，而有所碍，则难书。

兹谱之缉，惟谨吾正祖所自出。于四世，但记祖之兄弟，而不及兄弟之子；五世，则记兄弟与兄弟之子，而不及其孙；六世，则记兄弟与兄弟之子若孙，而不及孙之子；至吾太高祖以下，始详而尽书焉。是非谱之有略于族也，纷然者既不可易为书，惟以兄弟子孙发其泒⑦，俾承其泒者，各自为叙。亲则易知，简则易核，诸派清而一源可溯，萃而观之，固完谱也。

嗟乎，谱之为义重矣！上以敬祖，而下以睦族。非道之睦，何以致敬？非教之善，何以敦睦？而善之教也，即寓乎谱之作。盖列于谱者，其初共一父母，其后固共一父母之所生也。善，则族之人共以为荣；而恶，则共以为辱。诚知荣辱之于族是关也，而凛凛焉以不克齿于族为惧。将朴

---

① 澌灭：消亡，消失。

② 正庶昭穆：指古代宗庙的排列次序，这里泛指宗族关系。

③ 阙疑考信：指对疑难问题一定要考查清楚；考查不清，宁肯存疑，也不主观妄加评论。

④ 祢［mí］：本指奉祀亡父的宗庙，此指奉祀。

⑤ 溷［hùn］：此指混乱。

⑥ 右姓：指世家大族。山右版为"有姓"，据乾隆癸酉版。

⑦ 泒［gū］：泒水，是古河名，源出山西，流至天津入海。这里是指分支。

者耕，秀者读，其有贵而显，无矜己以傲族，亦勿护族以虐人。是乃族人士之所共荣也，而其于宗也，可亢。

故宗以明谱之法，而谱以广宗之义。

〔评品〕

醇厚渊涵，仁孝之言，蔼然可思。

《王氏族谱》后序

辛酉八月二十日①

作谱之病，莫大于失真。余前序已言之，而又为之申其义，曰："谱之作也，通于史。不知者，无妄纪；知者，无遗录。如是而已矣。"

然史，明书善恶，以寓惩劝，而天下后世读之，动其为善去恶之心。谱，则不能然也，不过别其世序，第其昭穆，使人明收族之义②，而亲者无失其为亲，善恶固非所及，是其与史不同尔。故史以昭天下之大法，而谱以属天下之至情；情视乎服，服尽则亲尽；亲虽尽，而犹不能不用吾情，断不至相视途人若也？假执途人而祖宗奉之，虽愚者，亦以为情之不顺。

而世之混谱者，何其不情也？其风始于魏，尚衣冠之族，以卢、崔、郑及太原之王四姓，下司州、吏部，勿充猥官③。沿至唐，命儒臣纂《姓氏录》，一时谱牒所上④，唐、虞、夏、商、周之裔姓，且遍天下。独不思古天子命姓，诸侯命氏。尔时，林林总总之众，不为所命者，今果安在哉？且姓氏之纷而入于淆，非一日矣。

姓别为望，望别为房；或一姓而数望，或一望而数房，房、望多而姓

---

① 辛酉：乾隆六年，即1741年。

② 收族之义：谓以上下尊卑、亲疏远近之序，团结族人，和睦相处。

③ 猥官：低级杂吏。

④ 谱牒：古代记述氏族或宗族世系的书籍。

益乱。欲合天下之姓，而支分派析，虽迁史其以为难①。迁约《世本》，以作《世家》，核姓氏所由来，而要未若后之详且尽也。后之作者，吾不知何所考信取验，而能详尽若是。眉山《苏氏族谱》，远及高阳，而断始于苏味道，乃其谱则以高祖止。非徒谓亲尽高祖，彼以高祖而上不可知；不可知者，固无所致吾情也。

宁阙其疑，今吾之为谱也。直而溯之，不极其远，但始于迁祖。横而推之，不极其广，但详于太高祖；高祖以上，行实概从省文。自吾曾祖讳汲用，怀芳履正，士林推为古君子，得于吾之所亲闻。吾祖讳烈，言信行谨，终身未曾一觌官吏②，得于吾之所亲见。吾父讳缵先，诚朴而慧思，守忍字为家法；娶吾母李氏，贤有器识，佐吾父教诸子，子孙之登乡、会榜者虽多人，而才思器识，固未有以逮之也。节其梗概，附见谱序中；而不敢详及，以失序谱之体。

夫谱为吾族而作，乃族名多未具。然善读之，则端委可寻，而法戒可推。谱及祖之兄弟，则兄弟之子孙有所考而感；谱及兄弟之子孙，则兄弟子孙之子孙有所考而感，而太高祖以下子孙，无不有所感。夫今日之子孙，固又异日之祖宗也。世以传世，前后相望。某某祖为人若何，而某某为之子孙；某某子孙为人若何，而某某为之祖。上思不愧于祖宗，而下亦不贻子孙之羞，读斯谱也，得无悚然为戒，而油然以兴乎？苟能戒且兴也，则惩劝之道，未始不于是在，虽谓与史通，可也。

〔评品〕

申发前序，前借宗立言，此借史立言，无不透切恺挚。

---

① 其：山右版为"共"，据乾隆癸酉版。
② 觌［dí］：相见。

家祠碑记

壬戌六月九日①

继别大宗法②，不得概议于下；即五世之小宗，亦历千百年罕行者，非理不当行，势不可也。势不可而强行之，适足长乱，而于理为病。故自唐、宋以来，士大夫多缘分立家庙；而家庙之制，于今为昭。《王制·祭法》，庙制颇异，要自大夫，迄官师，皆有庙；惟庶士、庶人无庙而寝荐。官师，固周诸侯之中下士。以此知，有职者宜庙。

庙无隆降，而庙数有隆降。大夫三，适士二，不及曾、高；官师一，不及祖。乃程子则曰："今人不祭高祖，甚非。"朱子本周礼，而酌乎时宜，以定为四亲庙，与程子意同，皆溢于古大夫之数，何也？朱子固尝云："庙规制甚大。"非如今人，但以一室为之。盖庙，有厢夹，有序墙，有寝；为唐、为陈、为枋，甚具。一室，则诸不拟于庙制。而高祖在五服内，独靳乃情，而俾不得伸，非先王孝治天下之意③。即如今世之祠堂，往往合族之先后尊卑，而混祀一室之中，虽不可为典，亦未尝以溢乎其数为僭也。况古大夫之数，实合祖庙而三，大夫不得祖；诸侯初为大夫者，别立为祖庙，而四亲庙内无祖庙，故得通于上下。祖，始也，若后世非始迁、始封及始为官者庙，弗称祖。

余家自始迁以来，宗族繁衍，其分衍于吾支者，至吾考敕封文林郎翰林院检讨，公于制为可。今立庙，而仍合祀高、曾祖于内，迨亲尽递迁。则吾考常祀，自吾以后所出，恐势难拘四亲数，略如世俗之祠堂，而小变

---

① 壬戌：乾隆七年，即1742年。

② 继别：谓继承别子位置的后代，就是别子的嫡长子孙。别子，古代指天子、诸侯的嫡长子以外的儿子。大、小宗的组织，《礼记大传》有记载：别子为祖，继别为宗，继祢者为小宗，有百世不迁之宗，有五世则迁之宗，百世不迁者，别子之后也。宗其继高祖者，五世则迁也。

③ 王：山右版为"生"，据乾隆癸酉版。

其义，已祔阕迁①，惟不混于祔。凡庙中告祝主祭，不问长幼，论爵之有无；有爵则序贵贱，爵同仍序长幼，虽青衿亦与。而白衣则随祭执事，而不主祭，殁亦不得祔。倘子得主祭，而父方随祭，则父代。然非有职及科甲之父，未封而终应封者，虽代祭，弗祔。

夫祀事之设，所以教孝弟也。不议亲而议贵，谓孝弟何？第念孝弟，非读书明理不可。概于众人之中而问孝弟，谁为不孝弟？故不得已取诸读书。概于读书之中而问明理，谁为不明理？故不得已取诸爵。诚以有爵之人，或从读书明理来，而立身行道、光前裕后之事，庶几其终有望焉。

若使衣冠其身，而禽兽其心，处不齿于乡论，出有玷乎官箴②，虽幸主庙祀，而问心内惭，正恐颡泚之欲下也③。既无以对祖宗，又何以服同宗无爵者之心？然则膺是任者，岂不难而宜慎也哉？余不自揆④，稽之于古，以礼祀其祖宗；而虑之于后，以义迪其子孙。礼有常仪，义无定法，守其仪而变通其法，为余家私祀之权礼，非敢以是为通礼也。若通礼，则有紫阳之家制在焉。

〔评品〕

醇明静穆，其古在品。

合修八蜡藏山文子庙碑记⑤

庚申⑥

近治城百数十武，绝河而西，八蜡、文子庙相比建，然其庙各垣而

---

① 巳祔：即祀祔。指奉新死者的木主于祖庙与祖先的木主一起祭祀。

② 官箴：指做官的戒规。

③ 颡泚〔cǐ〕：表示心中惭愧、惶恐。

④ 揆：揣测。

⑤ 八蜡：指古代汉族人民所祭祀八种与农业有关的神祇，旨在祈求农事顺利，秋有丰收。每年农历十二月举行。八蜡分别指：先啬、司啬、农、邮表畷、猫虎、坊、水庸、昆虫。

⑥ 庚申：山右版为"庚辛"，据乾隆癸酉版。乾隆五年，即1740年。

环，以故祭祀，各以时举。庙之兴废，亦各从乡人士之向背，以为盛衰，而蜡庙乃渐即于颓不治。盖蜡神之祀，通宇宙。而藏山旧为文子藏迹处，故盂人俎豆文子尤虔。要其规制卑隘，皆不足以展牺牲之陈，周趋跄之节①；且庙门俯瞰于河，河水啮其趾甚急，不修且坏。

乾隆辛亥②，绅士民群协于谋，复有事文子庙。敞厥地基，易腐增缺，壮丽辉煌，一侈前观。并修蜡庙如制，遂毁垣而合之以祀于通院。合之何义乎？曰："是皆加惠于民，而有利社稷者也。"按社，土神，祀配勾龙；稷，谷神，祀配后稷。八蜡肇伊耆氏，其祀先啬以下，及坊庸咸与。啬主稼穑，义通乎稷；坊堤也，庸沟也，义通乎社，故曰：蜡祭，仁之至，义之尽也。若文子以贤大夫，生定社稷，没而能作风云雨露，以庙食于兹土，固宜与先啬诸祀，前后相配矣。

古之论祀法者，皆有功烈于民，及民所瞻仰，与财用所自出，非此族不在祀典。八蜡与文子，其族从合而祀之，谁曰不可？况八蜡，次社稷，通立国里；有司莅土者，例得从事庙下，其敬率在官。而文子膏雨境内，乡人之望岁者，里尸户祝③，童叟皆以为灵，敬率在民。今合之，而祀则同祀罔异，官民修则同修，亦无偏修偏废之举，以取怨恫于神明也。用是协神道而宜人情，俾时和年丰，百谷顺成，其造休于神人固大。

工讫，孝廉石君士瑯求记。余惟庙之修屡矣，纪于碑林，立而合之，自今始。《春秋》书始事，故余之作记也，独于合修三致意，善始也。

〔评品〕

疏明典雅，气韵泽于刘中垒。

---

① 趋跄：形容步趋中节。古时拜谒须依一定的节奏和规则行步。

② 乾隆辛亥：山右版、乾隆癸酉版均为"乾隆某岁"，据盂县文子庙现存石碑铭文。乾隆五十六年，即1791年。

③ 里尸户祝：指家家户户的人们都在祭拜、祭祀。尸祝，指古代祭祀时之主祭人。

卷 十

重修藏山嶂楼记①

庚戌九月②

东阳阎公煊莅盂，政以勤民最。凡祇园沙界之营③，抑之弗扰民；独致虔藏山赵文子庙下至是，且重修其嶂之楼斗绝，为民报神庥也。

嗟乎！神固犹是人情，而不度神之情者，敬与远失，均假神必歆人之荐，而后为民锡厥福。人或因福，而后致力于神，将人神其为市，我不敢知。曰：神其有是情，然神固犹是人情也。坐尸其粢盛牲醴④，而置若罔闻；知民于神，安赖民也？荷神之瑕，而顾恣睢悍慢于下，以贻神明，恫则不情实甚，神其反有爱也？《记》曰："贤者之祭也，必受其福；福者，备也；备者，百顺之名。"外则顺于君长，内则顺于亲故。人能诚信忠敬，以致于神，必无不顺矣。神将使人去逆效顺，是务而不明，德之惟享，其何情之为？且神之情，莫不有所萃：文子存殁依于盂，盂之父老，世世奉之以至于今矣，固应独萃于盂。

夫春秋之时，列国名卿大夫，生有功德于民，殁而庙之，得祀于其境

---

① 辑自《三晋石刻大全·阳泉市盂县卷》（三晋出版社 2010 年版）。

② 庚戌：雍正八年，即 1730 年。

③ 祇园沙界：佛教殿庙寺庵一类的场所。祇园，佛教中"祇树给孤独园"的简称。此指佛教庙宇寺庵。沙界，佛教语。谓多如恒河沙数的世界。

④ 粢盛牲醴：古代盛在祭器内以供祭祀的谷物，以及供宴飨祭祀用的牲口和甜酒。粢，谷子，子实去壳后为小米，泛指谷物。

者甚众。独"下宫之变"，公孙、程两侯，匪躬于赵用，卒克有济成，始终无憾，汗诸青简者，为古今所仅见。故余尝谓两侯及他儿之苦忠，借文子之贤而显；而文子之所以光怪游扬，不可磨灭于世者，实两侯之忠肝义魄，有以感风雷而泣鬼神，虽谓与日月争光可也！

夫彼既能以义存绝祀，岂其忍覆天下之善类？能以忠匡定国家，岂其无念于天下后世颠连无告之苍生？观赵之先不遂者，曾告于卜矣，而独谓"神之，不能推情于人也哉！"从来王道本乎人情，今而知神之为道，亦犹是也。无情，则弗灵；弗灵，则无以鉴天下善恶之类，阴宰福善祸淫之理。不能显告于人，而姑托之风云雨露，以感动于其土，亦神教之一端。而聪明正直之深情，尚有不尽于是也？

故曰：惟贤者能尽祭之义，盖惟正与正之情相交，而福自生，非世之所谓荒杳怪谲而不可诘者也。顾此不察，而欲以邪僻淫妄之心，操蹄盂①，以干非分，顽且渎矣。顽渎不可以干世之贤人君之，而况神乎？神，固人情中之特正者也。因作《迎送神辞》，以歌神之情。曰：

山之石兮玲珑，郁芙蓉兮碧漠通。

谁此潜兮气吞虹？晋名卿兮赵忠。

楼之崇兮峥嵘，神陟降兮凛如生②。

谷霹雳兮雷之鸣，岩潇潇兮雨之声。

瞻拜如云兮黍稷陈，非黍稷之馨兮明德是亲。

泽我田畴兮惠我民，庇厥善类兮膏无屯。

神之去兮游八荒，朝出暮归兮此中藏。

嶂之半兮山之阳，山不老兮祀与俱长。

赐进士第，翰林院检讨加一级，原三朝国史馆纂修官，王玙撰文

大清雍正八年，岁次庚戌季秋吉旦

---

① 操蹄盂：指手里拿着一个猪蹄，一盅酒。有成语"豚蹄穰田"，是指拿一个猪蹄，一杯酒，却祈祷神灵保佑他五谷丰登，粮食满仓。比喻与人者极少而希望获得厚报。

② 陟降：升降，上下。

重修藏山赵文子先生庙碑记①

己亥三月②

　　世传武夷山之胜，奇丽不可图，憾不获往观。及后读书藏山，日坐卧于堪岩峭石之间，奇丽亦几不可图。益念宇宙之大，必有名区奥域高出于是山，如世所传武夷者，其胜更当何如？

　　前岁作汗漫游，东抵泰山，历太行，西极华岳之峻峭，南寻会稽山阴及海上奇峰，最后登武夷，果与世所传无异，而其胜，则绝似吾藏山之甚也。既获观武夷为幸，私心遂益爱藏山。

　　夫藏山之胜，诚足当武夷之三、二曲。或造物灵气所钟，有意设之以待神；神生死凭依于是，则其忠魂义魄，自凝结于穹谷绝壁之内，而山若尽化而为神。于藏身岩之窈而奥，见神蒙难养晦之深；于晚照之巍然斗绝，见神丹心不磨，正气之光怪；于龙洞之杳霭，见神孤愤幽郁，慷慨悲壮，风雨之欲来。

　　夫当其流离颠沛，神得依山以不死，则神固弗灵于山；讵知千百世之后，山且借神而名著，神传而山益灵，虽山之片石，皆有生气，有如是哉？后人入其山，肃然而起敬，复穆然而思凭吊。赵氏之世勋，与两侯及他氏儿之忠苦，徒见山高云下，洞邃风凄，又复黯然以伤，不觉涕泪淫下也。其视武夷之幔亭、玉女诸峰，专以奇丽称胜，足供骚人文士之登眺而咏歌，又似不同矣。

　　岁在壬午，乡耆赵弘基解己囊③，修饰其庙之漫漶不鲜者与破缺者。木石之费，虽仍亦简易，启忠祠，遭回禄④，则以全力成之。至己亥，乡耆已作古。其子岁贡生琰①，始为求记。

赐进士第，翰林院检讨加一级，三朝国史馆纂修官，芝角村王瑃谨撰

大清康熙五十八年岁次己亥三月廿八日

郭公施地碑记②

庚子七月③

千金之直，好施者以为难，谓情之所惜在是也；苟为情之所惜，虽数金，其难不啻千金。然□能施，其情之所惜，虽数金，其难而可贵，不啻施千金。

然郭公民安，自其祖由马邑④，家西烟偹⑤，即充辐三都。头祖讳富，传半之宅，世世无迁徙，则其身安于是，而为情之所惜，无怪也。宅与兰若比⑥，兰若故狭隘。乡耆王某欲敞之，捐资求地于郭。地为郭所惜，虽乡人皆心逆惜其难。乃郭独慷慨曰："吾未敢与佛争此地也。地传之先人，吾其奉诸舍利，或先人所愿，吾未敢受直，以累先人。且存其粮，令吾子若孙办焉，以鸣先人之德。"乡人义而勒诸石，廪膳马生上驷走亟求记余⑦，曰："郭氏非但好施，亦可谓善施者矣。"

---

① 岁贡生：科举时代，挑选府、州、县生员（秀才）中成绩优异者，升入京师的国子监读书，称为贡生。明代有岁贡、选贡、恩贡和纳贡；清代有恩贡、拔贡、副贡、岁贡、优贡和例贡。

② 辑自《三晋石刻大全·阳泉市盂县卷》（三晋出版社2010年版）。

③ 庚子：康熙五十九年，即1720年。

④ 马邑：在今山西省朔州市朔城区。历史上，明洪武、永乐两朝大规模外迁边塞居民，马邑及周边地区既是迁出的重点区域，又是戍边置屯垦荒的重要迁入地。"南有洪洞大槐树，北有马邑圪针沟"就是对这一时期山西移民点形象的概括。

⑤ 偹：古同"憯"。乖戾。

⑥ 兰若：阿兰若，佛教名词，原意是森林，引申为"寂静处""远离处"，有些房子可供修道者居住静修之用。也泛指一般的佛寺。

⑦ 廪膳……生：明清两代称由公家给以膳食的生员。又称廪生。

盛衰之理，随时涤变，往往巨家大族，再往过之则墟。假令郭氏靳此尺寸，数传之后，安必长为郭氏有？今施于佛，安知后不大启门庭，增而益广，其基且十百倍于此也？盛衰两无据，而无一不可施，郭氏未必不见及此。且吾尝过西烟之野，沃土绣错，烟火数千家。数百年来，主厥业者，不知几生死于其间，今日安指其为谁也？郭氏能以片壤作化城①，后人凭吊遗事，必曰：某寺某地，某氏之所施也。则郭氏之地，自此为不朽。郭氏乎，子真善用此地矣！虽好施者累千金，未必可传若子也。

郭氏既以此事传于乡，乡中好义之士，必闻之而油然兴封殖家②，徒以其业，长子孙小利，吝于出，纳又必封之，而发愧然："乡人知义郭而能传其事，我知亦鲜，可愧者□倘其兴乎！"

赐进士第，翰林院检讨加一级，三朝国史馆纂修官，芝角村王玚撰

大清康熙五十九年七月吉日立

新建慎交书院碑记③

壬 寅④

孔公治盂之四年，百废次第举，尤重文教，捐俸建书院于学宫之旁，近圣居也。使学者入其门，无忘圣人之道。内立侯子祠⑤，俾朝夕瞻拜，想见古乡贤之为人。有舍，宜课诵；有轩，宜游息；有庭，宜周旋揖让。

---

① 化城：一时幻化的城郭。佛教用以比喻小乘境界。佛欲使一切众生都得到大乘佛果。然恐众生畏难，先说小乘涅槃，犹如化城，众生中途暂以止息，进而求取真正佛果。

② 封殖：培植，栽培。

③ 辑自《三晋石刻大全·阳泉市盂县卷》（三晋出版社 2010 年版）。

④ 壬寅：康熙六十一年，即 1722 年。

⑤ 侯子：侯可（1008—1079），字无可，山西盂县上文村人，徙居华州华阴（今陕西华阴），是北宋三大学派（程氏洛学、苏氏蜀学及关中理学）之关学创始人之一，"横渠先生"张载之老师，也是程颢、程颐之舅父。黄宗羲云：张载之师侯可常"以气节自喜"。官至殿中丞。

于是大合邑中才俊文学之士，而讲习讨论于其中，名之曰：慎交书院。

夫公之教广矣，胡取诸慎？此公为诸士期也。不慎，则交不终；士之交不终，则公之教也不广。况慎之为义大矣，非徒慎以拒天下之不肖，而将慎以防天下贤智之士。盖士之意见既殊，声气也别，党同伐异，往往阶之门户。其在汉唐，犹曰：不肖之陷贤也；至宋之洛蜀①，竟以贤抵贤，然犹曰：彼贤未尽讲学也。至鹅湖会讲②，流远益分，竟以讲学之贤攻讲学。嗟乎！以古人之德之才，而又以讲学之美而从之游者，又率高明闻誉之士，积渐生弊，犹至于此，其甚可惧也。

今邑之才俊而文学者，日聚处于斯，见所见，闻所闻，安知不讼于堂乎？公爰进诸士而教之曰："登斯堂者，无不慎；慎而相成，善厥始终。有反是者，愿无过吾门也。"诸士欣然以退，复惕而思，其大有所兴乎？异日者，余将过书院，问公之教泽。入揖诸士，接其人必端饬；与之论古今事，必疏通而条达。观所为古文，辞必自侪于两汉唐宋间；而其时文，也与王、唐、金、陈先后趋驾也，必明体适用，发为事业，卓然如古人，可纪以鸣。公为国家乐育人才之盛，必不至如空疏之士，拘迂而自陋也。

以公之教卜之也。夫公为至圣嫡裔，自其先端友公，从宋高宗南渡后，而吾道遂南。故数百年来，人文之盛，邹、鲁、齐、晋，诸国鲜与抗行者。公今用其教，以教诸士，则道之南者且转而北，公之教至是诚广矣！而交亦于是乎有终。然则公之取义于慎交也，深思乎！

公，乙丑进士，讳传忠，字贯原，浙江桐乡人。

---

① 宋之洛蜀：指宋朝的蜀洛朔党争。宋朝王安石变法时以司马光为首的反变法派内部的派别斗争。

② 鹅湖会讲：即鹅湖之会。南宋淳熙二年（1175）六月，理学家朱熹和心学家陆九龄、陆九渊兄弟在江西上饶的鹅湖寺就双方的哲学观点展开激烈的辩论，是为中国思想史上著名事件，首开书院会讲之先河。

石和古文

一七一

重建苍岩圣母殿记①

己丑四月②

世所称瑰伟绝特之观，其境常险以远，为人足迹所罕至。有好游者得而穷之，矜道于人，□□□□□，慕往者众焉。故虽结茅数椽，弥可贵重。若设于通衢大邑，纵极台榭殿阁之□矣，未称□丽□□云□。

山为藏山连臂，青壁斗绝，岩谷竞秀，引之入胜；有怪石林立，或仆或□，名不可状。其上苍岩圣母殿，□他神祠，高下错构，望若云际。最上，洞池幽黑，复折而西北，险隘特甚，股□不可行，其□月坠□。愿兴楹□，议者遂移建山麓敞处，以便四方香火。一时瞻拜者，非强有力，则不探其□；非耄而喜游，则不□□□之□，进而无穷也。

岁在己丑，复建故地，规制视昔差加，栋楹梁桷瓦砖之贵于旧③，盖无所仍□□□□胜，于是始完。大古今来，幽岩异壑无以发之，湮于穷山僻壤之□者何□。若既经人发之，多□□□□复弃焉，以□登临之趣，重可惜也。

兹工甫竣，四方人士瞻拜云集，争探瑰伟绝特之观。则知□□□□计，未为不便。吾既幸庙之新成，而益陋前者之为不韵也。

赐进士出身，□授翰林院庶吉士，邑人芝角村王珦撰文
大清康熙四十八年岁次己丑孟夏谷旦

---

① 辑自《三晋石刻大全·阳泉市盂县卷》（三晋出版社 2010 年版）。
② 己丑：康熙四十八年，即 1709 年。
③ 栋楹梁桷：泛指房梁与椽柱。栋楹，房梁和柱子。梁桷，泛指房屋的梁与椽。

重修芝角山紫柏龙神庙并新置常住碑记 ①

己亥二月下浣之吉 ②

虽一事而具有北降之感，则不可以不谋诸久。不为经久之谋，而徒补救于目前，必即于废废而兴兴，亦罔克承数废而不可以复兴。彼夫琼榭瑶轩，观极一时靡丽，不数传而烟飞雾散以没，至吊其故墟，而杳不可得，岂非陵谷之有变迁哉？

况神庙孤构山岩，不过数椽庇风雨，乃历数百年之久，几为废兴于其际，而竟为何也？则以万松环植左右，圮则取之，以施涂茸，弗造于完，而亦卒赖以不废，此亦庙之遭逢有幸谓是人，然吾故知其废之有日也。惟松之植，不审先后于庙，而庙之由来，则以远矣。

自元，人不能朔厥初，安知不在？南北交争之代，无岁不寻民于干戈，不暇知有斧斤之利。由元历明，地广人稀，山材随可取，而足无外慕，率以取非其有为耻，故长林丰草得茂于岩阿，而后则渐异矣。宫室木土之兴日繁，而盗木刈伐之无时。即有事于庙，工半费倍，恣取诸山不甚惜。以不甚惜之用，而重以非时之刈伐，几何其不之山穷木尽？而庙或适值其废，其孰从而兴之？所谓一废而不可以复兴者，彼其日也。

夫以山之故，得废兴之庙。庙之废兴，又即山之所视为盛衰。有心者前望已往，后意将来，盖别有古今之感，而遂不能无少焉。踌躇于庙，后敞基丈余，复构方丈六楹。于庙之西北隅，估木而市之，置常住地若干亩，延黄冠以居，盗木者摒息。

工起己丑之秋，至今己亥中，仅十年而稚松茂密如栉，迟之又久，庸讵知不与武陵桃源竞秀？而取材者，邓林也。将庙之兴与山之盛，两相须

① 辑自《三晋石刻大全·阳泉市盂县卷》（三晋出版社 2010 年版）。又以芝角紫柏龙神庙残碑文补缺。

② 己亥：康熙五十八年，即 1719 年。

也而不朽。里人士金曰：臧哉，谋！而乃今可以久，其记之，俾愿者知以达者，即以庙保山，而一时培青毓胜之意，且托名山与为无穷，后之人登高而赋，抚长松之苍苍，得无临风把酒焉，复有感于今日者乎？

翰林院检讨加一级，充三朝国史馆纂修官，前翰林院庶吉士，芝角王瑃谨撰

庠、增广生，芝角王宗绥谨篆

甲午科举人，拣选知县，芝角王锡光谨书

清康熙五十八年岁次己亥下浣之吉

赐授承德郎行取江南常州府无锡县祀名宦武逸溪先生墓表①

公宣于令者三，皆有声，无锡为最著。锡邑号烦剧、吏滑、多世族，难治。公至，厘奸剔弊，境内为之翕然。无几，卒。邑之缙绅、士及市廛、工商与穷乡之童叟，哭于治门，立专祠祀之，至今俎豆无纪。

公为乙卯举人、河南内乡县令、行取候补主事，讳介宣子。丁亥进士，历任布政使司参议，讳全文孙②。生而颖悟，经史百家之书靡不读，其帖括纵横有志气，诗、古文亦与相类。

庚辰进士，旋以家无妄之细事罹于狱。既白，援陕西例，以进士令江西大庾县。丁艰归。补任直隶新安县，又丁艰归。当其任新安时，仁皇帝巡其地，试公及翰林侍从诸丕其文，公居等一，声名一时噪长安。故其补官之日，朝廷尤记其才，欲以内臣用。既有以无锡大邑，非公之才莫宜者，故暂试公于锡。公至而锡果治，锡治而公遂亡。

---

① 辑自杨有贵编著《山西盂县姓氏源流考略》（三晋出版社 2011 年版）。

② 全文：武全文（1620—1692），字藏夫，号石庵，山西盂县西小坪村人。清顺治四年（1647）进士，授崇信（今甘肃崇信）知县，政绩卓著。有《旷观园文集》《旷观园诗集》《武氏家学汇编》等著作传世。

位不称其志，以是悲公之不幸。虽然，公有远志，不屑屑于势位宠利之途，惟慕古之得时行学，而文采表见于后世者以为法，今其治无锡如此，而文稿为海内所传诵，皆可以无穷也，未为不称其志。

独念余获交于公三十年，其时，同学诸子慷慨论列古今人物及是非成败得失之故甚豪，公时议于风发，往往屈其坐人。今同学半逝去，存者又各牵于事业，不复聚。公亦偃卧苍松翠柏之间，而余独表公于墓。当其慷慨论列时，公岂忆其借表于余？临风返昔，不觉涕几行下也。人生死生聚散之际，固如此，可胜叹哉？

公子四：永直、永在、永任、永杰。永直能文，有父风。孙九人，长郧锡，聪而嗜书，皆公之志也。

公讳承谟，字劭孟。晚，诗文稿别号逸溪，以字显。士之诵公文者，多称以劭孟先生云。

赐进士第，原任翰林院检讨加一级，三朝国史馆纂修官，年家同学眷弟，芝角村王玽拜撰

处士武公雨臣墓志铭①

不士其服，而士其行，身不事士之业，而身之前后，悉赖身以卒其业，如武公雨臣其人，可进于儒者之林无愧也。

公讳召，雨臣其字，世为太谷人，不详所自徙。自公考，增广博士弟子员，讳际甲，以诗书肇厥家。公兄，候选教谕，讳周，以明经祭酒艺林。邑人言书香者，推武氏。公少留心帖括，窥大意。缘家计徙业②，遂荷家政用，上弛增广公之肩。而司谕公因得专志下帷③，课训子侄。

① 辑自乾隆六十年重修《太谷县志卷七·艺文》第884—888页。
② 徙业：谓不专心本业，见异思迁。
③ 下帷：指放下室内悬挂的帷幕，即指教书。引申为闭门苦读。

石和古文
一七五

公之长子曰扬，与侄曰敬，皆从学焉。曰扬与曰敬，同时游黉序。甲辰岁，督学使刘公送两人至三立书院，从余受业。曰扬文日益有声，一时书院能文之士，无能过之者。自中丞、方伯以下，交口器曰扬，而曰扬竟以数奇不得售①。自甲寅科，始以选拔贡成均②，公且喜且勉，曰："吾不以是竟尔程也。"乃期许方锐，不数月，而公已殁。呜呼，可哀也已！

公性至孝，事增广公与母刘氏，生死尽礼，尤笃于同气。有侄曰直，以南漕拣选，协运浙江台州卫后帮，卒任所。子幼，不能奔丧。公与曰敬经营，还柩得葬。身居阛阓几五十载③，恂恂有读书气。邑中行乡饮酒礼，欲举公。公曰："乡饮，大典也。膺此选者，当如洛下耆英④，余何敢辱兹典？"固辞不肯就，人愈以此高之。今曰扬持行述来，请志于余，余不敢溢一言有谀词，故志公之梗概如此。

公生于康熙元年十一月十四日，卒于雍正十三年二月初八日，享年七十有四。元配吴氏，先公卒。生子三：长曰扬，甲寅拔贡生；次曰毅；次曰吉。女二。孙男五：长述，扬出；次恂，毅出；次卓，扬出；次弼、次度，吉出。孙女八。曾孙男二。今以九月初十日，卜葬于城西贺家堡之原，而孺人吴氏祔焉⑤。

为之铭曰：公志在学，公行可士。胡初服之不遂，而竟布衣以死。上成父兄之志，而下以诗书惠其子。青云紫诰，不于公之身，而于公是始。呜呼，公其乡之砥！

---

① 数奇：指命运不好，遇事多不利。数，命运、命数。奇，不偶，不好。古代占法以偶为吉，奇为凶。
② 成均：即古之大学。《周礼》名大学曰"成均"。
③ 阛阓（huán huì）：街市，街道。此借指民间。
④ 耆英：高年硕德者之称。
⑤ 祔：古代祭名。送死者的神主入祖庙，与其先祖共享祭祀。泛指配享、附祭、合葬。

重修学宫碑记①

国家治定化洽，薄海内外，罔不从欲。诗书弦诵之声，历穷乡僻壤无间，文教之兴于焉为极盛。良由圣天子崇儒重道，心印尼山之传，菁莪棫朴之泽，日蒸月蔚。故一时公卿大臣，率以作育人材为事。而一郡一邑之贤司牧，深识治体者，亦皆以是为政之先务。

寿阳胡侯具体，治寿数载，甚有循声。诸政之利民者，莫不次第举修，而尤欲邑人士沐浴乎声明文物之休，相化以道也。为念宣圣立生民之极，而学宫为起化之地，顾毁缺漫漶，甚非所以兴庠序，育士类之意。倘异日者②，读书谈道之士，不得与大都会齿，则责非异人，任莅兹土者，所深为瘁心也。

乃竭捐囊俸，偕王、董二司铎，倡邑之好义者，鼓舞云集，输财力恐后，重修正殿、两庑、戟门，悉完以华。又去照壁之拥塞，达诸通衢，意为搏扶摇者，敞青云之步。其一时规制气象，视昔为加。工既竣，寿之人环簧观望，争相告语，以为盛事，盖忻然有奋起维新之意矣。

寿固文献区，士学而好礼，今复得侯倡兴之，怀奇负异之辈，必朝夕涵濡，相摩益上。立身以孝弟仁义为重，耻不蹈君子之行。而文章思与古为徒，熔经液史③，彬彬然两汉之风也。赋鹿鸣而步南宫者，前后相接踵矣。

盖圣人之道，亘古今为昭，无智愚咸仰其光，然往往振之而弥显。是举也，其加惠于后学固甚。后之人佩洙泗之教泽，而咏歌圣天子兴道致化之隆，则良有司振率之功，固不可没也。

胡侯且于是乎不朽！

---

① 辑自光绪己卯续修《寿阳县志卷十一·艺文》第 673—675 页。
② 倘：志文中此字为"徜"，据实改之。
③ 熔经液史：指研习经典、史书到融会贯通的地步。

《芝山雅集》序①

乙未九月二日②，会饮于此。

此时，万壑声幽，千崖气迥。帽可频脱，不借黄菊之风；觞亦数飞，预赊白衣之酒。结岩壑之契，寄胜游于三秋；叙天伦之欢，抒雅怀于七字。壁题无长幼，诗成有后先。

珻序。

增修龙王山听松楼记③

（文字缺）

---

① 辑自芝角山紫柏龙神庙《芝山雅集》诗碑。

② 乙未：康熙五十四年，即 1715 年。

③ 据民国二十三年（1934）王堉昌编《盂县金石志略卷二·石类·题刻》载，"雍正五年八月，翰林院检讨王珻撰，增生王宗绥书，亚元王澄篆，高四尺，宽一尺六寸半，今在龙王山"。现碑破损，文字漫漶不清。

韫辉文稿

序《太史王韫辉增订全稿》

王思训

　　山水，莫险于蜀，莫奇于柳、永，莫僻奥于滇、黔，莫幽秀于会稽、武夷，要皆不假人力，而名胜擅今古，真而已矣。外此，则龙门之凿、蚕丛之辟①，已属后起，顾谓以累土叠石而为之，丹青金碧而绘之，可与清淑之气蜿蟺扶与、磅礴而郁积者同日语乎！

　　惟文亦然。今夫六经、史、汉、唐宋大家，其理法神情浑然，元气所结聚，徒声音笑貌为哉？此道，今之制举业，荡然矣。高则蹈空驾虚，纤细要眇；卑则庸腐甜俗，庞大肤浅；又或才质庸陋，谬托成弘一派，短促急迫，以掩饰其无可奈何。是皆伪体之当亟裁者也。

　　余弟韫辉，垂髫时，即以能文惊其宿老。长更究心古人，于书无所不读。作为时艺，吐弃一切，悉道其中之所得，不假修饰而自工，殆义仍所谓真色难学者欤！丙戌典，余同成进士②，同事史馆，进退不失尺寸。

　　其人与文相埒，而又深自韬晦，故其稿行世为集甚约，然已不胫而走四方。坊家求益，乃出其未刻若干篇，都为一集，使人读之如入神皋奥区③。其佳致天然，往往得于寻常耳目之外，而无愧于古人。倘谓其仅与时贤竞胜，是求真山水于石工画师之手，非所以知韫辉也已。

　　康熙甲午孟夏，思训序。

---

　　①　蚕丛之辟：比喻开辟蜀道之艰难。蚕丛，相传为蜀王之先祖，教人蚕桑。后借指蜀地。

　　②　丙戌典，余同成进士：指康熙四十五年（1706）丙戌科殿试，王思训与王琢同登金榜，同为第三甲赐同进士出身。

　　③　神皋奥区：古代指最神圣、最肥沃的土地，也是国之腹地。

序《太史王韫辉增订全稿》

许茹其

方今圣天子振兴文教，各直省建立书院，以造就人才。而当事延乡先生文行有声者，以掌教育。而晋阳，群推先生为师。

先生乙酉领乡荐，丙戌成进士。读书中秘，乡、会墨久脍炙人口①，犹谦冲不自足。至壬辰，始以文属予与袁兄迪来论定，既而畴五先生复搜辑箧中稿，增益若干首。其书甫出，不胫而走，洛阳几为纸贵。

及先生致仕家居，色养高堂，期颐具庆；庭诲后嗣，科甲蝉联；内行益修，令闻愈广；尤大肆力于古作。今也绛帐春风，都人士景仰信从，惟不出大贤门下是惧。盖先生为人温和坦直，平易近人，雅喜诱进后辈；然皆以文章相契合，以道义相切劘②，一切声气奔竞之流不与焉。

迪兄宰汾阳，尝至省会，诣书院与先生尊酒论文。见其弟子循循雅饬，有儒者风，而为文亦皆宗法先生，人人置原稿一册于几案。先生曰：旧作多所朱安二三子，勿执故我为是也。爰取而删汰，润色褒新，艺为一帙于以见。先生之于文，愈老愈笃，而谦冲不自足如此！

迪兄乃函其稿，寓书于予，令付剞劂③。且称先生设科，先德行而后文艺，不让安定遗风。予自丁酉，领先生教言，但信宿而别④，未馨所怀，迄今犹觉光风霁月之依依在目，而更以不得入数仞之墙，快睹宗庙百官之

---

① 乡、会墨：指在明清科举考试的乡试、会试中，被主考和房官选中而刊印出来给考生示范的文章。

② 切劘：即切磨，切磋相正。

③ 剞劂：本指刻镂的工具。借指雕版刻印。

④ 信宿：古文书面语。表示连住两夜，也表示两夜。

美富为憾焉。诗有云："中心藏之，何日忘之？"又云："虽不能至，心向往之。"其斯之谓也夫。

雍正十有三年，岁在乙卯孟夏望日，江宁许泰交茹其氏书。

《王韫辉稿》原序

袁学谟

言者，心之声也。竭人心之英华，阐圣贤之奥义。心之端者，文必理醇气沛，意刻词精。故读其文，其心可知，其人更可知也。

向于丙戌房书读韫辉先生文，击节叹赏为佳，惜片光吉羽，未窥全稿，又以不获亲炙其人为憾。今春抵都下①，先生读书中秘，会逢于长安书舍。亲其人谦谨廉让，孤介正静；与之论文，竟日津津不倦。向因其文，已中其人；今因其人，益钦其文。

遂索全稿，秘而弗示，谓文非出于榜下，陈言恐为世所弃。余曰："文固有不宿而腐，久而弥新者矣。陈不陈，非以时之远近论也。乌有造物灵机，后学楷式，而弗公诸海宇者乎？"请之益坚。不获已，出其旅笈中所携若干首。

余披览数过，见其搜剔至理，穷抉精微，而清微淡永之中，才力亦复跳脱飞腾，若天空云净，舒卷自如；若虬龙虎豹，攫挐盘踞于行墨间也。想先生钟灵晋阳，力学于藏山石室；浸淫经史，寝食秦、汉、唐、宋诸大家，淹贯而为文，宜其每构一艺，慧源濬发，神明于矩，有如是也。

余幸得之，即同白下许子评次②，付诸剞劂，天下之读先生乡、会墨及房稿者，固有矣。兹稿一出，必且家弦户诵。数十年后，海内操觚之士，知有读其文，益想见其人者。赏，岂但余之今日？

然余又思经术所以经世。先生既善于立言，其立德、立功，必有羽

---

① 都下：指京都。
② 白下：古地名，后因用为南京的别称。

仪。盛世卓卓可纪者，宁特文章之永传不朽已耶？亦惟于文章卜之也。

　　康熙五十一年冬十一月上浣，彭泽袁学谟迪来氏谨题于金陵之藜光楼。

上 卷

论 语

学而时习之 一节①

　　学中之说，惟时习者知之也。夫学固有是说之境，而不时习者知之乎？子故欲学者深思而自得之也。且吾将举学中自得之境，以告天下从事于学之人，而人固有所弗信也。夫彼固原未尝得之也，若使深入乎学之中，而得其所以然之趣，则固不必吾之代为言之；且即言之，而其趣亦有所不能尽也。

　　盖夫人之学，未有不期其说者也。然说不说，仍视乎其学之何如耳，非必其一无所用心于学也。日反覆于所知之理，忽忽其机之将至，而偶焉间之，则即此间之一刻，而机转违也，非必其一无所致力于学也。日体验于所能之事，隐隐其神之将来，而忽又止之，则虽止焉而复续，而神已去也。若是者，惟不时习之。

　　故夫天下美好之端，骤习之，亦觉可喜；追再为习焉，而味已无余。而独至于学，则固愈习之，而愈形其可味者也。勉勉于道德之途时，若故我之相逢，如是者不已，而忽又有不经之境来，觌于神明之内，则遂不觉其机之至也，而无复违之已。

　　抑天下美好之端，不习之，亦复何旨？追身为习焉，而其旨日出。况

---

① 语出《论语·学而篇》。（子曰："学而时习之，不亦说乎？有朋自远方来，不亦乐乎？人不知，而不愠，不亦君子乎？"）

学之一途，则固愈习之，而其旨愈不可厌者也。循循于性命之精时，若新机之相告，如是者不已，而又不啬固有之藏，遇我于居稽之余，则遂不觉其神之来也，而无或去之已。

想彼其初，亦甚苦耳；然天下之由苦而甘者，其甘弥永。甘之至焉，则其机遂非在人之所能解。盖人生得意之境，每在寤寐独喻之地①，而非徒袭之以迹也。使稍易其所习之理，而彼转有所不甘矣。

彼其初，又甚劳耳；然天下之由劳而逸者，其逸倍深。逸之至焉，则其机并非在已之所得主。盖人生自慊之隐，每有一往相深之致，而终弗能以自已也。使稍间其所习之功，而彼转不以为逸矣。

斯时也，吾言之，吾已不能不为彼说之；而时习者之心，更何如乎？且彼说之，彼亦不能为人言之；则时习者之心，诚何如乎？

〔评品〕

不屑屑于描头画角，而题之虚神实理，曲曲传出；其精焰，直透纸背；灵源千顷，乃有此一往清空。畴五

人只着实写"学"字，"时习"字，此偏于"说"字，描出"时习"真神理；人只着实写"说"字，此偏于"不亦乎"字，讨出"说"字真消息。宛云霞之在目，渺江海而为心；妙音在丝桐之外。袁迪来

语言亲切，意味悠长，非于此道中吃尽甘苦者，不能道。许茹其

君子务本　一节②

孝弟可以生仁③，惟知务者，能得其本也。夫道莫大于为仁，而孝弟，则其生之本矣，故君子必有以务之。

---

①　喻：谄媚的样子。

②　语出《论语·学而篇》。（有子曰："其为人也孝弟，而好犯上者，鲜矣；不好犯上，而好作乱者，未之有也。君子务本，本立而道生。孝弟也者，其为仁之本与！"）

③　弟：通"悌"，下同。

且尝观于不仁之事，而知其必有所由绝也。知不仁之所由绝，则知仁之所由生。故古今来，道济天下之人，皇皇焉不敢他有所及，而必务为孝子悌弟之行者，诚以天下事，固莫不有本也。

盖天下末之数①，常多于本；而本之理，恒切于末。统本末而一视之，则混；举本末而倒用之，则逆。混，则置本于末之内，而失其所为本；逆，则加末于本之上，而并失其所为末。本与末兼失，而天下之道息矣。

不有君子，何以善所务？君子知天下无生本之道，而亦无遗道之本，故其力之专致于本，原非有恝于天下之道也。本立道生，理有固然；其于本，不得不如是急耳。夫君子，仁人也；仁者，天地生物之心，而道之最大者也。仁之道，无不生；而有所以生仁之道者，果孰为之本乎？其孝弟乎！

夫人之情惟一，而用之愈多，则其情愈减。蔼然祗父恭兄之谊，其始本充乎其有余，乃于匹夫匹妇之众，而其情有所分矣，于昆虫草木之微，而其情更有所分矣。故往往有至不可穷之情，而数为之分，其后不免以递而减。然虽递减其情，而要无不可为情之虑，则以情之所蓄者，原自有余操什百之情，而用之于一二，将愈用而愈不能竭，而何患乎其情之减也？

天下之事有万，而及之愈远，则其事愈增。油然爱亲敬长之良，其始固宽然而自足，乃于饮食教诲之际，而其事有所推焉，于曲成茂对之余，而其事更有所推焉。故往往有至庸常之事，而数为之推，其后不觉以渐而增。然虽渐增其事，而要无不可为事之忧，则以事之所托者，原无不足。握一二之事，而及之于千万，固愈及而愈有所恃，而何患乎其事之增也？

然则孝弟者，所立之本也；而仁者，所生之道也。彼世之沾沾于为仁者，其始不立，其卒不生，而犹妄意其仁天下也，君子谓其不知务寔，甚矣！

〔评品〕

情以递减，是以有等写生字；事以渐增，是以不息写生字。精理名言，犹见先辈宗风。袁迪来

---

① 末：原文中为"未"，疑为误印，据文意正之。

首二句最难安顿，不宽泛，不沾滞，道理圆通，神气融洽，最为得法。后二比，发明三坎之说，更能以庄苏曲成，茂程朱之理。后学许越识

为人谋而不忠乎①

大贤自省所谋，以为人者为身也。夫使谋而不忠，非负人，负身也。曾子之省，宁有人之见者存乎？

若曰：今将举天下不忠之人，使之自计其事，则亦无患乎计之不尽也。其计之无不尽者，以其事固属之己，而非他人之所得与也。夫以其事非属之人，而故计之无不尽；则其事苟非属之己，而遂计之有不尽。可知矣，而吾敢不以自省哉？

夫人与吾，亦似甚疏耳；乃人不以为疏，而直以所谋望之于吾，则人固不以人视吾，而将以吾之身，为亲任其事之身也。即吾与人，亦又甚疏耳；于吾既不以为疏，而将以所谋代乎其人，则吾亦不得以人视人，而当以其人之事，隐任为吾身之事也。若是，而可以不忠乎？

天下事躬入其中者，其情形每无不尽；而概望之于旁观，则多疏略之虞。且无论其多略也，即为之计其始，即为之计其终，亦似可告无愧于斯人。然设一旦以其人之事，转而移之于我身，将所计或有不止于是者，则何为耶？夫我诚不为人谋，人亦未必不自为谋；乃人既以吾之故，而自弛其谋，而我仍然以旁观置之也，吾甘之乎？

天下事亲历其中者，其曲折亦难骤悉；况概期之于局外，愈多悠忽之患。且无论其多忽也，即为之筹其内，即为之筹其外，亦似可告无愧于一心。然设一旦以己之事，转而望之于人，将如是筹之而仍不愿者，则何为耶？夫我诚不为人谋，则人亦未必不更求人之谋；乃人既不以之求他人，

---

① 语出《论语·学而篇》。（曾子曰："吾日三省吾身——为人谋而不忠乎？与朋友交而不信乎？传不习乎？"）

而专寄之于我，而我犹然局外处之也，我安之乎？

且夫自安于不忠者，固无望其忠；而自见为忠者，亦不忠之所由伏也。盖天下显然之不忠易见，而隐微之不忠难纠。我苟隐微之未尽，人即感我之忠，而我愈滋之愧也。省之而后忠，亦省之而后知其不忠焉耳。

抑自安于不忠者，其心固欲以之欺人；而自见为无不忠者，其心直欲以之自欺也。夫此念之不忠，安得借口于后谋之相偿？一事之不忠，何可自诿于前谋之已至？苟一日而蹈自欺之失，我即无变于人，而安能不自爱其心也？

省之，而后知其不忠；省之，而后可至于忠焉耳！吾将以之终身矣。

〔评品〕

题无剩义，笔有余妍，一切尘饭土羹，不知消归何处？严如园先生

以曾子为人谋，宁有不忠，即人亦尽可相信；但恐自心略有不安处，便属自欺。曾子之省，正是慎独真精神。文将谋字写得极周至，则不忠处写得愈细微，而千转百折，曲尽人情。非以冰雪，净其聪明，安得有此灵变？许茹其

贫而无谄　二句①

贤者论处贫富之诣，而深有思乎自守者焉。甚矣，贫富之累人也！苟非自守者，孰能骄谄之两无哉？今夫为学之患，莫大于心困，而身困为下。自夫人自卑其身之困，而其心困；自矜其身之不困，而其心又困。夫至心之见困，而竟若天下遂无可处之境矣。

盖天下之境，不外贫富两端；而处境之累，不过骄谄两念。藜藿亦足自甘，而不能不动念于缓急之可资，此天所以靡天下豪杰之气，而使不可振，其患不独在庸流也。即膏粱，何与他人，而不能不快心于有无之相耀，此天所以蛊天下学士之心，而使不可载，其病不仅在世俗也。谄骄之

---

①　语出《论语·学而篇》。（贫而无谄，富而无骄。）

生，良有以乎？

其无谄者，尚哉！彼诚见夫古今来，身之贫者，其中未必啬，则贫不过时命之偶然，而非果有不足之数；若谄焉，则真不足矣。且贫者，绝无肯复谄于贫之理。则凡我之谄乎人者，皆人之不我重者也。苟人不我重，而徒以无端之耳目，强献于富人之侧，吾恐谄之者，虽百计求工，而受之者，仍漠不为意也。谄者思之，能不赧然自愧乎？有志者所为，深知其足愧而力绝之也。

抑无骄者，尚哉！彼诚念夫宇宙内，身之富者，其中未必有，则富不过气数之适然，而非实有有余之处；使骄焉，则愈无余矣。且富者，绝无敢复骄于富之事。则凡我之骄乎人者，皆人之有求于我者也。知有求于我，而故以不羁之性情，妄加于贫人之前，吾恐受之者，虽隐忍其长傲，而旁观者，且代恨其矜夸也。骄者思之，得无惕然自悔乎？有心者所为，深知其足悔而早禁之也。

且人之好谄人者，亦必好致人之谄。当其处贫而谄，早知其处富而骄；即终于贫，而有贫之更甚于我者，安知不以谄之得于人者，转窃之以骄他人也？夫至谄，又形为骄，而谄之态不可言矣。故惟无谄，而其人乃非复贫中人也，而后可以贫也。

抑人之能骄人者，亦必能受人之骄。当其处富而骄，固知其处贫而谄；即终于富，而有富之更甚于我者，安知不以人之承我骄者，转效之以谄他人也？夫至骄，又变为谄，而骄之情愈难问矣。故惟无骄，而其人乃非复富中人也，而后可以富也。

赐盖历观贫富，静验人情，而窃叹其难焉。

〔评品〕

谄骄情态，极力描写；玉水璇源为胸怀，自然咳唾皆妙。畴五

中幅对照，后幅交互，俱进一步描写世情，要自不入恶道，其笔妙也。许茹其

子曰不患　人也①

用患于不知者，当审乎人己之分也。夫人不知己，己不知人，不知等耳，而人己分矣；用患者，可勿审哉？且君子之为学也，无心于知，而亦未尝无心于知。盖学以为己，故但专于己，而不见有人。而本为己之学以求知，又若专于人而不见有己，则甚无谓知之一途，非学者之所宜究心也。

夫然而不知，亦甚足患哉，而究何患也？不知在己②，而不知己者，仍在人，则己之中，无非人也。夫然而不知，良不足患矣！而转当患也，不知在人③，而不知人者，仍在己，则人之中，无非己也。

我实有尔室不愧之修，而悠悠斯世，犹然以庸众遇我焉，是人自不知人也，人则失矣。取他人之失，而我乃为局外之隐忧，亦未见己之得也。若不免盛名难副之惧，而出观当世，谁肯以圣贤许我乎？是人自知人也，人则得矣；以他人之得，而我犹为旁观之过虑，徒自形己之失也。

抑不思人各有己也，我患人，人亦患我；谓我于邪正淑慝之间，茫然无识，而人之孤芳自赏者，且不敢望我为同调也，我忧方大耳。人之视己，己亦人也；我以人之不知为患，人或不以我之不知为患。谓我于是非可否之际，昧然鲜识；而人之知希自贵者，并不以我言为轻重也，我愧弥甚耳。

况乎患不己知者，必未有能知人者也，何也？但求其人之知，自不计其知之人，将君子小人纷然乱我之取舍。而知我者，我固未知其果君子也。惟绝其所不必患，而慕誉干名；不以分其闻修之意，而我生观理之识，将益精之矣。

---

① 语出《论语·学而篇》。（子曰："不患人之不己知，患不知人也。"）
② 在：雍正版为"有"，据康熙版《王韫辉稿》。
③ 在：雍正版为"有"，据康熙版《王韫辉稿》。

且不知人者，因而愈患人之不己知也，何也？不思有不尽知之人，遂觉无不可知之己，将君子小人皆得群然操我之毁誉。而非君子者，我固犹望其知我也。惟专其所当患，而穷理格物；不稍参以浮动之念，而人世无端之名，固已淡之矣。

虽然，知人有本焉，存之欲其诚，发之欲其公，察之欲其明，此其学又在知人之先，而岂沾沾于在人之贤否以自喜哉？夫沾沾于在人之贤否以自喜，犹是未忘乎患不己知也。

〔评品〕

心入于渊，思介于发，变幻如五花八门，不可测识。庄子所谓"深之又深而能物，神之又神而能精"，洵制义之化境也。畴五

子曰诗三　一节①

约《诗》教于一言，所以正天下之思也。夫《诗》，不尽无邪；而"思无邪"之"一言"，足以"蔽之"。读《诗》者，可不知其义哉？

子故明示之，以为吾尝疑古人之作诗也，本性情之故，而垂诸风雅之文，以诏天下后世。何不尽举其文之甚正者，感人于性情之地，而使天下后世之性情，凛然一出于甚正，而无复稍有淫邪之萌？无何，邪与正之并陈，美与刺之互见，纷然而不一者，其多，且至于三百。

噫！《诗》果以三百，患其多哉？凡《经》皆言事，而《诗》独言情，聚十五国之风教，而悉著于篇章，则虽正变各形，而歌泣总无歧出之旨。他《经》皆传道，而《诗》独传意，萃数百年之情事，而毕达于咏歌，则虽得失兼收，而惩劝自有至一之归。间尝诵"思无邪"之"一言"，而不禁旷然也，曰："是足以蔽三百矣！"

盖天下惟思为甚微。顺而道之，则微者，遂因以日长，彼清庙明堂之词，广以大矣。读其词者，伏而吟，鼓舞而不已，恍若有忠臣孝子之立于

① 语出《论语·为政篇》。（子曰："诗三百，一言以蔽之，曰：'思无邪'。"）

其前，入我思而顺道之也。则以思之无邪者，治天下之思；三百篇中，所谓起教于微渺者，有如此一言。

天下惟思为甚危。逆而禁之，则危者，亦以弗流，彼桑间濮上之言，比于漫矣。服其言者，惭而悔，独居而深念，恍若有狂夫游女之介于其侧，入我思而逆禁之也。则以思之多邪者，治天下之思；三百篇中，所谓遏欲于将萌者，有如此一言。

是则以隐寓乎三百之中者，显示于一言之内。举凡正直者，宜《风》；宽柔恭俭者，宜《雅》《颂》。流连尽致，自可通要旨于拘文牵义之外，而节情防淫，何必在《驷之四章》？抑以明著于一言之中者，微该乎三百之旨。故虽《由庚》无词，《华黍》失句，反覆咏叹，犹可悟元音于断简残编之余，而况托物赋事，愈无非见性之微文。

盖三百，共一无邪之理；得其理，而章句皆余。则为兴、为比之，可无异名也。一诗，各一无邪之义；得其义，而讽咏皆实。则歌《风》肄《雅》之不容或间也，读诗者知之。

〔评品〕

名言络绎，兴会淋漓，中说微、危二义，直从人心、道心推出，而无邪一言，正是执中的道理。新裁披辟，真堪横绝一时。袁迪来

温故而知　师矣[①]

学能心得，可以应人之求矣。夫新，原不在故之外也；温故而知新，则能心得矣。以之为师，何不可哉？

且夫至不可穷者，莫如未然之理；而吾谓已然者之不可穷，其视未然为倍甚也。盖已然之不可穷，正以不穷于未然耳。自学者，徒求之于未然，理转因之而有穷；而天下之人，遂皆得进而穷。我何则两间？

有不能尽读之书，偶举一言，而我意茫然不解，则此中安能为人解

---

① 语出《论语·为政篇》。（子曰："温故而知新，可以为师矣。"）

也？然无妨于不解也。不解之奥，即生于所解，则解之，原不在多也。生平谁无曾经闻之事，偶举一义，而我意仅堪自解，则此外又安能为人解也？然幸有解之者也。已解之微，即通于未解；则解之，终不患少也。此温故知新之说也。以之为师，何不可者？

十年诵读之文，一掩卷而忽焉若忘，是我固无得于故也。夫无得于故，则后此之所谓新者，愈属渺而难求之数，有应焉，斯竭之矣。盖天下故者，原不徒故，惟即故求新。而引伸触类之余，恍若出于耳目之所不经，转疑载籍中未尝有是言也，则在在皆新机也，而宁至竭于所应也[1]？

古今日出之奇，易一境而顿不相肖，则我固难得其新也。夫新之难得，则前此之所谓故者，皆属积而不化之端，有叩焉，斯困之矣。盖天下新者，不生于新，惟求新于故。而神明变通之致，皆恍如其心思之所欲出，转若有生来吾曾习是业也，则在在皆故有也，而宁至困于所叩也？

盖人之叩乎我者，非陈迹也。著书立说，万卷亦为有尽之言；我徒诵读之，而不能究其理，则日用反多不可诘之事。故学人得意之境，原在语言文字之外，而本所得以觉世，则传道授业，无非发其富有之藏。

而我之应乎人者，非创获也。开天明道，虽数言有不尽之旨；我惟寻绎之，而不徒袭以迹，则造物遂有不能秘之机。故学至神来之候，自见左宜右有之趣，而出所有以授人，则晰疑辨惑，不过行其逢原之乐。

不然者，故之不温，则不能知新；并其故者，亦不可谓之知。犹欲率天下之人，向无知者而奉之为师也，吾未见其可也。

〔评品〕

含英咀华，幽艳绝伦，按之都是玉骨冰胎，故应常馨人间，藻发不朽。许茹其

学而不思　二句[2]

学思之，未可偏用也，圣人各持其弊焉。夫学原非以求罔，思原非以

---

① 宁：雍正版为"何"，据康熙版《王韫辉稿》。

② 语出《论语·为政篇》。（子曰："学而不思则罔，思而不学则殆。"）

求殆，而偏用，则各有弊矣，人可不交致其功也哉？且古今日出其理，以资人耳目心思之用也，宁有穷哉？乃往往用之而多所失也。则天下之自废其耳目心思者，有辞矣，是非耳目心思之果可以不用也。

自夫人有专于所用之意，则必有偏于不用之端，而耳目心思之交相成者，而适以各受其弊，岂非不善用者之过乎？今天下何为而有学耶？古圣贤殚神明之用，而垂为诗书礼乐之言，使天下循循焉日肆力于其中，以免于昏而无得之消。是古人之学，皆自思中来也。

诚学矣，而复济之以思；将有所疑而信者，愈见其微。探索之至，而癙寐可通；有所弃而取者，愈得其精。研究之极，而神明如寄；学而兼之以思，亦思而后无负于学焉耳。而不然者，博涉于典坟丘索之文①，几自许片言之莫遗；忽有人焉，举其源流以相究，而我意茫然不解，或且讶其义之何以起，而词之何以属也？转若吾向者，未尝遇是书也，将冥冥者不亦滋之罔乎？迨至学而得罔，天下将悔学之无益，而并自废其服习之劳，则学，岂真为罔者任咎也哉？抑天下何为而有思耶？古圣贤从就将之余②，而得天地鬼神之通，使天下汲汲焉日竭志于其途，以解其危而弗安之虑。是古人之思，皆自学中出也。

诚思矣，而复济之以学；将得其可信，必不扰于所疑。而性命之业皆安，得其所取，必不惑于所弃；而身心之理非妄，思而兼之以学，亦学而后无负于思焉耳。而不然者，游心于天人性道之旨，若自谓精微之必达；忽有人焉，举其寻常以相质，而我意恍乎莫机，或且意其是之未必不非，而得之未必不失也。不知古人当此诚何如也，将忽忽者不亦贻之殆乎？迨至思而得殆，天下将悔思之无益，而并自咎其研几之用，则思，岂真为殆者任咎也哉？

天下不乏好学深思之士，得吾罔殆之说而自鉴焉，其于学思也庶几乎。

---

① 典坟丘索：泛指古代各种书籍。典坟，三坟五典的略语。丘索，古代典籍《八索》《九丘》的并称。

② 就将：日就月将，每日有所成就，每月有所进步。

〔评品〕

不是学反得罔，徒学而不思则罔；不是思反得殆，徒思而不学则殆：总见思学不可偏废之意。古人为学自思中来，古人之思从学中出。题前立起地步，则题中两则字精神，自尔十分透露。

由诲女知　一节①

圣人教贤者以知，惟去其自欺之心而已。夫挟一无所不知之心，则自欺其知者多矣。子故以心之真知者，进子路也。

若曰：吾人之于理，莫不求其能信，然求信之过甚，而疑即伏于中。盖理不必无疑，惟其心立乎疑信之上，而有以得其深信之原，则区区疑信之见于事物，固其余也。由之从事于知久矣，亦知知之有道乎？

心思缘耳目而通，置身天地古今之富，而甘自处于不足，则心不能博观于理，而无以致其知之广大。然耳目又缘心思而通，游心名物象数之蕃，而妄自据为有余，则理不能体验于心，而无以尽其知之精微，是皆不可以为知也。吾今得所以诲女矣。

女固有知之者焉，固有不知者焉。此知之，即事而见者也。惟徐察于事之来，而或数事而明暗顿殊，或一事而疑悟各见。知之与不知，实有较然难诬之端，著于身心日用之际，而必无中立乎。知不知之介者，任夫人之相托而相饰。

抑知之即以为知焉，不知即以为不知焉。此知之，即心而存者也。惟静参于心之内，而一端之昭晰，不得以概数事之；迷当前之固陋，不得以托异日之悟。为知为不知，各有灼然不紊之见，证于神明默喻之地，而必无混淆。夫知不知之间者，致一心之自惑而自欺。

盖昧，莫大于心昧，而事昧为浅。以我生观赏之境，而已莫得其是非

---

① 语出《论语·为政篇》。（子曰："由！诲女知之乎！知之为知之，不知为不知，是知也。"）

浅深之故。昧，莫昧于此矣，何论乎事之本昧者也？况不知其知，则知之中，反得一不知；不知其不知，则不知之中，又增一不知。合知与不知，而无往非惝恍之见，则终其身，行乎昧之途也，而女何乐甘居于昧也哉？

故明，莫大于心明，而理明为次。举我生阅历之途，而无不洞悉其异同得失之端。明，莫明于此矣，何论乎理之本明者也？况知其为知，则知之中，又多一知；知其不知，则不知之中，已得一知。合知与不知，而无在非会心之处，则终其身，历乎明之境也，女何惮不为其明也哉？

若由此而不知者，求进于知；知之者，求进于无不知。是在女之自励则然，而吾之所以诲女者，固未及此矣。

〔评品〕

知其知，知其不知，是知正面，即此便足。由此求之一层，乃朱子补出余意；近人混入语气内，遂致喧宾夺主。得此可以一证其误，而神思绵密，意境刻露；不必穿幽凿险，而寻味无穷。许茹其

好仁者无　二段①

诚于好恶者，圣人想见其心焉。夫"好仁"，"恶不仁"，皆所以全其仁也。"无以尚"，"不使加"，其心不有可想见者哉？且夫人莫不有其可致之情，独施之于"仁""不仁"，而转若其情之无所致。

夫彼固非一无所致其情也，徒自诩于情之所致，而或有纷于情之外，则甚患其情之不专也；而或有恕于情之中，则甚患其情之不严也。是岂吾之所为"好仁"，"恶不仁者"哉？

盖天下可欣可羡之途，每纷出而夺吾人之所好；虑其见夺也，而徒思所以胜之焉；即当其胜之之时，而吾且为仁危之，何也？吾心止此一仁，而乃与外境争胜负之权，则相尚之端，安保其不相伺而起也？

---

① 语出《论语·里仁篇》。（子曰："我未见好仁者，恶不仁者。好仁者，无以尚之；恶不仁者，其为仁矣，不使不仁者加乎其身。有能一日用其力于仁矣乎？我未见力不足者。盖有之矣，我未之见也。"）

好仁者，本天姿之笃挚，而复深以存理尽性之修，将以好尽其仁，而至情自我出。凡天下之情，俱不得进而与之衡其浅深也，且以仁，生其好而大欲自仁出。任天下之欲，皆不得入，而与之较其美恶也。则好之外，不复有余好矣。

夫人情有所爱慕之物，虽不必其物之果可爱与否，而既以为可爱，遂若有其爱之。两有所施而不敢者，而况仁之本自处于无两也。"无以尚之"，岂徒曰：吾无恶于仁，而遂自许为"好仁者"哉？

天下相攻相取之事，每环伺而桡吾人之所恶；虑其见桡也，而始思所以寡之焉；即当其寡之之时，而吾且为身危之，何也？吾身欲绝不仁以为仁，而乃与物累论多寡之数，则相加之几，恐不胜其乘间而投也。

恶不仁者，本生质之刚毅，而复笃其闲邪去非之功，将其身常处于不仁之外。而理念既强，欲念自柔若驱之而无所容也。且其身，亦常接乎不仁之交。人心自昵，天心自淡，虽攻之而不能入也。则恶之中，固若有余恶矣。

夫人情有所弃置之物，虽不必其物之果可弃与否，而既以为可弃，遂若弃之。稍有所宽而不敢者，而况乎不仁之本自有其难宽也。"不使加身"，岂徒曰：吾无好于不仁，而遂得自名为"恶不仁者"哉？

吾是以概想其人，而不能置也。

〔评品〕

将"无尚""不使加"的真理实境，层层刻入，才当得夫子所谓"好仁者""恶不仁者"。笔气愈松，而神气愈紧，可想见金陈真面目矣。袁迪来

盖有之矣　二句[①]

力之不足，亦用之而后见也。夫使夫子而得见力不足之人，是夫子而

---

① 语出《论语·里仁篇》。（子曰："我未见好仁者，恶不仁者。好仁者，无以尚之；恶不仁者，其为仁矣，不使不仁者加乎其身。有能一日用其力于仁矣乎？我未见力不足者。盖有之矣，我未之见也。"）

得见用力之人也，而何以未见也？且仁道之不可望，皆自力不足之念误之也。

夫人不幸，而有力不足之念；天下犹幸，而无力不足之人。若天下果有力不足之人，而仁道，不愈不可望乎？然是人也，吾不欲有之，而转欲见之，何也？

吾即甚望天下之用其力①，亦安能举人之无力者，而强之以足哉？使必强之以足，则人将谓吾力足。不足之故，非旁观所得见；而不足者，益安于不足也。且谓吾力用不用之故，亦非他人所可见；而足者，亦将托于不足也。若足，则岂吾之所望于用力者乎？故所谓用力之有不足者，不必尽以为非是。第以用之，而后见其不足；非以不用之，而遂见其不足也。

明明有一理焉，以待夫有力者之相尽；苟力之未用，而徒安于不足，是直安于不用也。夫用，固非待之足后也②；虽极天下至有力之人，亦岂能于未用之日，而即得其所以足乎？

明明有一力焉，以待夫用之者之相试；乃未试之用，而竟谢于不足，则无怪其不足也。夫足，固不居乎用先也；虽极天下至无力之人，亦岂能于未用之时，而早得其所不足乎？

故吾向也惟愿得天下足于力之人，而今也又愿得天下不足于力之人；盖天下之不足于力者，固即天下之曾用其力者也。用其力而不足，则不足者诚有词以自解；惟吾亦甚乐不足者之有词以自解，而转若无词也。

吾向也惟恐天下无真足于力之人，今也乃恐天下无真不足于力之人；盖天下之真不足于力者，固即天下之真用其力者也。用其力而不足，则吾亦无词以责不足者；夫吾固甚乐其无词以责不足者，而转若有词也。

嗟乎！使吾而得见夫力不足之人，犹谓所见之甚偶；而外此皆无不足者也，况并此而未之见。则吾之所见，乃不用其力者矣，奈之何哉？

〔评品〕

愈曲愈深，每一语令人卧思十日，我无以测其心之所极矣！极评

---

① 望：雍正版为"圣"，据康熙版《王韫辉稿》。

② 待：雍正版为"侍"，据康熙版《王韫辉稿》。

力必用之，而后见其不足；非不用之，而即见其不足。故天下果有力不足者，是必曾用其力者也；并此亦未之见，可见天下终无有用其力者矣。题中层次，委折描绘，其殆以笔为舌、以手代口者也。许茹其

见贤思齐　一节①

不忽于所见者，而贤不贤皆益矣。夫贤不贤在人，而思齐内省则皆益矣。人安可忽于所见也哉？且吾观天下之人，泛泛然若无幸于见天下之君子，而又深以不见天下之小人为幸，此大惑也。

盖天下之君子小人，无非供人为君子之具。惟人求进于君子，而不自甘于小人，则虽偶尔之相逢，其足动人之向往，而深人之克治也，又安有穷乎？吾为见贤、见不贤者计之。

凡人生平之业，悬而儗之，或不能以自必其所至；有立于前者，而我望之以为趋，则莫不至矣，是我固甚乐得贤者而见之也。夫贤，亦何为者耶？毋亦随其所见之贤②，而思自齐乎贤，而后得以贤称也。我独何心，而恬然自甘于未逮乎？且人之聪明才力，亦非尽相什佰之数也，惟即贤之所为于前者，从而效之于其后，而尔时之贤，几亦不解我之神为凝、而气为定者，果何属也？而我固默然思之也。

盖其思之者，实有景于未见之先，实有永于既见之后③。而俄顷之遇无难，萃毕世之力以相赴，迨思之愈深，则精进益至。而往日之所齐，又为今日之所不足齐，然虽齐之至于无可齐，而其思终不容或懈也。将吾之贤，遂历所见而益高矣，尚何负于贤之见也哉？

抑人生平之事，习而安之，每不自以为可愧；有立于前者，而我因之以为鉴，则愧或生矣，是我又甚乐得不贤而见之也。夫不贤，亦何为者

---

① 语出《论语·里仁篇》。（子曰："见贤思齐焉，见不贤而内自省也。"）
② 亦：雍正版为"云"，据康熙版《王韫辉稿》。
③ 永：雍正版为"求"，据康熙版《王韫辉稿》。

耶？毋亦随其所见之不贤，而不自省其不贤，而后得以不贤名也。我独何心，而恬然安之为固有乎？且人之耳目心思，原属荡而易流之物也，惟举不贤之所为于显者，从而惩之于其微，而尔时之不贤，几亦不解我之意为惊而视为怵者，果何属也？而我固默然省之也。

盖其省之者，实有谨于未见之先，实有惕于既见之后。而邂逅之值无难，出终身之力以相绝，迫省之愈严，则制防愈密。而今日之所省，又为往日之所不及省，然虽至省之至于无可省①，而其省终不敢或疏也。将吾之不贤，遂历所见而益化矣，尚何负于不贤之见也哉？

借非然者，我不思齐乎人，则人且从而内省乎我，夫我亦人也，乃不令人思，而令人省也乎？

〔评品〕

两大比，浑灏流转，变换不穷；而点出思字、省字，如列子御风而行，泠然善也。原评

淡永之中，文思百转；所谓画雪者画余地，画月者画旁天；人有此精思，无此飘逸，真化工传神之笔。袁迪来

劳而不怨②

无所怨于亲者，不以劳而易其谏也。夫劳而遂怨，则是分而遂可以不几谏也。将前之所谏于亲者，亦但以其不劳故耳，而岂足为敬哉？

且人子不能奉亲于无过之地，而致亲有劳子之名，则其所以感亲者已浅，又况以不乐受之念出之，而或有几微不平之意，则是我不能释亲之过，而使亲之劳乎我，我复不能受亲之劳，而益以彰亲之过也。是岂人子之用心哉？

---

① 至：雍正版无此字，据康熙版《王韫辉稿》。

② 语出《论语·里仁篇》。（子曰："事父母几谏，见志不从，又敬不违，劳而不怨。"）

虽然劳，亦正不必为人子讳也。以其志之所不乐者，而反覆相陈，则其志，愈有不能自抑者，是因谏而得劳，亦人子忠爱之所致，而非敢犯其意以取戾也。且夫劳，更不必为父母讳也。言之非所乐闻者，而再三以争，则其言，愈有不能相容者，是因谏而有劳，亦吾亲喜怒之常情，而非竟为是无端之斥辱也。如是而又何怨乎？

寻常侪类之中，苟为劳之，所不当加者而加之，则怨焉，而不能受也。若劳而出之于父母，固无不当加之劳矣。虽使其劳之，本不当加，而既已加之，则遂无不当加也。况父母必有所甚怒乎子者，而后不得已而劳其子，则人子手足受劳之日，即父母精神受劳之日也。吾方惧其以劳之故，而致父母之不免于劳，而敢谓其劳之过当乎？

家庭骨肉之间，见为劳之，不得不受者而受之，则受焉，而不胜其怨也。故父母而有劳子之名，皆出自怨其亲之人耳。即或矫为无怨，而欲以亲劳为市焉，固又与于怨之甚者也。抑思子之获劳于吾父母者，孰非父母所遗之身？则父母之劳子以肌肤，仍父母之自劳其肢体也。吾方惧其以劳之故，而致父母之自受其劳，而敢谓其劳之在己乎？

且夫父母之劳其子，其时或亦有不自安者；苟其心之不自安，则虽劳其子，而非遂怨其子也。父母尚不忍以怨施诸子，而子反忍以怨施于亲？则亲心之近慈者，徒以重其不安之念；而亲心之近严者，并以绝其不安之思，而饰非拒谏之事，遂决意出之，而无所于惜。是人子竟以怨，成亲之过也。

抑父母之劳其子，其后亦未有不自悔者；苟其后之不免于悔，则其时虽名为劳，而或亦不甚劳也。父母方恐其劳之过甚，而子已自觉其劳之可忘。则亲心之易转者，庶以稍释其心之悔；而亲心之难化者，亦可因其悔心之萌，而遂非文过之举，得从容规之，而渐启其悟。是父母转以劳，成子之谏也。

虽然，事亲之无怨，善也；而无怨之名，亦岂人子之所忍居哉？

〔评品〕

仁孝之言，缠绵笃挚，堪与《陈情表》并寿天壤；而就不怨，绾合几谏，尤匪夷所思。刘太乙怨之一字，对父母真纤毫沾挂不上；直从负罪隐慝，一种苦心，追到几微里许；不字已成化境，处处回顾几谏，非至性沉挚者，不能曲曲传出悱恻之思，何忍多读？袁迪来

父母在不远游①

幸亲之在者，当使亲亦幸子之在也。夫人亦何幸而父母在乎！然必不远游，而后知其在之可幸也，为子者尚其念哉？

且人生之岁月有几，而得与父母相周旋者，终吾生，仅及其半；即此生之半，而为顾为复，父母未尝忍违于我也；父母未尝忍违于我，而我顾违之，以贻父母忧也，则奈何不念父母之在乎？

然今天下之远游者，又孰不借口于父母之在哉？以为父母，亦甚愿我之游也。夫愿其游者，父母之情；愿其游而实不愿其游者，父母不言之隐情也。以为父母，殊不禁我之游也；夫不禁其游者，情或出于不得已；不禁其游，而转若悔其游者，情又阻于无如何也。此情遂游者知之乎？

度其情，殊不冀子之奉养乎我也，而特不禁我之不忘乎子也；则子远，而父母之心，亦与之俱远也。此情，忍令远游者知之乎？度其情，并不惜我之不忘乎子也，而转恐子之或不忘乎我也；则子远，而父母之身，恨不与之俱远也。

故虽或相离之无几，而且以为间关之何进也？虽或相别之未久，而且以为日月之何长也？杨柳雨雪之感，游者身受之；而念其忧者，心受之。谁非人子，而忍以己之身受者，贻父母以心受乎？

苟相离之极其遥，而虑其离者，其意中之遥，更不逮也；相别之极其久，而虑其别者，其意中之久，更不逮也。传闻疑信之下，远游者，或有时而安；而念其远游者，无时而不危。谁非人子，而忍以己之安者，贻父母以危乎？

---

① 题自《论语·里仁篇》原文：子曰："父母在，不远游，游必有方。"

嗟乎，吾人有尚在之父母，则在为可幸，幸则昏定晨省之无可间；天下无常在之父母，则在为可惧，惧则出告反面之不容疏。不然者，游者不反，在者难恃。迨父母不能复在，而向之远游者，又重虑其子之远游。至是始翻然曰："吾过矣，吾之远父母而游也，亦已久矣。"

〔评品〕

悱恻之音，凄然动听；嗟予鲜民，茕茕在疚。讽诵之下，因宜一字一泪也。严夫

直从注中亲之念己不忘一意，写出父母至情；凄楚悲咽，声声叫入酪子里①。许茹其

父母之年　二句②

孝亲者爱年，未可一日去诸怀也。夫至人子有知，而已成父母之年矣，知之惟恨不早耳，可曰不知也哉？且人子之事亲也，罔极之思，讫莫能报，而其所得不忘乎亲者，惟此年而已。

夫以吾亲鞠劳之年，而但为人子记忆之年，此亦于亲乎何补？况其并此而亦忘之。则是人子忍于忘其亲，而漠然不求所以事亲之道也。吾为天下之有父母者思之。

今夫父母之年，亦何堪有此人子之一知也哉？自有人子，而父母之年已去其半，则父母之年之可知者，已去其半。是故不忍知也，而愈不忍不知也。抑人子虽知父母之年，而子之年终留其半，则其所以知父母之年者，亦终留其半。是故不忍不知也，而亦何忍徒知也？

盖父母有年，父母未尝不自知，而每不欲令人子知，以为知之而吾子或不自安也。夫父母不乐子之知，而子竟乐于不知，其心安乎否耶？抑父母有年，父母不必不自知，而人子每不欲令父母知，以为知之而父母转自

---

① 酪子里：暗地里，暗中。
② 语出《论语·里仁篇》。（子曰："父母之年，不可不知也。一则以喜，一则以惧。"）

伤也。夫子即不欲父母之知，而子亦竟不欲知，其心伤乎否耶？

夫人固有欲知而无可知者；欲知而无可知，则不得不慨慕乎他人父母之年也，曰："是固其可知者乎。"而可知者，乃不知乎？人固有欲知而不及知者；欲知而不及知，则更不得不回忆乎吾曾有父母之年也，曰："是固其及知者乎。"而及知者，顾可不知乎①？

且人子生，而出外就传者有年，学乐诵诗者有年，是子之历年固已久矣。诚因子之年，而推父母之年；则父母之年，更当何如？当此之时，而犹曰："吾将有待而知之也。"则吾恐不知之者，终无望其知矣。

且父母生子，而教之数者有年，教之让者有年，是父母知子之年固已久矣。诚因父母之知，而廑人子之知；则人子之知，更当何如？当此之时，而徒曰："吾固已无不知之也。"则吾恐知之者，终无解于不知矣。

嗟乎！今日之人子，固即他日之父母也；乃人子之知父母，终不及父母之知人子，何哉？

〔评品〕

每遇此等题，便写得淋漓尽致；作者至性过人，可见一斑。刘太乙

父母之年，子孰不知？知父母之年，究同不知。故不曰当知，而曰不可不知，语气更紧。文写得字字悲切，如《蓼莪篇》，如《陈情表》；余批阅泣下。适是日，值先君子八十一岁诞辰，回忆当年，已成千古。鹃啼老树，狐卧荒丘，呼号长空，其谁应耶？袁迪来，时壬辰十一月十五夜

子曰古者　一章②

古人励行之心，即于未言时深之也。夫不勉其躬，而徒谨其言，虽不出，庸愈乎？古人之不出其言，固即古人之求逮也哉！

且夫人莫不有其当行之理，而徒侈然自易其言。彼盖当其言而甚易，

---

① 顾：雍正版为"履"，据康熙版《王韫辉稿》。
② 语出《论语·里仁篇》。（子曰："古者言之不出，耻躬之不逮也。"）

而固不复虑及于行之甚难也。夫不虑及于行之难，而因自遂其言之易，则夫凛然不敢自遂其言之易者，但加以无易由言之名，而其人固有所不尽也。

我思古者矣。夫古者，岂真不足于言哉？言，以言其躬也。彼既多其责躬之事，岂独之可言之理？顾其心，亦时设一可言者而矢口，则常自惕然。抑躬以验其言也，使其先并无言之可拟，则其后又安有逮之可名？乃其心，固默具夫所言者而内返，则常自讷然，是殆有所耻也。

盖言之数虚，而躬之数实；躬之未逮，而求工于言，则言安能为躬致其力？且使理之有待于躬者，徒出之于言，而其意遂不复自存也。是转以言之，故而自弃其躬矣，而可耻孰甚乎？

抑言之机捷，而躬之机缓；已出其言而徐，俟其逮则逮，正有难必之势。且使理之隐存乎言者，徒置之一出，而其口，亦不复自留也。是竟以不逮之故①，而并弃其言矣②，而安得不耻乎？

然亦非不逮焉而后耻也；不逮而后耻，则已无解于不逮。

古人不出之心，与求逮之心，常并集于一念。故当未言之时，而早举所行之端，隐隐自励于神明之内，亦若躬之逮焉者犹其后，而心之耻不逮者，早居其先也。又非逮焉，而遂不耻也。逮焉而不耻，异时焉而又将不逮。

古人不出之心，与求逮之心③，常相为终始。故当其既行之后，而犹设一不言之心，隐隐自惕于宥密之中④，亦若此生即有能逮之日，而此心终无不耻之时也。不然者，耻心之不存⑤，而徒虑其躬修之艰难，而始为朴讷以解免⑥。则言焉而不逮，不言焉而岂遂逮？

且世之多言者，究何难退而自处于不言也？而古者之心，岂但然也？

---

① 竟：雍正版为"见"，据康熙版《王韫辉稿》。
② 矣：雍正版为"女"，据康熙版《王韫辉稿》。
③ 求：雍正版为"不"，据康熙版《王韫辉稿》。
④ 宥密：深密，机密。
⑤ 存：雍正版为"有"，据康熙版《王韫辉稿》。
⑥ 朴讷：朴实而不善言辞。

抑或托出言之不苟，而姑以宽他日之指摘。则言焉而不逮，不言焉而亦安于不逮。且反不若世之多言者，犹或有一二之可行也。而古者之心，不第尔也。

我思古者矣。

〔评品〕

耻躬不逮，所以言之不出；上不字，从下不字生来。古者讷言之心，为敏行之心所迫，常于不逮处，煞用全力，求其逮耳，非但不出己也。文，觑定此旨，每于题缝，逼取全神；灵思慧想，百折千回，真旷世仙才也。袁迪来

子谓子贱　一节[①]

贤者之为君子，以有所取而成也。夫鲁多君子，而子贱居一焉，则子贱之能取可知也。不然，圣门之为君子者有矣，而何独谓子贱哉？

今夫称人之德，而必归美于德所由成之处，且转深一不克有成之惧焉。则所以称其人之德者，亦浅矣。然而其人之德足称者，乃愈见也，如子尝谓子贱矣。以为君子之诣，亦良难耳。学者独居深念，慨慕懿修，往往不惮取诸其远，以求资于前言往行之内，访道于千里百里之遥，庶几君子之可学而至，而卒难至也。

今乃观于鲁而得若人，其性情学问，能使考道问德之士[②]，闻其丰采[③]，而相与心焉慕之，以为是请业请益之所资也，则俨然君子也。其德业闻望，能使怀仁负义之儒，见其嘉修而不惜屈己交之，以为析疑赏奇之一助也，则居然君子也。

若人乎，果何修而至斯乎？独是若人之初生于鲁，而吾未闻其为君子

---

① 语出《论语·公冶长篇》。（子谓子贱："君子哉若人！鲁无君子者，斯焉取斯？"）

② 考：康熙版《王韫辉稿》为"问"，据雍正版。士：雍正版为"土"，据康熙版《王韫辉稿》。

③ 丰：雍正版为"手"，据康熙版《王韫辉稿》。

也。而第瞻鲁邦之中，诗书之所涵濡，信义之所陶成，此亦一君子也，彼亦一君子也。乃迟之又久，而若人亦以君子特闻；则若人之为君子，信非有以取之不至斯也，信非取之鲁君子，不至斯也。

大凡天下之事，有其取之者，必求其有予之者。然人即不穷于所予，亦未能强予诸不欲取之人；且安知浅于所取者，不转因所予之不穷，而愈自诿于取之之难给也。彼鲁君子之奇才异能，诚不难尽出其秘，以供一时之砥砺；而不遇能取之人，又孰辨为什己之英，而伯己之彦乎？有若人之能取，而益信鲁君子之能予，故吾甚幸乎若人之有以取之也。

抑天下之事，有其予之者，必求其有取之者。然人即甚奢于所取，亦未能强取诸无可予之地；且吾正恐乏于所予者①，以所取之过奢，而益见为予之之难继也②。今若人之好学深思，诚不难日虚其心③，以集当世之英贤；而不遇可取之人，亦安见父事之有资，而兄事之有借乎？盖有鲁君子之能予，而始成若人之能取，吾故甚幸乎若人之得以取之也。

今而后，吾党之士，果有志于君子者乎？则观若人之所取，而庶各有取尔也。是鲁愈多君子也。

〔评品〕

朗莹奥衍，曲折纵横，势如健鹘摩空，迥绝尘埃，笔力得于柳柳州。畴五

其知可及　二句④

卫大夫不以知重，以所难独在愚也。盖夫子，非不足于武子之知，以有武子之愚耳。知犹可及，难矣哉，其愚乎！且国家亦甚无乐乎得愚臣而用之也。

---

① 乏：雍正版为"之"，据康熙版《王韫辉稿》。
② 继：雍正版为"总"，据康熙版《王韫辉稿》。
③ 日：雍正版为"曰"，据康熙版《王韫辉稿》。
④ 语出《论语·公冶长篇》。（子曰："宁武子，邦有道，则知；邦无道，则愚。其知可及也，其愚不可及也。"）

夫吾谓愚臣之不可为，皆自智臣甚之耳！人人有乐为其智之意，而愚尚安足为？然人人有不乐为其愚之意，而愚又安能为？故国家之大，往往智臣多，而愚臣少；即一人之身，往往用智易，而用愚难。是可论武子之智与愚矣。

夫武子之智，独非从武子愚之心而出者哉？以能为其愚者，而为其智，则知于谋国，必非知于图身。吾方思急表其知，以风天下不知之人，将当其为知，而武子已自不可及也。然而武子不以智重也，以能用之愚者，而用之于知，则知于奉公，必非知于营私。吾且思大白其知，以愧天下徒知之人，将武子但为其知，而固已不可及也①。然而，吾亦不以知重武子也。

武子之所以可重者②，惟其愚耳。当其履险涉艰，武子非不能为其知，而武子但安为其愚。夫武子之愚，知者之所甚危，抑亦知者之所甚诮也。人方危其愚而诮其愚，而谁可及之？

吾之所以重武子者，亦惟其愚耳。迹其济变持危，武子未尝不隐用其知，而适以全武子之愚。夫武子之愚，知者之所不屑为，抑亦知者之所不肯为也。人方以其愚为不屑为而不肯为③，而又谁可及之？

以武子之心而言，则但欲以知见，而不欲以愚见；盖人不及武子之知，而徒及武子之愚，则必国之无所施其知，可知也。况人徒及武子之知，而不及武子之愚，则必国之并无一能为愚，可知也。故国家不幸，而获愚臣之效；武子之所不忍言，至愚臣不幸而获不可及之誉，愈武子之所不忍言矣。

以卫国之势而言，则可以无武子之知，而不可以无武子之愚。失一武子之知，武子之外，尚有不自安乎愚之人也；失一武子之愚，武子之外，已无不自用其知之人也。故观他人之知，而武子之愚，愈觉其难；有武子之愚，而武子之知，转觉其易矣。

---

① 已：雍正版为"及"，据康熙版《王韫辉稿》。
② 可：雍正版为"何"，据康熙版《王韫辉稿》。
③ 屑：雍正版为"诮"，据康熙版《王韫辉稿》。

若夫世之不自安为愚，而谞谞焉急欲见其知，极其能，不过为自私自利之甚。是直人之所不当及，不屑及，而尚何可及之足云？可及云者，从其不可及者而言之也。吾能无穆然于武子之愚也哉？

〔评品〕

串发得旨，用笔尤妙，愈曲愈深，愈深愈透，神乎技矣。原评

从知巧之士，所深避而不肯为者，才见武子之愚。至其保身济君，皆武子所不料。若存一毫计较，便非武子之愚；若一味冒昧直前，又非愚字真面目。武子止知，尽心竭力，正其不可及处。作者不抹倒武子之知，恰还一个武子之愚。从人情事势之难易，推勘可及不可及，真是写生神手。袁迪来

孰为微生　一节^①

圣人无解于鲁人之直，即一事可观也。夫乞邻与或，事之至不直也，微生高而为此乎？人之称之，其谓之何？

且自三代之风既远，而天下之器器者，不徒患其不直，而又患其误以为直。然误以为直，则其心之不直也。或可饰于千万事，而不能不露于一二事。即此一二事之微，或可以欺千万人，而不能不疑于一二人，如微生高是已。

高之有直名也，非一日矣。亦思直，何为者耶？谨辞受，公取予慷慨而无所偏，亦径遂而无所讳，固不于己是私也。岂其以己为市？固不于人为刻也。岂其于人是狥？若是，则孰不谓之为直也者？而高也，能如是乎？

尝观之或乞醯矣。

夫直者，往往不吝于所与；或之乞高，倘亦有惑于高之直乎？且不直而好行其直者，往往急于所与；或之乞高，未必无见于高之不直也。虽然

---

①　语出《论语·公冶长篇》。（子曰："孰为微生高直？或乞醯焉，乞诸其邻而与之。"）

乞高，不足为或异，与或亦不足为高异，而吾独有异于乞诸其邻耳。

　　或不乞邻，而高代为乞，高固不告邻以乞之后，更有与也；则高之心，已不可以对邻。抑邻不与或，而高转为与，高固不告，或以与之先，更有乞也；则高之心，并不可以对或。

　　且不直于所与者，必将不直于所取。人乞高，而高必欲遂人之求；高乞人，而亦必欲遂己之求，则安知非以与之者，为取之地也？即令其无所取，而所以与之者，已过曲。

　　抑不直于与者，必且不直于所不与。恩之所可市，则意至于与，而乞亦无惜①；恩之所不可市，则无待于乞，而与亦不果是曲。于与者之，固将穷于与也。即令其无所不与，而所以与之者，亦太巧。

　　如此而自以为直，则直且足为人累。盖不直者，曲士之所为；不直而自为直，则君子之贼也。明明有无相欺之事，而犹居于坦白无私之为，虽高之生平，未必尽出于此，而吾欲以此一事概之。

　　如此而共称为直，则人且足为直累。盖不直，而人自为直，一人之失德；不直称为直，则直道之变也。明明曲意徇人之事，而犹加以推诚与物之名，虽人之称高，不必专执乎此，而吾欲以此一事诘之。

　　使高得为直几何，而直者不遍天下也？然天下自此，无直矣。

〔评品〕

高生平不必尽如此事，人谓高直，亦不必专指此事；夫子就此一事，看出破绽，篇中笔舌澜翻，曲尽工巧，亦自霜气逼人。畴五

冉子与之　九百②

其一

　　观贤者之与，亦未奉教于圣人之与也。夫五秉之粟③，其视九百之多，

---

　　① 亦：雍正版为"尔"，据康熙版《王韫辉稿》。
　　② 语出《论语·雍也篇》。（子华使于齐，冉子为其母请粟。子曰："与之釜。"请益。曰："与之庾。"冉子与之粟五秉。子曰："赤之适齐也，乘肥马，衣轻裘。吾闻之也：君子周急不继富。"）
　　③ 秉：古代容量单位，一秉合十六斛。

何如也？独惜冉子之所与者，在赤而不在思耳。且吾观施与之际，而知天下之吝于与也甚矣。故天下第患有不及与者耳，宁患有多与者哉？

然多与之名，世人之所难，而非圣人之所贵。圣人固不欲以多与者，概施诸诏禄常制之外也。何冉子不察，而徒于釜庾之余，复有以与赤也？夫使赤而当与也，则家无斗筲，室鲜盖藏，竟与及门之环堵萧然者，同在周急之列。将五秉之粟，何不可出自夫子，而必有待于冉子之与哉？

乃夫子不与，而冉子与之；倘亦念朝廷之养廉，曾有虑及不遑将母者，故于朋友而思恤其家乎五秉之与，冉子原非以粟为市也。然以任恤之道，而等诸诏糈之典，以缓急相周之谊，而拟于国家匪颁之义，虽与之者，亦可以自信无负，何竟忘为所与者之急，富居何等耶？

则试遥忆适齐之日，一时及门诸弟子，祖道言欢，不闻有与之乘者，而所乘已肥焉也。彼纳履踵决者有是否耶？不闻有与之衣者，而所衣已轻裘也。彼振襟肘见者有是否耶？[①] 从而与之以为周也？而不知其已继也。其何以令肥马轻裘者受之，而不愧乎鲁君子之用财而出此哉？

盖与无论多寡，期其当可。义所当与，则多与而不过；义所不当与，则少与而已非。而不知者，必谓轻财乐与，为圣人之所禁若是；则九百之与，原思又何以称焉？夫原思急者也。

九百之粟，非继之也。然使但因原思之急，而与是九百；则设以肥马轻裘之子，而当是宰，遂可不有以与之哉？与之，而遂可以九百，可以不九百哉？盖九百不在继富之列，并不在周急之义，则以原思为之宰也。

斯时，即有持寡与之说，欲以九百之与，易为五秉之与，吾知其断断不然也。学者诚由九百之与，回思五秉之与，而用粟之道出矣。然不能效九百之与者，则宁当为五秉之与；彼五秉之与，固亦非冉子不能也哉。

〔评品〕

抱定"与"字，贯通全题，彼此互映，一气呵成。许茹其

---

① 振：雍正版为"捉"，据康熙版《王韫辉稿》。

冉子与之　九百①

其二

　　与非其义，虽不九百而已过矣。夫五秉之粟，固未多于九百也，使以五秉之粟与宰，虽有肥马轻裘之富者，君子岂谓其继之也哉？且与之为义大矣。

　　或与自贤人，或与自圣人，其与同；或与乎友，或与乎徒，其与不同而同。然或与乎友而富，或与乎徒而臣，其与则同而不同也。论者不究其不同之义，而慨曰"与之，与之"云尔。则夫五秉之与，固未多于九百之与也；冉子与之，岂遂过哉？然而过矣。

　　盖冉子之与赤也，不过念同人之谊，以慰征人将母之意，而推其义于周。夫周之，则无常数，非若朝廷之论官定爵，而匪颁诏糈之，不容以或少也。且使五秉而当与，则夫子岂其吝于粟者，顾不知念适齐之役，而必待冉子之周之也哉？夫周之，何义也？倘亦以赤为捉襟肘见，纳履踵决，所称为急者耶，吾恐肥马轻裘之子，有当之而惭焉；色沮者，谓此非所以周之也，而特继之也。

　　夫冉子既以与贫之道与富，设使吾门中，果有急如原思其人者，而膺是适齐之任②，将更何以为情乎？则五秉之继，吾转惧冉子之穷于周急也。若夫子之与九百，则诚可谓笃于周急者矣，而又非也。盖九百之粟，为宰而与，非为思而与；使思而非宰，则九百不知更属之何人也。

　　抑为思之宰而与，非为思之急而与；使为急而与，则亦可九百，可不九百也。是知为宰有常禄，则与之有定数。斯时即有持君子用财之说，以易九百之与者，谓原思诚不免于急。而九百之多，则已近于继，从而损之，易为五秉可也。而夫子固有所不计也，通斯义也。

　　虽以肥马轻裘之子，而为是宰，欲不与之九百，而亦不可也；若以环

王石和文集

二一四

---

　　① 题目出处同前篇。
　　② 而膺：雍正版为"固犹"，据康熙版《王韫辉稿》。

堵萧然之子，而适于齐，即与之五秉，而亦无不可也。与之为义大矣！

〔评品〕

借下截证明上截，却以上截内"急"字为串合之线，浅浅指点，而道理愈觉明显，视前作，真可并驱。袁迪来

子谓仲弓　一章①

观大贤之不用于世，而即物之可用者，以相况焉。夫物特患其不骍角耳②，岂患山川之无灵乎？虽犁牛之子，何害也？此夫子谓仲弓之意也。

且时至春秋，卿大夫往往世其家，非是族也不得以进，以故高才多戚戚之穷，而流俗得掺其用舍之权，以颠倒天下之贤人君子，而贤人君子，亦遂无辞以自解于天下。夫子伤之，而不禁有感于牛，以为牛之得用于山川，非一日矣。世有犁牛，不问而知其不可用也；牛有骍角，不问而知其不可舍也。惟犁牛之子而骍且角，用舍之间，其论遂纷纷如焉。

彼非恶骍角，恶犁牛也；彼亦非恶犁牛，忌骍角也。盖骍角，用则世之为犁牛者忌；用骍角，则世之用犁牛者亦忌。各挟一不然之心，以思中乎骍角，而卒不得其间，以相加幸。而出于犁牛之子，遂大肆其不可用之说，以曲快其不欲用之心，而骍角之于世，遂终无望矣。

夫物之尤者，既不易得；得已，又俾之不容于世。则吾不知世之用者，将并其犁牛而用之乎？抑独用其骍角乎？如使并其犁牛而用之，则无不可并其骍角而舍之也。不然，犁牛于骍角，又何累？今且果有骍角于此，而其子即犁牛也。人之享彼山川者，将谓其所出之良而荐诸清庙，罔有异辞乎？我知其必不然也。

即反而观焉，骍角之子，非必不可舍；奈何犁牛之子，而遂必不可

---

① 语出《论语·雍也篇》。（子谓仲弓，曰："犁牛之子骍且角，虽欲勿用，山川其舍诸？"）

② 骍角：指纯赤色的牛，并且角周正。骍，赤色。犁牛骍角，比喻劣父生贤明的儿女。

用。噫，小人之好议论，不乐尽物之美，有如是哉？至是而犁牛必自悲，悲己之不为骍角，而并有累于子之骍角，则固犁牛之所不忍至是；而骍角亦自悲，悲己之徒为骍角，而并使人追憾于犁牛，则又骍角之所不忍。

独不思天生骍角，天已忘犁牛之不可用，天之于骍角，固无心；天生犁牛，而复生骍角，天更奇骍角之不可舍，天之于骍角，实有意。天无心生之，而人乃有心抑之；天有意生之，而人反有意弃之。山川有知，其从天乎？其从人乎？牛而为山川所用，则且不以人之用之为荣，而又何至以人之舍之为辱？然则世之为骍角者，其亦可以自定矣。

记者闻夫子之言，而不知所指，因默记吾党之中谁其骍角[①]，谁其骍角而为犁牛之子[②]，意以为盖谓仲弓云。

〔评品〕

一气奔注，无法可羁，而运旋搏缩，转宕出没，一黍不爽；李太白诗非无法度，乃神明于法度之中。许茹其

冉求曰非　一节[③]

不用其求道之力，无得自托于说矣。夫果其说之，固未有患其力之不足者也。即曰有焉，而亦岂求之自画者所可托哉？且学人既从事于圣人之道，则必将以身赴之。甚无恃乎，徒以心企之；虽然，果其以心企之，则亦未有不以身赴之者也。则亦未有赴之，而转患其不能赴者也。

彼冉求于夫子之道，吾诚不知说之与否；而顾以力之不足，自诿矣。夫即使其果有不足，犹当出其勉强服习之意，以深其变化气质之功，而不足者，亦可渐至于足之之地。况乎其本无不足，而苟深其笃慕嗜好之情，以作其鼓舞不倦之气，将能说者，并不必自言其说之之心。

① 其：雍正版为"为"，据康熙版《王韫辉稿》。
② 其：雍正版为"为"，据康熙版《王韫辉稿》。
③ 语出《论语·雍也篇》。（冉求曰："非不说子之道，力不足也。"子曰："力不足者，中道而废。今女画。"）

何求乃深惜其力之用，而惟托之说以解免；亦谓天下之求道，而苦于力之不足者，大抵如是矣。子曰：吾不谓其无是人也，而岂女之谓哉？是人也，固中道而废者也。

盖人虽甚乏于力，亦安能于吾力未试之先，而早决其所不足之故？惟身历之，而后信其果无余也，然至于果无余焉。则今此，已实有可程之功，而前此，已实有所历之境。非若生平之，竟无与乎是途者也①。是知力不足者，犹得自期乎得半之数。而女固并其半者，而靳之矣。

且人虽至绌于力，既已行乎其道之中，则亦可以渐至乎道之全。苟稍待焉，而其力仍可有余也，然今固已无余矣。则后此，虽有可用之功，而当前，实无能鼓之气。非竟若生平之，本无意于是境者也。是知力不足者，人或惜其无终成之美。而女乃当其始焉，而谢之矣。

吾也尝徘徊于中道之途，以观求道者用力之故，而惟惧人之或即于废焉，不谓迟之又久，而其途竟不见有女也。则废之名，亦女之所不可居也。女何为者乎？女特画焉而已，女画而犹自以为力不足耶。

吾恐自有此言，而天下遂无足于力者也。彼不说于道之人，皆将退而自安于力之不足也。抑天下遂无非说道者也，彼不用其力之人，皆将进而自托于道之说也。

〔评品〕

笔笔生动，是当面提诲神情，与自作闲论者有别。孙子未先生

诠圣贤至理，泄造化灵机，吾不测其文心所至，其敏妙乃尔。袁迪来

务民之义　知矣②

论知者之事，专而无所惑也。盖天下之事，显则有民义，而幽则有鬼神，其理虽通，而缓急分矣。自非知者，孰与明其辨哉？

---

① 乎：雍正版为"于"，据康熙版《王韫辉稿》。

② 语出《论语·雍也篇》。（樊迟问知。子曰："务民之义，敬鬼神而远之，可谓知矣。"）

且夫人苟负其聪明之用，则必明乎天下之所可明，亦明乎天下之所不易明。而凡民懿物则之故，屈伸往来之交，皆有以极其当然，与其所以然之理，而后一己聪明之用，为无弗至然，而聪明正有未可概用者矣。何也？

古圣人理幽治明之意，精察之，皆足为穷理尽性之修。故其事惟博而能通，然生人体经合漠之道，井营之适足为耳目心思之累，则其事惟专而无骛，有民义焉，有鬼神焉，而知者于此，固独有所务矣。

愚夫愚妇之理，亦有何奇？而每为穷高极渺者之所弗能尽。故惟知乃能不忽于所务，而修庸饬纪，悉深以吾人之体备，而其用，遂愈求而愈广。则以义近于人，人固不得而远之也。

知爱知敬之事，原无多旨①，而每为探颐索隐者之所莫能穷。故惟务乃益成其为知，而明伦察物，皆足发生人之睿虑，而其识，自愈用而愈精。则以义不远于人，而远之遂失其所为义也。

乃或者不察，而欲慨用之以敬鬼神，则过矣。今夫鬼神，亦从民义而生也。精义之至，而藏往察来，虽日用饮食之中，而已寓夫盈虚消息之理。而背义者，乃舍不易之经，而日驰于幽隐之数，将仁敬之心不聚，而阴阳之呼吸皆顽；忠义之精不疑，而草木之妖祥尽妄。无义，则并无所谓鬼神，而尚役役焉，骛之以侈其福善祸淫之说。谓是知者之所敢出哉？

且夫敬鬼神，亦从民义而生也。守义之正，而曰明曰旦，虽即知能行习之内，而自通乎享帝享亲之微；而蔑义者，乃外共由之道，而徒侈其矫诬之举。将拂经乱常之人，宗庙必不歆其荐；乞怜献媚之语，帝天亦且厌其渎。无义，则并不可谓之敬，而尚切切焉，狎之以自矢其邀福悖凶之念。谓是知者之所肯为哉？

盖其权衡于幽明之故，而事惟矢其中正，则守经达权之所以无诬也；审量于缓急之介，而理非尚夫虚寂②，则穷神达化之可以渐几也。知之事，如此。

---

① 旨：雍正版为"异"，据康熙版《王韫辉稿》。
② 虚：雍正版为"空"，据康熙版《王韫辉稿》。

〔评品〕

精理名言，透辟无遗。至后二比，一种英悍之力，直逼先秦，固不当以时艺目之也。袁迪来

仁者先难　仁矣①

论仁者之心，不以所获纷所难也。夫仁者，岂其无获？而特不以是纷先难也，斯真仁者之心也。且仁之为道，纯乎理而无私；而私，亦不必尽在理之外也。意理之不可不得，因而徐致其所以求理之功，则理亦终不可得；而即此致功于理之时，已不胜其私之累，而仁道已不可问。

盖仁者，有难焉，有获焉。圣贤之与庸众异道者，争获与不获。极毕生之阅历，而一无所获，则其于难也，必不力。故难而不获，君子且重责其难也。然圣贤之与庸众异心者，争难与不难。幸旦夕之成功，而竟无所难，则其获之也，必不坚。故获而不难，君子转深忧其获也。然则先后之间，可以观仁矣。

宇宙安有易事？况仁者为之，而愈不敢以或忽是先之心，常生于所难也。先生于所难，方惧难之理，偶有未尽，而顾分一念于所获；苟其无获，而必有自悔其难者，则难之心，常退而居于获后也。夫天下固无获后之难也，而仁者，安得不专其所先？

宇宙岂无易事？自仁者为之，而每不敢以或疏是事之难，转若生于能先也。难生于先，方恐先之功，偶有所间，而顾动一意于所获；比其获，而必有并弃其难者，则获之心，早入而居于难先也。夫天下固无难先之获也，而仁者，安得不专于所先，以绝其所后？

然使知难之，可以基获，而故皇然先之，则以为先也，而已不窨其后矣。夫先之名，原因所获而起也。仁者，惟知有难，并不自觉其为先，而自无不先也。先则道心常强，仁之所为有主，而虚者，惟此矣。

① 语出《论语·雍也篇》。（问仁。曰："仁者先难而后获，可谓仁矣。"）

抑使知获之，基于所难，而故淡然后之，则以为后也，而仍不啻其先矣。夫后之见，亦从不忘所获而设也。仁者，不知其有获，并不自觉其为后，而自无不后也。后则人心退听，仁之所为无欲，而静者，惟此矣。

故仁者，虽无不获之理，第所获常在难中，所难常在获外，即有当获之时①，而其难愈不可纷。抑仁者，原无幸获之心，故终身可以无获，一息不可不难，苟当无获之时，而其难愈不容已。

非然者，无论以求获之心，累先难也；而难之未先，安所谓获乎？夫不后获，而且不可以获矣，遑问仁哉？

〔评品〕

务去陈言，独标新致，层层剥换，几于笔底生莲。科试原评

仁者，只是为所当为，何尝知其为先？并未计及于效，何尝知其为后？夫子就其心言之，则见以为如此耳。探微索隐，入之甚深；而出之极几，手握灵枢，题无剩义。许茹其

鲁一变至于道②

圣人欲行周道于鲁，而深望鲁之能变焉甚矣。鲁之违道未远也。苟其变之，谁谓周道不至今存哉？昔周之盛也，元公以治周者治鲁，说者谓周礼在鲁，其道固立于万世不变者也。迨后之子孙，日失其序，有变之者，而鲁其衰矣。君子欲观周道于鲁，而叹鲁之不幸而有是变也。虽然，鲁固幸而可以复用其变也。

论道于极盛之日，莫不利于变；论道于既衰之日，又莫利于变。变之者，于今似为其创，而于昔不啻其因也，则鲁虽变而不变也。论变于甚衰之国，无一可因；论变于渐衰之国，非尽可创。变之者，惟振兴其所因，而固不啻其能创也，则鲁若不变而已变也。其一变，至于道乎？

---

① 当：雍正版为"常"，据康熙版《王韫辉稿》。
② 语出《论语·雍也篇》。（子曰："齐一变，至于鲁；鲁一变，至于道。"）

道之既距也，而求所以至之，则求至之程，即视乎所距之数以为断。以齐而较鲁，则鲁之距乎道者，仅居其半也；而鲁之与乎道者，犹存其半也。以半之与乎道者，而稍加以补偏救敝之功，而固自不域于得半之治矣。此无他，彼其立国之初，尊尊亲亲，渐摩于人心风俗之内，早自处于可弱而不可亡焉尔。

求至乎道也，而果可以至之，则所至之效，即视乎求至之功以为衡。以齐而论鲁，则鲁当未变之时，其力已非全无所施也；而鲁当将变之时，其力遂不必全有所施也。以力之无待于全者，而稍致其扶衰振懦之意，而固已居然全盛之理矣。此无他，彼其承国之后，重礼崇信，不泯于世远人湮之日，原自处于可衰而不可乱焉耳。

独是屡国之人心，与之谈道义，则秩然；与之言振作，则退然。故可以变者，而偏不敢变也。夫变焉，而鲁可为昔日之鲁；不变，而鲁将不复为今日之鲁。明明盛治之可期，而顾不能出锐精有为之意，以勉图于一旦，能不为鲁惜哉？

抑弱邦之习尚，与之作大慝，则不胜其惧；与之兴大功，亦不胜其惊。故变之势甚易者，而变之情偏甚难也。夫不变，而鲁将不复有可变之基；变焉，而鲁竟可成不变之业。明明大化之非遥，而深致其鼓舞不倦之志，以修明于崇朝，能不为鲁望哉？

吁！大道之行，丘素有志；而未逮，则舍鲁，将何适乎？

〔评品〕

刻划至字，不惟变字与齐之变有异，并至道与至鲁至字，亦大不同。超隽似正希，英锐似大士；确是小题圣手。袁迪来

仁者虽告　一章①

其一

天下无不学之仁，故其仁不可穷也。盖真好仁者，未有不好学者也；

---

① 语出《论语·雍也篇》。（宰我问曰："仁者，虽告之曰'井有仁焉'，其从之也？"子曰："何为其然也？君子可逝也，不可陷也；可欺也，不可罔也。"）

可①不可之间②，君子辨之审矣。从井救人，然乎哉？且天下之所以重赖有仁人者，何哉？以其心入乎天下之中，识超乎天下之外，而又有学焉，以善之，则其心之所存甚诚，不忍与斯人为恝；而识之所周甚智，复能与一己相权。此古今来，无不学之仁人，而仁之道，于是焉不穷。

何宰我以从井救人之说，为仁难也？以万不可蹈之地，而责以吉凶同患之谊，则斯人之徒，适足为仁患；执休戚相关之理，而俾其无一可自全之时，则天下之人，又皆以为仁为仁患，信斯言也。将逝之、陷之、欺之、罔之，无所不可，吾恐天下仁者之人，必不若望救之人之多。盖天下之人，而以身为殉天下，复何望有仁哉？世有好仁之君子，知其必尔为否也。

不忍之谓仁。哀途人之困，而弃父母之身，此其意，必正有所忍。而仁者之心，几何而不绝也？仁者有不忍人之心，则不忍于一己，时怀恫瘝乃身之意③，而民胞物与，惟以求尽其身之所能为，而必不以矫情干誉者，使天下疑仁心之有伪，此非有所忍于天下。所为善，全其不忍之心，而不与天下稍有间隔者，惟仁者能然。

博爱之谓仁。悯他人之厄④，而欲自置于厄⑤，则于人，亦不得有所爱。而仁者之身，几何而不绝也？仁者推爱己之心，以爱乎斯人，时存饥溺由己之情，而与立与达，惟求尽乎力之所可致，而必不以无益徒害者，使天下疑仁道之过愚，此非无所爱于天下。所谓善，用其博爱之情，而终于天下有济者，惟仁者能然。

盖天下原无不诚之仁者。逝之，诚也；不陷，亦未始非诚。为所欺，诚也；不为所罔，亦未始非诚。悬可不可之衡，以深求乎人心天命之原，而其心，日与天下相流通，将救与不救，并非出于两念。

抑天下又无不智之仁者。不陷，智也；逝之，亦无害于智。不为所

---

① 可：雍正版为"有"，据康熙版《王韬辉稿》。
② 间：雍正版为"问"，据康熙版《王韬辉稿》。
③ 恫瘝 [tōng guān]：病痛。
④ 厄：雍正版为"危"，据康熙版《王韬辉稿》。
⑤ 厄：雍正版为"危"，据康熙版《王韬辉稿》。

罔，智也；为所欺，亦无害于智。执可不可之辨，以切究乎人情物理之故，而其身，日与天下相周旋，将救与不救，不妨迭用于一时。

世有好仁之君子，安可不务学哉？

〔评品〕

体高方得势，理到自然奇。作者参透前辈文诀三昧，故能音古色横，成此卓然不朽之文。许茹其

仁者虽告　一章[①]

其二

仁者以救人为心，而非必人之无不救也。盖仁者之心，固切于救人。从井救人则愚矣，而谓君子然乎哉？尝谓博爱之谓仁，而或反有不能自爱之时[②]，则仁穷。夫使不自爱，而得被其爱于天下，在仁者之心，亦有所不辞。然其势，固必不能，则仁之道，遂不得不穷，而固不穷也，何也？

天方生仁人，以利济天下之人，而必不独厄其一身[③]。仁方留一己之身，以利济天下，而必不以厄一身者[④]，并厄乎天下之人[⑤]。彼天下之深信夫仁者，独有生人之说耳，而有时不自生其身，则天下以仁为病。而不必生人之说，遂起而胜之，仁之为道，且重恶于天下。此从井救人，宰我所为鳃鳃然[⑥]，为仁者私疑而过虑也。

然信斯言也，是不但逝之可也，直陷之而已；则不但欺之可也，直罔之而已。曾君子，而然乎哉？

吾不忍于行路之呼号，而反忍于父母之肢体；虽庸人，亦重知其不情也。夫人之不情者，鲜不为悖心害理之事。仁者，即以爱人之心爱己。故

---

① 题目出处同前篇。

② 自：雍正版为"博"，据康熙版《王韫辉稿》。

③ 厄：雍正版为"危"，据康熙版《王韫辉稿》。

④ 厄：雍正版为"危"，据康熙版《王韫辉稿》。

⑤ 厄：雍正版为"危"，据康熙版《王韫辉稿》。

⑥ 鳃鳃然：形容过于忧虑和恐惧的样子。

平其情，以游于身世之交，而拯溺亨屯①，惟求尽乎身之所得为而止，而于心固已无憾矣。

吾深念他人之不可入于颠连，而不念一己之不可即于阽危②；虽庸人，亦共鄙其无识也。夫人之无识者，鲜不为矫枉过正之举。仁者，但以爱己之心爱人。故深其识，以察乎物我之间，而恤灾救患，惟求得乎心之所可安而止，而于人固已无憾矣。

人或过疑其事之无，而观望以为不可为，而仁者独可焉。天下将以此疑仁之愚，非愚也。天下无理外之智，吾但可于理虽愚，亦无害其智。苟不明乎理之可，而徒存一计较逆亿之心，漠然自处于天下之外，而于天下，卒无所济。仁者，固不为也。

人或过信其事之有，而慷慨以为必可为，而仁者独不可焉。天下将以此议仁之私，非私也。天下无理外之公，吾诚不可于理虽私，适成其公。苟不明乎理之不可，而不胜径情直遂之意，冒然自入于天下之中，而于天下，亦卒无所济。仁者，更不为也。

果如宰我之言，吾恐天下望救之人甚众；而仁者，胥以身殉，则天下之仁人危矣③。无惑乎天下之人以仁为诟病，而且群深相戒，以为不可为也。

〔评品〕

识高气迈，独立万仞峰头；故能游神象外，得意环中。读之但觉横空黛起，石色皆青。门人马绶谨识

必也圣乎④

推施济于圣，而知其事之不易能也。夫谓圣人，而必能施济乎？然非

---

① 亨屯：解除危难。亨，通也。屯，难也。
② 阽危：临近危险。
③ 矣：雍正版为"天"，据康熙版《王辋辉稿》。
④ 语出《论语·雍也篇》。(子贡曰："如有博施于民而能济众，何如？可谓仁乎？"子曰："何事于仁！必也圣乎！尧舜其犹病诸！夫仁者，己欲立而立人，己欲达而达人。能近取譬，可谓仁之方也已。")

圣人，固皆必不能者也，则不得不必之于圣耳。且天下至难期之事，往往非其人莫能当，且即求一能当之人，而亦未敢决也。夫人惟不知其能当之人，遂疑其事之果无所难也。抑知其事，固非可概期之人；其人，亦非可概期之世赐也。独不思高出于仁之上者何人乎？而以博施济众为止于仁乎？

夫仁，惟其理，而概责之以事，则其事，必不可至。夫亦非不可至也，有至之者，而固已非仁也。仁，惟其心，而徒绳之以功；则其功，必不可全；夫不全，亦无损于仁也；使果全焉，而固已过乎仁也。之人也，何人也？殆圣也。

夫圣，亦不过为仁之至。然当其仁，而遽望之曰："尔能圣之所能也。"则仁必不任受也。盖天下极至之事，必待极至之人以相赴。世有圣人，则施济之事，吾将耑属之其人①，而外此者，不得以妄期。

抑圣，亦不过为仁之全。然既已圣，而犹望之曰："尔能仁之所能也。"则圣必不任受也②。盖天下甚全之功，必赖甚全之人以相副。世无圣人，则施济之功，吾将悬待之其人，而下此者，不得以过推。

盖立一圣之诣于此，而谓圣人无不能施济；则人，有余于事矣。立一施济之业于此，而谓施济必待圣人能；则事，有余于人矣。然事有余于人，非悬绝乎其人也？夫圣人之外，固皆事与人之悬绝者；而其事，得不耑归之其人乎？

执圣人而称之曰："施济，或可以名圣人。"则施济之外，尚有圣人矣。执施济而拟之曰："圣人，或可以能施济。"则圣人之外，尚有施济矣。然圣人之外有施济，非施济之中无圣人也。

彼圣人而下，固皆不足以言施济者，而其事，得不独推之其人乎？然则子易视夫施济，必不敢易视夫圣也；而施济，固非圣人不能也。且子即易视夫圣，亦不可易视夫施济也；夫施济，固惟圣人或能也。

嗟乎！使圣人之上，更有一诣焉，则吾将举博施济众之事，而归之于

---

① 耑：雍正版为"专"，据康熙版《王韫辉稿》。耑，特地。同"专"。
② 任：雍正版为"在"，据康熙版《王韫辉稿》。

其诣矣，然固不能也。

〔评品〕

"必"字决辞，"乎"字疑词，一语道尽两边，是以难也。幽曲深细，神理毕肖，不得不推良匠心苦矣。原评

此因言施济，拟其能之之人，而姑必之于圣，非谓圣人必能施济也。若一说煞，则下尧舜犹病句，便没转关矣。文全力体认"乎"字语气，并"必"字亦现活相；所谓传神，正在阿堵间也。许茹其

不以三隅反①

学而不能反也？则已负所举矣。夫三隅即在一隅之中，而奈何不能反也？举之者，不已徒劳耶？且学人亦知，教者所求于学之数为更多，于学者所得于教之数乎夫多，则固溢于所教之外也。然而多，亦未尝不寓乎所教之中也。学者，诚即教之所寓，而有以旁通乎外，则吾之所举者，岂徒一隅而已哉？

夫举之者，岂不欲尽乎？隅以相示，而若有其必尽者，以为不尽而已，不啻无不尽也。则固早以举之者，隐示以反之之机也。举之者，又何难尽乎？隅以相示，而若有其不当尽者，以为尽焉，而彼转不知所以求尽也。则固早以举之一者，善留其反之之地也。

倘由是而反焉，则三隅岂不同于一隅乎？使三隅而不同乎一隅，则亦无可反者矣。反之者，固于不同之中，而求得乎隅之所以同也。然三隅，岂尽同于一隅乎？使三隅而尽同乎一隅，则亦无待于反矣。反之者，固于同之中，而求详乎隅之所以不同也。

何也？天下之理，纵不能浑夫三之见，而终不离乎隅之名；人即不知

---

① 语出《论语·述而篇》。（子曰："不愤不启，不悱不发。举一隅不以三隅反，则不复也。"）

二二六

以一而反三，独不知以隅而反隅乎？而天下之理，纵不殊乎隅之名①，而不能不多其三之见。人即守其隅，而谓已无不得隅，岂守其一，而谓已无不得其三乎？而无如人之徒知有隅，而遂若不知有三也；不知有三，则但能反乎？

吾举之所已及，安能反乎吾举之所未及也②？而无如人之岐视乎三，而遂若忘其为隅也；忘其为隅，则不能反乎吾之所未举，自亦不能反乎吾之所已举也。盖反之为言，固因其已得，而始推之于未得也。彼既不能以三反，必彼之先不能以一反也。

抑因其未得，而更参之于已得也。彼不以一而反三，又安望其由三而更进也？此而犹曰："惜也，胡不并三隅而举之？"而教者曰："已过矣。吾不知其人之不反，而多此一隅之举也，固已久矣。"

〔评品〕

三隅固同于一隅，而其寔不尽同于一隅；粘定三隅写"反"字，一切引伸，触类公共，语自无处可用矣。随手转换，出奇无穷。袁迪来

子曰富而　一章③

为求富者言所好，必俟不可求，而始知之也。夫所好之当从，岂俟富不可求而后知之？然不至此，则求富之心，固未厌也。子盖为求富者言之也④。

今将举吾意中之理，以绝天下之所求；而天下之役于所求者，又乌乎其绝之哉？故虽明告以所求之无益，而彼且曰："未尝求之，庸讵知其无益也夫？"然而天下之求富者，固群然以富为可求矣。吾思人之于富，求

---

① 殊：雍正版为"殳"，据康熙版《王韫辉稿》。
② 反：雍正版为"及"，据康熙版《王韫辉稿》。
③ 语出《论语·述而篇》。（子曰："富而可求也，虽执鞭之士，吾亦为之。如不可求，从吾所好。"）
④ 子：雍正版为"于"，据康熙版《王韫辉稿》。

之不极，则悔不深；求之不专，则悔不决。富而可求乎？则吾将极其求之之才，专其求之之术，虽执鞭之士，亦岂敢矫语所好而不为哉？

盖人畏贱之心，每不胜其畏贫；贱，诚耻也，而但可以不贫，则虽内美之或失，而何问乎？抑人慕富之心，每更甚于慕贵；贵，无望也，而但可以致富，则虽吾心之见损，而何恤乎？

而其如富之，必不能以幸得也，可若何？其如富之心，不能以骤致也，可若何？徒处于贱，而卒亦不免于贫也①。劳矣，有失无得矣！徒得其不贵。而究亦未能以富也，拙矣，有损无益矣！

至是求富者，始怃然曰："果也，富不可求也。"使早从所好②，何为至于此？是知庸人不见有是非，而无不见有得失。使必置所求于不论，而但示以所当从，则彼虽从之，将有忽念及于所求，而中淡者，故不若宽之使求。迨历乎所求之失，而后恍然于所从之得，所谓求之极焉，而悔乃深也。

愚夫不计有荣辱，而无不计有损益。使不待其所求之已试，而遽示以所当从，则彼将有执，其所求以与吾之所从相争者，故吾亦乐与之言求。迨历乎所求之损，而不得不思其所从之益，所谓求之专焉，而悔乃决也。苟至是而犹不悔焉，则吾又安知求之所止也？

悠悠斯世，其终以富为可求乎？执鞭之士，宜乎众矣。

〔评品〕

上截不放空，下截不填实；既婉转，又决绝，直通全节。体会语气，遂使圣人之情，见乎词③。许茹其

---

① 卒：雍正版为"女"，据康熙版《王韫辉稿》。
② 早：雍正版为"是"，据康熙版《王韫辉稿》。
③ 词：雍正版为"辞"，据康熙版《王韫辉稿》。

子曰饭疏　一节①

圣心之乐，无与乎境之顺逆也。夫知疏水曲肱而安之，知不义之富贵而矫之，非所语于子之乐也，则子之乐可想矣。且吾人果有绝境之乐乎哉？然吾人果必求乐于境乎哉？夫必绝境而始乐，则已不乐；然求乐于境，而境之在富贵贫贱间者，反隐以操其乐不乐之势也。而我乐，窃不如是。

我思夫人有乐富贵之见，在其意中，则置之贫贱之中，而深有不乐也。且即当其富贵，亦不过此厌贫贱之心，幸而偶遂者也，而乌乎乐不？然，而有乐贫贱之见，在其意中，则置之富贵之中，而又有不乐也。且即当其贫贱，亦不过此轻富贵之心，激而成焉者也，而乌乎乐？而我则乐矣！我之乐，不必在疏水曲肱也。疏水曲肱至偶尔，即以偶然者处之。不必不在疏水曲肱也。疏水曲肱至常尔，即以常然者安之。

夫疏水曲肱，岂必得之以义乎？亦岂必得之以不义乎？乐在是，即义在是矣。不然者，疏水进而为膏粱②，曲肱进而为筼簟，人谓疏水曲肱之我，易而为富贵之我；吾则恐以至义之我，易而为不义之我。夫我亦未尝不可以富贵，而特不可以不义；我亦可以不富贵，而况以不义？富贵自富贵，我自我，直浮云耳。

然则我遇疏水曲肱，而乐也；即遇富贵，而亦未始不乐也；即遇不义之富贵，而亦未始不乐也。何也？浮云富贵之心，即疏水曲肱之心也；且可以浮云不义之富贵也，亦可以浮云义之富贵也，并可以浮云疏水曲肱也，何也？我之不见有疏水曲肱，即我之不见有富贵也。

----

① 语出《论语·述而篇》。（子曰："饭疏食饮水，曲肱而枕之，乐亦在其中矣。不义而富且贵，于我如浮云。"）

② 粱：应为"粱"。

当斯时也，意斯乐也。其疏水曲肱之实，有可乐耶；其所乐之适，验于疏水曲肱耶。其疏水曲肱之实有可乐，而不移于富贵耶；其所乐之适，验于疏水曲肱。而富贵，亦疏水曲肱之适然耶？吾不得而知也。

吾知吾乐而已。即吾之乐，吾亦不得而知也，吾但乐而已。彼离境以言乐，执境以言乐者，固均非丘之所乐矣。

〔评品〕

考亭之理，漆园之笔；空灵超忽，不可端倪。刘太乙

烟云万叠，海潮拍天；其变化倏忽，可与庄生《秋水篇》并传。袁迪来

三人行必　一节^①

师随在而有也，即"从"与"改"可自"必"矣。夫师者，所以长善而救不善也，我诚有"择"与"改"之意；即三人行，而何不可"必"哉？

且夫人不能自立于有善而无不善之地，而因切切焉求资于人，以为当吾世而有人焉：为之道我以善，为之规我以不善，则我将乐资之以终其身，而不同于偶尔相得之。故若是者，所谓师也，虽然如是以言师，而师正不可必矣。

何也？我徒执乎师之名，以日望于周行之示，而忽不及察，反坐矢于往来出入之间，则虽甚虑其师之无也，而师果不易有也。抑或未得乎师之意，而徒求诸函丈之前，将泛焉相遇，谓无关于性情德业之微，则虽自以为师之有也，而师已不啻其无也。

抑思师不易有，而人无不可有；人不可必，而我无不可必。即如三人行乎，而其中有善者焉，有不善者焉，择而从之，而我善矣。虽有人焉，日以善之理，耳提乎我，面命乎我，以庶几我之能从，而亦不过如是尔

---

① 语出《论语·述而篇》。（子曰："三人行，必有我师焉：择其善者而从之，其不善者而改之。"）

也。且改之，而我无不善矣。虽有人焉，日以不善之事，纠绳乎我，惩创乎我，以庶几我之能改，而亦不过如是尔也。

盖极我意之所愿，师无过于益我者而止；而其所不愿，师亦无过于损我者而止。损益虽有相反之理，而必之于我，遂无非此身集益之处：我以正而师之者，用之于其所益；即以反而师之者，用之于其所损。夫与斯世伦类之众，断未有两；无关于损益之人，则未有两；无关于我师之人，人不一；而师之者，自一；师之理，固甚常也。

抑天下之不善得师者，但利于人之有所长；而善得师者，兼利乎人之有所短。长短似有各出之致，而必之于我，遂无非此生见长之助：我于其所长者，用顺而师之之法；于其所短者，用逆而师之之法。夫极我生阅历之众，断未有两；不居乎长短之人，则未有两；不居乎我师之人，人无定；而师之者，亦与之为无定；师之意，又甚变也。

不然者，善不善日遇诸行，而我不能从人之善，则人且必改我之不善；我竟以不善，而为人之师也。夫至于人反师我，而我尚得谓师之，不可必也乎？

〔评品〕

思以曲而愈入，笔以锐而愈出；后二比，浑灏流转，直可与大苏并驱；金陈诸公，犹当退避其峰。许茹其

二三子以　一节[①]

圣人自明其无隐，即身以为教也。盖夫子日以其身示二三子，而二三子尚未之知也。试思无行不与者，谁乎？而以为隐乎？

若曰：吾甚异学人之终日求教，而竟未识乎教者之所以为教也。夫教之所以为教，原即教者之身而具；乃学人亦日见教者，而不能得其无往非

---

① 语出《论语·述而篇》。（子曰："二三子以我为隐乎？吾无隐乎尔。吾无行而不与二三子者，是丘也。"）

教之意，遂各拟一教者于意中，而徒疑其教之有所未尽，为可惜也，如二三子之于我是已。

夫我日以仁义道德之旨，期二三子之共闻；而二三子如未闻其旨也，则以我为隐其旨，而不与也。我日以日用饮食之理，望二三子之共见；而二三子如未见其理也，则以我为隐其理，而有与、有不与也。于是，驰骛于艰深不测之学，泛求于高远难能之途，群执一有隐之见，而遂谓丘之所以为丘者在是，此二三子之视丘则然，而吾实无隐乎尔也。

吾虽不能胥二三子而启其会通之识，而何忍以隐而不与者，转令之惑也？吾既不能尽二三子而作其体备之力，而况敢以隐而有与、有不与者，益滋之惑也？然则吾何为者乎？吾无行而不与二三子者，是丘也。

夫天下之理，有取之者，而后有与之者；然必待其人之能取，而始宣其理，以为持赠之具，则其所未宣者，固有在也。吾则不问二三子之能取与否，而无时不予二三子以可取之端，盖吾之所与，固即随丘而存者也。视听言动之交，丘不能有自秘其丘之时，则丘安有自秘其所与之时？是丘未尝靳于所与之①，转惧二三子之吝于所取也。

抑天下之理，有与之者，必有其受之者；然必视其人之能受，而后传其理，以为服习之地，则其所传者，亦有穷也。吾则不问二三子之能受与否，而无处不予二三子以可受之具，盖吾之所与，又即随二三子而存者也。食息语默之间，二三子凡得见丘之处，即丘所以与二三子之处。是丘不惜奢于所与，而转恐二三子之啬于所受也。

信如二三子之意，是欲丘易乎丘之所为丘者，而别有以与之也；欲别有以与之，而丘穷矣。然则求丘于无行不与之外，无惑乎以丘为有隐也。

〔评品〕

剥落浮艳，而一往精华透澈，都是本色；后二比，文气绝似震川矣。袁迪来

---

① 之：康熙版《王韫辉稿》无"之"，据雍正版。

荡荡乎民无能名焉①

观帝德之广远，有与天同其难名者焉！夫民之戴尧，如戴天也，而谓能名之乎？则亦相忘于荡荡之中而已矣。且夫人幸生圣人之世，为圣人之民，日亲其德，而乐道其所以然，固亦情之所必至也。独是圣人未尝有意以绝天下之称道，而任举天下戴德之俦，为之反覆拟议，而卒无以得其德之独至，则其德为愈远矣。

夫尧之德，一天之德也。天以于穆之理，溥②万物生成之惠，而其德之广而无外者，大化悉成于无心，而恒非言语思议之所得穷。尧以钦明之圣，操万姓欲恶之原，而其德之远而莫御者，美利常溥于不言，而自非咏歌扬厉之所可尽。荡荡乎，民安能名之乎？

深宫之渊修，原非可遍喻诸闾阎，而戴德既久，则无心之讴诵，每足传圣天子之精微而非诬，乃观于尧，而竟何能也。朝廷非自秘其性情，而常觉愚夫愚妇之过朴；草野非自私其称颂，而常觉乃圣乃神之难言。即康衢有歌，亦止自道其日用饮食之恒；而谓欲以此尽圣德之形容，则固有所难肖矣。

颛愚之闻见，原非可妄窥夫主极，而布德既深，则无为之性量，每得诸愚百姓之揄扬而倍真，乃观于尧，而殊不能也。于变极，于黎庶，斯民可与率圣人之化，而不可与道圣人之德；顺则安于田畴，帝德可以格小民之心③，而不以得小民之口。即华封有祝④，亦止自致其饮和食德之愿；而谓欲以此彰至德之渊穆，则固有所弗尽矣。

---

① 语出《论语·泰伯篇》。（子曰："大哉尧之为君也！巍巍乎！唯天为大，唯尧则之。荡荡乎！民无能名焉。巍巍乎其有成功也，焕乎其有文章！"）

② 溥：雍正版为"传"，据康熙版《王韫辉稿》。

③ 民：雍正版为"良"，据康熙版《王韫辉稿》。

④ 华封有祝：即华封三祝，华封华阴，华州人对唐尧有三个美好祝愿，愿圣人多富多寿多男子。

谓盛世不尚感恩戴泽之文。故耕田凿井，尧民得自安于沕噩；固也，而不尽然也。盖天子之睿修甚神，斯小民之耳目益暗①，即欲偶为表章，以窥高深之万一，而又安从也？所以商周各有《誓诰》，而《尧典》独列于《虞书》，则知史臣之赞扬，亦自觉其未备，而何论乎不识不知之俦？

谓隆古不存行庆施惠之迹。故出作入息，尧民得自遂其浑穆；固也，而不尽然也。彼民心日庞天子之戴，而民言几绝圣人之称，即虽欲偶为举似，以测君极之广大，而又奚自也？所以益稷自有《扬拜》，而帝德仅称于《禹谟》，则知廷臣之歌颂，亦未敢以骤加，而何有于海隅苍生之众？

甚矣！尧德之大，一天也。

〔评品〕

民无能名，总见帝德广大。难以形容之意，极力描绘；遂觉浑穆之风，恍然如晤。许茹其

巍巍乎其　一节②

即帝治之可见者，而益信其大焉。夫成功文章，德之见于外者也；巍乎，焕乎，非尧而孰克有此乎？

盖尝观于天，而窃叹天下之大功，与天下之至文，胥不越乎此也。有时行物生，以为之运用；有日星云汉，以为之经纬。其赫然而足纪，灿然而难掩者，天下虽不能名天之德，而未尝不可仰天之治，以为是超天下之功与文，而有其独绝者也。

乃不谓观于尧，而亦巍巍乎，其有之也。陶唐之世，风尚浑穆，圣人必不忍以震动非常者，惊愚贱之耳目。成功之名，亦岂尧之所敢居乎？然德运于功之先，而平成永赖自足，开万世有道之长，则垂裳之下，无非盛烈也。

---

① 暗：雍正版为"开"，据康熙版《王韫辉稿》。
② 题目出处同前篇。

迄今思七十载之忧劳，天若为圣人懋其勋。十二州之于变，民亦为圣人奋其治①。虽其时，草木禽兽皆足穷神圣之才，而尧以一身之经营，持民物治乱之数②，则举古今未有之奇绩，无难独创于一时，而绝不贻造物以缺略之憾。斯其成功，为独大矣。

试观在廷臣工③，司空之位，不能掌五教；典胄之职，不复任明刑④；而命官敷教之政，独默运于一圣人心思之内；而诸臣之成功，罔非尧之成功也。不犹是于穆中，自然之美利也哉！

抑观于尧，而更焕乎其有之也。中天之代，草昧初开，圣人必不欲以润色太平者，启百姓之智，巧文章之名，亦岂尧之所自炫乎⑤？然德运于文章之先，而采章服物自足，开千古休明之象⑥，则恭让之内，弥形发越也。

推之而俗，肇蜡飨之典，野人亦可与习礼；衢传击壤之音⑦，田父亦可与知乐。虽其时，茅茨土阶⑧，皆足损至治之光⑨；而尧以一身之经纶，争运会显晦之数则，举古今未有之英华，无难独辟于一代，而绝不贻两间以暗汶之忧，斯其文章为独大矣。

试思帝王禅兴，有虞之文明，《舜典》亦颂重华；有夏之文命，《禹谟》犹思广运；而礼明乐备之盛，独辉煌乎数圣人谟猷之表；而继起之文章，罔非尧之文章也。不犹是干元中，自然之显懿也哉！

尧之为君之可见者如此。大哉！弗可及已⑩。

① 亦：雍正版为"若"，据康熙版《王韫辉稿》。
② 持：雍正版为"恃"，据康熙版《王韫辉稿》
③ 工：雍正版为"任"，据康熙版《王韫辉稿》。
④ 任：雍正版为"在"，据康熙版《王韫辉稿》。
⑤ 亦：雍正版为"又"，据康熙版《王韫辉稿》。
⑥ 开千古：雍正版为"昭一世"，据康熙版《王韫辉稿》。
⑦ 击壤：即《击壤歌》："日出而作，日入而息。凿井而饮，耕田而食。帝力于我何有哉！"
⑧ 阶：雍正版为"偕"，据康熙版《王韫辉稿》。
⑨ 治：雍正版为"洽"，据康熙版《王韫辉稿》。
⑩ 已：雍正版为"也"，据康熙版《王韫辉稿》。

〔评品〕

铺张扬厉，戛玉敲金，绝无郊寒岛瘦之习。刘太乙

确是尧之成功文章，移不到禹汤文武上去。"其有"二字，益见精采；而巍乎焕乎，亦发得气象辉煌；识宏议卓，可以函盖百家。袁迪来

固天纵之　一节①

圣有其本量焉，而不得以多能尽之矣。盖圣无关于多能，而多能自不外于圣，此天纵之圣，所以为独至也。

尝思圣人之道大，虽任举一诣以称之，而圣人亦无不受；若专举一诣以称之，而圣人遂有所不受。况举其诣之兼至者，而称之为独至；则独至之诣，反以兼至者而掩，斯固不足以定圣人矣。

如子称夫子以圣，夫子何尝非圣？称夫子以多能，夫子何尝非多能？而独惜其圣与多能之间，其轻重本末之辨，概乎未之审；而竟先主一多能之见，而后以圣归之也；维赐尝置圣于多能之外，抑尝置圣于多能之中而知②。

凡圣皆天所属意，而属意于夫子为更深；然正惟属意之深，而转若有不甚属意之处，诚纵之也。穷神达化之为，天已尽出其藏，以听圣人之恣取，而天并不自居乎予之之名。诚以有所予者，虽极其量以予之，而量之既足，未有不靳者也。至夫子，而何所予也？而何所靳也？

天无不笃爱之圣，而于夫子若无所爱；然正以无所用其爱者，极其笃爱之意，诚纵之也。精义入神之事，天早毕出其秘，以任圣人之深造，而圣人亦不自居乎受之之名。盖以有所受者，虽多其数以受之，而数之既盈，未有不竭者也。至夫子，而何所受也？而何所竭也？

---

① 语出《论语·子罕篇》。（太宰问于子贡曰："夫子圣者与？何其多能也？"子贡曰："固天纵之将圣，又多能也。"子闻之，曰："太宰知我乎！吾少也贱，故多能鄙事。君子多乎哉？不多也。"）

② 圣于多能：雍正版为"多能于圣"，据康熙版《王韫辉稿》。

夫夫子既以圣异，岂必复以多能异？然圣虽不以多能异，而多能未尝不以圣异，何也？纵之为言，固必于人世所不至之诣，独纵之以成其卓越之致，以为其人之所见，为有余者，独如斯也。

苟纵之以神灵绝物之资，而复纵之以寻常耳目之能，是徒以世人之所能者，概施于夫子之圣，知天固有所不屑圣之，与多能自两也，赐所为置圣于多能之外也。抑纵之为言，固于人世所共至之诣，尽纵之以成其渊通之才，以为其人之无或不足者，类如斯也。

苟纵之以徇齐首出之质，而不纵之以博洽掩雅之能，是竟以世人之所能者，反靳于夫子之圣，知天亦有所不忍多能之，与圣自一也，赐所为置多能于圣之中也。

今而后，知夫子之所以为圣，并知夫子之所以为多能，固天纵之将圣，又多能也。

〔评品〕

深得"固"字、"又"字神理，笔墨驰骤，风雨欲来，极踌躇满志之乐。严如园先生取题神于未涉笔之先，故落笔时警新刻露①；入之愈深，出之愈显；沉雄浩博之气，着纸欲浮②。许茹其

子曰苗而 二句③

功贵要其成，即物理之所有者，以致警焉！夫苗似无不秀，秀似无不实，而不谓竟有之也。则天下之不可恃者，不类如此苗哉？

且夫人生平之业，亦何境而可以自恃乎？夫恃其境之已然，而遂谓将然者之无不然也。抑知天下无不然之说，每难预信于将然之境，则曷若于已然之时？而常拟一将然之境，而常存一或不然之虑，乃知已然之不可恃者，固往往然也。

---

① 警：雍正版为"尖"，据康熙版《王韫辉稿》。
② 浮：雍正版为"飞"，据康熙版《王韫辉稿》。
③ 语出《论语·子罕篇》。（子曰："苗而不秀者有矣夫！秀而不实者有矣夫！"）

不观诸苗乎？物莫不视乎其机，机之不立，而后此之美报皆阻；吾固甚幸乎有其机也，而正无容遽为幸也。物莫不视乎其终，终之无成，而前此之积累皆虚；吾固甚幸乎能有终也，而恒难适如其望也。

盖苗，未有不期于秀。然使期其秀，而即无不秀，则终岁之勤动，第求其能苗而已，可无心待之矣。正恐待之久，而仍然一苗也，可奈何？秀，未有不期于实。然使期其实，而即无不实，则田亩之拮据，第求其能秀，而又可无意俟之矣。吾恐俟之久，而徒然一秀也，可奈何？

从来事物得失之故，每出于常情意计之外。天下无不苗而秀者，则秀，无不可计于苗之时；天下无不秀而实者，则实，无不可计于秀之时。而不知有不可计者，深人以得失难凭之感，是不秀不实，不啻意外之事也。从事于苗者，亦尝厪意外之虑乎？

从来事物成败之理，亦不出常情意计之中。苗可以秀，而恃其苗者必不秀；秀可以实，而恃其秀者必不实。则其不敢恃者，早已权其成败必至之故，将不秀不实，未始非意中之事也。而从事于苗者①，得无厪意中之虑乎？

况乎不秀者，渐而并失其苗；不实者，渐而并失其秀。此际危微之介怠者，置之不问；而勤者，每不胜天时人事之惧。况乎苗，何以秀？则始基者，未可凭；秀，何以实？则得半者，未可安。此中积渐之故，怠者弗以为意，而勤者自不辞手胼足胝之劳②。

是则观于苗之有不秀，秀之有不实，而后知自安于不秀不实者，惰也；不知有不秀不实者，昧也；目许其无不秀无不实者③，妄也。今之为学者，昧耶，妄耶，惰耶？

〔评品〕

不作叹惜，无成语气；只作勉励，学者不可自恃。意、识、解，高人一筹。而抑扬蕴借，神理已在箇中，有匣剑帷灯之妙。严如园先生

着笔在两个"有矣夫"，而以不秀不实，唤醒一切；虚神实理，各臻其妙。视轻佻浅

① 而：雍正版无，据康熙版《王韫辉稿》。
② 手胼足胝：手掌足底生满老茧。形容经常地辛勤劳动。
③ 目：雍正版为"自"，据康熙版《王韫辉稿》。

逗者，真小巫见大巫也。袁迪来

法语之言　两段^①

　　言之益人，惟人自取其益而已。盖言可以益人，而不能必人之自取其益也。改之、绎之，庶无负此法言、巽言哉！

　　今夫人己相接之际，而欲感之以言，此其心诚有不能已于人者乎？而人亦遂有不能已于吾言之心。夫至人之不能已于吾言，而其言亦可以已矣，而言之者之心，乃愈有所不能已于人也。

　　大抵言者与听者，有交相待之情，然往往听者之情居其半，而言者之情反居其全也。且言者与听者，有不相假之权，乃往往言者之权操其半，而听者之权反操其全也。

　　其言者，有所谓法言，又有所谓巽言；而听言者，有所谓从，又有所谓改，有所谓说，又有所谓绎，是可观情与权之大凡矣。

　　盖言出，而强者无拂于色，悍者无拂于意。从与说之情，固存于听者也，乃言出，而强者欲拂于色而不能，悍者欲拂于意而不能；从与说之权，实存乎言者也。然必改之，而从始有用；必绎之，而说始有用。

　　则言者之权有时止，而言者之情无时尽也。抑必改之，而始无负于从；必绎之，而始无负于说。则听者之情，至是或淡；而听者之权，至是愈可用也。

　　故以情而论，则从仅得其半，而改乃见其全；说仅得其半，而绎乃见其全：听者之情，似不如言者。以权而论，则改乃见其全，而从仅操其半；绎乃见其全，而说仅操其半：言者之权，又不如听者。

　　如是而听者之心宜切矣。非道非义之事，此亦何与他人？而乃不惜师保悱恻之论，可徒曰："从之云尔乎？"可徒曰："说之云尔乎？"即欲以

---

　　①　语出《论语·子罕篇》。（子曰："法语之言，能无从乎？改之为贵。巽与之言，能无说乎？绎之为贵。说而不绎，从而不改，吾末如之何也已矣。"）

是，塞己之责；而终难以是，酬人之望。故勉强砥砺之下，不敢以得半之心而自足；以为人所期于我者，其初心原不如是止也。

如是而言者之心益苦矣。丑德败类之名，此亦何与我事？而乃不禁激切往复之思，庶几其改之乎？庶几其绎之乎？若不以是，为我之望人；而竟以是，为人之酬我。故亹亹敷陈之余①，常有甚全之诣以相待②；以为我之所期乎人者，其初心必至是而始快也。

故曰贵也，夫知改与绎之为贵，则不徒说与从；而法语、巽语之告，宜其益众哉！

〔评品〕

绝迹易，无行地难。通篇全力，注在两"能无"字，两"乎"字，两"为贵"字，钩取题魂，都于空际出奇；如蜃气楼台，可望而不可即。畴五

子曰衣敝 一节③

观贤者之不耻，无复有贫富之见矣。夫不耻缊袍④，亦未足为由难也；独难其与衣狐貉者立，而不耻耳。岂尚有贫富之见存哉？且夫人之谋理也，非耻无以励其志；而人之处境也，非不耻无以淡其心。

故尝思得一无累之诣，以泰然于富贵贫贱之间，而无如人之役役于其中，而不思自克者，则耻心为之也；且耻不耻，亦正未可概论矣。独居深念，而时设一穷通得丧之见，此境之缘耻而生者也。虽寻常自好之子，稍克之而已自有余；猝然相遭，而忽动一荣辱丰啬之感，此耻之缘境而生者也。虽砥名砺节之士力制之，而常若不足，则有如衣敝缊袍与衣狐貉者

---

① 亹亹敷陈：详尽地陈述，形容说话连续不倦的样子。亹亹，勤勉不倦的样子，同"娓娓"。

② 诣：雍正版为"语"，据康熙版《王韫辉稿》。

③ 语出《论语·子罕篇》。（子曰："衣敝缊袍，与衣狐貉者立，而不耻者，其由也与？'不忮不求，何用不臧？'"子路终身诵之。子曰："是道也，何足以臧？"）

④ 缊袍：以乱麻、乱棉絮制成的袍子，指古代贫者之衣。

立乎？

夫我业已缊袍，即不遇狐貉之衣，而岂遂不缊袍？然有狐貉者，而遂若我之缊袍为益敝也。则甚叹狐貉者之今日始缊袍我也，而安得不耻？抑人自有狐貉，岂必因我之缊袍①，而遂矜其狐貉？而无如狐貉之衣，遍足入缊袍者之目也；则甚叹缊袍者所见之狐貉，为更不同也，而安得不耻？

夫推其耻之之心，则必思狐貉者之亦转而为缊袍，而其耻始释也。然从来生人之福命，每偏厚于庸碌温饱之人；则我虽耻而究，无损于人之狐貉也。况天下之能有狐貉者，不少矣。即令此狐貉者，而转为缊袍，遂能禁外此之不狐貉乎？将耻之，又曷胜耻乎？

且推其耻之之心，则必思缊袍者之亦转而为狐貉，而其耻始释也。然从来富人之德泽，每好荆于裋褐不究之人②；则我虽耻而究，无加于我之缊袍也。况天下之不能缊袍者，尚有矣。倘遇狐貉者，而遂自耻其缊袍，安知遇不能缊袍者，而不自骄其缊袍乎？则耻之心，又宁有极乎？

惟由也，果敢之力，早自定于义利之交；故当彼此相耀，而恒若忘其狐貉之在人，贫贱骄人之念，亦所不有也。抑高明之识，早自决于理欲之辨；故当有无相形，而恒若忘其缊袍之在己，鄙夷富贵之心，并所不萌也。

由而不耻，由真非复缊袍狐貉中人矣。彼世之内行不修，而较量于区区服饰之间，自由而观，其无耻也，实甚！

〔评品〕

愈转愈深，愈入愈妙，惟看得人情物理十分透切，故能成此淋漓痛快文字。许茹其此为大人早岁之作，历今数十年，气味弥新。男锡光谨识

---

① 因：雍正版为"困"，据康熙版《王韫辉稿》。

② 裋褐〔shù hè〕：粗陋布衣。

鲁人为长 七章①

大贤谋国之言，几入圣人之室矣。夫闵子诸贤，皆望圣人之室而求入者也，岂独一回也乎？故夫子各有以教之。且学者游圣人之门，即莫不望圣人之室以为归；而或见于言，或见于行，所造各有浅深，而圣人则为之激励裁抑，令其循途守辙，以共引于精微之域焉。何则？

圣人之道大矣。其言中正和平，其行无过不及，其学正谊明道，穷神达化，岂非古今道德之室，而诸弟子之所群焉取衷者哉？一时及门之士，若闵子、若子路、若赐、若商、若师、若求、若柴、若参、若回，皆所称贤豪间者也；虽未必遽入于室，亦孰是望孔子之门墙而不得至者乎！

然而当时所推重者，颜渊而外，厥惟闵子骞。彼长府之役，倘非闵子之谈言微中，不几以间阎之藏尽入公室，而鲁几顿乎。此闵子之忧心国是，与由、求之仕于季氏者，诚未可同年而语矣。

虽然，由亦自有足多也。彼贤如师、商，尚不免过不及之弊；其于由之正大高明，庸有愈乎？盖由、求同仕季氏，而求独以聚敛闻，其视闵子之不乐为长府何如也？门人不务绝求，而不敬由过矣。独是由也，既闻鸣鼓之攻，而犹又以子羔之愚，而使为费宰，则由之所称为喭者②，原不独鼓瑟一事也。子张矫喭之失，而流于辟，亦已过甚。

若参之诚身立行，卒以鲁闻至道，其庶几乎？而终不若颜子之乐道安贫为更近也。不然，赐之亿则屡中，几同闵子之言必有中，乃列言语之科，而不得与德行之选者，岂非以不受命而货殖、不能好学深思以入圣人之室哉？

---

① 语出《论语·先进篇》。（鲁人为长府。闵子骞曰："仍旧贯，如之何？何必改作？"子曰："夫人不言，言必有中。"）

② 喭者：粗俗之人。喭，同"谚"。

独是入室，亦良难矣。以颜子之贤，未达一间，于诸贤乎何尤？然有迹焉，可践而至也。诸贤不能入室也，将不能践迹乎哉？

〔评品〕

提入室为全题线索，穿插变化，几如五花八门，令人不能测其神妙所至。许茹其笔墨尽化为烟云，而点序仍挨次不乱，大是难事。袁迪来

子张问善人　一节①

论善人之道，适如其为善人而已。夫善著于迹，而迹之中有室焉②，不践亦不入，此所以为善人也哉。且夫人之求理，天与人各居其半者也。全乎天，而其人异焉；尽乎人，而其人益异焉。若夫恃天，而不尽乎人，则以天自全者，亦以天自域，虽终身于理，而犹然得半之途也。而其人，亦概可定焉矣。

如善人是也。昔子张以其道为问，倘亦有慕于善人之质，而兼有求于善人之学乎？

而子曰：善有其当然之故，所以防天下之荡越于善，而不知自止者也，而迹著焉。善有其所以然之故，所以引天下之浅尝于善，而卒以自止者也，而室存焉。夫谓之为迹，而未善者不当践乎？谓之为室而已，善者不当入乎？而善人固何如也？

天下有性焉安焉之圣，无所事于践迹之劳，而常自获其入室之逸；夫且以其室，显之为迹，而敦敏性成之德，尽传于诗书礼乐之文，则神化于善之中，而无室之非迹也，而善人之道不如是。

天下有复焉执焉之贤，无所得于入室之逸，而常自尽其践迹之劳；夫且由其迹，进之为室，而尊闻行知之余，适获其精义入神之用，则深造于善之中，而无迹之非室也，而善人之道不如是。

---

① 语出《论语·先进篇》。（子张问善人之道。子曰："不践迹，亦不入于室。"）

② 迹：雍正版为"善"，据康熙版《王韫辉稿》。

夫善人之优与绌，厚不相掩也①。嘉言懿行，皆所以迪人于精深之域，乃人以有心而蹈之，彼且无意而合之，及相求于精深之域，而又多未合也。盖其优于性，而不与庸众同过；亦绌于学，而不与圣贤同功；任质而行，而自淑其身于日用饮食之际；则不践不入，若成两诣，分以察之，而皆见其为善人矣。

抑善人之长与短，皆自相因也。微文大义，皆所以道人于纯粹之途，乃人有心蹈之而不足，彼无意合之而有余，及深究于纯粹之途，而又多不足也。盖其于质见长，而拟言议动之勿事；即于习见短，而尽性至命之未遑；率性而游，而自置其身于美大神圣之外；则不践不入，适成一诣，合以求之，而仅得其为善人矣。

夫使善人，以不践迹之才，而加以践迹之功入室，讵不更易？然果如是，而人不可谓之善人也。善人之道，不践迹，亦不入于室也。

〔评品〕

爽快完密，于题神不差累黍；眼镜笔力，无逾此作。畴五

精圆妙明，只是从题中"亦"字体贴出来。方文辀

两句合并说，能显得善人身分出；而笔势圆转，神气飞动，真有灵枢独握，造化生心之妙。袁迪来

居之无倦　二句②

居行一本乎诚，纯王之政也，甚矣！政必以诚而立也，无倦以忠，谓非纯王之政哉？且人主体天德以为王道，未有外于一诚之理者也。盖无息之谓诚，不贰之谓忠③，惟本乎诚以致治，而天下可贞于一心之中。一心可敷于天下之大，内外体用之间，各有其性情之存；而一切治具之迹，固其余也。

---

① 原：康熙版《王韫辉稿》为"厚"，据雍正版。
② 语出《论语·颜渊篇》。（子张问政。子曰："居之无倦，行之以忠。"）
③ 忠：乾隆癸酉版为"诚"，据实改之。

于问政乎一代之法度，臣民未及周知，而宸衷之内，已自筹其本末源流之故，政固必视乎所居也，而居岂一朝一夕之业乎？人固有锐志，振兴无难，取家国天下之务，自励于崇朝，而有初鲜终，或反形于奋然欲出之际，则豪杰之图功，且与庸愚同尽矣。必也一诚之理，早自矢于宥密之地，而以心体政，绝不与躁进者争浅近之为，故受之以贞，而明作有为之气，迟之岁月而不移也；受之以恒，而震动恪恭之志，历之常变而弗问也。

即至礼乐可焕庙堂之光，农桑堪锡生民之福，而主志之惟勤，犹日廑无逸所作之意，诚恐一念偶弛，而因循苟且之患，且得乘我于所不觉也，则无倦之至矣。试观古今来同此一政，怠荒者补救于一日，而不足精敏者，利赖乎百年而有余，非其居之道得也哉？一王之制作，深宫固所自喻，而朝野之间，亦时仰其因革损益之宜，政固必视乎所行也，而行岂饰智惊愚之迹乎？

人固有侈志，并包无难，取齐治均平之业，自暴于文诰，而心与事违，或不免粉饰治平之私，则英主之张弛，徒与简略同失矣，必也一诚之理。早自行于夙夜之间，而违心于政，绝不与缘饰者争功效之迹，故受之以无妄，而月吉之悬书，非愚民心思之具也。受之以中孚，而谋猷之昭布，非涂民耳目之观也。

即至功叙隆乎当代，经纶大于民物，而王心之惟一，犹自廑勿二勿三之念，诚恐一意或欺，而违道干誉之弊，且得中我于所不知也，则忠之至矣。试观古今来同此一政，自诈虞者出之，而官礼尽属具文，自肫愨者将之①，而象魏罔非至性，非其行之道得也哉？

为政者，所当知也。

〔评品〕

原只是论其所存，若但铺排门面，便无是处矣。此文乃可谓熨贴之至。严如园

无倦确切"居"字，以忠确切"行"字；气象乔皇，而意义深细。一时才学人，俱应为之俯首。许茹其

---

① 肫愨〔zhūn què〕：恳切，诚实，谨慎。

论笃是与　一章①

取人而徒以言，则其人终未可定矣。夫同是论笃也，而君子出其中，色庄亦出其中，苟徒以是而与之，又乌足以定其人哉？

且夫人品之所以足贵者，必其显微之如一，言行之不二；彼其人，既无所欺于天下，天下亦遂以此定其生平之所归，而不必复持两可之见，以重疑乎其人也。是则可与者矣，而奈之何有所谓论笃也。

论笃本君子之事，而色庄常分据于中；且论笃本所以与君子，而色庄或窃托于内。自有论笃之人②，而与者之术，遂不得不穷；而与者之心，益不得不慎。何也？

天下名教懿修之事，固待体于圣贤之身，而亦非尽绝于金壬之口③；吾不察其心术之真妄，而概予以有道仁人之誉将；君子无得以自明④，色庄亦无因以自愧。抑天下诗书道德之理，固乐得有修士之敷陈，而亦不能禁夫小人之称道；吾未审夫行谊之邪正，而悉推以忠厚长者之望将⑤；君子不以之自贬，而色庄亦引之为深幸。

况君子务慊于中，而在外之丰采偏略；色庄自欺其内，而矢口之弥缝甚固⑥。则色庄之论，未必不较君子而更笃也，从而与之是。君子仅得无心之声誉者，色庄反操必售之言词⑦；况乎君子之论近拙，或一二言而已觉其无余；色庄之论似真，虽千百言而弥觉其堪听。则论笃之见于色庄者，未必不较君子而更易为与也，从而与之是。

未必有得于君子之真醇者，先有以受色庄之欺罔。即使其果幸而为君

---

① 语出《论语·先进篇》。（子曰："论笃是与，君子者乎？色庄者乎？"）
② 自：雍正版为"目"，据康熙版《王韫辉稿》。
③ 金壬：小人，奸人。金，通"恊"。
④ 得：雍正版为"因"，据康熙版《王韫辉稿》。
⑤ 悉：雍正版为"恐"，据康熙版《王韫辉稿》。
⑥ 固：雍正版为"曰"，据康熙版《王韫辉稿》。
⑦ 言词：雍正版为"直胡"，据康熙版《王韫辉稿》。

子，而我以知色庄者知君子；则君子不以我之与为荣，而转以我之与为惧，谓我之所以知彼者，殊非彼之所以自得也。若使其不常而为色庄，而我竟以称君子者称色庄；则色庄外虽感我之与，而阴且鄙我之与，谓彼之所藏有甚深，而我之所知特甚浅也。

夫使既以信君子之故，而信色庄；终必且以疑色庄之故，而疑君子。使天下相戒，以为论笃之不可为，而求君子于论笃之外，抑又甚矣。

〔评品〕

灵机妙绪，触手纷来；愈转愈入，愈入愈深，层层如剥蕉心。袁迪来

舜有天下　远矣①

观虞帝之举直，即虞帝之仁天下也。夫舜惟甚念天下之不仁，故选于众，而举皋陶焉。不然，则舜岂真独厚于皋陶哉？今将持夫子能使之说，而谓能使后世之民，可进而为风动之民，而人疑矣。

疑夫风动之世之本自无枉，非使之而后无枉也。若然，则尽当日之民，胥可畀以明允之任②，吾恐激扬无自其究也③。将求一可举者而不可得，而又奚以称为风动之天下也哉？

夫舜之有天下，固所称同仁之天下也。其时，庶顽皆以协中，谗说皆已丕变；寇贼奸宄之徒，皆已从欲而受治；其可以车服庸之而爵禄显之者，宁独一皋陶焉已乎？

然而当皋陶之未举，则犹是仁与不仁杂处其中者也。杂皋陶于不仁之中，则天下安知皋陶之荣？举之，所以荣皋陶也。则无侁侯之明挞之记，而欣然于弼教之良者，争为之回心而向道。

且杂不仁于皋陶之侧，则天下安知不仁之愧？选众而举皋陶，所以愧

韫辉文稿

二四七

---

① 语出《论语·颜渊篇》。（子夏曰："富哉言乎！舜有天下，选于众，举皋陶，不仁者远矣。汤有天下，选于众，举伊尹，不仁者远矣。"）

② 畀：给予。

③ 扬：乾隆癸酉版为"杨"，据实改之。

不仁也。则虽未施五服之就，五宅之居，而殷然于迈种之英者，早为之革而承流，不仁者远矣。

盖此不仁者，未尝不有望于圣人之爱；幸逢宥过钦恤之主，而亦有所不容，则不胜其自疑；谓天子至好生，而何为以士师之任，独爱于皋陶也？何独爱于皋陶，而不稍爱乎我众人也？于是，亦争求如皋陶之可爱者焉；久之，而可爱者，果不犯于士师之条也。乃目思良天子之非爱皋陶也；爱皋陶，固以爱我众人矣。

抑此不仁者，未尝不有畏圣人之知；适当明目达聪之时，而不容以相匿，则因而自悔；谓天子至睿哲，而今固以士师之任，独知乎皋陶也。独知乎皋陶，而我众人乃惟恐其知之也；于是，亦争求如皋陶之可知者焉；未几，而可知者，且见扬于士师之廷也。乃益慰曰："天子固欲众人之可知也。"使非并欲众人之有可知，又何独取于皋陶之知矣？

舜之能使者如此，而夫子举错之言，不已得其一证乎？

〔评品〕

巧功定舜有天下，讲不得移动；下段暗逗"爱知"两字，奇想独辟，却是天然道理。其笔力之矫健孤厉，直当于唐宋大家中自分一座。原评

迟见子夏，隐其仁曰"问知"，但举错二语，子夏已知其兼仁智；曰"响哉言乎"，曰"不仁者远矣"，明明知有仁在内，注中直指子夏，盖有以知夫子兼仁知而言，又何必讳言仁字？诸家以为不宜直露仁字，非也。文处处映带仁知，切定舜说，而千孔百窍，无不穿透；其温厚似汉诏，淡岩似百川；力作金陈，笔驾董黄。袁迪来

樊迟请学稼 一节①

非所请而请，宜圣人以不如谢之也。夫有圣人，而为稼圃之学者乎？迟之请学在是，其以不如谢之也固宜。且圣人无不能之事，然以非圣人之事，而求圣人之所能，则圣人亦遂有所不能。非其事果不能也，以当世自有能其事者，而其事未足为圣人之所能。圣人而为所未足能之事，则固非所以为圣人也已。

昔樊迟之学于夫子久矣。其为执经请业者有日，而未闻以稼之事诏也；其为质疑请益者有日，而未闻以圃之事诏也。乃迟一旦而以稼圃请，倘亦以治左力穑人迫之常士，君子穷不得志，则常取田夫野人之谋，为之精其术而卒其业，以自安于老农老圃之所为，其视世之愤时嫉俗有托而逃焉者异也。

独是游道德之门，而讲沾体涂足之事②；登礼乐之堂，而究载芟载柞之谋③，彼其自忘其身之学乎圣人者，而胡为以不入耳之言，悒相致请哉④？且吾固见世之学为稼圃者矣，出而作焉，入而息焉，其心安焉，不见异而迁焉；如是者有年，而农则已老矣，而圃则已老矣，而稼圃之学，则已精矣。信如迟之意，则是欲夫子躬稼圃之学，俾二三弟子为之，拮据以从事，将使杏坛泗水之间悉变而为南亩西畴之地。而迟则农矣，几何不老农乎夫子也？而迟则圃矣，几何不老圃乎夫子也？

夫天下之事，非以心历之，则其事不能专；非以身历之，则其事不能精。今设举吾徒之业，向老农老圃而请焉，老农老圃其能之乎？其无能

---

① 语出《论语·子路篇》。（樊迟请学稼。子曰："吾不如老农。"请学为圃。曰："吾不如老圃。"樊迟出。子曰："小人哉！樊须也。上好礼，则民莫敢不敬；上好义，则民莫敢不服；上好信，则民莫敢不用情。夫如是，则四方之民，襁负其子而至矣，焉用稼？"）

② 沾体涂足：身体沾湿，足涂污泥。状农田劳动之辛苦。

③ 载芟［shān］载柞［zhà］：又除草来又除木。指耕作。

④ 悒［yì］：忧愁，不安。

也。则反而观焉，农圃而不能为非农非圃之事；况非农非圃者，而独能为农圃之事乎？人各有能。有不能若此者，固非子之所能也。

迟也，不师事老农老圃而从之游，乃向圣人而来请焉，宜其问与答之相左哉？独是吾夫子，少贫贱，于艺靡所不究；凡百家众核、山农播植之书，一一能言其故；稼圃之学，岂其未之？或解而顾逊谢弗遑耶。然解之，而徒使老农老圃服其智；不解，而但使老农老圃笑其拙。果孰得而孰失也？故不如老农，所以明老农之不可为；不如老圃，所以明老圃之不可为。

而学稼学圃，胡为哉？

〔评品〕

一波未平，一波复起；错综变化，疏疏入古；堪与慕庐先生作并传。严如园先生

纵横潇洒，古气盎然；而骨贵神清，直可当苏文捧读。袁迪来

上好礼则 用情①

举上之所当好者，合天下以为学也；夫礼义信，上之所当好也。上好之，而下应之，岂非合天下以为学乎？

且所贵乎大人之学者，非谓大人能异乎小人，实以大人能统夫小人；盖小人之待治无穷，而独能举纷纷待治之人，悉感动于所学之内，而毕致其因类相应之事，则其学所自命者，为何如哉？

盖小人学为民者也，而大人学为上者也。君子之学自治，而即治乎人；故虽斋居一室，而隐然有开物成务之意。抑君子之学治人，而不治于人；故虽伏处草茅，而常若有经方致远之谟。

彼夫宰制万民则有礼，谁为民倡而轨物不饬，上之慢矣，民胥效矣。盖观于制节谨度之朝，而后知民之昭也，其谁敢有玩志？化裁万民则有义，谁为民幸而张弛无准，上之悖矣，民胥然矣。盖观于守经达权之朝，

---

① 题目出处同前篇。

而后知民之共也，其谁敢有违心？感孚万民则有信，谁为民先而赏罪靡常，上之贰矣，民胥视矣。盖观于推心置腹之朝，而后知民之悫也，其谁敢有携念？

盖天下两贱不能以相役，共属出作入息之俦，而忽责以父母神明之戴，则窥我之所好者，皆有絜长度大之心①，而嚣然其不靖，谓其休之不足以相临也。我惟以可贵不可贱者，实致其服物宜民之具，而日有以定天下之分，日有以摄天下之志，日有以作天下之孚，则天下之自安于贱者，遂无不晓然于体之足以相临；而以贵治贱，大人之经术，所以无不全也。

天下两愚不能以相下，同属父老子弟之伦，而偏责以佩德秉教之事，则伺我之所好者，皆有情暌势隔之意，而怒然其不惬②，谓其道之不足以相统也。我惟以可贤不可愚者，自矢于匡坐鼓歌之日，而经曲自我而定，裁制自我而立，象魏自我而一，则天下之自处于愚者，亦莫不晓然于道之足以相统；而以贤治愚，大人之学术，所以无不周也。

如迟者，不过尽其一手一足之劳，以求为敬服用情之民而止；吾徒有学为上者出焉，彼固将褓负而为之耕也。

〔评品〕

本题三则字精神，全注褓负而至焉。用稼上感应意，本不甚重；文不铺排政治，专取则字神情，识力俱高人数层。许茹其

叶公语孔子　一章③

以无隐为直④，而天下几无父子矣。夫天下有隐外之直乎哉⑤？以证父

---

① 絜长度大：比量长短大小，以便找出差距。有成语度长絜大。
② 怒〔nì〕然：忧思的样子。
③ 语出《论语·子路篇》。（叶公语孔子曰："吾党有直躬者，其父攘羊，而子证之。"孔子曰："吾党之直者异于是。子为父隐，父为子隐。直在其中矣。"）原题为"叶公问孔子"，据《论语》原文改之。
④ 隐：雍正版为"伦"，据康熙版《王韫辉稿》。
⑤ 隐：雍正版为"伦"，据康熙版《王韫辉稿》。

为直，而相隐之义失矣，故夫子正之。

且自三代之直既迁，而人情之善隐者[①]，何其嚣嚣也？夫天下同趋于隐，则必有制行之患；天下矫为无隐，则又有天伦之患。天伦灭，而制行亦非，斯固与于不直之甚者矣。

何叶公之党，有证父攘羊之事[②]，而犹诩诩然自称于孔子也？盖从来小人之无识而好名者，每不难犯天下之不情，以鸣一己之异；而且不惜成至亲之不韪，以邀一日之声；往往然也，然信斯言也。

将为子者，既日伺其父之遗行，而无所隐于父；为父者，亦日窥其子之失德，而无所隐于子。胥天下父子之亲，而等之乎途人之隔，岂非人直之深患哉？彼叶公不明于相隐之义，而以为是即所谓直也。孔子曰：是焉得为吾党之直也哉？

直，以言乎其心之安也。伤骨肉之爱，而故为指奸发伏之为，虽甚无良，问心亦重有所不安；夫知证者之有所不安，则知隐者之有所大安也；推其心，耳方有所不忍闻，目方有所不忍见，而敢公然道于人乎？故虽极人情之委曲，而只以获其心之所安；曲之，至直之至也。

直，以言乎理之顺也。戕天性之恩，而甘为暴非彰过之事，虽甚无情，于理亦自觉其不顺；夫知证者之有所不顺，则知隐者之有所大顺也；推其心，方愧几谏之不先，方愧义方之不豫，而敢显然告于众乎？故虽极掩覆之私，而适以得其理之大顺；私之，至直之至也。

父为子隐，子为父隐，吾党之直者，于是乎在。于大夫以为何如？是则由孔子之所谓直，将天下虽无令德之父，而犹幸有盖愆之子；况乎善于相隐，则必善于相化；其有蹈攘羊之失者，亦鲜也。

若出叶公之所谓直，则天下安所尽得攘羊之父，而巧以成其直躬之子？即使父尽攘羊，子尽直躬，此岂复有人类也？嗟乎，求直于春秋之世难矣！而不谓叶公复以证父当之也。然则率天下之人而群祸乎直者，必叶公之言夫！

---

① 善：雍正版为"义"，据康熙版《王韫辉稿》。

② 证父攘羊：谓儿子告发父亲偷羊。典出《论语·子路》。

〔评品〕

抑之奥，扬之明；沐浴于唐宋大家之中，而神貌俱肖者也。原评

异学之说，不经圣人指破，最易感人；以德报怨非人情，证父攘羊无天理，得圣人一剥，便粉碎矣。文能道出所以证父之失，相隐之得，总在天理人情上自然顺应，不须安排布置；而于心才安，于理才顺。其竖议紧严，研理精切，都从古文脱胎。袁迪来

君子和而　二句①

严和同之辨，可以得君子、小人矣。夫同，疑于和；而和，则自不同。和，疑于同；而同，则自不和。此君子、小人之辨也哉！

且天下有可以相合之理，而亦有可以相合之情；当其合，固未见其有异也。顾均此与天下合之心，而主于理，则未尝不与天下合也，而卒无苟合天下之情；任乎情，则未尝不求合于天下也，而卒无与天下能合之理。审是，而可以得和同之辨矣。

古今无绝物之圣贤，而圣贤亦无违情之学问，不和不足以为君子也。和以化在己之偏，故举斯人不一之意见，悉纳于大公无我之内，而调之使无不平；则蔼乎其无戾者，亦若浑乎其无别，和之至也，将毋同而不然也。盖和生于理者耳，天下有可公之理，而无可徇之理。

君子本扩然罔外之量，为与物无忤之思，则以周为和而忘物我，非遂忘可否也。且以坦然自得之衷，为与世无争之事，则以泰为和而忘彼此，非遂忘是非也。日切切于学术事功之大，而一心之内，为取为舍，尚有不能自同之故，况与他人为附会乎？迨至孤情动知己之疑，抗议遭同官之谤，不同似有损于和；然正以不易之介节，全无乖之雅怀，不同乃为和之至，而和固未有或同者也，其斯为君子也哉！

古今无特立之庸流，而庸流亦无自出之建白，不同不足以成小人也。同以收在人之望，故取斯世各出之智虑，悉引于私己自便之中，而结之使

---

① 语出《论语·子路篇》。(子曰："君子和而不同，小人同而不和。")

无弗固；则翕然其相济者，亦若欢然其相得，同之至也，胡弗和而不然也。盖同生于情者耳，天下有易合之情，而亦无难暌之情。

小人惟恐己之不亲于人，以卑心成诡随之术，则同出于私而计成败，遂不得不计物我也。且惟恐人之不顺乎己，以侈心开党援之渐，则同出于骄而计利害，遂不得不计彼此也。日劳劳于功名势利之途，而一心之中，为趋为避，亦有不能自和之端，况与他人笃协恭乎？迨至执谬误千秋之绝学，倾轧乱一代之成谟，不和似有反于同；然正以相猜之私意，遂其济之阴谋，不和乃为同之至，而同固未有能和者也，其斯为小人也哉！

是不可以不辨也。

〔评品〕

胸有全史，于上下古今，君子小人情形，洞若烛照；而体会深细，字字精确，不可移动：识力高人数筹。门人傅经谨识

士而怀居　士矣[1]

居之足以累士也，圣人深警夫怀之者焉。甚矣，居之中无士也。士而怀此乎，则但名之为居中人而已，故夫子深警之曰："天下无不慕乎士之名。"而吾谓："其特未尝慕也。"夫彼其心，故别有所慕焉；心众人之心，而托君子之名，不知君子之所以异于人者，固以其心而异之也。因其人之异，而不得有恕于心；因其心之无异，而愈不得有恕于人矣。何则？

先王之造士也，党庠塾序，所以范士之身，而即以范士之心；故纷华靡丽之途，志士虽偶意之而自危，而况敢营之也？即士之自治也，羽籥弦诵[2]，所以养己之心，而非徒养己之身；故嗜欲攻取之境，修士虽适当之而滋惧，而岂其昵之也？而若之何有怀居者乎？怀居而尚足以为士乎？

士之于世，可贫而不可贱者也。显荣利禄，天之所以厚庸流，而不试

---

①　语出《论语·宪问篇》。（子曰："士而怀居，不足以为士矣。"）

②　羽籥：古代祭祀或宴飨时舞者所持的舞具和乐器。羽，指雉羽。籥，一种编组多管乐器。

于读书谈道之士，是天固以贫之者成之；乃天但贫我，而我兼欲贱乎？夫以不甚刻苦之耳目，浅尝乎道义，而以不敢暇逸之心思，实致之便安，斯无论襟期卑陋[1]，无以为进德修业之基；则但以外之所习，返而质于内之所求，固无以自解于初心，而士其何以自命焉？

抑士之于世，可不富而不可不贵者也。愉佚晏安[2]，天之所以蒲愚众，而不加于称仁诵义之士，是天固以贵之者爱之；乃天实贵我，而我偏欲富乎？夫诗书非见闻之具，而徒酬之以诵读饱燠，非性命之图，而乃深之以嗜好，斯无论识趣粗疏，无以为修辞立诚之本；则但以后之所谋，回而证诸前之所服，先无以自识其故我，而人又何以命士焉？

况乎当境而筹得丧怀，犹因居而生，鼓歌而念，穷通居且缘怀而起，此趋荣慕宠之见，其中于学道之人者，往往较流俗为更深也。所以古今来计功谋利之私，无责于道外之人，而惟学问中之歆羡，每足以荡终身之德业而不自知。

且夫履丰而生不足之感，则居已遂而怀未厌，处困而动有余之慕，则居未来而怀先迎，此安常习便之计，其中于异望之私者，往往视幸得为更甚也。所以古今来过中失正之子，皆可闻以道德之文，而惟世情中之系累，每足以败生平之品谊，而不可救为士者，可不慎所怀哉？

〔评品〕

沉挚致密之中，亦复发得淋漓痛快，堪为心硬毫枯者药石。许茹其

南宫适问　一章[3]

问德者，亦言报，皆信之于德而已。盖善恶之报，君子固不以为无，而亦不过信其有也。所信惟何？德是也。且从来福善祸淫之说，所以警天

---

① 襟期：襟怀、志趣。
② 愉佚晏安：喜乐，安定。愉，喜悦。晏安，安乐。
③ 语出《论语·宪问篇》。（南宫适问于孔子曰："羿善射，奡荡舟，俱不得其死然。禹、稷躬稼而有天下。"夫子不答，南宫适出。子曰："君子哉若人！尚德哉若人！"）

下之中人，而君子勿道也。

君子与中人，共此祸福之途，中人见之为数，君子见之为理；中人见之为成败之分，君子见之为善恶之异也。若徒以其数而已，则夫子固天下之至德也，积行怀仁如此，竟以辙环老；而豪暴之徒，终身逸乐，富厚累世不绝。天之报施善恶，其何如也，是岂理之可信者哉？

南宫适，不知何如人也，乃独有信于理焉。惟信之于理，则古之有力者羿奡①；而为羿奡者，必有不得其死之理。古之有得者禹稷，而为禹稷者，必有得天下之理。

虽世有为羿奡而未即死者，为羿奡而未即死，是特羿奡之善射荡舟时也；虽世有为禹稷而不有天下者，为禹稷而不有天下，是特禹稷之躬稼时也。彼羿奡当善射荡舟之时，何尝逆计后之必不得其死？彼禹稷当躬稼之时，何尝逆计后之必有天下哉？迫不得其死，而后知羿奡自有羿奡之报也；迨有天下，而后知禹稷自有禹稷之报也。

古今来自有羿奡而未必得羿奡之报者，断未有禹稷而反得羿奡之报者；有禹稷而未得禹稷之报者，断未有羿奡而反得禹稷之报者。且羿奡禹稷，亦何关于报不报哉？报，固为不得其死之羿奡；不报，亦为善射荡舟之羿奡；不死，犹之死也。报，固为有天下之禹稷；不报，亦为躬稼之禹稷；不有天下，犹之有天下也。

君子知其然，故但问其禹稷否也，羿奡否也；不问其有天下否也，不得其死否也。世固有不死之羿奡，而亦无可为羿奡之理；世固有不得天下之禹稷，而亦无不可为禹稷之理。不然，计禹稷之有天下，而后为禹稷；计羿奡之不得其死，而后不为羿奡：是皆惑于数之说者也。鲁善德之君子，而出此哉？君子尽其礼之当然，任其数之自然，凡以尚德也。

盖人世之灾祥难定，而决之于德，直以为惠吉逆凶之至理；天下之兴亡不一，而处自君子，不过此修身俟命之常经。适，诚无愧于君子而尚德者也。知适之无愧于君子而尚德，夫子不答之意，可想矣。

---

① 奡：上古人名，相传力大。

〔评品〕

提笔四顾，据几直书；波翻云涌，绝有苏门风味。原评

君子行法俟命，禹稷言可为，不因有天下；羿奡必不可为，不因不得其死。圣贤言理不必数，故一以德为尚。文从题缝中，剔出无穷精义；沉着痛快，愈转愈灵，所谓冰雪净其聪明，才有此奇特。袁迪来

爱之能勿　二句①

圣人为爱、忠者计，而言其必至之情焉。夫天下而有能勿劳、勿诲者乎？则必其不爱、不忠而后可也。曾为父、为臣者，而忍出此哉？

且夫人苟有所用其情，而或不能见谅于受其情之人，则其情不可以已乎？然其情之得以自已者，必非其情之至者也。盖天下甚不得已之情，固未有不出于至情之人，而殊不必受其情者之谅之也，则如父之于子、臣之于君是也。

令夫父之爱子，而必欲子之谅其爱哉？必欲子之谅其爱，计惟自靳其劳焉而后可；夫靳其劳，亦甚易耳，然必果有时靳其爱焉，而乃得以靳其劳也。

今夫臣之忠君，而必欲君之谅其忠哉？欲君之谅其忠，计惟自宽其诲焉而后可；夫宽其诲，亦至便耳，然必果有时宽其忠焉，而后乃得以宽其诲也。

诚爱之，未有不劳者也。以属毛离里之恩②，而竟施其勤苦督责之事，则不独被之者难堪，虽揆诸慈父之心，当亦重有所不忍；然且甘为其不忍而不辞，此何为耶？盖爱之情日增，则爱之事日减。爱与劳，虽若相反，而实并出乎一念之中。其时爱者，固亦无以自主也；不然，惜一日之勤劳，而累子以毕世之修能，则是不劳者之忍以不肖弃其子也。爱之者，而能为此情乎？

① 语出《论语·宪问篇》。（子曰："爱之，能勿劳乎？忠焉，能勿诲乎？"）
② 属毛离里：比喻子女与父母关系的密切。

诚忠焉，则未有不诲者也。以天王明圣之尊，而不胜其绳愆纠谬之意①，则不独当之者不乐，虽返诸忠臣之心，似亦深有所不敢；然且故行其所不敢而不辞，又何为耶？盖忠之意愈深，则忠之迹愈隐。忠与诲，若不相谋，而实交迫于一心之内。其时忠者，固亦无以自解也；不然，惜片时之规诲，而败君以一世之德业，则是不诲者之敢以庸众待君也。忠焉者，而能为此意乎？

但曰，劳之可以市爱，而姑出于劳。则是以能勿劳者，而姑出于劳也。劳焉者，宁使天下议吾之不能爱，而不忍自意其子之不可劳；即令其子之果不可劳，而彼亦有所勿计弗类也，而以贤智期之，其责望之心，为愈无已焉尔。

但曰，知诲之可以市忠，而姑试之诲。则是以能勿诲者，而姑试之诲也。诲焉者，宁使天下议吾之不能忠，而必不敢自意其君之无待诲；即使其君之果无待诲，而彼亦有所不计元良也，而以忧危惕之，其规讽之心，为愈无穷焉尔。

吾愿天下之为父为臣者知之，而为子为君者，亦可晓然于忠爱之心也哉！

〔评品〕

用意极曲折，与白文相配，然愈曲折乃愈醒。快矣！孙子未先生

题神在"能勿"二字，文办以全力追取"能勿"二字之神，往复百折，恍如游龙之在天。许茹其

君子上达　二句②

品之分乎上下者，惟因其所达而已；盖上下者，君子小人之所以分；而非达，则所分犹未甚也。人可不慎于所达哉？

---

① 绳愆纠谬：指纠正过失。愆，过失。
② 语出《论语·宪问篇》。（子曰："君子上达，小人下达。"）

且天下亦安有非君子、非小人之途，以使夫人之中立，而依违者乎？盖不进于君子，则入于小人也。夫吾亦甚欲胥天下之小人，而相期以君子之归；而无如君子小人之中，每有不可究极之诣，则惟从其所达而已。

盖犹是达也，而有上焉，有下焉。维上与下，其始之所分，本不容以一间，迨达焉，而日积日甚，遂有不可相合之形。且上与下，其初之所判，已不能一致，况达焉，而日习日离，自有不能终同之理。

盖天下之事，自此而绝乎彼，则日远矣；苟自彼而复绝乎此，则益远矣。故君子之穷神几化，早有远过于小人之数；况合小人之所远，而其数固将倍之也。

夫人之情，律诸己所不乐为之人，则多睽矣；况律诸并不乐为己之人，则愈睽矣。彼小人之徇私慕宠，早有睽绝乎君子之势；殆合诸君子之所睽，而其势又将倍之也。

且夫上下原有极至之境，而不造其极者，非达也。见以为上矣，而上之中，复有上焉；见以为下矣，而下之中，复有下焉。上与下，若立其程，以俟夫人之精进；而达之者，各出其勉勉不已之功，以求臻乎无加之域，而必不使上下之间，稍留余地以自处。迨上之而无可上，而君子之心始快；下之而无可下，而小人之心始安矣。

抑上下原无究竟之处，而还有所竟者，非达也。今之所为上者，异时阅之，而不啻其下焉。今之所为下者，异时阅之，而不啻其上焉；上与下，若宽其途，以俟夫人之深造；而达之者，各竭其亹亹不息之功，以相企乎无穷之诣，而不敢谓上下之间，遂无地可以致力。迨上之而无可上，而君子之心犹未已；下之而无可下，而小人之心犹未厌矣。

夫人止此心思之理，以之从下有力者，以之从上亦有力。故天下之小人，无不可转为天下之君子；无他，达异，而达之功候不异也。然人均此才力之用，自下而上者，恒觉其难；自上而下者，恒觉其易。故天下之小人，常多于天下之君子；无他，达同，而达之诣境不同也。

人，可不慎所达哉？

〔评品〕

不曰达上达下，而曰上达下达；则不但"达"字活，并"上下"字亦活；俱有无所

底止，不容中立之意。盖君子小人，当分头，不过几希危设；到究竟，遂至天悬地隔。彼此较勘，警策非常。许茹其

君子道者　一章^①

圣人不自居乎道，贤者深见其微矣。夫天下安有君子，而自谓其能仁、知、勇者哉？夫子之不以道自居也，子贡其知之矣。

且以圣人而言道，宜无难全之道矣；然以圣人而言道，抑又无易全之道矣。非道之果不可全，盖天下自以为全乎道者之即非道也。自非知圣之深，乌能信其无不全之诣，而得其欿然不自足之心乎^②？

夫圣人，一君子也；圣人之道，一君子之道也。道之量甚奢，苟几微之未尽，而即不免于离合之端；道之理甚精，虽诣力之能优，而愈不胜其疑信之念。子一日者，念君子而慨然曰："君子道者三，我无能焉。"

盖君子者，仁知勇之兼全；而道者，忧惑惧之悉。民也，能仁乎，必不忧：往来于义理之途，而俯仰皆快；出入于道德之内，而身世皆安，自非存理遏欲之君子，无此道也。能知乎，必不惑：严别于从违之介，而理惟求其一是；审察于得失之分，而事不移于两可，自非穷理格物之君子，无此道也。能勇乎，必不惧：力贞干事之先，险阻临之而如故；守定于事之后，艰巨授之而不惊，自非集义养气之君子，无此道也。虽然夫子，岂真无能于君子之道哉？

盖君子之道，君子必不自以为能也；则夫子之于道，夫子亦不必自以为能也。斯道精微之故，浅尝焉，若可以自信；深入焉，而弥切其抱憾之端。盖天下不足之怀，固生于有余之诣也；入之愈深，任之愈难，往往然也。斯道高深之数，浮慕焉，若无难自期；身体焉，而遂多其惝怳之见。盖天下有余之诣，实有是不足之怀也；所体愈精，所见愈下，往往然也。

---

① 语出《论语·宪问篇》。（子曰："君子道者三，我无能焉。仁者不忧，知者不惑，勇者不惧。"子贡曰："夫子自道也。"）

② 欿［kǎn］：不自满。

自道之言，非子贡，孰与窥其深哉？是知道之在君子者，日贞于悔吝之交，日察于是非之变，日胜于震撼之途；终其身，不敢自信于道，而遂已仁、知、勇之无不尽。道之在夫子者，日殚其存诚之学，日深其观变之才，日出其定倾之能；终其身，一无所歉于道，而常若忧、惑、惧之为难绝。

信乎，夫子！一君子也。

〔评品〕

以沉悍之笔，发深挚之理；故刻处能亮，密处能疏。袁迪来

修己以敬　百姓①

君子敬修之学，合身世而皆得也。夫敬之理无所不统，故由己以及之人与百姓而皆是也，而子路乃以为未足尽君子耶。

且古今无不自治其身之圣贤，而治身之功甚密，而治身之理抑又甚备也。盖我有当治之身，而天下又各有其身，以待治于我之身；而天德王道遂一以贯之而有余，正不得疑于量之有未至矣，何也？

君子之道至广大，故放之于天地民物之间，而理无不该；而君子之学至精微，故敛之于曰明曰旦之中，而功无不体。则甚矣，君子之所重者惟己而已。

之所以修者，惟敬也。己以肆而不能修，神明之内，偶不及捡，即开一己以放轶之渐；惟无一念之不敬，而精明强固，自足以遏放轶之私，而使之无所出。己又以怠而不能修，日用之中，偶不自振，即启一己以便安之端；惟无一事之不敬，而刚健笃实，自足以驱便安之习，而使之无所入。

---

　　① 语出《论语·宪问篇》。（子路问君子。子曰："修己以敬。"曰："如斯而已乎？"曰："修己以安人。"曰："如斯而已乎？"曰："修己以安百姓。修己以安百姓，尧、舜其犹病诸？"）

君子之所以为君子者，不在斯乎？夫敬之，为义大矣。而圣人之论敬者，统始终，兼本末，罔不至也。而何子路犹有见少之意乎？故疑修己之未足尽君子也，而子告之曰："修己以安人。"复疑安人之未足尽君子也，而子告之曰："修己以安百姓。"

今夫己之与人、与百姓，其分自殊耳。深宫之惕励，惟自全其性命之业嗣是，而饮食嗜好之别其情，智愚秀朴之异其类，皆于己之分有加者也。因其分之有加者，而致其变化之能，则随在有当尽之事，而不得谓修，安无广狭之辨？

然己之与人、与百姓，其理自一耳。皇衷之寅畏，早自裕其无逸之治继是，而知明处当之无不宜，经方致远之无不至，皆于己之理无加者也。本其理之无加者，而大其经纶之道，则随在有贯通之故，而不得谓修，安有浅深之异？

盖敬愈密，而量愈远，止此亦临亦保之心，而施之于外，遂日见其不穷；君子之道，之所以广大。且量益弘，则敬益笃，共此曲成范围之业，而约之于内，白日见其不弛；君子之学，之所以精微。

子路闻斯言也，岂犹曰："如斯而已乎？"

〔评品〕

许子逊文，大抵善于打势；唐荆川文，只是一开一合。作者此篇，盖窥见两公用笔诀矣。方文辂

极静细，却极精锐；后二比，由分殊说到理一，直可与西铭并泰。许茹其

下　卷

论　语

不曰坚乎　四句①

天下有坚白之质，可自试于磨涅矣。夫心，必谓不可磨，是必有可磷也；必谓不可涅，是必有可缁也。曾坚白者，而然乎哉？

且夫身世之相乘，亦甚可畏哉；而究，奚足畏也？盖有所畏于世，必无所贞于己，不然，而在己者，殊可恃矣。则奈何不问，在己之居何等也？但斤斤焉，求所以自全之策，而过执乎前言若是。

是殆凛然有一磷之惧，在其意中也。太璞之质，每见伤于攻取；惧其磷者，必不敢自入于磨也。抑惕然有一缁之惧，在其意中也。怀芳之姿，或见夺于风尘；惧其缁者，必不敢自入于涅也。

然天下安所得不磨之地而居之乎？惧磨者，虽极力以相拒，而磨之者，偏百端以相尝；则避之，而无可避也。无论其不可避，即幸而能避，而不磨，而不磷，其可磷者，固自在也。是特巧以不坚为坚之一法也。

抑安所得不涅之地而居之乎？惧涅者，方急防于意中，而涅之者，已忽乘于意外；则远之，而无可远也。无论其不可远，即幸而能远，而不涅，而不缁，其可缁者，固自存也。是特曲以不白为白之一法也。

---

① 语出《论语·阳货篇》。（佛肸召，子欲往。子路曰："昔者由也闻诸夫子曰：'亲于其身为不善者，君子不入也。'佛肸以中牟畔，子之往也，如之何？"子曰："然，有是言也。不曰坚乎，磨而不磷；不曰白乎，涅而不缁。吾岂匏瓜也哉？焉能系而不食？"）

若夫有坚者于此，固磨者之所甚忌也。忌，则寻常之；磨，必不敢轻试于坚。而惟竭其磨之之才，以计坚之，稍损焉。而坚，乃怡然当之也；则磨，真无如坚。何矣？

抑有白者于此，又涅者之所深疑也。疑，则浅尝之；涅，必不肯漫加于白。而惟殚其涅之之术，以期白之，稍化焉。而白，乃恬然受之也；则涅，真无如白。何矣？

但曰惟磨，而益显其坚；是坚，乐有其磨也。扰扰焉使天下尽磨我之境，而我因得有自见其坚之日，讵非坚之所甚悲然，或万不能绝天下之磨，而徒以不可磨者谢之也，则世曷贵我之为坚焉？且我方欲以一己之坚，易天下之磨，而俾天下之不坚者，亦有所借以自立，而肯授人以权乎？

但曰不涅，而白将益晦；是白，转患其不涅也。坦坦焉使天下无涅我之日，而我因得以自藏其白之质，固亦白之所甚快然，既不能绝天下之涅，而犹然以不可涅者守之也，则我之为白曷贵焉？且我方欲以一己之白，引天下之白，而令天下之好涅者，皆有所畏而自阻，而反示世以隙乎？

子慎。无以不坚不白者，而概律之坚白也。

〔评品〕

盘旋曲折，无一直笔，愈转愈深，如剥蕉心，层层入细；遂使题神题蕴，毫发无憾。

不知命无　三句[1]

学有所当知者，圣人历指。不知之，失焉。盖君子之所以自立而知人者，不外乎命与礼与言也，苟不知之，有失矣。子故为学者历指之。

---

[1]　语出《论语·尧曰篇》。（孔子曰："不知命，无以为君子也。不知礼，无以立也。不知言，无以知人也。"）此篇录自《王韫辉稿》，又见《芝角王氏族谱》第二卷（2010年编）。

且圣贤之学，其统天人、合身世而一以贯之者，说者谓为行之无不尽，而不知其知之无不至也。盖知之所深，皆理之所寓。明乎天之理，而数不能违；明乎身之理，而性无不定；明乎人之理，而情无不悉。其识辨于至精至微，而其用极于至广至大，此圣贤之学之必以知为始也。何言之？

人世之穷通得丧，恒迭出而不可穷，莫不有所以限之。限之者，命也。惟知命之无定，而以适然之遭，还诸造物，则安乎命，而德日进于高明也。知命之有定，而以卓然之操，养于吾心，则立乎命，而行日积于光大也。而何不可为君子乎？

不然者，一心之内，茫无定见；或以为利，又以为害。举毕生之聪明才力，日劳劳于纷纭莫必之会，而道德反觉无权。虽使挟术任数，以自许于命之能知；而推测之愈工，则趋避之愈熟，而其品，为不可问也。试思进退消长，一圣阐之，而其旨莫穷；悔吝吉凶，数圣传之，而其义无尽。命之关于君子者何如，而可不思？所以知命哉！

生人之耳目手足，亦日动而不可制，而莫不有所以维之。维之者，礼也。惟知夫礼之用，而登降进反慎，仪则制于外，而动容之不越也。知夫礼之体，而恭俭庄敬，植其本，则养于中，而心思之不轶也。而何不可以立乎？

不然者，一身之内，漫无定守；或失则过，或失不及。举我生之视听言动，日扰扰于往来酬酢之地①，而性情几无以自主。虽使矫情饰貌，以自许于礼之能知；而涂饰之日深，则谨饬之日浅，而其守，愈不可坚也。试思范围不过，大之与天地同节；曲成不遗，小之与人事相依。礼之关于立者何如，而可不思？所以知礼哉！

斯人之臧否邪正，亦日变而不可测，而莫不有所以彰之。彰之者，言也。惟知其言之真，而寻常之然诺，无非至性，则后此之进德修业，皆可卜也。知其言之伪，而忠孝之披陈，无非饰说，则前此之学问文章，俱可

---

① 酬酢 [chóu zuò]：宾主互相敬酒，泛指交际应酬。酬：同"酬"。向客人敬酒。酢：向主人敬酒。

疑也。而何不可以知人乎？

不然者，一心之内，漫无定识；或疑其是，又或疑其非。举我生之意见才识，逐逐于情形百出之际，而天下皆得进而相蒙。虽使逞私用智，以自许于言之能知；而亿逆之日巧，则欺伪之日滋，而于人，愈不可定也。试思片言之得失，足系人心世道之几；一语之贞邪，或关天下国家之计。言之切于人者何如，而可不思？所以知言哉！

吾愿学者勉之。

〔评品〕

注潢倒海之才，洗髓伐毛之理。

大 学

欲诚其意　二句[①]

诚意之有所先也，惟求其知之无不尽而已。夫诚意，固不专恃乎知，而舍致知，亦无由以诚也，故欲诚者，必先之也。

且言大人之学，而要其功于知止，则知固明新之所首重也。而其有功于意，为独近。盖意也者，行之所自始，实为知之所由终；则存乎意之前者，大率皆知之事也；如正心，固先诚意矣。

而意亦何自而诚哉？心之感而为意，其势已即于甚危。危，则向于善，有力者；向于恶，亦有力。此时徒任乎意之所往，恐意殊多误也。为善为恶之介，有早晰之者也。心之动而为意，其端又处于至微。微，则入于善，无定者；入于恶，亦无定。此时徒执乎意以为功，恐意反无权也。向善去恶之机，有预图之者也。甚矣！诚意之有所先也，其先致知乎？

吾欲实存吾理，以快吾有理之天，而犹未识，何者？为理，则若以为当存，又以为不必存；虽幸而能存，不过一念这笃挚，感于性而偶动，非纯然无伪之修也。夫神明之内，原有无蔽之良；惟因其无蔽者而大，极深研几之功，将辨理于欲，复辨理于理，非好劳也。古今来，固未有存理而不明乎理者也。

吾欲实遏吾欲，以快吾无欲之性，而犹未悉，何者？为欲，则若见为当遏，又见为不必遏；虽幸而能遏，不过一时之意气，触于外而忽生，非

---

① 语出《大学》。（欲诚其意者，先致其知。）此篇录自《王韫辉稿》，又见《芝角王氏族谱》第二卷（2010 年编）。

愻然不杂之诣也。夫宥密之地,本有朋昧之灵;惟随其不昧者而深,穷幽极渺之能,将欲与理有辨,欲与欲复有辨,非过求也。古今来,固未有遏欲而不别乎欲者也。

虽一意之发,或中于天下国家之大,则古大人之为功于意者必严,而非专恃乎知;然要无不于知,启其端也。吾意犹未有善必知之,而求不惑于所趋;吾意犹未有恶必知之,而求不误于所引。而正非谓知以察意,徒补救于善恶既动之时。

抑一意之起,每贯乎修、齐、治、平之全,则古大人之致力于意者必专,而非仅凭乎知;然要无不于知,辨其途也。善未萌于意,必以知之者,求其有先入之乐;恶未萌于意,必以知之者,求其无偶中之患。而正非谓知以识意,徒防闲于善恶将动之际。

而致知之功,又安在乎?

〔评品〕

人鬼梦觉关头,针针相对;洞悉源委,而以朗莹出者;理境中,一卷冰雪书也。畴五惟有摩犀珠,可镜浊水源。此题境文境也。袁迪来

所谓诚其　二句①

诚意有专攻,惟绝其心之欺而已。盖不诚于致知之后者,皆自欺也。

诚意者,可不有以绝之乎?传者,故为专著其功也。曰:意也者,知之终而行之始也。知以意终,则知之权已虚;行以意始,则行之事未起。故夫求诚之道,惟专其责于意;以意治意,而去其不诚,则诚矣。

不诚,奈何?欺是也;去不诚,以求诚,奈何?戒欺是也。欺与不诚为类,而害更深于不诚。不诚,犹是天与人混处;而欺,则从天人既判之后,明蓄其意所不安,而其天遂终不可复。戒欺,与求诚为因,而功尤切

---

① 语出《大学》。(所谓诚其意者,毋自欺也。)此篇录自《王韫辉稿》,又见《芝角王氏族谱》第二卷(2010年编)。

于求诚；求诚，固欲存真以却妄，而戒欺则于真妄既分之余，力绝其意所弗顺，而其妄遂无地可容。

然则诚意之谓，惟毋自欺而已。将以一人之知，转而责一人之意，则知与意必不相合，谓此自两人耳。若我知之，而我发之，曾两人乎？使所发故违所知，则此念，已不可以对彼念；即所发欲如所知，而或不能实如其所知，则此念，并不可以对此念。故天下不诚者，恒轶于道外；而求诚者，或遁于道中，非徒遁于人间之闻见，而直欲自遁其神明也。诚意者，惟穷之于无复遁焉斯已矣。

将以前事之知，转而责后事之意，则知与意必不相符，谓此自两事耳。若随知之，而随发之，曾两事乎？使发显背乎所知，则一念之中，而已有理欲之殊途；即所发欲附于所知，而或不能实尽其所发，则一理之中，而竟有从违之异念。故天下不知者，犹可望其诚；而求诚者，反自匿其知，非徒匿于知之所觉照，而直欲匿乎意之所从来也。诚意者，惟极之于无可匿焉斯已矣。

且我何为举生平必不可为之事，无端而以欲为者，姑自恕乎？使非深知其必不可为，何为而欲恕之也？即此姑欲恕与必不为者，并出于隐微之地，而吾意已有不能相蒙之势，诚因势之不相家者，而大其省察克治之功，此即人心道心之防也。

我何为举生平必可为之事，无端而欲以不为者，姑自宽乎？使非深知其必可为，何为而欲宽之也？即此姑欲宽与必可为者，交动于癌寐之中，而吾意已有不能相覆之机，诚因机之不相覆者，而尽其持守扩充之力，此即惟精惟一之学也。

诚意者，其知之。

〔评品〕

镂心刻髓，题无剩义；冰雪净聪明，有此入微出显之技。畴五

人莫知其子之恶①

好辟于子，其莫知可鉴矣。夫恶亦何不可知，而独无如其为子之恶也。噫，辟好若此，亦甚矣。盖天下有好而不知其恶者，是则其人犹有可好之处。使一无可好，亦未尝不恶之也。若乃生而自好，初不问其人之有可好。生而自不知其恶，初非关我之曾好乎？其人也，则莫知。谚所云父之于子是已。

夫父之于子，未有不为之隐其恶者，然但为之隐其恶，岂恶矣，而遂不知也。抑未有不为之望其无恶者，然尚望之以无恶，况恶矣，而乌容不知也。而竟莫知也。夫其子之美，彼亦未尝不知。无如至其恶，而偏不知也。而竟莫知其恶也，则亦非其子之恶。本不可知，而人自莫知其子之恶也。

今执己之子而问之人，诚不知也。若犹是其子也，则无不可知者。然正惟无不可知，而其蔽子不知者为更深。设一旦以其子之恶，转而移诸人子，则不知者，又未尝不知。此无他，人之子，又自有其莫知之者，而我之所蔽惟在其子也。

今执人之子而问之己，不知无怪也。若犹是其子也，则知之孰我过者。然惟知之无过于我，而其溺于不知者为弥私。故虽以恶之己也，于人子者，转而移之其子，则向之知者，又忽不及知。此无他，子之恶，旁观之人自知，而我乃不能不溺于其子也。

谓是子之善匿乎，而何匿也？丑德败类之事，不可以欺一心，而竟无不可欺其父。则非子之能为父匿，父自为父匿耳。故天下之人，为贤人恒难，而为贤子反易。

---

① 语出《大学》。（所谓齐其家在修其身者，人之其所亲爱而辟焉，之其所贱恶而辟焉，之其所畏敬而辟焉，之其所哀矜而辟焉，之其所敖惰而辟焉。故好而知其恶，恶而知其美者，天下鲜矣。故谚有之曰："人莫知其子之恶，莫知其苗之硕。"此谓身不修不可以齐其家。）

谓是父之尽愚乎，而何愚也？败名丧节之为，不可欺天下之愚夫，而转无不可以欺天下之明父。则父非不能知其恶，不能知其子耳。故天下之人，为智士犹易，而为智父独难。

嗟乎！今人见人之莫知其子，则群然诮之，而兹之莫知其子者，非尝诮人莫知其子者哉？而何以莫知也，然彼之莫知其子，并且不自知其为莫知其子也。使早自知其为莫知，则固已知之矣。

〔评品〕

山阴是题文，全从"莫知"正面镂刻人情，此独觑定其字，转从四面八方，衬脱出溺爱不明景象来。心灵手敏，固当与之并驾齐驱。许茹其

货悖而入　二句[①]

观货之出入，以悖致悖也。夫内末者之于货，岂不意其有入而无出耶？孰知其悖之相因而立至哉？且夫人诚何乐于悖，而争相为之无已时乎？凡以求货耳。夫以求货之故，而日从事于悖，即使果遂其所求，而无复有或失之患，在君子犹有所不为，而况乎必不能也。

盖货之为性，往往远君子而昵小人。因其所昵，而与为迎之，则人之谋货也，道必利用悖。

然货之为性，非果昵小人而不得不受制于小人。因其受制，而思以胜之，则货之去小人也，道亦利用悖。

夫当其入也，日竭其心计之术，曾不忆及有复出之患，无何而患且立至也。平日之视为故物者，一旦仇我而去，虽有心计之术，无所施其挽回之力，有扼腕以观其出而已矣。

抑当其入也，日殚其掊克之谋，曾不念及于被出者之伤，无何而伤且躬受也。居恒之可长子孙者，忽焉舍我以亡，虽有掊克之谋，无所容其羁縻之方，有抚膺以俟其出而已矣。

---

① 语出《大学》。（言悖而出者，亦悖而入；货悖而入者，亦悖而出。）

夫至于出，而彼必深怨于人。曰彼人之悖入者，亦殊夺我已甚也，而何怨也？今出之我而我怨，昔出之人而人怨，而独其所怨之惨，更倍于入，则人且快其怨耳。

抑至于出，而彼必乞怜于人。曰彼人之悖入者，亦何不为我稍留也，而何怜也？今入之人而我怜，昔入之我而人怜，而独其乞怜之态，犹后于人，则人且恨其怜耳。

夫既入而复出，则与不入无异也，而徒余一悖也。若曰吾亦不禁货之出也，而独无如其悖，何也？则虽求为无货者，而不可得也。

且方入而旋出，则不如其无入也，而况乎其悖也。若曰吾亦无憾于货之悖出也，而独有悔于昔之悖入也，则转羡他人之无货者也。

嗟乎！货之权，至后世而益重。世之人日为其悖，以争货之出入，维货亦随入随出，以诱天下之悖情。且倏入倏出，以构天下之悖端。悖与悖招，而悖卒无已时，吾安得举天下之货而投畀之？以置之无入无出之地，则货之权微，而悖之风息然，此理势之必不能者也，是惟有望于内本而外末者。

〔评品〕

运思如剥蕉心，百折不穷，其推勘入微处，俱从寝食先辈得来，非时流所能仿佛也。严如园先生

悖入悖出，写得如此惊心动魄。而好货者见之，犹或疑其已甚而以为未必尽然。噫，异哉！许茹其

中　庸

中也者天　四句[①]

即中和之德，而见道之体用焉。夫大本达道，固道之体用也。而不外于中和之德，道其可离乎哉？且吾观于性情之德，而见道之体用焉。性命于天，而天之所统者，无弗全也。情率于性，而性之所感者，无弗通也。此以知道不待外求，而返诸一身之内，人人有全体大用之具矣。

试即所谓中和而思之。

凡心之不足以宰乎众理者，必其先倚于一理也。神明之地，既有一理之可指，则喜乐之情，必不能转而为哀怒之本；哀怒之情，必不能转而为喜乐之本。盖其志向之所专，原有偏而弗举之患。而彼与此，遂不可以相统也。即令逐事求全，而亦非不竭之藏矣。夫天下动与动不相统，而至静者恒有，以统天下之动，而无所纷。若中之浑然内涵，无从而指其理之所有，又何从而指其理之所无？故无所谓喜怒而事之，以恩胜，以威胜。凡可喜可怒者，无不裕之也。无所谓哀乐而事之，近乎仁，近乎义。凡可哀可乐者，无不基之也。虽天下之百出而相尝者，亦自有不可究极之数。而宰于天下之先，周于天下之后，渊渊乎随其理之所推，而常见为有余者，有如此中矣。此天下之大本也。

凡理之不足以顺乎众情者，必其先弗顺于一情也。酬酢之际，偶有一情之或乖，则我偏于喜乐达之，凡为喜乐之情，而必有所不安；我偏于哀怒达之，凡为哀怒之情，而必有所不适。盖其精神之所注，原有执而未广

---

① 　语出《中庸》。（中也者，天下之大本也；和也者，天下之达道也。）

之忧。而人与己，遂不可以相协也。即令勉强求合，而亦不终日之势矣。夫天下私与私不相协，而至公者恒有，以协天下之私，而无所拂。若和之坦然顺应，并未尝徇乎己之情，又何至戾乎人之情？故喜与怒异，而可喜可怒之情无所异。则我之所喜天下，必不以为可怒也。哀与乐反，而可哀可乐之情无所反。则我之所哀天下，必不以为可乐也。虽天下之纷然而相乘者，亦自有不能强同之故。而操乎天下之不可易，行乎天下之不容已，油油然随其情之所至，而常见为无阻者，有如此和矣。此天下之达道也。

而道之体用在是矣。

〔评品〕

酣畅透辟，淋漓满志，说理之文，难得如此精亮。畴五

归唐既往，谁能如此确然尽其理实者？袁迪来

中庸其至矣乎①

圣人于中庸之理，而深叹其至焉。夫天下之理，固必以至者为极之，舍中庸将安属乎？夫子是以深叹之。

若曰：理不足以范天下之事，则其事亦无所准。而理不足以范天下之理，则其理亦无所归。若夫举天下之事，举天下之事之理，且举天下求理之人，皆范围于其中而不可过，亘古今而莫之或易焉。若是者，所谓至也，虽然，岂易言哉？

吾是以遍阅乎经权常变之故，而思一理之可贵者，以定天下事物之衡；因深念乎人心天命之原，而得一理之不易者，以立天下理道之极。其惟中庸乎！

中庸之理至精，而至非徒精之谓也。知通乎易，能通乎简，其当然者，固合精粗而咸宜。

中庸之理至微，而至非徒微之谓也。远则不御，近则不遗，其确然

---

① 语出《中庸》。（中庸其至矣乎！民鲜能久矣！）

者，固合显微而各当。

虽极天下矜奇好异之士，出其心思才力，诚不难求增于理之外。然使增之，而于理无所溢，必其理本自处于不足也，而中庸安所不足乎？即此知能行习之事，而造之见圣神之业，察之见化育之心，盖不啻明明有一程焉。以俟夫人之毕力以相赴，稍前之而不得与于程，亦犹稍却之而不得与于程也。夫知前与却之，俱不得与于程，则知是程之为一定而不可变矣。

抑极天下安常习故之子，守其耳目见闻，未尝不求减于理之中。然使减之，而于理无所损，必其理本自居于有余也，而中庸安所有余乎？任举经纶参赞之业，而反之皆性命之正，安之悉饮食之常，盖不啻明明有一式焉。以待夫人之殚志以求合，稍卑之而不得与于式，亦犹稍高之而不得与于式也。夫知卑与高之，均不得与于式，则知是式之为有常而不可移矣。

盖理之至者，其体固至约也。岐出之途，之乎此，而是，之乎彼，而亦是，惟理极于粹然不易，而彼此咸无托足之所，故能以一至静天下纷纭之学术，而异端曲学之流，不得进而相托。

抑理之至者，其用又至广也。偏端之诣，入乎此，则违乎彼，入乎彼，则违乎此，惟理出于浑然无私，而彼此咸有条贯之能，故能以一至统天下大公之性情，而含生负气之伦，胥可进而相求。

奈何民之鲜能也。

〔评品〕

以欧曾之笔，写程朱之理，渊润云流，华宝并至，理题中绝唱。袁迪来

使天下之人　一节[①]

即祭祀以验体物之盛，而人心各有一鬼神矣。夫鬼神非体乎天下之人，而不遗于祭祀之际，亦安能洋洋如在？若是乎，是可以验其盛矣。

---

① 语出《中庸》。（鬼神之为德，其盛矣乎！视之而弗见，听之而弗闻，体物而不可遗。使天下之人齐明盛服，以承祭祀。洋洋乎！如在其上，如在其左右。）

且人以耳目之间无鬼神，而遂疑鬼神之有在、有不在也。夫人即敢于疑鬼神，亦未有自疑其心与身者也。乃求之心之所凛，而有鬼神焉；求之身之所凛，而有鬼神焉。因而求之耳目之所见闻，而遂若莫不有鬼神焉。如是而谓鬼神尚有在、有不在也哉？

则曷不验之祭祀时乎？

以人情之好怠也。父母师保，平时反习焉而相忘，而偏于声闻之所弗接，忽有以深其感动之故而不自知。

抑人情之多肆也。礼乐刑政，居恒或见之而若玩，而每于形象之所不寄，独有以生其震慑之意而无所辞。

是殆鬼神之有以使之也。故使之齐而志焉，使之盛而服焉，使之躬承祭祀，而遂洋洋于上、与左右焉。

然非曰人心绝无鬼神，而有之无之，一任乎鬼神之自造也。鬼神能造人心，人心亦能造鬼神。试极天下善作威福之鬼神，而置之燕昵狎亵之地，转冥然其不灵，以人心之不复有鬼神也。夫有人心自具之鬼神，而天地之鬼神愈著。故极上与左右之境，而曰如在。孰在之？鬼神在之。孰如之齐明盛服者之心？自如之而已。

然又非曰天地绝无鬼神，而有之无之，以听乎人心之自生也。人心能生鬼神，以鬼神先能生人心。试执天下恣睢骄悍之人，而置之宗庙对越之时，亦肃然其起敬，以鬼神之自在天地也。夫有天下不息之鬼神，而人心之鬼神愈生。故统上与左右之境，而曰如在。孰如之？齐明盛服者之心如之。孰使之如之？鬼神使之如之而已。

盖二气之精，日周浃于群动之内，而适当享帝享亲之地，则其精以地而益凝，而承其下者，遂若无地之非鬼神也，夫鬼神之在自一耳。乃观之上与左右，而若分出其形，以众著于不一之地，而坛墠之鬼神，忽环而为当体之鬼神，虽欲崇指一地焉，以为鬼神之所在，而已不可得也。

造化之机，日变动于两大之间，而适当燔痊告虔之时，则其机以时而益聚，而承其下者，遂若无时之非鬼神也，夫上与左右自不一耳。乃观于鬼神之在，而若互出其形，以并著于一时之内，而心目之鬼神，转多于郊庙之鬼神，虽欲指一时焉，以为鬼神之所不在，而更不可得也。

盛哉，可以观物矣！

〔评品〕

隽旨微言，融会宋儒诸说，而补其所未及，安得不推为绝世奇文？原评

鬼神之德之盛，全在一“使”字上。认得真，说得出，讽读一过，如闻贾生宣室之对。袁迪来

纯亦不已①

圣心自有其不已，以纯之无间于天也。夫天之不已也以纯，岂文之纯也？而有或已乎，是可以得天人之合矣。

尝思玄天之道，曰阴与阳。纯乎静而生阴，静极其纯而复动。纯乎动而生阳，动极其纯而复静。动与静相循于无端，而天道之不已，莫非天道之纯为之也？何独至于文而疑之？

吾因文德之纯，而有以得天人之合焉。夫天以不已者命之于人，则人人各是一不已之体。而人以不已者受之于天，则人人可以自玄其不已之命。其或有时而已者，以其未至于纯焉故耳。

今夫已莫已于二，二则天心与人心，不胜其互出之患，且缘天人而彼此分，缘彼此而离合判。虽方离而求合其所离之时，亦甚无几。然于偶离之时，预计其复合之时，则合亦合其所离也。合其所离，纵日竭其黾皇之力，以求泯乎离合之迹，而已不能自浑其端矣。无他，二故也。而纯则何所二也。

今夫已莫已于杂，杂则理念与欲念，不禁其争胜之患，且缘理欲而先后岐，缘先后而绝续见。虽其既绝而复续其所绝之候，亦自有限。然于既续之候，回忆其未绝之候，则续固续其所绝也。续其所绝，纵日殚其懋勉之修，以求盖乎绝续之形，而已不能不留其隙矣。无他，杂故也。而纯则

① 语出《中庸》。(《诗》云："惟天之命，於穆不已！"盖曰天之所以为天也。"於乎不显！文王之德之纯！"盖曰文王之所以为文也，纯亦不已。)

二七七

何所杂也。

盖其缉熙敬止之常贞者，极万里之流行，而未尝有一理之偶违。则万理也，而不啻二理矣。一理则无可间，虽纷华物诱，日挟其善间之势，而神明之内，自不授之以端也，但见其成性之存存焉耳。

抑其畔援歆羡之悉化者，极百念之真醇，而未尝有一念之或妄。则百念也，而常如其一念矣。一念则无可入，虽嗜欲攻取，日出其善入之力，而宥密之中，自不予之以隙也，但觉其性功之浩浩焉耳。

若是者，不见其合，孰指其离，而一元之通，复自具于圣修藏密之内。抑不见其续，孰窥其绝，而二五之循环，常流于至德渊涵之中。

纯耶，不已耶。天耶，文耶，一而已矣，又何疑于至诚之无息？

〔评品〕

濯濯如春月柳，不坠入理障。原评

天惟纯故不已，人原自不已，惟不纯则已。翻转来说文王之德，惟纯则亦不已。既然不已，则自与天合一。格局一线穿成，而精微之理，更出以曲折之笔，贯以浑灏之气，安得不突过前人？许茹其

孟　子

寡人愿安　一章①

　　王政戒杀，无俾民死而已。盖不杀者，王政之本也。惠王使民饥而死矣，犹曰"愿安承教"，何哉？且夫王者有生民之政，无死民之政。故人君，惟辨政之所以生死乎民者，则能以不嗜杀为心，然后无愧于父母、斯民之责，而王政可行也。

　　昔惠王闻孟子王政之论，而曰"愿安承教"，倘亦有意于民之所以生乎？然而梁民之死者众矣！孰死之？惠王杀之也。而惠王固曰"吾未尝杀一人也"。孟子曰："王但能死人，何必杀人？"且王但能杀人，何必以梃杀人，以刃杀人？

　　今夫梃人而手刃之，所杀不过数人，至多数十人止矣。惟以政为梃刃，则朝出一政，而民之死于政者，不可胜数，夕出一政，而民之死于政者，又不可胜数。是王手不持梃，兵不血刃，而王之梃刃，为不可胜用也。盖王以饥色易肥肉，则王之厩有梃刃焉。以饿莩易肥马，则王之厩有梃刃焉。夫聚千万姓饥色饿莩之命，以易肥肉肥马，则王固食人；聚千万姓饥色饿莩之命，以易肥肉肥马，则兽且食人。

　　嗟乎，王固民之父母也。小民终岁勤动，拮据以供上赋，亦曰父母实

<hr />

　　①　语出《孟子·梁惠王上》。（梁惠王曰："寡人愿安承教。"孟子对曰："杀人以梃与刃，有以异乎？"曰："无以异也。""以刃与政，有以异乎？"曰："无以异也。"曰："庖有肥肉，厩有肥马，民有饥色，野有饿莩，此率兽而食人也。兽相食，且人恶之。为民父母，行政不免于率兽而食人，恶在其为民父母也？仲尼曰：'始作俑者，其无后乎！'为其象人而用之也。如之何其使斯民饥而死也？"）

生我。今即不能生，而浚民以死。将以赤子之肉，果父母之腹，在民亦所甘心，独奈何为民父母者，竟不念赤子之苦，而反欲取之以饱兽乎？兽未及死，而民已作兽之俑矣。兽之幸，民之辜也。而民恨为王之民者，且恨不为王之兽，不知王亦何爱于兽，而乃率之食人，使民至此极哉？其视作俑者之害，轻重虑实，见绝于仲尼，又当何如耶？

　　嗟乎，天灾流行，何时蔑有？民死于天，民实无怨。乃既死于天，复死于兽，复死于率兽者之心，是民无往而不得死也。惠王实使民死，而犹曰"愿安承教"，则孟子不知所以教之。

〔评品〕

　　驱驭阴阳，裁成风雨，起伏顿挫，倏忽万状，愈老愈横，先秦两汉之文也。门人徐开第谨识

乐以天下①

　　乐通乎天下，其为乐也，大矣！盖乐在天下，而君民之乐统此矣。然以之乐者，仍在君耳，其乐顾不大哉？

　　尝谓至治之世，无乐而有乐，以为有，而乐非私之己也；以为无，而乐又非属之人也。惟举乐之散见于人己者，而联之于一己，则乐之情无不通。而论治者，遂以是为乐之极致。

　　独不见乐民之乐，而民亦乐其乐者乎？于斯时也，想斯乐也。

　　君忘君之乐，民亦忘民之乐。君与民两有所不受，则其乐无专属之处，而欣欣焉统宇宙为一家。

　　且君亦忘其为民之乐，民亦忘其为君之乐。君与民互有所不居，则其乐乃无不至之处，而雍雍焉联四海为一体。

──────────

① 语出《孟子·梁惠王下》。（齐宣王见孟子于雪宫。王曰："贤者亦有此乐乎？"孟子对曰："有。人不得，则非其上矣。不得而非其上者，非也；为民上而不与民同乐者，亦非也。乐民之乐者，民亦乐其乐；忧民之忧者，民亦忧其忧。乐以天下，忧以天下，然而不王者，未之有也。"）

其乐以天下乎？

盖天下亦犹是己之情也。但使自觉为己之乐，则君与民各操其情之半，而其乐遂不能以相通。惟统天下各有之乐，以为共有之乐，且不必分一己之乐，以徇天下。而东西朔南，无非饮和食德之象，充周于不可穷，在天下亦不测乐之景象，伊于胡底也。而深宫之内，默筹于万姓爱欲之原，而乐则俱乐，固有如是之可公而不可私焉尔。

盖己亦犹是天下之心也。但使徒见为民之乐，则己与民各怀其心之私，而其乐遂不能以无间。惟引天下共有之乐，以为自有之乐，且不必分天下之乐，以徇一己。而朝野内外，无非宣豫道顺之休，发动于不可已，即在己亦几忘其乐之规模，伊于何际也。而宵旰之中，默掺夫群情欣羡之机，而乐无不乐，遂有如是之可广而不可隘焉尔。

是知重一己而遗天下，娱耳悦目，只为九重宴安之计，此乐一己，而非乐以天下也。乐之极者，虽天下无所谓己，离天下之乐，并无所谓己之乐，故以一己为天下。而庙堂之起居嚬笑，皆有以周浃乎海隅之心思，而油然其各正。

抑或重天下而遗一己，则养欲给求，只图闾阎旦夕之安，此乐天下之乐，而非乐以天下也。乐之至者，广一己之乐于天下之内，即摄天下之乐于一己之中，故以天下为一己。而下土之日用饮食，早已周通于一人之瘝痍，而浑然其无偏。

大矣哉，乐乎！

〔评品〕

警思灏气之中，具细针密线之妙，不特"天下"字写得出，并"以"字都写得特。体认至此，可谓无遗憾。门人梁文霖谨识

人皆谓我　全章①

　　大贤以王政望齐，因明堂而曲引之焉。夫明堂所以出政也，王政之可行者具在，乌得以疾瘘哉？昔周之王业，兴于邠，盛于岐，由治岐而宅丰镐，以有天下，明堂之制遂起。

　　夫明堂何为乎？所以朝诸侯，周咨天下之穷民，而靡不同所好也。

　　战国时，虑此明堂久矣。盖其时王者不作，而厚农重士、惠商通利、恤罪之政不行，穷民之赋无粮而嗟怨，广者不独有四者也，如欲行之，则莫若法文王，且法公刘、太王，而后鳏寡孤独之民，皆得欢然，遂其好货好色之情，而惟恐王之不好货、不好色也。

　　夫王亦非不好货色，好之，而不如公刘、太王，与不好同。惟公刘好货，是以有积仓裹粮之政。惟太王好色，是以有完聚士女之政。而文王之治岐，无鲜民；则其好货好色，想亦不在公刘、太王下也。

　　夫好货好色，得其一而可王，况使王兼而好之，是合公刘、太王为一人。而继美于文王也，何有哉？

　　惜王徒好之而不与民同也。不与民同，则王政不行，而明堂可毁。

〔评品〕

高简名贵，直逼先秦之文。弟路识

① 语出《孟子·梁惠王下》。（齐宣王问曰："人皆谓我明堂。毁诸？已乎？"孟子对曰："夫明堂者，王者之堂也。王欲行王政，则勿毁之矣。"王曰："王政可得闻与？"对曰："昔者文王之治岐也，耕者九一，仕者世禄，关市讥而不征，泽梁无禁，罪人不孥。老而无妻曰鳏，老而无夫曰寡，老而无子曰独，幼而无父曰孤。此四者，天下之穷民而无告者。文王发政施仁，必先斯四者。《诗》云：'哿矣富人，哀此茕独。'"王曰："善哉言乎！"曰："王如善之，则何为不行？"王曰："寡人有疾，寡人好货。"对曰："昔者公刘好货；《诗》云：'乃积乃仓，乃裹糇粮，于橐于囊，思戢用光。弓矢斯张，干戈戚扬，爰方启行。'故居者有积仓，行者有裹囊也，然后可以'爰方启行'。王如好货，与百姓同之，于王何有？"王曰："寡人有疾，寡人好色。"对曰："昔者大王好色，爱厥妃。《诗》云：'古公亶父，来朝走马，率西水浒，至于岐下。爰及姜女，聿来胥宇。'当是时也，内无怨女，外无旷夫。王如好色，与百姓同之，于王何有？"）

国人皆曰贤　一段^①

以国人用贤，而仍不为国人所用也。夫贤非出于国人之论，诚不可用。然不有以察之，则虽国人皆曰贤，而我固未见之矣，而可用哉？

且国家之用贤，凡以为国人耳。顾贤之既用也，则为亲臣，为世臣，而当其未用，则犹然国人而已。身为国人，而犹未协乎国人之论，虽誉望盈廷，而得人图治之心，终有待也。

何也？左右之所见为贤，未必国人之所见为贤也，不敢用也。即诸大夫之所见为贤，未必国人之所见为贤也，亦不敢用也。岂惟不敢用，并不敢察。

迨国人皆曰贤，而庶可以用，吾察矣。盖朝廷之名器可惜，轻予之则亵。而人主之心思亦可惜，轻试之则渎。若贤非出于国人之所公誉，则亦无所用其求详之意，然至是而犹不敢不用，吾察矣。盖外论之异同，至国人而已得其全。吾心之臧否，至国人而仅得其半，则贤虽出于国人之所共是，岂遂敢弛其慎审之怀？

夫察之，则必用之，以贤焉而故察也。然察之，岂遂用之？以察焉而或未见为贤也，见贤焉然后用之矣。

国家原不存过爱爵禄之意，然有时爱之而不嫌，非爱爵禄也。爱爵禄，正以爱贤人也。盖天下之不利于察者，莫如庸人；而利于察者，莫如奇士。我惟深得其盛名不愧之修，而后以股肱之任，决意委之而无所惜，则察之极其至者，用之亦极其专。而他日之倚为亲臣者，必此人矣。

国家原非有过疑贤人之意，然有时疑之而不辞，非好疑也。用其疑，正以坚其信也。盖天下不察而用者，庸人之所喜；用而不察者，贤士之所辱。我惟深得其实行无负之诣，而后以心膂之职，一意托之而无所待，则

---

① 语出《孟子·梁惠王下》。（曰："……左右皆曰贤，未可也；诸大夫皆曰贤，未可也；国人皆曰贤，然后察之。见不可焉，然后去之。"）

察之不厌深者，用之亦不厌笃。而他年之倚为世臣者，必此人矣。

是贤也，固即国人之所见为贤，而已非复国人之所见为贤也，何者？我实有以见之也。不然，未见而用，既用之后，能无悔乎？

〔评品〕

必至国人皆曰贤，然后察而用之，全以国人为重。然用之，虽因子国人，而必察之见贤然后用，则其权仍操之己。觑定两个"然后"字，转转折折，无非传出不可不慎之意。袁迪来

邹与鲁哄　一章①

邹有死民之吏，而何憾乎吏之死也？夫民之死，吏死之；而吏之死，非民死之也。则邹民之报有司者，殊憾未尽耳。且古今无不愿惠其民之君，则亦无不愿戴其君之民，独惜处于君民之中者，往往多行不仁，而残民以逞，将君民之情遂以隔绝。嗟乎，彼独非民之长上乎，而胡不啻仇敌之甚也？

然民欲显然而仇敌之，固所不敢，一旦邹与鲁哄，说者曰，此天之为邹民假手于鲁也。夫邹之君臣，仁政不行，而亲上死长之风未讲于平日，将凶岁之所余、沟壑之未尽者久矣，其无戒心矣。一旦复驱而尽诸锋镝之下，吾哀邹民之骈首就死，而为有司者将疾视而不一救也。而邹民何幸莫之死也，何幸民莫死而有司竟死也。

夫有司死于好强战，非死于劳抚字，且死于为君赴敌，非死于为民请命，则三十三人之死，邹君死之，非邹民死之也。此亦于民乎何诛？且君既曰吾有司，则有司之为吾死宜也。彼民又安肯为吾死？以为有司死哉？

---

① 语出《孟子·梁惠王下》。（邹与鲁哄。穆公问曰："吾有司死者三十三人，而民莫之死也。诛之，则不可胜诛；不诛，则疾视其长上之死而不救，如之何则可也？"孟子对曰："凶年饥岁，君之民老弱转乎沟壑，壮者散而之四方者，几千人矣；而君之仓廪实，府库充，有司莫以告，是上慢而残下也。曾子曰：'戒之戒之！出乎尔者，反乎尔者也。'夫民今而后得反之也。君无尤焉。君行仁政，斯民亲其上，死其长矣。"）

且夫邹之上慢而残下也，非一日矣。彼平居视君之仓廪府库，犹外府也，故往往以剥民之说告其君，而君曰唯唯；以浚下之策告其君，而君曰唯唯。然则为有司者，竟以民之死为固宠荣身之借也。

岂知出乎尔者反乎尔？曾子固有明戒乎，使为君者翻然悔悟，诛一有司，以谢沟壑四方之积冤，则出乎有司者，民固见其反之矣。

乃至是尚不以民之死尤有司，而但以有司之死尤民。岂知疆场之死虽残于沟壑四方之死，而三十三人之死，实未足偿几千人之死。则甚恨几千人之死，为独先未得亲见有司之死，而所以反之有司者，迟之又久，而直有待于今也。

今既有可以反有司之机，而为之民者，又不忍为前徒之倒戈。而但坐视其死而不救，则所以反之者犹有未尽。而亲上死长之心，固未尽绝也哉。

〔评品〕

沉郁磅礴，一片神行，段落之痕俱化，真以古文为时文手。原评

洗百姓之冤，入有司之罪，正如老吏断狱，一字不可移动。许茹其

尔为尔我为我[①]

明尔我之分，我无患有尔也。夫人之致患于尔我之间者，岂以其尔之亦可为我乎？岂以其我之亦可为尔乎？故惟惠能见其分也。

其言曰：自彼此之见生，而世之患有尔也，非一日矣。以为有尔，而难乎其为我也。夫以尔之故，而遂难乎其为我，则我之患有尔者，我将转

---

① 语出《孟子·公孙丑上》。（孟子曰："伯夷，非其君不事，非其友不友。不立于恶人之朝，不与恶人言。立于恶人之朝，与恶人言，如以朝衣朝冠坐于涂炭。推恶恶之心，思与乡人立，其冠不正，望望然去之，若将浼焉。是故诸侯虽有善其辞命而至者，不受也。不受也者，是亦不屑就已。柳下惠，不羞污君，不卑小官。进不隐贤，必以其道。遗佚而不怨，厄穷而不悯。故曰：'尔为尔，我为我，虽袒裼裸裎于我侧，尔焉能浼我哉？'故由由然与之偕而不自失焉，援而止之而止。援而止之而止者，是亦不屑去已。"孟子曰："伯夷隘，柳下惠不恭。隘与不恭，君子不由也。"）

而患有我也。

嗟乎，我患有尔，则必天地之止生我而后可也。我复患有我，则必天地之止生尔而后可也。

然抑思非我也，将亦无所谓尔矣。尔之名，因我而起也。尔因我而起，我固不能禁我之外不有尔也。

非尔也，将亦无所谓我矣。我之名，又因尔而起也。我因尔而起，尔亦不能禁尔之外不有我也。

夫以我之外尽名尔，则尔常多，而我常少。然尔未尝以我之少，而致我之亦为尔也。我之不为尔，以尔之不为我也。不为我者，尔为尔也。

尔之外独有我，则我有定而尔无定。然我未尝以尔之无定，而谓尔之或可为我也。尔之不为我，以我之不为尔也。不为尔者，我为我也。

虽尔亦自有所为我，然尔之所我，即我之所尔，而非我之所我也。我之中，无尔也。

虽我亦尔之所尔，然尔之所尔，即我之所我，而非我之所尔也。尔之中，无我也。

设使今日而为尔，异日而为我，则我甚惧尔之渐可为我也。然试思尔，而我之天下无是我也。况合尔与我而我之，则天下愈无是我。天下并无是尔也，是尔我诚不容以不分也。

抑使于此而为我，于彼而为尔，则我又惧我之忽可为尔也。然试思我，而尔之不得谓之尔也。况合我与尔而尔之，则愈不得谓之尔，亦不得谓之我也，将尔我又无待于过分也。

故人诚明乎为尔为我之义，而后见有尔我，而后可不见有尔我，而入于无尔无我。

〔评品〕

著眼两"为"字，将尔与我颠倒互换，愈剔愈开，正不必读到下句，而不能浼我意，已自隐然可会。袁迪来

岂以仁义为不美也[①]

仁义之美，齐人非不知之也。夫齐人之犹得以自解者，不以仁义为美耳，而齐人岂其然哉？

若曰：久矣，王之不知有仁义之美也。夫王犹足用为善之主，而何以竟不知其美？此由齐人之先不知其美也。夫齐人而诚不知其美，则亦已矣。

盖仁义原非不美，而齐人不以为美，吾亦无辞以责齐人。

人亦无不以仁义为美，而不自齐人以为美，齐人亦有辞以谢其责。

乃吾逆度齐人之于仁义，而吾有辞矣。逆度齐人之于仁义，而齐人有辞于人，转无辞于仁义矣。

仁义之美，诚难复出于齐人之口。而仁义之美，亦难竟忘于齐人之怀也。

吾执仁义之美，以与齐人争，而齐人不服于其言。吾举仁义之不美，以为齐人诘，而齐人恐又不服于其意也。

则齐人亦不幸，而仁义之本美也。彼方饰其仁义不美之论，而抚衷自问，已无奈仁义之美，何也？仁义之美，固不宽齐人以假借之端矣。

则齐人又不幸而知仁义之美也。王方信其仁义不美之论，而问之齐人，已无奈知仁义之美，何也？齐人固自以知仁义之美，授人以指摘之地矣。

吾是以恶人之不以仁义为美，而转恶齐人之以仁义为美。盖不美仁义，而仁义晦于齐人之言；美仁义，而仁义乃晦于齐人之意也。

抑加齐人以不知仁义之名，齐人似不欲受；加齐人以知仁义之名，齐

---

① 语出《孟子·公孙丑下》。（景子曰："内则父子，外则君臣，人之大伦也。父子主恩，君臣主敬。丑见王之敬子也，未见所以敬王也。"曰："恶！是何言也！齐人无以仁义与王言者，岂以仁义为不美也？其心曰：'是何足与言仁义也'云尔，则不敬莫大乎是。我非尧舜之道，不敢以陈于王前，故齐人莫如我敬王也。"）

人更不可当。盖不知仁义之美，则仁义轻，而所重者犹存；知仁义之美，则仁义重，而所轻者乃自有在也。何者？以仁义为美之心，固即不与王言仁义之心也。齐人试自思不言仁义之心，而谓可逃于以仁义为美之心也哉？

〔评品〕

不知其心思如何曲透，乃尔笔妙无双。原评

不连上，不侵下，觑定"岂"字，凭空结撰，却又恰好，是上下文，中间转接语，灵心慧舌，庄苏复生。许茹其

知而使之　四句①

两责监殷之使，知不知若皆可议也。夫监殷之使，公诚不自以为仁智，而贾执是以议之，则妄矣。

若曰，自古言人伦之变者，大舜而外，厥惟周公。顾舜之变，父母使之。而公之变，公实使之也。夫公使之以致变，而若但执一说以责公，则人犹得偏求其故，以为公恕，而公亦将有所托，以自谢于天下后世也。

今思管叔畔周之事，而安能无议于公之使哉？

意者其竟知而使之耶？使之而俾王室懿戚之爱，忽构流言四国之诛，谓是叔之不仁乎。然而叔之不仁，周公之不仁启之也。使公诚仁，则鸱鸮之咮可不召，挑虫之难可不作，迨至罪人获反侧之戮，而负扆擅赤鸟之称，以叔之死，全公之名，此虽奕祀犹代为之伤心，而不知周公当日，竟何忍使恩勤鞠育之人，而获剪夷诛戮之惨也。虽哀人孔将，当时亦白匡定之义。然天下即以叔为可诛，必不以叔为可使。叔即无恨于公之知而诛，安能无憾于公之知而使？试观事过深痛，尚有"脊令在原"之叹，彼其一

① 语出《孟子·公孙丑下》。（燕人畔。王曰："吾甚惭于孟子。"陈贾曰："王无患焉。王自以为与周公，孰仁且智？"王曰："恶！是何言也？"曰："周公使管叔监殷，管叔以殷畔。知而使之，是不仁也；不知而使之，是不智也。仁智，周公未之尽也，而况于王乎？贾请见而解之。"）

篇之中，反覆致意于急难之义者，盖其变生骨肉，故言之而弥戚也。则公之不仁，公亦自悔之矣。

意者其或不知而使之耶？使之而以天潢一本之亲，其蹈三年不道之罪，谓是叔之不智乎。然而叔之不智，周公之不智启之也。使公诚智，则毁室可以无虞，取子可以无患，迨至风雷见告于孺子，而操戈遂施诸同室，以叔之死，塞公之责，此虽行路犹能明于事后，而不知周公当日，竟何以使中怀叵测之人，而膂腹心寄托之任也。虽阴雨绸缪，后世咸谅拮据之劳。然天下即以叔为不得不诛，宁遂以叔为不得不使。叔即以不知而无怨于公之使，公宁以不知而无憾于叔之诛？试观东征致颂，虽叙"破斧缺斨"之事，而三章以内，无一语偶及于蜂虿之苦者，盖以识昧于几，先恐言之而增愧也。则公之不智，诗人亦为公讳之矣。

嗟乎，监殷之使，虽起公九原，亦难自以为仁智，王何患焉？

〔评品〕

过在误使，无论知与不知也。两路夹攻，笔笔坐实，若非得孟子兄弟之说，几成千古定论矣。两"是"字"也"字，写得斩钉截铁。袁迪来

然则圣人且有过与[①]

援圣人以言过，欲为有过者宽也。夫圣人而可以过议哉，贾固非欲以有过绳圣人也，特欲借圣人以宽有过者耳。想其意曰：今而后乃不敢复出而言天下之过也。方欲以有过，绳天下之中人，而孰知先无以处天下之圣人。则甚哉，无过之难言也。借曰：无难，则天下之无过者，宜莫如圣人；而圣人之无过者，宜莫如周公。

胡为乎昧于几先，而群叔流言之日，乃不禁操戈于同室也，恐周公亦难自讳其过也。胡为乎悔于事后，而破斧东征之日，乃不胜骨肉之相残

---

① 语出《孟子·公孙丑下》。（"然则圣人且有过与？"曰："……周公之过，不亦宜乎？且古之君子，过则改之；今之君子，过则顺之。"）

也，恐夫子亦难为周公讳其过也。

在周公，固不以过而遂失其为圣人，然已不能不以圣人，而开过之端也。在后人，或不免以过而稍憾于圣人，然因圣人，而固益晓然于过之事也。

向者望人以无过，必不敢望人以圣人，以无过未必即圣人也。

乃今望人以圣人，犹不敢望人以无过，以圣人未必即无过也。

苟见人之有过而遂责之，是以责圣人者责有过者也，过固非圣人不能绝也。

抑见人之有过而遂责之，是并不以责圣人者责有过者也，过固不以圣人而绝也。

则惜哉，周公之为圣人也。令周公而非圣人，则后世之平于论过者，亦何所不谅于周公也。

然幸哉，周公之为圣人也。令周公而非圣人，则后世之刻于论过者，将益有所不恕于周公也。

何者？人之高视圣人，而好言人过也久矣。贾也，未闻夫子言，固犹轻望人之无过也。

〔评品〕

意中全欲为王分解，乃寻出周公之过来，句句是说圣人有过，又句句是为王解过，真可谓妙笔传神。袁迪来

有贱丈夫焉①

丈夫而贱也，有之足为市患矣。夫贱丈夫岂可有乎？而无如有之也，

---

① 语出《孟子·公孙丑下》。（孟子致为臣而归。王就见孟子，曰："前日愿见而不可得，得侍同朝，甚喜。今又弃寡人而归，不识可以继此而得见乎？"对曰："不敢请耳，固所愿也。"他日，王谓时子曰："我欲中国而授孟子室，养弟子以万钟，使诸大夫国人皆有所矜式。子盍为我言之？"时子因陈子而以告孟子，陈子以时子之言告孟子。孟子曰："然。夫时子恶知其不可也？如使予欲富，辞十万而受万，是为欲富乎？季孙曰：'异哉子叔疑！使己为政，不用，则亦已矣，又使其子弟为卿。人亦孰不欲富贵？而独于富贵之中有私龙断焉。'古之为市也，以其所有易其所无者，有司者治之耳。有贱丈夫焉，必求龙断而登之，以左右望而罔市利。人皆以为贱，故从而征之。征商自此贱丈夫始矣。"）

宁不足为市患哉？

若曰：王今者，欲贱我乎？我而甘为其所贱。齐廷之上，固有慕其贱者矣；齐国之中，亦有羡其贱者矣。而第恐出而观乎齐之市，又群然而笑其贱也。何也？谓是特贱丈夫之故智耳。

上古之市，不闻有贱丈夫也。而贱丈夫乃忽有焉，则其贱为独奇。

即后世之市，亦几相忘其为贱丈夫也。而贱丈夫独先有焉，则其贱为更著。

夫市之中，岂无师其贱者？然有所师而后贱，则贱之术已不工，贱丈夫固不惜以一贱开天下之贱术也。

市之中，岂无习其贱者？然必待习而始贱，则贱之名亦不显，贱丈夫固不惜以一贱受天下之贱名也。

况乎贱丈夫常忌贱丈夫，以为贱与贱遇，而两贱均有所不便。故竭其贱之才，殚其贱之力，以独贱于群贱未有之日。

抑贱丈夫又常畏贱丈夫，以为贱复有贱，而一贱转无以自遂。故出其贱之心思，用其贱之智巧，以自贱于众贱将有之先。

独是不贱于朝而贱于市，则贱之所施亦拙，而彼犹自喜其贱也。

不用其贱以求贵，而但用其贱以求富，则贱之为害亦浅，而己不免于贱也。

是贱丈夫也，有于何代，吾不得而知；有于何市，吾亦不得而知。顾使当时指而目之曰有贱丈夫焉，后世从而溯之曰有贱丈夫焉。夫天下之为贱丈夫者，岂少哉？吾又独悲斯贱丈夫之所遭为不幸也。

〔评品〕

以嬉笑代怒骂，然怒骂犹可躲闪，而嬉笑更不堪受也。文人之笔锋，可畏如是。许茹其

圣人之忧民如此①

观忧之所极，圣人亦不自爱矣。夫人即知圣人之忧民，而亦未知其忧之如此也。如此乎，真忧之至哉！

且夫人苟有不能已于所忧之故，则亦无不可告语于人。而忧之深者，统天下万世之民以为忧，而反不能自以其忧告语于天下万世。而天下万世，亦卒无以量其忧之所至。盖忧之可以数计、可以意测者，俱非所语于圣人之忧也。

今试思圣人所平之水土，所艺之五谷，所明之人伦，设以其身处乎其时，而自以为忧。将甫奏一功，而又有一功以相待；方除一患，而又有一患以相迫。虽有什伯于人之心思才力，以求胜乎无穷之忧，而能必其所忧之如此哉？而圣人之忧民，固已如此也。

夫使圣人于未忧之前，而举后此之所忧者，一一先设于意中曰：吾将忧之，何如也？则鲜有不疑其难堪者，乃迟之久。而凡所谓甚难堪者，竟不惜以其身任之，而其苦且过于前之所疑云尔也。则知天下甚苦之事，入其中者，反有所不自疑也。

使圣人于既忧之后，而举前此之所忧者，一一复计之于意中曰：吾固忧之，何如也？则鲜有不异其难受者，乃当其时。而凡所谓甚难受者，悉不惮以其身历之，而其瘁且不啻后之所异云尔也。则知古今甚瘁之图，亲其中者，竟有所不及异也。

故吾今言之，而终不能得其忧之所至焉。凡忧之而有所至，则待其忧之之久，或不免自觉其无余。夫自觉其无余者，非圣人之忧也。圣人之忧，非拟一所至之境，以为苟至是则可安。迨无不至，而愈见其忧之有余

---

① 语出《孟子·滕文公上》。（后稷教民稼穑，树艺五谷，五谷熟而民人育。人之有道也，饱食、暖衣、逸居而无教，则近于禽兽。圣人有忧之，使契为司徒，教以人伦：父子有亲，君臣有义，夫妇有别，长幼有序，朋友有信。放勋曰：'劳之来之，匡之直之，辅之翼之，使自得之，又从而振德之。'圣人之忧民如此，而暇耕乎？）

也。使其无余，而此忧之中转有所不尽焉矣。

乃吾今言之，而人如见其忧之所至焉。凡忧之而无所至，则当其忧之之时，已不免自留其有余。夫自留其有余者，亦非圣人之忧也。圣人之忧，惟有一必至之境，以为不至是则不安。迨果至之，而其忧遂无所余也。即使有余，亦将举而并致于此忧之内焉矣。

而暇耕乎？

〔评品〕

全为"如此"二字传神，他手只做得圣人之忧民耳。空灵淡折，几于山色朦胧，水光接天矣。原评

"如此"二字，总结上两节，盖极言其忧之重大繁难，以起下不暇耕之意。此文极力描写，"如此"二字，总是为下不暇耕伏脉。许茹其

粢盛不洁①

粢盛之洁，非失国者所能供也。夫粢盛之供，原以昭其洁也，失国而粢盛罔出矣，乌乎洁！

尝观古之有国家者，勤民而即致力于神，凡以内洁其志，外洁其物，问有明德之弗昭，而苾芬之未将者，无有哉？无何而歌孔明者，转而叹非馨矣。嗟乎，致物尽志之谓，何其草莽委之也？

夫礼言诸侯耕助，虽兼致牺牲，而实崇供粢盛。

当其时，齍赍白黑于是乎荐②，糗饵粉糍于是乎陈③，祝史奉粢以告

---

① 语出《孟子·滕文公下》。(周霄问曰："古之君子仕乎？"孟子曰："仕。《传》曰：'孔子三月无君，则皇皇如也，出疆必载质。'公明仪曰：'古之人三月无君则吊。'""三月无君则吊，不以急乎？"曰："士之失位也，犹诸侯之失国家也。《礼》曰：'诸侯耕助，以供粢盛；夫人蚕缫，以为衣服。牺牲不成，粢盛不洁，衣服不备，不敢以祭。惟士无田，则亦不祭。'牲杀、器皿、衣服不备，不敢以祭，则不敢以宴，亦不足吊乎？"

② 齍赍［fēngfèi］白黑：麦黍麻等作物果实。

③ 糗饵粉糍：糯米等做的食饵。

曰：黍稷惟馨，表盒用告洁①。

两墩四琏于是乎充，六瑚八簋于是乎具，祝史奉盛以告曰：笾豆静嘉，展器用告洁。

而今已矣。所谓或舂而或揄者，安在乎？所谓或簸而或蹂者，安在乎？夫天地山川，其仿佛于粢盛之孔嘉者，几何时矣。而今日者，自堂而视，且曰贻羞东序。所谓释之而叟叟者，奚存乎？所谓烝之而浮浮者，奚存乎？夫古先社稷，其式凭于粢盛之芬如者，非一日矣。而今日者，徂墓而叹，金曰大器弗濯。

虽涧溪沼沚之毛，苹蘩蕰藻之菜，亦自足以明洁。然以分茅胙土之旧德，而一旦无以备我糜苞，洽我秬秠，烝我酒醴，则虽薄物是将，而适以彰其亵。

虽筐筥锜釜之器，潢汗行潦之水，亦自可以昭洁。然以君国子民之故传，而一旦无以羞我嘉种，辨我名物，实我豆登，则虽亵味克具，而徒以形其陋。

试回思青纮秉末而后，粢盛之所关甚巨，而六宫之奉，胡为至今不业也？则至于三月之久，而春露秋霜之际，当不禁抚粢盛而神惨曰不洁矣。

抑回忆大寝劳酒而后，粢盛之为用匪轻，而爵弁之省，胡为至今不告也？则苟至三月之久，而凄怆怵惕之怀，更不禁抚粢盛而愀然曰不洁矣。

况乎彝尊克辨，而波及臣工，则因君之洁。而洁者，固不独在君也，而不谓君之先致叹于式微。

若夫壶濯弗视，而匪颁无典，则因君之不洁。而不洁者，又不独在君也，然而君则愈自伤于中露。

吾见祀典不修，而神明怨恫，觇国者群相吊曰：微失国家之故，胡为乎不祭？

〔评品〕

典而华，古而腴，无愧大家。原评

其气古，其笔古，其声调色泽无一不古，是真寝食于古者也。彼因霖雨闭门，始读

——

① 盒 [ān]：古代盛食物的器具。

我亦欲正　圣者①

大贤以正人心自任，亦心三圣之心而已。夫三圣之正人心者至矣，孟子承之，而为息、为距、为放之间，责綦重哉！

且人心亦甚可危也哉。夫人心之治乱，与世运相为终始者也。自唐虞成周以迄春秋，而人心之乱屡变，而益奇古之圣人，虑人心之乱，而莫之救也。既各以其身正之矣，乃积而至今日，而其乱更极于无所复之。则人心之不正，于斯为甚矣。

彼三圣人之时，其乱先反于人身，而心乃为之渐受其害。今则其乱，直中于人心，而身之受害，且不足言。

三圣人之时，其心之不正者，直显悖于先王之道，而其乱速而害浅。今则其心之不正者，且阴附于先王之道，而其乱缓而害深。

由是宣之，说而邪，而心若或蔽之措之；行而诐，而心若或陷之播之；辞而淫，而心若或溺之。噫，人心之不正，于斯为甚矣！当斯时也，坐视其为我兼爱之说之行之辞，日肆于天下，而听人心之相寻于不正，而未有已。是无异人心有洪水之害，而我荡之；人心有猛兽之灾，而我张之；人心有乱贼之患，而我助之，则具获罪于三圣也，不亦大乎？于此而息之距之放之以正之者，非我之责，而又将谁责耶？独是邪诐淫之祸，远胜于洪水猛兽乱臣贼子之祸。而我之才，万不及禹、周公、孔子之才，且禹、周公、孔子，犹止正于其祸未甚之先，而我乃欲正于其祸大肆之后，呜呼，其亦不量其力而任之，果克胜与？否也。虽然，胜不胜，亦安可逆计？我固不能以无欲也。是欲也，非予一人之欲，乃禹之欲，周公之欲，

---

① 　语出《孟子·滕文公下》。（昔者禹抑洪水，而天下平；周公兼夷狄，驱猛兽，而百姓宁；孔子成《春秋》，而乱臣贼子惧。《诗》云：‘戎狄是膺，荆舒是惩，则莫我敢承。’无父无君，是周公所膺也。我亦欲正人心，息邪说，距诐行，放淫辞，以承三圣者。岂好辩哉？予不得已也。能言距杨墨者，圣人之徒也。）

孔子之欲，而禹、周公、孔子所隐隐焉急以待天下后世之欲，而我因亦欲之也云尔。使因其欲，而人心或赖是以稍正，邪说诐行淫辞或赖是以稍止，则虽不敢谓禹、周公、孔子之道由我而大传，然庶几告无愧于一心，告无愧于三圣，并告无愧于天下后世也。

天下其谓我何如哉?!

〔评品〕

我亦欲直赶至承三圣做一句，而中四项又以正人心为主，斯文处处合拍而笔力矫健，更有霜翮摩空，飞翔不欲遽下之势。许茹其

师旷之聪　五音①

音以律而正，虽知音者不能易也。夫五音之正，正以六律耳，虽知音如师旷，安能舍是而用其聪哉?

尝谓此音生于人心者也。心感于物而形于声，声相应生变，变成方而音以起，而音非徒任其曲直、繁瘠、廉肉之自为上下而漫无所以，节之已，有节之者而律著焉，依古以来莫之变已。借曰：可变莫如师旷。

旷以多闻之才，典乐于晋，居恒与平公论声音之道至悉。观其歌《南风》而知楚之无功，听新钟而知声之不调，则古所称知音者惟旷，知音而能正之者，亦惟旷。将见正宫之音，使人温舒而广大；正商之音，使人直方而好义；正角之音，使人恻隐而慈爱；正徵羽之音，使人乐善而好施，整齐而好礼。斯亦何取于嶰谷断竹之法②，经围广挟之制，而区区六律之是以乎。

虽然，六律五音，固相合而不容间者也。天地立而阴阳之律具，万物区而阴阳之音形。阳律下生，上生下者三生二；阴律上生，下生上者三生四。黄钟为阳声之始，生十二律。十二律生五声，五声各为纲纪，以成六

---

① 语出《孟子·离娄上》。（孟子曰："离娄之明，公输子之巧，不以规矩，不能成方员；师旷之聪，不以六律，不能正五音；尧、舜之道，不以仁政，不能平治天下。"）

② 嶰［xiè］：山涧；沟壑。有水称涧，无水称嶰。

十调，皆黄钟损益之变也。而不然者九寸九分，八百一十分之数不悉，则黄钟乱。黄钟乱，则众律无所准以为本律之宫，而半声之何以不爽于空？积忽微也。本律乱，则无所依以著五声之实。而变声之何以不夫于音？节比和也。由是毗于阳者，多流僻邪散、狄成涤滥之音，而阳之音不正。毗于阴者，多奋末广贲、志微噍杀之音①，而阴之音不正。

虽师旷当此，亦安能俾大小相成、始终相生而致感动风云之异也哉？《书》曰：律和声，善声者，必比律以饰节。节奏合以成文，而五音之道可通诸政。

〔评品〕

考核精详，而文气亦复老健无比。原评

精核犹人所能也；精核而能简括，简括而能流利，则斯文独擅其长。许茹其

既竭心思　一段②

圣人之仁天下，非徒恃其心思也。夫圣人之心思，固无非仁，然不继之以政，而遽曰仁覆天下，岂可得哉？

且圣人以一人而谋及万世之天下，则圣人固有时而穷。然天下不能见圣人，而未始不可见圣人之心。乃圣人又不能以其心示天下后世，天下后世不被圣人之泽，遂无以见圣人之心。而圣人之心，亦不得不穷，而固不穷也。

彼夫圣人之所竭，岂但耳力目力已哉？

维心之理，神于耳目，况动而为思，则愈用而愈深。故举天下后世心思所不及之处，而一一独有以及之，其殚谋毕虑，必不稍留余地以待人。

---

① 噍〔jiào〕杀：声音急促、不舒缓。

② 语出《孟子·离娄上》。（圣人既竭目力焉，继之以规矩准绳，以为方员平直，不可胜用也；既竭耳力焉，继之以六律，正五音，不可胜用也；既竭心思焉，继之以不忍人之政，而仁覆天下矣。故曰，为高必因丘陵，为下必因川泽，为政不因先王之道，可谓智乎？是以惟仁者宜在高位。不仁而在高位，是播其恶于众也。）

虽不必政治既立，而早已仁心之在抱也。

抑维心之理，精于耳目，况运之以思，则愈推而愈广。故举天下后世心思所愿及之事，而一一先有以及之，其励精淬神，并不稍留余地以自处。虽不必政具既张，而早已仁心之如结也。

心思至此，可不谓竭乎？虽然，心思之于仁，善于人而不善于出，惟当穷无复入之地，而有政焉。宣之而使出，则所入乃益见其有余。抑心思之于仁，通于虚而不通于实，惟当虚虽致力之时，而有政焉。引之而使实，则虚者乃无患其不足。

若此者，凡以云继也，继之以不忍人之政。而仁覆天下，又何疑？

天下日望我之爱，而我无其心。我日存爱天下之心，而我无其具。其爱不爱虽殊，而其无利于天下则一也。夫井田学校，原非神明想像之事，故虽开天之圣，亦不能空所据，以善一己。惟显著之于政，而天下之广，万民之众，被圣人之政者，皆不忘圣人之心，是不啻入千万人之心思，以留圣人之心思也。而心思之所及于是，为可大矣。

我有爱天下之意，而使天下心感其爱。我有爱天下之事，而使天下身被其爱。其爱虽同，而其济于天下则异也。夫礼乐农桑，原非窹寐揣度之功，故虽首出之圣人，亦不能绝所凭，以善一时。惟明立之于政，而天下之广，万世之遥，仰圣人之政者，皆乐溯圣人之心，是不啻入千万世之心思，以留圣人之心思也。而心思之所及于是，为可久矣。

此圣人立法之善也。

〔评品〕

风华楮如润，藻丽毫欲香，容与艳冶，自属有目同赏之技。畴五

先圣后圣其揆一也①

圣之极在于揆，合先后而无异也。盖揆原不容有二也，而谓先后圣能异乎，是可因舜、文而推之也。今使古今之圣人，各出其才，以孤行一意于天下，则古今之道，亦不可以终日，岂知道存疑古今，而实体于圣人之一心。惟道不可易，而圣人体道之心，亦遂不可以有易焉矣。

吾因舜、文，而不禁于舜之后，文之先，并舜、文先后之圣人，穆然在我意中也。

先之圣人为其创，而实不啻其因理，本无加于后。吾特行其所当然而已，而何创焉？

后之圣人为其因，而实不啻其创理，非有歉于前。吾自行其时固然而已，而何因焉？

圣之为圣，果且一乎哉？果且不一乎哉？

将一之以道，而道不待圣人而始同。惟道与心相权，而揆出焉。则其揆，乃不属之人，而独属之圣。是心中之道，信非圣人不能同也。虽极之圣人未生，而圣人之道已早著于天壤，而谓圣人反离之乎？

将一之以心，而心虽圣人不能强同。惟心与道相际，而揆得焉。则其揆，乃属之一圣，而仍属之圣。圣是道中之心，固为圣人所不能异也。虽极之圣人既没，而圣人之心犹常留于人间，而谓圣人有违之乎？

然则圣之所以为圣可知矣。

古今来有不相肖之豪杰，而必无不相肖之神圣。豪杰杂出于事功，神圣则悉本于理道也。道之极，无两圣人。以心造道之极，亦与为无两。盖天下立极之处，所争不容一织。任夫人之好增者，总无以索其不足之数。

---

① 语出《孟子·离娄下》。（孟子曰："舜生于诸冯，迁于负夏，卒于鸣条，东夷之人也。文王生于岐周，卒于毕郢，西夷之人也。地之相去也，千有余里；世之相后也，千有余岁。得志行乎中国，若合符节。先圣后圣，其揆一也。"）

故虽时异势殊，各殚其经营参赞之能，以建生民之未有，而神明变化愈以见。大经大法之无岐，先者无所庸其开，后者无所庸其继，本一道以运之，谓合数圣人为一圣人可也。

古今来有可相袭之理道，而必无可相袭之心源。理道范于大同，心源则纯于独至也。心之极，无二圣人。以道归心之极，亦与为无二。盖天下至极之诣，原不稍留一间。任夫人之好减者，总无以寻其有余之端。故虽人移代更，各出其曲成范围之才，以造两间之非常，而错综参伍愈以信。大本大原之一致，先者知其必有继于后，后者知其必有开于先，本一心以度之，谓分一圣人为数圣人可也。

至哉！揆乎后之学圣人者，可以兴矣。

〔评品〕

精理灏气，真可探天根而蒸云梦，制艺中奇观也。袁迪来

齐人有一　一章①

求富贵者之态，自齐人彰之矣。夫人日以其富贵骄乎人，而抑知所以求之者，特齐人之故智乎？君子于此，无暇羞齐人也。

且天下有求之之一术，固富贵者之所默相授受，而不欲人之稍窥其术也。乃独有受其术，而不能求富，不能求贵，而独用之以求饮食，则天下求富贵者，固不幸而遇此不善用求之人，有以败乃术而滋之羞也。

如齐人是已。夫齐人，何遽不若今之富贵者哉？彼既与富贵者同受其术，则出其东郭墦间之才，以博取人间富贵利达，固自易易。齐人何不竟

---

① 语出《孟子·离娄下》。（齐人有一妻一妾而处室者。其良人出，则必餍酒肉而后反。其妻问所与饮食者，则尽富贵也。其妻告其妾曰："良人出，则必餍酒肉而后反；问其与饮食者，尽富贵也，而未尝有显者来，吾将瞷良人之所之也。"蚤起，施从良人之所之，遍国中无与立谈者。卒之东郭墦间，之祭者，乞其余；不足，又顾而之他。此其为餍足之道也。其妻归，告其妾，曰："良人者，所仰望而终身也，今若此！"与其妾讪其良人，而相泣于中庭。而良人未之知也，施施从外来，骄其妻妾。由君子观之，则人之所以求富贵利达者，其妻妾不羞也而不相泣者，几希矣！）

自命为富贵利达，而徒托富贵利达之余，以骄其妻妾，则甚矣齐人之拙也。

而齐人之妻妾，则固不知齐人之亦无异于富贵者也。使早知齐人之无异于富贵，则已亦俨然富贵者之妻，俨然富贵者之妾。既得显者，而仰望之以终身，而尚何疑其未来？且疑其未来，而瞷而从[①]，而讪而泣乎？其瞷之从之，而且讪之泣之也，诚羞之也。

羞之者，固止知为齐人之妻妾，而不知为富贵者之妻妾也。然齐人之妻妾，而果为富贵者之妻妾，则其讪且泣，抑又甚矣。齐人窃富贵者之求以乞于下，富贵者窃齐人之乞以求于上，乞也求也，何得而何失？齐人也，富贵人也。何贵而何贱？则齐人之妻妾也，富贵者之妻妾也，何荣而何辱？设使富贵之人，一旦乞所求而归，过齐人之庐，闻某讪泣之声，适遇齐人之求所乞而来，乞与乞相视内惭，必且恨齐妇之摘伏为太巧，必且惜齐人之藏术为不上。

阳顾齐人而鄙之曰，吁嗟齐人，今所为若此，尚何令妻妾知之？自是绝与饮食，无恣餍足，而齐人亦退焉屏息，绝口不敢援富贵利达者为同道交也。而富贵利达者，乃施施然日以骄其妻妾矣，而其妻妾未之知也。未之知，固已为齐人之妻妾，而犹自以为富贵利达之妻妾也。

嗟乎，君子于此，无足悲富贵利达之人，而独深悲其妻若妾不幸而不为齐人之妻妾。徒终其身，寂处于室之中，以其受良人之所骄，而不复如有人间羞耻事也。

〔评品〕

同一术也，或以之求富贵，或以之乞酒食，显者与齐人，是一是一，读者试静思之。袁迪来

驾空起论，随手点次，化题目为烟云矣。许茹其

---

① 瞷〔jiàn〕：窥视。

伊尹圣之任者也①

任以圣而极，圣即以任而定也。盖圣非尹之所独，而任非圣之所同，孟子以此圣伊尹，而伊尹之圣，岂必复有加于此哉？且古今无不迪其身之圣人，而有一圣人焉，独以天下为其身；古今无不尽其心之圣人，而有一圣人焉，独以天下为其心，即古圣人之身心，亦无不与天下相属。而此一圣者，遂若舍天下别无所以置其身心之处。而尚论者，即以此定圣人之诣之所归。如伊尹之尧舜斯民也，非圣人而能若是乎？

圣人有小于天下之心，故不敢易视天下。而一夫之安危，一事之理乱，引之皆人道危微之介，而不胜震动恪恭之心。

圣人有大于天下之量，故不敢难视天下。而万民之休戚，万世之治忽，返之皆日用饮食之经，而并不存几微勉强之意。

盖圣之任者也。

南巢之役，古未尝有也，而尹独任焉，以征诛变揖让之局。诚念尧舜以来，天以斯民付之我身，而夏德既昏，则有夏四百年之孑黎，皆于我有亟相待之故。此而不任，将前此之天下，至此为无民也。故举成汤之所不敢专，仲虺之所不及谋，而不难身历不韪，以成其忧乐相关之志，而他尚何论乎？推此志也，虽谓与天地争烈可也。信非圣人，无此举动矣。

桐宫之事，古亦未尝有也，而尹独任焉，以放复变天泽之常。诚念尧舜以来，天以斯民界之一己，而商命未改，则有商六百载之苍生，皆于己有深相击之数。此而不任，将后此之天下，自此为无民也。故上不惧宗社之惊，下不惧臣民之谤，而不难身荷非常，以行其成败与共之意，而他尚何言乎？推此意也，虽谓与日月争光可也。信非圣人，无此施为矣。

盖天下固有圣而非任者。往古虽多绝物之神圣，而修己治人，各随乎

---

① 语出《孟子·万章下》。（孟子曰："伯夷，圣之清者也；伊尹，圣之任者也；柳下惠，圣之和者也；孔子，圣之时者也。"）

其量之所极，而不必于民物专其业。伊尹则以可见不可潜之身，自位于前古后今之际，遂若以一任造圣之名，而济世安民之外，别无性命之奇修。

天下固有任而非圣者。后世不乏匡时之豪杰，而因事赴功，或随乎其会之所乘，而不必于经济极其分。伊尹则以可行不可藏之身，自立于天人上下之间，遂若以一圣满任之量，而知至行尽之中，适成经纬之大业。

盖任至于圣，其任可以止矣。而圣止于任，其圣犹未至也。

〔评品〕

恰是伊尹之任，恰是圣之任，拓开万古心胸，推倒一世豪杰，有此崇思伟议。门人梁文山谨识

下士与庶 一句①

同士禄于在官，所以养在官之廉也。夫下士之廉易养，而庶人在官之廉难养，故其禄同也。

今夫国家之患，往往不生于士，而生于官，且亦无患于当官之卿大夫，而恒患于在官之庶人。盖养庶人之廉之难，每不若养士人之廉之易，谓以庶人而在官，固早挟一不廉之心而来也。

先王知其然。故于士人，兼予之以不贱；而于在官，惟予之以不贫。不贱，故不敢以役在官者役士人；不贫，故无不可以养士人者养在官也。

乃或以为若是，而先王之贱士已甚矣。士即下，亦君卿大夫之所敬求也。今既不敢自拟于君卿大夫上中士之列，亦何竟至与庶人在官为伍哉？

且庶人在官，固异日之奔走于下士者也。以奔走于下士者，而下士乃与

---

① 语出《孟子·万章下》。（大国地方百里，君十卿禄，卿禄四大夫，大夫倍上士，上士倍中士，中士倍下士，下士与庶人在官者同禄，禄足以代其耕也。次国地方七十里，君十卿禄，卿禄三大夫，大夫倍上士，上士倍中士，中士倍下士，下士与庶人在官者同禄，禄足以代其耕也。小国地方五十里，君十卿禄，卿禄二大夫，大夫倍上士，上士倍中士，中士倍下士，下士与庶人在官者同禄，禄足以代其耕也。耕者之所获，一夫百亩。百亩之粪，上农夫食九人，上次食八人，中食七人，中次食六人，下食五人。庶人在官者，其禄以是为差。）

之同其禄。吾知士也，有甘处岩穴宁无禄而乐庶人之贫，不欲以有禄而同在官之贱也。虽然，吾谓今之庶人在官者，亦正不贱矣。以彼挟卿大夫之势，在官于卿，俨若一卿也；在官于大夫，俨若一大夫也。天下之求近于卿大夫者，必先求结于庶人在官。斯时之岸然不与庶人在官为奔走者，独有一士。而庶人在官者之意中，亦岂复有士乎？然则居今而言下士与庶人在官之禄，惟患庶人在官之不愿与下士同耳。士也，而暇不与庶人在官同哉？

　　不知先王之世，彼庶人在官者亦何能为？直奔走使之耳，岂若后世之为蠹于官，而举官轻重之权，悉悬于其手耶？且因其操官之轻重，而故予下士之禄以崇之，是先王早有畏庶人在官之意，而张之滋盛也，岂先王诏禄于下士与庶人在官之心哉？

　　盖庶人在官，必其心计有余，而工于苞苴之才者也。彼既不屑与民为伍，而欲与官为亲，则固明明有求禄之见在其意中。己求禄，而禄不给，又何乐乎在官？甚或因不给，而日浸渔于君卿大夫之间，则其所得，将必有什伯倍于下士者。始以在官而求禄，继虽不禄而亦乐在官。彼先王诏禄之时，讵不念至此乎？故举下士之禄而与之同，良以自君卿大夫上中士而及于下士庶人在官，其食禄愈众，而禄数渐薄。众则虽下士不能增，薄则虽庶人在官不能减，适得其同耳。先王殊非屑屑焉，欲比量而齐观之也。不然，先王何厚于庶人在官，而故以之辱天下士哉？

〔评品〕

　　此岂无所见而云然，看透世故，快论叠出，一波未平，一波复起，俱是古文神境。袁迪来

一乡之善　六句[①]

其一

　　友善之道，皆所以自验其善也。盖君子不问所友之善，而但问己之能

　　① 语出《孟子·万章下》。（孟子谓万章曰："一乡之善士，斯友一乡之善士；一国之善士，斯友一国之善士；天下之善士，斯友天下之善士。以友天下之善士为未足，又尚论古之人。颂其诗，读其书，不知其人，可乎？是以论其世也，是尚友也。"）

为善士否也。推之乡国天下之间，友善者亦可知所自立矣。

且夫人欲取善于人，而人又不能不视乎所取之量，以为予则取善之量，遂往往而穷。盖天下固日出其善以供我之取，而我之善不能与为迎，而泛泛焉徒于人是问，无怪乎随其所取之地递进而各有所穷也。

何言之？善莫不欣于所同。执一己之善，问之他人而不以为然，将彼此各视为异类也。同则善与善交相得，而心理之感孚倍真。

善又莫不欣于所独。举我生之善，质诸他人而一无所殊，将彼此各视为常人也。独则善与善不相下，而性命之投契自绝。

盖皆为乡国天下之善士，故同，同斯可友；各为乡国天下之善士，故独，独斯能友。理固然耳。

乡国天下之人情，非遂有异于我也。我自顾出言制行，在在不满于人心，即不必问诸人，而早知其落落难合也。故士有穷居野处，声闻弗齿于闾里，而忽经风雨之所得，则一乡交让为不可及。而赏奇晰疑之恨晚，由是推之一国，推之天下，愈觉名实之倍增。而闻风向往，远近莫不有然也。

乡国天下之人材，我亦可想而知也。我自顾立身行己，事事超于众类，即不必问诸人，而早知其隐隐相喻也。故士有闭户潜修，海内不识其姓氏，而忽遭大贤之赏鉴，则天下群想望其丰采。而执经问业之恐后，返而问之一国，问之一乡，转觉声气之犹浅。而同类信从，前后若不相及也。

独是天下为一乡之积，则一乡之善，亦无非国与天下之善。而当其未造乎此，固不敢谓千里一圣，百里一贤，早萃于比闾族党之内，而不推之天下，以极其量。

抑一乡即天下之散，则天下之善，亦无非国与乡之善。而当其既至乎此，即不得谓千人之俊，万人之杰，遂足尽南海北海之英，而徒安于一乡，以小其规。

况人苟能以善自广，则宥密之中，自成一乡国天下，虽独居深念，而常有大于天下之量。

且人苟能以善自励，则乡国天下，时凛于神明之地，虽交满寰区，而常切小于天下之心。

友善者，不当如是耶？

〔评品〕

寄托遥深，兴会飙举，都是横空起黛色，尘埃中无从追蹑。侄锡谷谨识

一乡之善　六句①
其二

取善于人者，当求己之无不善也。夫善士不可不友，而友之则必有道矣，可徒曰求之乡国天下哉？

且夫友道之所足深患者，非谓世无可交之人也，亦非世有可交之人，而我不求其交也。盖我求交于人，人亦未尝不求交于我。而我非可交之人，则人亦遂不为我所交。故君子直以己为友也。

今夫所贵乎友者善而已。

而善不徒问诸人也。十年风雨之所得，若堪持以自信，而出观当世半属贤豪糟粕之余，则挟持无具，而非尽物情之好弃。

而善又非徒守诸己也。一生甘苦之所积，不敢持以问世，而闻风有人不胜相见恨晚之思②，则信从日广，而岂虑吾道之或孤。

盖为善于乡，为善于国，为善于天下者，己之善。而善在一乡，善在一国，善在天下者，人之善。善斯友，盖难之也，亦易之也。

曷言乎其难？人世任侠之交，皆可取悦于立谈之间。而惟怀仁抱义之士，往往高自位置，岸然不肯相下，甚或声闻已传于众口，而出言制行之间，稍不厌乎其心，则摘其细行，以间施短长之论。苟非生平之蕴借，一一与彼相齐。虽日有求于彼，而彼之意中，固不知我为何如人也。以此思乡国天下士之情，友之所以难也。

---

① 题目出处同前篇。
② 晚：原文为"免"。改之。

曷言乎其易？人世声势之交，皆有待于先容之术。而惟称仁说义之士，往往一见倾吐，坦然不复相疑，甚或姓氏弗著于闾阎，而修辞立诚之业，深足服乎其隐，遂信其大德，相赏于风尘之表。盖其夙昔之抱负，在在与彼克符。虽无所求于彼，而彼之意中，固早知我为何如人也。以此思乡国天下士之情，友之所以易也。

从来英奇特出之姿，原不数见于人闻。善冠乎乡，则已少；善冠乎国，则又少；善冠乎天下，则愈少。少，则我之遇彼也无两，而彼之遇我也亦无两。孤情殊诣，迥出于庸耳俗目之外，而善心之相契为倍真。

然天下非常自命之材，无日不往来于吾心。取士于乡，则已多；取士于国，则又多；取士于天下，则更多。多，则彼之过我也惟一，而我之过彼也已数合。志同，方无间于千里百里之英，而善量之所际为愈广。

友善者至此，庶可以无憾乎！

〔评品〕

前辈论制义之道，无所用事，非更尽天下事，无由措手。兹文识高意卓，透人情物理以为言，想其搦管构思时，实有振衣千仞岗，濯足万里流气象。尹仲

以友天下　二句①

善不尽于今，当怀古人矣。夫善不自今天下始也，不尚论古之人，而可自足乎？友善者，又有怀矣。

且天下之善无穷，而或穷于取善之一心。然天下固有时而穷也，惟取善者，于无可致力之处而求之不已，遂别有天下焉以资我之论断。则善愈不可穷，而取善之怀，自此远矣。

友善而至天下，是亦不可以足乎，而未也。

虽极天下至多之善，纳诸受善之人而皆少。非天下之善少，我惟有大于天下之量，则所受常余于善之外。而恢恢乎不自觉其为多者，遂如天下

---

① 题目出处同前篇。

之视国，国之视乡。而已经之境，总无位置我善之处。

虽极天下至优之善，返诸取善之怀而若绌。非天下之善绌，我惟有小于天下之心，则所取常歉于善之中。而皇皇乎不敢信其为优者，亦如乡之望国，国之望天下。而未历之途，总非吾善息肩之时。

何者？天下善士而外，尚有古之人在也。历数我生之阅历，不过须臾之顷耳，进而数代之天下，其善数倍。又进而数十代之天下，其善数十倍。试观开天明道，已不可望于三代以后之圣人，而今何论乎？故我亦不幸而不生于古之天下也。使生于古，而得与尧舜禹汤接若堂陛，则所见所闻，当不仅如我之今日也。乃今日我思论古人，而古人已不思论我，此我之所黯然神伤者也。而其论，一往情深矣。

默计我生之交游，不过瞬息之间耳。进而数十代之天下，其善数十倍。又进而数百代之天下，其善数百倍。彼夫中叶豪杰，已不可望诸皇初已上之事业，而今安论乎？则我亦幸而生于今之天下也。使生于古，而得与皋夔尹傅比若同堂，则所见所闻，或反不如我之今日也。故今日我得论古人，而古人已不得论我，此我之所快然满志者也。而其论，相寻益上矣。

且论较易于友。友必相勴以行，而论但相喻以言，善虽不必盖古人，而古人亦不禁我之论之也。故即稗官野史，皆得谈姚姒子姬之事，况能友者自无不能论，而何得有甘自菲薄之思？

然论较难于友。友则得失可资以互证，论则进退独出于一心，善苟远不逮古人，而古人亦遂不为我之所论也。故当人往风微，每难定性反升降之衡，虽能友友未必尽能论，而不可无歉然企及之念。

夫自尚论古人，则我亦古人。而后之为善士者，当慨然而论我矣。

〔评品〕

淋漓激荡，低徊欲绝，若近若远，藻韵都在笔墨之外，胜境直入欧曾。许茹其

曰吾弟则　一节①

即爱长以言仁义，亦强分其内外而已。夫爱独不可曰以弟为悦乎？长独不可曰以我为悦乎？内外之说，亦自告子强分之耳。

若曰：天下内外之辨，亦甚昭然哉。执在外者，而强谓之内，几何不执在内者，而强谓之外也？夫内外之辨，人己之分也。夫人不能混人己而一之，而顾欲统内外而同之。故往往矫为论定，而重违其本然，仁义之说，所以不明于天下也。

仁不外乎爱，而爱岂其以人为悦乎？以人为悦，是仁之亦在外也。

义不离乎长，而长岂其以我为悦乎？以我为悦，是义之果在内也。

而不然也。

天下待其爱之人，有吾弟，有秦人之弟。

吾所施其长之人，有吾长，有楚人之长。

吾之弟，岂遂不同于秦人之弟？而爱之者，何以不闻爱秦人之弟，亦爱吾之弟也？则知爱之，非以弟为悦者也。

吾之长，岂遂同于楚人之长？而长之者，何以不闻吾长则长之，楚人之长则不长也？则知长之，非以我为悦者也。

使于秦人之弟而可以强用其爱，则必于吾之弟而可以强用其不爱也。抑思爱既以我为悦，秦人之弟无如我何，即吾弟亦无如我何也。

使于楚人之长而可以不用其长，则必于吾之长而亦可以不用其长也。抑思长既以长为悦，我无如吾之长何，我亦无如楚人之长何也。

---

① 语出《孟子·告子上》。(告子曰："食色，性也。仁，内也，非外也；义，外也，非内也。"孟子曰："何以谓仁内义外也？"曰："彼长而我长之，非有长于我也；犹彼白而我白之，从其白于外也，故谓之外也。"曰："异于白马之白也，无以异于白人之白也。不识长马之长也，无以异于长人之长与？且谓长者义乎？长之者义乎？"曰："吾弟则爱之，秦人之弟则不爱也，是以我为悦者也，故谓之内。长楚人之长，亦长吾之长，是以长为悦者也，故谓之外也。"曰："耆秦人之炙，无以异于耆吾炙。夫物则亦有然者也，然则耆炙亦有外与？")

秦人非不自爱其弟，而独不能爱吾之弟。夫秦人不能爱吾之弟，而我又安能爱秦人之弟？我爱秦人之弟，是以内者而外之也，而仁岂其谓然？

楚人固自长其长，而亦未尝不长吾之长。夫楚人既不能不长吾之长，而我又安能不长楚人之长？我不长楚人之长，是以外者而内之也，而义岂其谓然？

天下内，莫内于吾之心，爱生于心，不在秦人，并不在吾弟也，内也。

天下外，莫外于世之人，长因乎人，在吾长，并在楚人也，外也。

夫仁内之说，夫子固尝言之矣，而独不能释然于义之外也。将毋同吾之长于吾之弟，而等楚人之长于秦人之弟乎？

〔评品〕

清辨滔滔，不数坚白异同之辨。原评

从两"则"字、一"亦"字，激出两"是以"字、两"故"字神情，强词凿凿，竟自说出一番道理来，窃恐告于当日，尚未必有此笔舌互用之妙。袁迪来

所识穷乏者得我与[①]

计及于穷乏，亦受万钟者之常情也。夫我亦可不为穷乏计，而所识穷乏者得我，不可不为我计也。此受万钟者之常情乎？

且夫人亦甚不知有我矣，而徒执万钟以为我，则又若仅知有我，而我之外皆所不计也。乃有时计乎我，而复计乎人，非果欲以万钟公之人也。公我之所有于人，仍私人之所感于我耳。

---

① 语出《孟子·告子上》。（是故所欲有甚于生者，所恶有甚于死者，非独贤者有是心也，人皆有之，贤者能勿丧耳。一箪食，一豆羹，得之则生，弗得则死。呼尔而与之，行道之人弗受；蹴尔而与之，乞人不屑也。万钟则不辨礼义而受之。万钟于我何加焉？为宫室之美、妻妾之奉、所识穷乏者得我与？乡为身死而不受，今为宫室之美为之；乡为身死而不受，今为妻妾之奉为之；乡为身死而不受，今为所识穷乏者得我而为之，是亦不可以已乎？此之谓失其本心。"）

则吾得于宫室妻妾而外，更揣受万钟者之情焉。

夫人情当富贵之日，每讳言贫贱之所为。况华门圭窦之中，与我握手言心者，更复知其为谁也，而忆之乎？

然人情处富贵之时，每私念贫贱之所历。则离群索居之余，与我同病相怜者，固大有人在矣，而忘之乎？

盖有所识之穷乏焉。所识穷乏者得我，或亦不能不计及也。

夸万钟于豪华之前，安见万钟之足慕？是万钟虽荣赖穷乏者，而其荣益甚也。念当年里巷征逐，我与穷乏亦共相识耳。今日万钟在我，而穷乏者咸争为我之所识。我不忘其所识，而穷乏乐矣。穷乏乐我之识，而我愈乐矣。推其心，即令所识有万钟，而使我感之，终不若我有万钟，而使所识被之焉耳。

矜万钟于温厚之家，安见万钟之足羡？是万钟虽显遇穷乏者，而其显更不同也。念当年蓬户往来，我与所识亦不辨其谁为穷乏耳。今日万钟当前，而所识者咸羡我之无穷乏。我一怜其穷乏，而所识乐矣。所议乐我之怜，而我愈乐矣。推其心，即令所识尽万钟，而我全其厚实，无宁所识有穷乏，而我全其名高焉耳。

独是华屋逍遥，而忽来终窭之客，则情声为之不快，是我亦不幸而识穷乏，非真有爱于穷乏也。然时而恶见穷乏之形为可鄙，时而乐道穷乏之态以自快。若鄙若快之情，总以鸣万钟在我之得意。

且嫔待盈前，而忽闻乞怜之声，则笑语为之无欢，是我亦偶念及于穷乏，而非必实被之穷乏也。然穷乏日有求于我，而我议其贪；穷乏不屑求于我，而我转诮其矫。为贪为矫之间，几令穷乏者无地以自全。

嗟乎，穷乏者有心，则此固亦蹴尔嘑尔之投尔，何乐为彼所识哉？

〔评品〕

直从若辈心曲中搜剔出议论来①，然中间犹是暴发人常态，至后二比，描绘恶薄肺肠，几不觉令人叹息泣下。许茹其

---

① 来：原文为"米"。改之。

人之所贵　一节[①]

　　贵而非良，直贱之而已。夫人谓贱之而始失其贵，我谓贵之而不啻其贱也。不然，岂赵孟而有良贵哉？

　　且吾不意人情之纷纷而欲贱也，有如是哉？夫人即不欲贵，何至反而欲贱？然吾以为天下之至贱者，固即今天下之所谓至贵者也。

　　何者？今之所谓贵，人之所贵也。夫我恶其贱而求贵于人，贵我者，自贵也，而我又何贵乎？

　　况乎人怜我之贱，而予我以贵，则贵之在人。己未为贵也，而我岂反贵乎？

　　无他，非良贵也。盖良贵本自处于可贵，而不复受天下之贱，亦本自处于不可贱，而并不复受天下之贵。而世之人，内既亡复贵之之衷，外徒避其贱之之名，于是伺候于名利之途，奔走于权势之侧，寡廉鲜耻，以邀贵者之一盼。而赵孟之门，遂纷纷如也。

　　然亦思赵孟，何如人哉？赵孟虽贵，不良实甚。由良贵者而观之，固天下之至贱人也。我而望色承颜，以求贵于至贱之人，则虽车服荣之，爵禄加之，当其贵之之时，而赵孟已不胜贱我矣。而求贵者不悟也，而但曰贵也。迨贵不旋踵而贱忽随之，彼求贵者即不以赵孟之所贵为贱，岂将以赵孟之所贱为贵乎？至是乃翻然曰：赵孟果贱我也。

　　嗟乎，赵孟之能贱我，岂至今日而始？信哉！使今日而始能贱我，则当日必不能贵我。彼既能贵我，虽终不贱我，而能贱之权，亦直悬于手耳。且即果不能贱我，而但能贵我，则贵我者徒擅其车服，而我分其宠；贵我者徒擅其爵禄，而我承其余。贵我者之贵，固已有加乎我也。有贵者

---

　　① 语出《孟子·告子上》。（孟子曰："欲贵者，人之同心也。人人有贵于己者，弗思耳。人之所贵者，非良贵也。赵孟之所贵，赵孟能贱之。《诗》云：'既醉以酒，既饱以德。'言饱乎仁义也，所以不愿人之膏粱之味也；令闻广誉施于身，所以不愿人之文绣也。"）

之加乎我，而我之贵特可诩诩于赵孟以下之人，而自赵孟视之犹然贱也。夫我而贵于赵孟，我何忍言况不及赵孟而贱乎？然则赵孟但能贱人耳，岂能贵人者哉？

无何而人之甘为所贱者，未得而汲汲以希其贱，已得而恋恋以冀其再贱，甚而贱于赵孟者，复窃其权以转贱乎人，而天下之人有借良贵之名以徼幸于其贱者，且曰：赵孟之门良贵存，抑何辱我良贵甚也？而良贵不良矣。

〔评品〕

何所慨于中，而郁勃若是，直令求贵于人者，顾影自惭。虽然，匪言之艰作者知必自爱其玉，无勿允蹈斯言矣。孙子未先生奇想幻笔，出没无端。苏长公海外文字，往往如此。许茹其

故天将降大任于是人也①

大任之将降，可以观天意矣。夫大任可降，则降之已耳，胡为乎将降也？天之于是人，岂偶然哉？

且世之论者，动曰人定可以胜天。夫人亦安能胜天哉？天固无时而不定者也。人但知天定于既定之后，而不知天定于未定之前。未定者，正天心之所在。而善验天心者，所不能不穆然有念于此也。

吾历观舜说诸人之所任，不可以识天意哉。

彼夫一身一家，何足劳彼苍之虑？惟是济世安民之业，旷世而始得一寄。乃其寄之也，不过十数年。而其数十年，则皆天所悬待之日也。

抑一才一枝，何足动造物之惜？惟是英奇磊落之姿，数世而始俾一

---

① 语出《孟子·告子下》。（孟子曰："舜发于畎亩之中，傅说举于版筑之间，胶鬲举于鱼盐之中，管夷吾举于士，孙叔敖举于海，百里奚举于市。故天将降大任于是人也，必先苦其心志，劳其筋骨，饿其体肤，空乏其身，行拂乱其所为，所以动心忍性，曾益其所不能。人恒过，然后能改；困于心，衡于虑，而后作；征于色，发于声，而后喻。入则无法家拂士，出则无敌国外患者，国恒亡。然后知生于忧患而死于安乐也。"）

遇。乃其遇之也，终其身不及半。而其大半，则皆天所观望之时也。

说者以为将降大任于是人云尔。

任之未降也，智愚贤否，混处于宇宙之内，而天亦无所庸其注属之处。至于将降，则天之意已动。举开辟不经见之事，天之所欲任而不得者，而独分忧于是人，岂其漫为尝也？我观人有甚爱惜之物，而欲举以畀人，往往出之而若纳，诚恐无意畀之而后将有不胜其任之患。而谓天独无是念乎？

任之既降也，成败利钝，变迁于世故之内，而天已无所施其挽回之力。当其将降，则天之权尚在。举两间不常有之功，天之所专任而不得者，而移其劳于是人，岂其姑相试也？我观人有甚关切之务，而举以委人，往往与之而复留，诚恐轻意委之而后或有不可为任之虑。而谓天独无是情乎？

盖将之为言，不有而必有也。物情之爱憎，不越耳目之前。而天心甚深，独取是人。毕世之显晦，而预筹于欲行未行之际，而并不必自明其所降之安属。

抑将之为言，必有而不必有也。世俗之取舍，不出时日之内。而天心好违，偏取是人。百年之行藏，而早计于欲动未动之顷，而人亦莫测其所降之何来。

是知无端之富贵，天之所以薄庸众，惟迟之于将然，而眷顾有因。骤至之显荣，庸众之所以邀天幸，惟积之于将然，而凝承非偶。

此其故，岂易一二为流俗人言也哉？

〔评品〕

以"将"字为寔理，以"也"字为虚神，全情毕现，而仍于本位一字不溢。灵巧谲造化，精锐走雷霆。许茹其

及其闻一　二句^①

欲知圣心之善，当观之于见闻焉。夫舜心之善，岂必待见闻而始有？及其闻之见之，遂若别成其为舜也，是可以观矣。

尝谓圣人之心，原统寂感而无二。惟当山寂而感之，会而圣心遂不能不异于所感。非所感之有异，而圣人之感为不同也。故善观圣人之异者，莫善于观所感。

不然，舜之居深山，又何以异于野人哉？

神圣之心思，无时不绝于庸众。惟无所以动其心思者，遂相安于庸耳俗目之中。而圣与人，不能矫为异。

即神圣之耳目，岂必定绝于寻常？一有所以触其耳目者，以试其至明至聪之用。而圣与人，亦不能强为同。

如有一善言而舜闻之乎，善不从闻始也。使善从闻而始，则亦随闻而终。惟是神明静藏之内，万善毕具，而忽于一善触其端，则以耳代心，而闻生于耳，以心代耳，而闻出于心。心与耳互为用，而闻之之境遂以迥别吾。盖于不识不知之天，而独得此一境焉，以为圣人之有可窥者，有如所闻。

抑有一善行而舜见之乎，善不自见起也。使其起于有见之时，岂其亡于无见之日？惟是宥密渊涵之中，众善悉会，而偶于一善呈其绪，则见之以目，而心即寄于目之内，见之以心，而目即寓于心之中。心与目并为施，而见之之际乃以大殊吾。盖于无思无虑之地，而独想此一际焉，以为圣人之不可测者，有如所见。

将谓圣人至此而忽异，而亦非有异也。人以见闻别圣人，而圣人原不以见闻别也。

---

①　语出《孟子·尽心上》。（孟子曰："舜之居深山之中，与木石居，与鹿豕游，其所以异于深山之野人者几希。及其闻一善言，见一善行，若决江河，沛然莫之能御也。"）

若谓圣人至此仍无异，而亦非无异也。见闻忽变于圣人，而圣人遂不得不变于见闻也。

见闻之先，岂其无见闻？但其既往则难留。而圣人此时之心，固无所滞于见闻之先。

见闻之后，岂不复有见闻？方其未来则不动。而圣人此时之心，并无所待于见闻之后。

异哉舜乎，吾恶乎知之？

〔评品〕

于"及其"两字取题魂，吸得下意，截住本题，镂心刻髓，翻转入妙。读之但觉灵气往来，都在空际斡旋。畴五

孟子曰待文　一节①

士以能兴为贵，无徒自安于有待也。夫人亦皆知凡民之可鄙而豪杰之可慕也。而要惟于兴之有待无待者别之，是安可不自立乎哉？

且天下之愿为奇士，而不愿为庸人也，岂顾问哉？夫吾亦甚欲进天下之庸人而奇士之。而何以自安于庸者之多也，而何以自拔于奇者之少也？是岂庸人之必不可以进于奇士，而天之生奇士使独也乎？亦惟能兴不能兴之别也。

或者曰：庸人亦正未尝不兴也。值寿考作人之主，而成人颂其有德。际朴械维新之化，而小子歌其有造。世果有兴起人才如文王者，则凡民之兴，亦安在不可如豪杰而必从？而鄙之曰：凡民也哉。

虽然彼诚豪杰，而奈何徒待文王以兴也。亦思文王未生之前，天下岂尽为庸众？而文王既没之后，天下岂尽无奇特？且文王之时，又谁以圣人之德圣人之化作？文王而兴之，而文王又何所待而能兴也？待而后兴，其

---

① 语出《孟子·尽心上》。（孟子曰："待文王而后兴者，凡民也。若夫豪杰之士，虽无文王犹兴。"）

才质必庸，其学识必陋，其性情必陷溺而不返，其志气必委靡而不振。将碌碌因人漫无短长之诮，概见于此矣，豪杰之士固如是乎哉？

若夫豪杰之士，其天之所赋，既有什伯庸愚之才，而人之所成，又有振拔非常之意。我但能为誉髦之良，而奚必定作丰芑之俊。其旷代而相感者，虽文王至今存可也。我但能为思皇之彦，而奚必尽沐云汉之泽。其异世而相奋者，虽文王自我为可也。彼凡民者，固又将待我而兴矣，而我尚何待之足云？

盖一有待之之意，则我有耳目，而待人聪明之；我有心思，而待人睿哲之。待文王而兴，必且待文王而不兴也。

诚存一无待之意，则聪明自我发，而何待于人之提撕？睿哲自我生，而何待于人之启迪？无文王而兴，将有文王而愈兴也。

乃世之不能兴者，动曰：不幸而不生于文王之世。则是天生文王，徒以兴一世之凡民，而适以阻天下万世之豪杰，反不若无文王之犹绝人以姑待之心也。将文王，岂真有累于天下之为豪杰也哉？

〔评品〕

游龙蹴云，猛猊抉石，笔墨之夭矫踔厉如是。畴五

人之有德 一节[①]

观知慧之所由生，人当无忘疢疾也。夫人岂必以疢疾为幸，而慧知恒存乎此？人无忘疢疾之念，则时时作疢疾观可耳。

今夫人莫不以困为忧，然忧莫忧于心困，而身困不与焉。盖人生聪明之用，每以身之困而生，则以身之困适成其心之不困。而窃窃然以身之困为忧者，亦未知所以处困之道矣。

盖人非德，即无以藏慧之用。有慧而德益明，非术即无以基知之几。

---

① 语出《孟子·尽心上》。（孟子曰："人之有德慧术知者，恒存乎疢疾。独孤臣孽子，其操心也危，其虑患也深，故达。"）

有知而术益巧，虽然岂易有也哉？

慧知未尝不由于天，而适成于人。事变之来，乃别豪杰。

慧知未尝不用于常，而实生于变。晏安之遭，必无奇士。

吾尝就人之有之者，而思其□由，盖恒存乎疢疾也。

才不足出乎天下之外，往往困于事中，而无□之使用其才者，则其才亦遂以不用而塞。惟当险阻备尝之会，人不能容我，我亦竟若不能容我，手足无措而卒得一途焉。可以自出其谋，迥非人世之所得窥。虽立己于事之前，亦不意其审几观变，有何如斯极也？斯其才，固愈用而愈出者也。

才不足人乎天下之中，往往格于事外，而无迫之使用其才者，则其才亦遂以不用而散。惟当利害交迫之时，天有意厄我，我亦竟若有意厄我，思议俱穷而卒得一间焉。可以自入其谋，迥非造物所能争。虽处己于事之后，亦自讶其极深研几，何以至斯也？斯其才，固愈用而愈入者也。

然则有谓君子以疢疾为幸，非也。人情即不自爱，岂有甘蹈慆亡之理？独奈万无可如何，而穷极自通，遂渐熟于人情物理之故，此天之所以巧成是人，而其人岂有幸也？

若谓君子以疢疾为不幸，亦非也。人情即不自爱，何至有愿为愚顽之理？故始惟一无可自处，而厄极求伸，自晓然于体经达权之用，天下反群惊其识，以为不可及，而其人乃大幸也。

盖人惟无所深于疢疾之内，则遇灾而嬉，怠缓尽酿倾覆之具，慧知之不有，何取乎疢疾也？

人惟有所扬于疢疾之先，则处危而惧，饮食无非淬励之端，慧知之能有，不必定疢疾也。

盖慧知存乎疢疾耳，岂果曰疢疾即慧知也哉？

（以下文字缺失）

附：《太史王韫辉增订全稿》原目录

上卷

论语

学而时习　一节

君子务本　一节

为人谋而　一句

贫而无谄　二句

不患人之　一节

诗三百一　一章

温故而知　二句

学而不思　二句

由诲女知　一章

好仁者无　其身

盖有之矣　二句

见贤思齐　二句

劳而不怨　一句

父母在不　一节

父母之年　二句

古者言之　一节

子谓子贱　一节

其知可及　二句

孰谓微生　一章

冉子与之　九百其一

冉子与之　九百其二

子谓仲弓　一章

冉求曰非　一章

务民之义　三句

仁者先难　二句

鲁一变至　二句

仁者虽告　一章其一

仁者虽告　一章其二

必也圣乎　一句

不以三隅　一句

富而可求　一章

饭疏食饮　一章

三人行必　一章

二三子以　一章

荡荡乎民　一句

巍巍乎其　二句

固天纵之　二句

苗而不秀　二句

法语之言　两段

衣敝缊袍　一节

鲁人为长　七章

子张问善　一章

居之无倦　二句

论笃是与　一章

舜有天下　一段

樊迟请学　一节

上好礼则　三段

叶公语孔　一章

君子和而　两句

王石和文集

士而怀居　二句

南宫适问　一章

爱之能勿　二句

君子上达　二句

君子道者　一章

修已以敬　百姓

下卷

子贡问为　一章

不曰坚乎　四句

其未得之　一句

苟患失之　二句

饱食终日　一章

日知其所　二句

仲尼日月　一句

因民之所　二段

择可劳而　一段

大学　中庸

欲诚其意　二句

所谓诚其　二句

人莫知其　一句

货悖而入　二句

中也者天　四句

中庸其至　一句

使天下之　一节

纯亦不已　一句

孟子

寡人愿安　一章

乐以天下　一句

人皆谓我　一章

国人皆曰　用之

邹与鲁哄　一章

尔为尔我　二句

岂以仁义　一句

知而使之　四句

然则圣人　一句

有贱丈夫　一句

圣人之忧　一句

粢盛不洁　一句

我亦欲正　圣者

师旷之聪　三句

既竭心思　三句

先圣后圣　二句

齐人有一　一章

伊尹圣之　一句

下士与庶　一句

一乡之善　六句其一

一乡之善　六句其二

以友天下　一句

吾弟则爱　一节

所识穷乏　一句

人之所贵　一节

故天将降　一句
待文王而　一章
及其闻一　二句
人之有德　二句
有天民者　一节

乡墨

子贡方人　一章
君臣也父　二句
仰不愧于　一节

会墨

子曰不知　一章
惟天下至　一章
设为庠序　一节

入泮金针

新 目

贫而无谄①

　　能无谄者，善处贫者也。夫贫，易至于谄也；贫而无谄，非善处贫者哉？

　　且天下之最足困人者，莫如贫，而独不足以困善处贫之人也。

　　然则我身虽饥，而我之心不饥也，而何羡于人？

　　抑我身虽寒，而我之心不寒也，而何求于人？

　　其贫而无谄乎！

　　谄者，欲人之怜其贫也。然谄之，而人不我怜，果何益乎？无谄者，知其事之无益，故断然不屑也。

　　抑谄者，望人之济其贫也。然谄之，而人即我济，能无羞乎？无谄者，知其事之足羞，故断然不屑也。

　　况我之贫，天使之也。天寇抛我，而顾谄人以求助哉？

　　抑我之贫，我致之也。我寇自困，而反谄人以求利乎？

　　无谄如是，是亦可以处贫矣！

---

　　①　语出《论语·学而篇》。（子贡曰："贫而无谄，富而无骄，何如？"子曰："可也。未若贫而乐，富而好礼者也。"）

父母惟其疾之忧①

观父母之所忧，人子当体其心也。夫疾在子，而忧乃在父母乎！为人子者，可不体其心哉？

且夫事父母者，当知父母之心。

父母之心，常有所忧也。是果何忧乎？

子之愚顽可忧，而愚顽犹缓也。

抑子之贫贱可忧，而贫贱犹后也。

盖惟其疾之忧云。

人子不必果有疾也。然有疾之时固忧，未疾之先亦忧。惟恐饮食不节，而致身之或伤也。一举念，而不胜其愁矣。

抑人子不必常有疾也。然有疾之时固忧，既愈之后亦忧。惟恐嗜欲不慎，而致体之或损也。一动念，而不胜其虑矣。

且父母有疾，父母或不自忧，而于人子之疾偏切。

抑人子有疾，人子或不自忧，而在父母之忧偏深。

为子者，尚其知之。

视其所以②

人有所以，首当用视之法焉。夫人之所以，不同也。视其所以，其人不可概见哉？

且夫人之行事，使尽出于一途焉，则亦可以不必鉴别矣。惟是一举

---

① 语出《论语·为政篇》。（孟武伯问孝。子曰："父母唯其疾之忧。"）

② 语出《论语·为政篇》。（子曰："视其所以，观其所由，察其所安。人焉廋哉？人焉廋哉？"）

动，而品诣攸分。亦遂不容置焉，弗问耳。

试思之。

以人之不一也，而遥而忆之，曰某为君子。微论①，人未必能受也；即自问，亦觉其无椐矣②。

以人之难齐也，而悬而揣之，曰某为小人。微论，人未必相服也；即自返，亦觉其无稽矣。

夫人不有所以乎，欲知人者，盍视之乎？

学术不能有正而无邪。而邪正之分，分于所以也。于焉视之，而吾未知其为正与为邪者，可于所以，而定其人之学术矣。

事功不能有纯而无疵。而纯疵之别，别于所以也。于焉视之，而吾未知其为纯与为疵者，可于所以，而考其人之事功矣。

是知视之权虽在我，而其所以者，仍在人。吾亦以人之所以者，区别其所以，而何容心焉？

乃其所以者虽在人，而视之法，究在我。人既以其所以者，为我区别其所以，而宁有失焉？

嗣是，而又可用吾观与察矣。

禄在其中矣③

学可得禄，无容干矣。夫学，非为禄也。禄在其中，何以干为哉？

且夫利禄之来，人每视为外至之数，亦知其有不期而至者乎！

如既"言寡尤，行寡悔"矣。

此不过自善其言耳，何尝有冀于人之知也？然而亦无用冀也。

此不过自修其行耳，何尝有求于人之报也？然而正无待求也。

---

① 微论：不用说，不要说。

② 椐：通"据"字。

③ 语出《论语·为政篇》。（子张学干禄，子曰："多闻阙疑，慎言其余，则寡尤；多见阙殆，慎行其余，则寡悔。言寡尤，行寡悔，禄在其中矣。"）

盖禄在其中矣。

国家有言扬之典，原以待夫能言者也。岂言既有物，而反置之乎？吾见大烹之养①，波及臣工者，皆稽古之余也，学成世用，往往然矣。

朝廷有行举之制，原以需夫能行者也。岂行既有恒，而反弃之乎？吾见靹钟之奉②，来自天家者，皆潜修之力也，学至君求，往往然矣。

且夫在中者，非徒得禄之谓也。得之，固有其事；失之，亦有其理，而总非意外之遭逢③。

抑在中者，非第有禄之谓也。有之，固可自信；无之，亦不必疑，而要为分内之遇合。

学者，亦加意于言行而已。

闻斯行之④

勉贤者以行，欲不虚所闻也。甚矣，行不可有待也。闻斯行之，子欲为冉有勉之欤。

尝思孤陋而寡闻，学者之所深患也。然徒得之于耳，而不体之于身，其又曷贵矣？

子问闻斯行乎？

夫闻而不行，与不闻何异也？则体备，岂可或缓乎？

抑闻而不行，反不如不闻也。则践履，无容或怠矣。

闻斯行之，所固然也。

古今之理无穷，一时不行，则前此之闻已逝矣。故竭毕生之精神，以

---

① 大烹：犹大亨。盛馔。《易·鼎》："大亨以养圣贤。"
② 靹：疑似"执"之异体字。
③ 逢：同"逢"。
④ 语出《论语·先进篇》。（子路问："闻斯行诸？"子曰："有父兄在，如之何其闻斯行之？"冉有问："闻斯行诸？"子曰："闻斯行之。"公西华曰："由也问闻斯行诸，子曰'有父兄在'；求也问闻斯行诸，子曰'闻斯行之'。赤也惑，敢问。"子曰："求也退，故进之；由也兼人，故退之。"）

争得失于俄顷，朝焉闻之，并不待夕也，而一心常为之汲汲耳。

天下之事无尽，数时不行，则后此之闻亦滞矣。故萃一世之才力，以争成败于瞬息，今日闻之，勿俟明日也，尚而一身常为之皇皇耳。

且夫闻虚而行寔，虽闻之百，不如行之一，而安可存苟且始待之思？

抑闻易而行难，虽半生之行，不尽一日之闻，而岂得有因循自安之意？

于勉之，吾亦诚无以易乎于之所云也。

何必读书然后为学①

以书为不必读，不知为学之道也。夫书不可不读也，曰"何必读书"，岂知为学之道哉？

且世尝谓：学而后入政，似也。然必执此以言学，亦未知为学之道也。

如费之中，不有人民、社稷乎？

夫有人民，则必以学治人矣。而居高理物，胡不闻弦诵之声也？

抑有社稷，则必以学事神矣。而入庙告虔，岂其有就将之劳也？

何必读书，然后为学也？

凡学以求明乎理也，既明乎理，何莫非书也？况读书亦正无用矣。有人于此，读尽古今之书，而于天下之事，茫然不晓焉，则何为也？

抑学以求通乎事也，既通乎事，何在非书也？况读书亦正无益矣。有人于此，读尽宇宙之书，而于当世之务，昧然鲜识焉，则何为也？

使必以读书为学，将泥乎古，不通于今，而诗书反为误人之具。

抑必以读书为学，将拘乎理，弗达于治，而典谟适为悦世之文。

何必然也哉？

---

① 语出《论语·先进篇》。（子路使子羔为费宰。子曰："贼夫人之子。"子路曰："有民人焉，有社稷焉。何必读书，然后为学？"子曰："是故恶夫佞者。"）

有德者必有言①

有德之人，其言可必也。夫言本于德者也，既有德矣，而其言，何不可必也哉？

且天下之人，孰不欲词华之外见哉？然而有本焉，未可强而袭也。

试思夫有德者。

德存于中者也。然诚中而形外，何患辞之不辑矣？

德蕴于微者也。然由微而达显，何虑辞之不怿矣②？

有德者，殆必有言云。

其为仁义之言欤！而仁义，非有德者不能全也。有仁而言仁，其言必不私；有义而言义，其言必不妄。举他人之拟议而后发者，独亹亹言之③，而如其中之所素具，而安有不足焉？

其为忠信之言欤！而忠信，非有德者不能尽也。有忠而言忠，其言必不伪；有信而言信，其言必不欺。举他人之揣摹而未达者，独津津言之，而如其意之所欲出，而何有或歉焉？

虽有德者，笃于躬修，岂其以言自矜？然不矜其言，而其言弥至也。著书立说，天下谁不钦圣谟之洋洋也哉？

虽有德者，切于为已，岂其以言自炫？然不炫其言，而其言弥文也。扬风扢雅④，天下谁不慕德音之秩秩也哉？

信乎，人之不可不修德也！

---

① 语出《论语·宪问篇》。（子曰："有德者必有言，有言者不必有德。仁者必有勇，勇者不必有仁。"）

② 怿：欢喜。

③ 亹亹：勤勉不倦的样子。同"娓娓"。

④ 扢〔jié〕：颂扬，扬起。

子张书诸绅[①]

记贤者之书绅，心乎存诚矣。夫存诚，不可或间也。子张之书绅，非心乎存诚也哉？

且夫人之于世，岂不贵有存诚之心哉？然非好学深思，心知其意，而欲其佩服不忘焉，诚知其难矣。

若子张则不然。

夫子张知忠信之理，不可忘也。第恐今日而不忘，异日而忘之，可奈何？

抑子张知笃敬之理，不可忘也。第恐此时而不忘，彼时而忘之，可若何？

爰有绅焉，于是书诸绅云。

凡人心之不存者，或其目之，无所见也。而绅非目，所见者乎于焉书之，则静而与俱焉，动而与俱焉，举忠信笃敬之言，日佩于当躬之内，而无之敢忽也已。

抑人心之不存者，或其外之，无所触也。而绅非外，所触者乎于焉书之，则常而在兹焉，变而在兹焉，举忠信笃敬之义，日习于一身之中，而无之敢违也已。

推此意也，即以绅为立焉，可也。然立之时有绅，不立之时亦有绅，而存诚者为倍切。

抑推此意也，即以绅为舆焉，可也。然在舆之时有绅，不在舆之时亦有绅，而存诚者为弥至。

子张洵善体圣教哉！

---

① 语出《论语·卫灵公篇》。（子张问行。子曰："言忠信，行笃敬，虽蛮貊之邦，行矣。言不忠信，行不笃敬，虽州里，行乎哉？立则见其参于前也，在舆则见其倚于衡也，夫然后行。"子张书诸绅。）

众恶之必察焉①

情不可以徇乎众，即恶而已必察焉。夫众恶，似乎公矣，然而不足凭也。察之，宁容已哉？

今夫人拂乎情，则甚恶。是恶，亦人情之所必有乎。然吾不敢谓斯人恶之之情，尽未有当也；亦不敢谓斯人恶之之情，尽无可疑也。

何则？

恶必有其可恶之事。若不知其事，而漫为訾议②，宁有当乎？

恶必有其可恶之心。若不考其心，而轻为讥谤，宁足信乎？

若是，则众恶之，亦安可不察哉？

从来持立之操，每不合乎人情。恶出于众，安知非道高而毁来也？故必由显及微，以推求乎斯人之本真，而必不敢以众恶亦恶者，致失公非之正理也已。

从来纯修之士，恒不满乎人意。众而皆恶，安知非德修而谤兴也？故必由外及内，以洞悉乎斯人之至隐，而断不敢以众恶亦恶者，致成萋菲之贝锦也已。

使察之，而其人果可恶也，非徇众也，以可恶者自在彼，而何容心焉？

使察之，而其人不可恶也，非违众也，以不可恶者亦在彼，而宁有意焉？

然而，众好犹不可轻信也。

① 语出《论语·卫灵公篇》。（子曰："众恶之，必察焉；众好之，必察焉。"）
② 訾［zǐ］议：指责、议论人。

而谁以易之^①

不明乎易之理者，而徒为圣人虑焉。夫孔子固自有所以易之者，而曰"谁以易之"，殆徒为圣人虑耳。

若曰：士君子之处世，不为无益之举也。以孑然无与之身，而欲胜乎天下之众，庸有济乎？

如"滔滔者，天下皆是也"。

江河其日下矣。此也如是，彼也如是，岂尚有同调乎？

波靡其日甚矣。一人有然，众人有然，岂复有合志乎？

虽欲易之，而谁以易之也？

易，必视乎其势。今日之势何如乎？其势在天下，不在己也。一己卓立，而众方笑于其后，尚欲易危而为安也，有蒿目焉而已。

易，必视乎其机。今日之机奚若乎？其机属天下，不属一己也。一身独行，而众且谤于其侧，犹欲易乱而为治也，有扼腕焉而已。

且以众之所恶，而易之以爱，谁不附子？以众之所爱，而易之以恶，谁不背子？今日之易，爱乎？恶乎？何尔夫子太不情也。

抑以众之所逆，而易之以顺，其谁违子？以众之所顺，而易之以逆，其谁从子？今日之易，顺乎？逆乎？何尔夫子不自量也。

吁，子亦误矣。

---

① 语出《论语·微子篇》。（长沮、桀溺耦而耕。孔子过之，使子路问津焉。长沮曰："夫执舆者为谁？"子路曰："为孔丘。"曰："是鲁孔丘与？"曰："是也。"曰："是知津矣。"问于桀溺。桀溺曰："子为谁？"曰："为仲由。"曰："是孔丘之徒与？"对曰："然。"曰："滔滔者天下皆是也，而谁以易之？且而与其从辟人之士也，岂若从辟世之士哉？"耰而不辍。子路行以告。夫子怃然曰："鸟兽不可与同群，吾非斯人之徒与而谁与？天下有道，丘不与易也。"）

孰为夫子①

不以圣人告贤者，不欲识圣人也。夫不以夫子告，则亦已耳。顾曰"孰为夫子"，非其心之不欲识圣人哉。

若曰今者道途之中，熙熙而来，攘攘而往，诚不辨其为谁氏之子也。而子顾卒然以夫子问我乎？

是尔之意中，固惟有一夫子也。然尔意中虽有夫子，吾意中则无夫子矣。

抑吾之意中，固未尝有夫子也。夫吾意中既无夫子，吾目中岂有夫子乎？

孰为夫子？

天下之人，非所素见者，则不能知也。我尚不知尔，我又何知尔夫子？夫子固犹是人耳，吾能执途人而为子询其姓氏乎？

抑天下之人，非所素亲者，则不能识也。尔夫子并不识我，我又何识尔夫子？夫子固无异人也，吾能尽行人而为子诘其由来乎？

况乎秉耒者，吾知其为谁也？荷锄者，吾知其为谁也？即尔之举动，以想尔之夫子，或非草野物色之所能及。

抑问晴者，吾知其为谁也？课雨者，吾知其为谁也？观尔之行止，以推尔之夫子，或非农夫耳目之所敢亲。

子急而诮之，固不自知其计之左也。

---

① 语出《论语·微子篇》。（子路从而后，遇丈人，以杖荷蓧。子路问曰："子见夫子乎？"丈人曰："四体不勤，五谷不分。孰为夫子？"植其杖而芸。子路拱而立。止子路宿，杀鸡为黍而食之，见其二子焉。明日，子路行以告。子曰："隐者也。"使子路反见之。至，则行矣。子路曰："不仕无义。长幼之节，不可废也；君臣之义，如之何其废之？欲洁其身，而乱大伦。君子之仕也，行其义也。道之不行，已知之矣。"）

止子路宿①

观止宿之事，丈人亦可风矣。甚矣，丈人之于子路，不相合而相合也。不然，止宿之事，胡为乎来哉？

尝观圣贤之生也，不能置身廊庙，伤矣。幸而得栖于农夫野老之家，犹未至途之穷也。

当子路之拱立也。

岐路徘徊，未知子之税驾何方②，心之忧矣，可奈何？

中道仓皇，未卜己之停骖何地，日之夕矣，可奈何？

顾安得有人焉，为之愿言止宿乎？

于是丈人亦若敬子路，惜子路，顾子路而言曰：敝庐不远，可邀高贤之驾，惠而好我，与子偕来焉，可也。

又若重子路，怜子路，向子路而招曰：下榻伊迩，堪容长者之膝，不我遐弃，携子同归焉，可也。

爰稽当日，遂止子路宿云。

吾想斯时之子路，意中惟有一夫子，寤寐辗转，欲待旦而靡宁。

吾想斯时之丈人，目中惟有一子路，周旋笑语，方中宵之不倦。

时，鸡黍继陈，二子且为之侍而食也。

小人之过也必文③

人之文过者，无望其能改矣。夫过亦人所时有也，而必文者惟小人，

---

① 题目出处同前篇。
② 税驾：指解下驾车的马，停车，有休息或归宿之意。税，通"脱"。
③ 语出《论语·子张篇》。（子夏曰："小人之过也必文。"）

尚何望其能改也哉？

若曰人之于世，不但是与非不同也，即同一非焉，而所以居非之心，亦有不同者矣。吾尝观小人，而有以决其隐矣。何则？

过而能改者，君子之心也。而小人之有过，不但不改也。

抑过而能悔者，贤人之心也。而小人之有过，不第不悔也。

小人之于过，其文有必然者。

凡人有耻为其事之心则文。小人之文过，是小人亦未尝不知耻也。夫耻之，何如改之乎？而小人曰劳矣，有以文之，则与无过等也。故共知共闻之地，非此无以为计焉耳。

抑人有羞为其事之心则文。小人之文过，是小人亦未尝不知羞也。夫羞之，何不改之乎？而小人曰苦矣，有以文之，则过若本未有也。故独知独见之余，舍是无以为心焉耳。

独是过固过也，文过遂无过乎？是于过之中，徒深其过也。此小人之所以成其小人也哉。

抑过诚过也，文过独非过乎？是于过之外，又增一过也。此小人之所以终于小人也哉。

吁，吾不料小人之心，乃至此极也。

民之所好好之①

公好于民，而好无不絜矣。夫民自有所好也，民之所好好之，非能絜好之矩哉。

且人各怀其欲，固至私也。君人者独能曲体乎人之私，而合天下之欲以为欲，则其欲无不遂，而其心乃大以公。

如《诗》所云"民之父母"何如乎？

---

① 语出《礼记·大学》。（《诗》云："乐只君子，民之父母。"民之所好好之，民之所恶恶之，此之谓民之父母。）

　　盖小民他无事业，而私其所好，常有耿耿而不忘者，遂引为终身之事。

　　抑大君别无性情，而公其所好，常有殷殷而弗置者，遂引为一己之情。

　　盖民之所好好之。

　　百姓之望君如帝天焉。虽有所好，谁敢向天子而言怀乎？乃不谓我后圣明，已体诸其怀而恻然也。饱食暖衣，不以为民生日用之故，而直以为吾身以内之图。其养欲而给求者，固无纤悉之不尽也已。

　　百姓之仰君俨神明焉。虽有所好，谁敢登堂陛而吐情乎？乃不谓天子可迪①，早窥诸其隐而惶然也。井田学校，不以为亿兆身心之事，而直以为我躬当尽之责。其厚生而复性者，固无一事之或亏也已。

　　若是者，虽使民自计其所好，亦不过如是之曲折也。民之所好通于君，君之好即洽于民。而主伯亚旅，自莫不欣然于戴高履厚之中。

　　若是者，虽使民自计其所好，尚不能如是之周详也。民之所好犹待于君，君之好即推于民。而父老子弟，其谁不欣然于饮和食德之下。

　　合之"民之所恶恶之"，而为民父母之道，尽是矣。

恶人之所好②

　　恶非所恶，又不仁之甚矣。夫人之所好，不可恶也。而恶之焉，非不仁之甚者哉。

　　且夫懿美当前，孰不当深爱慕之情哉？苟不爱之，已不可也。况反而出于恶乎，而不谓好人之所恶者，又不然也。

　　夫有好必有恶，吾亦非谓彼之不宜恶也。但使所恶者，果属可恶之人，则其恶，诚是矣。

① 迪［yòu］：行。

② 语出《礼记·大学》。（好人之所恶，恶人之所好，是谓拂人之性，灾必逮夫身。）

抑有好即有恶，吾亦非谓彼之必不当恶也。但彼所恶者，果非可好之人，则其恶，良正矣。

而奈何恶人之所好乎？

夫人固犹是心也。果其砥名砺节，孚于众志，则一人称之，人人称之，其好亦大可信矣。彼独何心，而乃与贤为仇乎？此其心，尚可问欤？

抑人犹是情也。果其嘉言懿行，协乎舆论，则一人推之，人人推之，其好亦良足信矣。彼独何情，而乃与贤为怨乎？此其情，岂有极欤？

虽好之在人者，岂必尽出乎公？然概之以所好，则固众人之公心也。人然而我独否，尚得为心之公也哉？

虽好之在人者，未必一无所私。然统之为所好，则非一人之私言也。人是而我独非，岂非其言之私也哉？

是谓拂人之性矣。

虽圣人亦有所不知焉①

观圣人之不知，而道之费可见矣。夫圣人宜无不知也，而亦有所不知焉，不可以见道之费乎？

且道在天下，非圣人不能明也。然非圣人不能明道，而圣人之明，亦有时而穷矣。

如道之及其至也，何如哉？

至以言乎，其无既也。无既，则才之暗者不能知，而不但才之暗者不能知也。

抑至以言乎，其无涯也。无涯，则识之陋者不可知，而不但识之陋者不可知也。

虽圣人亦有所不知焉。

———————————

① 语出《中庸·君子之道费而隐》。(君子之道费而隐。夫妇之愚，可以与知焉。及其至也，虽圣人亦有所不知焉。)

天下之理无殊，而事有殊。以我生所未闻之事，而悬断之以理，则事固不尽于理也。圣人虽浚哲乎，要惟究乎理之精微，而事之纤悉，亦有所不及周也已。

天下之理有定，而物无定。以我生所未见之物，而空揣之以理，则物固不尽于理也。圣人虽亶聪乎①，要止得乎理之蕴奥，而物之纷员②，亦有所不及穷也已。

然不知不足为圣人病也。圣人之知过乎人，而道之量更过乎圣。故神灵天亶，非不泄两间之微奥，而不得谓此遂无可用之聪明。

抑不知不足为圣人累也。圣人有余于人之知，而道更有余于圣之理。故开天明道，诚足发万世之愚蒙，而不得谓此遂无可推之灵异。

道之费也，何如哉？

亦将有以利吾国乎③

利国之事，不当望于大贤矣。夫孟子，岂言利之人乎？惠王以利国望之，不亦误哉？

若曰：寡人抚有一国，惴惴焉惟寡弱之是惧。尚何利之敢言乎？然而日夜念此至切矣，今何幸而夫子来也。

夫不惮山川之阻，而税驾此方，夫子岂徒然乎？

抑不畏跋涉之劳，而凭轼敝邑④，夫子宁无意乎？

亦将有以利吾国乎！

---

① 亶［dǎn］：实在，诚然。

② 纷员：犹纷纭。

③ 语出《孟子·梁惠王上》。（孟子见梁惠王，王曰："叟不远千里而来，亦将有以利吾国乎？"孟子对曰："王何必曰利？亦有仁义而已矣。王曰'何以利吾国'，大夫曰'何以利吾家'，士庶人曰'何以利吾身'，上下交征利而国危矣。……苟为后义而先利，不夺不餍。未有仁而遗其亲者也，未有义而后其君者也。王亦曰仁义而已矣，何必曰利？"）

④ 凭轼：靠在车前横木上，有停靠的意思。

利莫大于富国，而生聚之无方，则富不可得而致也。惟夫子幼学有怀，其于富国之事，讲之固已久矣。今亦既见止，而一吐其心中之奇，是真社稷之福也已。

利莫大于强兵，而操练之无术，则强不可得而期也。惟夫子壮行有志，其于强兵之道，筹之固已素矣。今亦既觏止^①，而一发其生平之抱，是真臣民之庆也已。

况今日之能利者，他国不乏其人，寡人遍求之而不遇也。自有夫子，寡人诚无羡于今日也。

抑往日之言利者，吾国非无其人，寡人每试之而不验也。自有夫子，寡人亦无悔于往日也。

幸夫子明以告我。

沛然下^②

拟下雨之象，天之不嗜杀也。夫雨，亦难沛然耳。沛然下雨，非天之不嗜杀也哉？

且物之望泽于天，甚矣。望泽而不寔降其泽，岂天心所忍出乎？

如天既油然作云矣。

夫兴云以致雨，云之兴也，而雨不能致也，可若何？

抑云行而雨施，云之行也，而雨不能施也，可若何？

而不然也，殆沛然下雨云。

夫天下固有蒙雨矣。雨之蒙者，未始非雨也，然而小也。兹则举前之

---

① 觏止：相遇的意思。觏，遇见；看见。
② 语出《孟子·梁惠王上》。（孟子见梁襄王。出，语人曰："望之不似人君，就之而不见所畏焉。卒然问曰：'天下恶乎定？'吾对曰：'定于一。''孰能一之？'对曰：'不嗜杀人者能一之。''孰能与之？'对曰：'天下莫不与也。王知夫苗乎？七八月之间旱，则苗槁矣。天油然作云，沛然下雨，则苗浡然兴之矣。其如是，孰能御之？今夫天下之人牧，未有不嗜杀人者也。如有不嗜杀人者，则天下之民皆引领而望之矣。诚如是也，民归之，由水之就下，沛然谁能御之？'"）

积而未下者，而尽泄于一旦。父老子弟，罔不相庆于途矣，曰："沛然矣!"

抑天下固有阴雨矣。雨之阴者，未始非雨也，然而缓也。兹则举今之郁而将下者，而忽发于崇朝。主伯亚旅，罔不相欣于野，曰："沛然矣!"

是知事之常有者不足喜。雨出于所不敢望，则意外也。出于意外，喜可知也。

抑事之偶至者不足喜。雨得于所素望，则意中也。出于意中，喜可知也。

斯时之苗，何如乎？

今日病矣①

宋人自述其病，亦自矜其病也。夫病，亦何足异？曰"今日病矣"，宋人殆自矜其病耳。

若曰："今者一家之中，妇子嘻嘻，致足乐也。"岂知予一人以惫甚乎？

予思昔之日，问晴课雨，不胜其劳矣。然而未至于病也。

抑前之日，出作入息，不胜其苦矣。然而不至于病也。

今何如乎？今虽犹是昔日之劳，而其劳更不同矣。今虽犹是前日之苦，而其苦独有异矣。今日病矣!

方予之始往也，家人亦不计予之病也。迨身历陇亩，而不禁手足交瘁也。病也，何如？

抑予之始出也，亦不料其病也。迨躬至田间，而不觉胼胝交劳也。病也，何极？

---

① 语出《孟子·公孙丑上》。（宋人有闵其苗之不长而揠之者，芒芒然归，谓其人曰："今日病矣! 予助苗长矣!"其子趋而往视之，苗则槁矣。天下之不助苗长者寡矣! 以为无益而舍之者，不耘苗者也；助之长者，揠苗者也——非徒无益，而又害之。）

想一家之中，皆待食于予。予病，而家之人皆可以不病，则病固予之所不辞也。

然一家之中，食岂独一予？家之人不病，而予独病，则病亦家之人所当惜也。

独是人多不病而予病，今日之病，予寔难堪。

然人皆不能病而予病，今日之病，予寔难得。

殆予助苗长矣。

予助苗长矣^①

自矜助长之功，宋人亦愚矣。夫苗之不长，可助乎？曰："予助苗长矣。"宋人亦何愚哉？

想其告家人曰：天下之事，拙者无功，而巧者弥效，大抵然也。其在农家之业为尤甚，如予今日之病，良以为苗耳。

予忧苗之不长，而无术也。而不谓：忽得一术也。

予欲苗之长，而无法也。而不谓：忽有一法也。

予盖有以助之也。

以尔辈之望苗也，问晴课雨，不胜其劳矣，而苗如故也。而今乃倏变于崇朝。

抑尔辈之治苗也，出作入息，不胜其苦矣，而苗犹是也。而今乃顿改于一旦。

予盖有以助之长也。

虽苗之长也因乎天，而不长，则天亦无如何也。自有予之助，而天时可以无庸。

抑苗之长也资乎地，而不长，则地亦无如何也。自有予之助，而地利可以无借。

---

① 题目出处同前篇。

使农人皆得予之方，则人人庆丰年也。然而此方不肯告人也，予将以此媲神农之利。

使田家尽如予之智，则家家歌乐岁也。然而此智固所独得也，予将以此续后稷之功。

今而后家人皆得享予之赐，其如予之病何也？

旧　目

则民兴于仁^①

观民之兴仁，上有以感之也。甚矣，民不可不兴仁也。其兴于仁者，非上有以感之哉？

且夫天下之人，岂不贵有亲逊之风哉？然而所以致此者，则必有道矣。

有如君子笃于亲乎。

此不过君子之自尽其仁也，何尝计群黎之向背？然民也，闻之已不觉蒸然动矣。

抑此不过君子之自敦其仁也，何尝念兆姓之从违？然民也，见之又不觉奋然起矣。

则民兴于仁，有必然者。

小民爱敬之心，较之学士大夫而无异。所患者，无以感之，则不动耳。今君子既有以感之，则民谁非人子，谁非人弟也？爱亲敬长，不驱者之若或驱矣。

小民只恭之念，较之学士大夫而更真。所虑者，无以倡之，则不从耳。今君子既有以倡之，则民亦犹是子，亦犹是弟也，只父恭兄，不令者之深于令矣。

然后知兴仁之难也。愚贱何知学问？岂必请蓼莪棠棣之文，不观天子

---

① 语出《论语·泰伯篇》。（子曰："恭而无礼则劳，慎而无礼则葸，勇而无礼则乱，直而无礼则绞。君子笃于亲，则民兴于仁；故旧不遗，则民不偷。"）

之德化，或且自安于冥顽也。故曰难也。

亦可知兴仁之易也。草野岂无良知？畴则无明发天显之谊，幸睹君上之表率，岂肯自甘于悖也？故曰易也。

治民者，其知之。

兴于诗^①

学者之兴，由于诗也。夫兴，未易言也。兴于诗，人可忘其所自哉？

且学者莫不有其得力之处，而况志气所感，其得力于风雅者，尤始事之不可忘乎。

诚思之。

无端而有好焉。好之而不禁其意之殷然者，是何为也？

抑无端而有恶焉。恶之而不禁其心之愤然者，又何为也？

盖所谓兴也。

然是兴也，岂其生而具之乎？偶尔之歌泣，过时而或忘矣，以其未睹美刺之文也。

抑岂其性而有之乎？偶尔之欣戚，更端而或淡矣，以其未诵贞淫之言也。

有《诗》焉。

善之可好者，备载乎其中矣。清庙明堂，无不足以发人之正心也。

抑恶之可恶者，悉具于内矣。桑间濮上，无不足以惩人之逸志也。

诚讽咏乎四始之什，而忠臣孝子，不知何以可歌而可咏也。而好善之念，于是乎兴。

抑服习乎六义之旨，而狂夫游女，不知何以可惩而亦可戒也。而恶恶之念，于是乎兴。

人可不学《诗》哉？

---

① 语出《论语·泰伯篇》。（子曰："兴于诗，立于礼，成于乐。"）

三年学不至于谷①

忘乎谷者，心乎学者也。夫人之至谷者，多矣！三年学不至于谷，非心乎学者哉？

且天下纯学之人，皆异日得禄之人也。然而，有一得禄之见在其意中，则其学必不纯矣。

试思之。

立意不专，而以进修为干宠之具。则虽为时无多，而已不胜其驰矣。

居心不静，而以诵读为希荣之阶。则虽为日无几，而已不禁其纷矣。

若是乎学，未有不至于谷者也。学之三年，更未有不至于谷者也。有如三年，学不至于谷乎？

学为正谊之事，非谋利也。但久之，而不能不谋也。三年，亦云久矣，而其心恒淡然焉。学至君求，固不设是念也已。

抑学为明道之事，非计功也。但久之，而不能不计也。三年，非不久矣，而其心恒漠然焉。学成世用，固不萌此意也已。

且夫至之为言，非必汲汲以求之也。匡坐鼓歌之下，而稍有一念之未忘，则已足为学之累。此不至者，之所见为独大。

抑至之为言，非必役役以营之也。闭户服习之余，而偶有一意之或动，则已足为学之耻。此不至者，之所求为独深。

如此之人，岂易得也哉？

学如不及②

不自以为及者，笃学之心也。夫学，原以求及也。而如不及焉，非笃

---

① 语出《论语·泰伯篇》。（子曰："三年学，不至于谷，不易得也。"）
② 语出《论语·泰伯篇》。（子曰："学如不及，犹恐失之。"）

学之心哉？

且吾人为学，岂不欲其功之无不尽哉？然自信为能尽，而其不尽者，固多矣。

试思之。

从事圣贤之业，而甘自处于不足焉，则怠矣。怠不可为也。

奋志诗书之内，而妄自据为有余焉，则骄矣。骄尤不可为也。

然则如之何而可？其学如不及乎？

学以致知，知有未致，则不及矣，而不必其果未致也。日究乎天人性命之微，而其心恒歉然焉，盖不啻有途之可循，而我乃望之而却也已。

学以力行，行有未尽，则不及矣，而亦不必其果未尽也。日体乎仁义道德之大，而其心恒赧然焉，盖不啻有程之可企，而我乃瞠乎其后也已。

是知如不及，则非真不及也。业弥进者心弥下，学之所以日起而有功。

况乎如不及，则其心终求及也。心愈虚者功愈寔，学之所以日进而不已。

迫观犹恐失之，学者不当如是耶？

禹吾无间然矣[①]

圣王之德，无可间也。夫无间，未易言也。禹无间然，非圣王之德哉？

且人君为治，而但有一端之失焉，亦已难矣，况并此而无之乎？

试思夫禹。

夫禹之功大矣。功大者，或不无小过乎？

抑禹之德隆矣。德隆者，或不无微疵乎？

三四九

---

① 语出《论语·泰伯篇》。（子曰："禹，吾无间然矣。菲饮食而致孝乎鬼神，恶衣服而致美乎黻冕，卑宫室而尽力乎沟洫。禹，吾无间然矣。"）

而不然也，"禹，吾无间然矣。"

凡人得失之相参，则间生焉。禹岂有相参者乎？但有得也，并无失也。虽欲求一事焉，以为指摘之由，而不能也已。

凡人美恶之相杂，则间起焉。禹岂有相杂者乎？但有美也，并无恶也。虽欲举一事焉，以为议论之端，而无从也已。

且夫间之为言，不必其大也。万善克全，而偶有一之或缺，则已为圣德之累。非禹，孰能绝其端哉？

抑间之为言，不必其多也。百行尽善，而犹有一之未至，则已为圣德之灭。非禹，孰能泯其隙哉？

而无间之寔，为何如也？

子罕言利①

记圣人之罕言，利其大端也。夫利者，义之反也。计利，则害义矣。圣人，岂常言之哉？

尝思圣人之学，凡以求，尽乎义而已。故有害于义者，圣人不以之为学，亦不以之为言也。

夫害于义者，非利乎？

利者，小人之所喻也。而圣人岂常出于口，以乱天下之学术？

抑利者，舍夫之所徇也。而圣人岂轻发于辞，以坏天下之人心？

我思夫子，盖罕言利云。

人虽甚愚，未有闻利而不慕者。于此而言，是诱之使慕也。子若曰："吾方欲人之慕道德也，而顾诱之以利乎②？"故无论义外之利不言，即义中之利，亦不轻言也已。

人即至顽，未有见利而不趋者。于此而言，是道之使趋也。子若曰：

---

① 语出《论语·子罕篇》。（子罕言利与命与仁。）
② 顾：岂，难道。

"吾方欲人之趋义理也，而顾道之以利乎？"故无论利之悖乎义者不言，即利之近乎义者，亦不苟言也已。

虽有时偶见诸词说，要以惩天下之贪谋，而绝非启其干荣慕宠之渐。

抑有时微形诸辨论，正以禁人之妄营，而断不开其行险徼幸之心。

而罕言者，犹不止此也。

固天纵之将圣①

圣人之圣，无可量也。盖圣不同也，固天纵之将圣，岂非无可量者哉？

且吾党日侍夫子，而知神灵之诣，固有其独绝者，而未可以寻常视之也。子以夫子为圣乎？

夫夫子之圣，无异；然所以为圣者，有异也。

夫子之圣，虽同；然所以为圣者，不同也。

固天纵之将圣也。

凡圣无不知也，然其知有止也。而夫子之知，岂有止乎？知而又知，天盖举天人性命之理，以听圣人之会通，而使之无不知也已。

抑圣无不行也，然其行有极也。而夫子之行，岂有极乎？行而又行，天盖举仁义道德之途，以任圣人之体备，而使之无不行也已。

且夫纵之为言，天固有心于夫子也。有心于夫子，而夫子之圣乃至。

抑纵之为言，天固无心于夫子也。无心于夫子，而夫子之圣愈神。

岂徒在于多能乎？

---

① 语出《论语·子罕篇》。（太宰问于子贡曰："夫子圣者与？何其多能也？"子贡曰："固天纵之将圣，又多能也。"子闻之，曰："太宰知我乎！吾少也贱，故多能鄙事。君子多乎哉？不多也。"）

我待贾者也①

观圣人之待贾，无庸求矣。夫贾，非可强得也。子惟待之而已，何以求为哉？

今夫挟希世之宝，而漫以求人，其为宝也，几何矣？是固有道焉，不可不定计于早也。

如我于美玉，岂能易赐沽之说哉？

顾沽之事，我自为主也。沽而得贾，则非我之所主矣。

抑沽之事，我所深愿也，沽而求贾，则非我之所愿也。

我待贾者也。

凡物之贾易得，而美玉之贾难得。求之而贾不至，不徒劳乎？我何必为是劳也，从容以听之耳。

凡物之贾不可求，而美玉之贾更不可求。求之而贾即至，不亦辱乎？而我何忍为其辱也，安坐以俟之耳。

倘由是而或得贾焉，玉之幸，亦世之幸也。而于玉，究何尝有所加？

倘由是而终不得贾焉，世之忧，非玉之忧也。而于玉，究未尝有所损。

赐乎，子诚爱玉之甚，而奈何为是不相知之语乎？此美玉之所为滋戚也。

苗而不秀者有矣夫②

苗之不秀，深可虑也。夫苗似当秀也，而不秀者有之矣。不亦深可

① 语出《论语·子罕篇》。（子贡曰："有美玉于斯，韫椟而藏诸？求善贾而沽诸？"子曰："沽之哉！沽之哉！我待贾者也。"）

② 语出《论语·子罕篇》。（子曰："苗而不秀者有矣夫！秀而不实者有矣夫！"）

虑哉？

尝观天下之物，虽始事之足恃，而不能无失于继者，往往然也，如苗是已。

夫农夫之所望者，苗耳。苗，则无可虑矣，而正不能不虑也。

抑田家之所期者，苗耳。苗，则有可幸矣，而正未可遽幸也。

夫苗，固有不秀者也。

苗之无也，安论夫秀？苗，则似当秀矣。何亡以望之，而犹是苗也？然而不足怪也，理固有之矣。

抑苗之无也，何期于秀？苗，则似宜秀矣。何迟以待之，而苗如故也？然而不足异也，势固有之矣。

是知苗之不秀，乃意外之事也。夫天下事之出于意外者，原不乏也，而何必为苗讳哉？

抑苗之不秀，又意中之事也。夫天下事之生于意中者，更不少也，而何不为苗忧哉？

人之为学，亦若是而已矣。

能无从乎[①]

从法言者，不能不然也。夫从则从耳，而曰"能无从乎"，岂非以法言之故哉？

今夫闻人言而不违，其人可谓能受矣。然所以使之不违者，其权不在受言之人也。

不观诸法语之言乎？

夫法言，则其理直矣。理之直者，其谁抗之也？

抑法言，则其义正矣。义之正者，其谁悖之也？

---

① 语出《论语·子罕篇》。（子曰："法语之言，能无从乎？改之为贵。巽与之言，能无说乎？绎之为贵。说而不绎，从而不改，吾末如之何也已矣。"）

能无从乎?

凡人之不从者，必其是非之相持也。若言既是矣，闻者能独以为非乎？虽有刚悍之人，亦悚然于纲常名教之论，而不敢有所拒也已。

抑人之不从者，必其可否之互争也。若言既可矣，闻者能独以为否乎？虽有桀傲之士，亦惕然于仁义道德之谈，而不敢有所拂也已。

是岂人之欲从乎？非也，虽不欲而不能也。从，固言者意中之事耳。

抑岂人之愿从乎？非也，虽不愿而不能也。从，固听者必至之情耳。

而何足为贵乎？

匹夫不可夺志也①

观志之难夺，以其在己也。夫匹夫似易夺也，而志不可夺，非以其在己哉？

且夫人于天下事，亦存乎志而已。有志者，事竟成，而宁问诸人乎？

如三军可夺帅。

则多者，失其多矣。多者尚不足凭，而何有于匹夫？

抑众者，失其众矣。众者尚无可恃，而何论乎匹夫？

然而不可夺者，以其有志也。匹夫不可夺志也！

凡天下之可夺者，以其志之无定也。若其志既定，虽匹夫何虑乎？行则行焉，止则止焉，举经权常变之故，悉卓然于神明之内，而不可摇也已。

抑天下之可夺者，以其志之无常也。若所志有常，虽匹夫何患乎？可则可焉，否则否焉，举成败利钝之宜，胥确然于宥密之中，而不可易也已。

是故可荣可辱，纵能夺我之遇，而不能夺其志。虽君公，其如我何哉？

---

① 语出《论语·子罕篇》。（子曰："三军可夺帅也，匹夫不可夺志也。"）

抑可生可死，纵能夺我之身，而不能夺其志。虽造物，其如之何哉？
信乎，人当立志也！

知者不惑^①

圣人论知者，而深信其不惑焉。夫不惑，未易言也。果知者矣，岂尚有惑也哉？

今夫人以身入世，何昧昧者之多也？苟非聪明素裕，而遽欲于世无所疑焉，诚知其难矣。

夫不有知者乎？

知者之理，明矣。理之明者，其谁能淆之也？

抑知者之识，精矣。识之精者，其谁能欺之也？

其不惑也，有固然者。

凡天下之理，至无穷也。是非，岂易辨乎？而知者，无不辨也。是，则见为是焉；非，则见为非焉。举夫人性命之理，悉昭然于神明之内，而无或昧也已。

抑天下之事，至不一也。可否，岂易察乎？而知者，无不察也。可，则明其可焉；否，则明其否焉。举经权常变之事，胥洞然于宥密之中，而无或疑也已。

夫世岂无以推察为不惑者乎？而究未能不惑也。知者，则出乎天下之外，而自不为物所蔽。

亦岂无以揣度为不惑者乎？而究何尝不惑也。知者，则入乎天下之中，而自不为物所穷。

人，可不勉为知者哉？

---

① 语出《论语·子罕篇》。（子曰："知者不惑，仁者不忧，勇者不惧。"）

席不正不坐①

坐必以正，以其心之无不正也。夫席之不正，亦偶耳。而夫子乃不坐焉，岂非其心之无不正哉？

尝思圣人之心，至正也。心之正者，身自无不正。故随其身之所处，而未尝有或苟焉。

不观诸夫子之坐乎？

常人往往忽于其大，而小者愈无论也，鲜不以坐而漫之矣。

贤人往往谨于其大，而小者或无论也，鲜不以坐而轻之矣。

而夫子不然也。殆席不正，不坐乎。

凡人坐之不正者，必其心之不安于正也。而圣人，岂有不安于正者乎？若曰："吾心惟知有正耳，敢于坐而忘诸？"故虽一坐之微，而不肯肆也已。

抑人坐之不正者，必其心之不习于正也。而圣人，岂有不习于正者乎？若曰："吾心惟恶不正耳，敢于正而忽诸？"故即一坐之细，而不肯苟也已。

若是乎，尚不苟于细也，而况其为钜者乎？推之日用伦常之际，类如此坐耳。

若是者，尚不肆于微也，而况其大者乎？推之往来酬酢之间，皆如此坐耳。

圣人之心安于正，如此。

---

① 语出《论语·乡党篇》。（席不正，不坐。）

于吾言无所不说①

　　大贤之于圣言，无有不说也。夫闻言而说，难矣。无所不说，回之所以非助也哉。

　　若曰：自吾之以言教及门也，岂不贵于相说以解哉？然非好学深思，心知其意，而欲一无所违焉，诚知其难矣。

　　若非助我之回，则不然。

　　夫助我者，必其闻吾之言，而有所疑也。而回，则无所用其疑也。

　　抑助我者，必其因吾之言，而求其信也。而回，则何用求其信也？

　　我思夫回，殆"于吾言无所不说"云。

　　忆吾之与回言，非一日矣。岂必尽为回之所已闻乎？而回不啻其已闻也。浅，则明其浅焉；深，则明其深焉。举天人性命之论，悉洞然于神明之内，而无所迷也已。

　　思吾之与回言也，非一端矣。岂必尽为回之所尽知乎？而回又不啻其尽知也。显，则悟其显焉；微，则悟其微焉。举仁义道德之谈，胥怡然于宥密之中，而无所梆②也已。

　　若是者，欲求何者为回之所不说，而固不得也。声入心通，总不留其扞格之处③。

　　若是者，欲求何者为回之所说，而亦不得也。心领神会，总无容其辨难之端。

　　吁，回则得矣，其如我何哉？

---

①　语出《论语·先进篇》。（子曰："回也非助我者也，于吾言无所不说。"）

②　梆：疑为"拂"。

③　扞格：互相抵触。

言必有中①

嘉大贤之言，无有不中也。夫言，未易中也。言必有中，非闵子其孰能之？

且吾人矢口之际，岂不贵其理之克当哉？然非好学深思，理无不明，而遽欲发之有当焉，诚知其难矣。若夫人，则不然。

夫人不轻言也，非不言也。然其言，固有异矣。

抑夫人不易于言也，非无言也。然其言，为不同矣。

殆言必有中也。

凡言之不中者，必其是非之不明也。而夫人，岂不明于是非者乎？夫人之所是，天下之人所共是也。举经权常变之义，悉斟酌于一言之内，而无之或失也已。

抑言之不中者，必其可否之不审也。而夫人，岂不审于可否者乎？夫人之所可，万世之所共可也。举成败利钝之宜，胥权衡于一言之中，而莫之或爽也已。

使吾鲁之君，而得闻此言也，则无非安上全下之至计，而其言可垂之为经。

使吾鲁之臣，而得闻此言也，则无非体国经野之良谋，而其言堪垂之为典。

微夫人，其孰与归？

---

① 语出《论语·先进篇》。（鲁人为长府。闵子骞曰："仍旧贯，如之何？何必改作？"子曰："夫人不言，言必有中。"）

子为父隐①

能隐父之过，为子之道也。甚矣，父过之当隐也。子为父隐，岂非为子之道哉？

且夫人子与亲，天性也。不能致亲于无过之地，亦已伤矣。而况敢暴之于外，以自戕其天性乎？吾党之直，父既为子隐矣。

夫过，有时而在其子；过，亦有时而在其父。则子之于父，当何如也？

抑子有过，非父之所愿；父有过，愈非子之所愿。则子于父之过，又当何如也？

其子为父隐乎！

凡人之不切于我者，可不必隐也。父，岂不切于我者乎？我亦人也，而顾令我父之自戾于名教，是即我之罪也。故耳，且不忍为之闻；目，且不忍为之见。幸无知及之者，而固不肯告之于人矣。

抑人之无关于我者，可以不隐也。父，岂无关于我者乎？我何人也，而顾令我父之不齿于乡党，是寔我之辜也。故心，方为之疾痛；颜，方为之忸怩。纵有知及之者，而亦不必宣之于口矣。

虽善事父母者，有失未尝不谏。然，但谏之耳。若言之以为快，是借父以市其名也，岂情也哉？

抑善事父母者，有非未尝不劝。然，第劝之耳。若言之而自喜，是有子反足为累也，岂理也哉？

然则证父者，安得为直乎？

---

① 语出《论语·子路篇》。（叶公语孔子曰："吾党有直躬者，其父攘羊，而子证之。"孔子曰："吾党之直者异于是：父为子隐，子为父隐。直在其中矣。"）

是知津矣①

不欲告圣以津，故以知津讽之焉。夫孔子果知津，何待于问乎？沮以知津讽之，殆不欲告以津耳。

若曰天下大矣，江河之广，岂必一人之耳目所能遽周乎？则不知者，固往往而然也。然独非所论于鲁之孔丘。

吾始以执舆者非孔丘，故有是问耳。是，则何妨多问也？

吾始以执舆者非鲁之孔丘，故有是问耳。是，则何庸又问也？

是知津矣。

天下事，非身所亲历者不能知。孔丘之于津，岂其有未历者乎？东西南北之区，咸有车辙焉。某所某渡，何浅而何深也，宜其屈指数之矣。

天下事，非目所亲见者不能知。孔丘之于津，岂其有未见者乎？齐楚宋卫之郊，多有马迹焉。某处某梁，孰广而孰隘也，宜其心焉计之矣。

盖请以学稼，孔丘或不知；请以学圃，孔丘或不知；至于津，人方向孔丘而问渡，而岂其有未谙之处？

抑责以四体之勤，孔丘或不知；责以五谷之分，孔丘或不知；至于津，则孔丘方且向人而指迷，而岂其有或昧之时？

子去矣，无扰我事！

① 语出《论语·微子篇》。（长沮、桀溺耦而耕。孔子过之，使子路问津焉。长沮曰："夫执舆者为谁？"子路曰："为孔丘。"曰："是鲁孔丘与？"曰："是也。"曰："是知津矣。"问于桀溺。桀溺曰："子为谁？"曰："为仲由。"曰："是鲁孔丘之徒与？"对曰："然。"曰："滔滔者天下皆是也，而谁以易之？且而与其从辟人之士也，岂若从辟世之士哉？"耰而不辍。子路行以告。夫子怃然曰："鸟兽不可与同群，吾非斯人之徒与而谁与？天下有道，丘不与易也。"）

为人臣止于敬①

观圣王之止敬，得为臣之至善矣。夫敬者，臣道之至善也。自非文王，其孰能止之哉？

传者意谓，圣心之敬，其理固无乎不纯也。而用之于登朝事主之际，则尤其至切者矣。然则文王，岂但"为人君，止于仁"而已哉？

夫文为人君，而后有君乎文者。苟不深之以谨凛②，其何以答主知也？

抑文为人之君，而又有为文之君者。苟不将之以寅畏③，其何以尽臣道也？

文王"为人臣"，则"止于敬"云。

人臣之望君，俨神明焉，其谁戏渝承之乎？然所谓敬者，不在迹，而在心也。文之一心，惟知有君。故无论为常为变，时矢天王，明圣之戴，凛凛乎，臣罪之不可逭也④。虽求片念之戏渝，而不能矣。

抑人臣之望君，如帝天焉，其谁敢悠忽奉之乎？然所谓敬者，不在文，而在意也。文之事君，心止一意。故无论处难处易，时深天威，咫尺之衷，惕惕乎，臣职之不克副也。虽求一端之悠忽，而不得矣。

或曰，事君不辞其劳，而劳亦敬之所寓也。鞠躬尽瘁，无非翼翼之小心，而遂为千古为臣者之所莫加。

或曰，事君必尽其忠，而忠亦敬之所深也。夙夜匪懈，无非蹇蹇之至情，而遂为万世为臣者之所不易。

非文王，其孰能之？

---

① 语出《礼记·大学》（为人君，止于仁；为人臣，止于敬；为人子，止于孝；为人父，止于慈；与国人交，止于信。）

② 谨凛：谨慎戒惧。

③ 寅畏：恭敬戒惧。

④ 逭［huàn］：逃，避。

身不失天下之显名①

周王之显名，不以得天下而失也。夫显名至难也，身不失天下之显名，非武王孰能之？

且天下之至难得者，名也。得之也，难；失之也，亦甚易。自非大圣人之心，公天下而无私，安能长此令誉而无愧乎？

如武王"壹戎衣而有天下"，何如哉？

孟津渡河以来，其事为天下之至创。创则天下闻之，震然惊矣。

然牧野陈师而后，其事为天下之至公。公则天下见之，油然乐矣。

其身不失天下之显名乎！

武王当侯服守土之日，一身之令望，久著于遐迩。一旦易侯而王，得毋虑其或失乎？而不然也。盖其除暴之业，深入乎天下人之心。而父老子弟，咸知主志之无他。其心歌而腹咏者，遂历前后而无殊矣。

抑武王当君国子民之日，一身之美誉，大播于远近。一旦化国而天下，得毋忧其易失乎？而不然也。盖其安民之勋，早动于天下人之隐。而侯甸要荒，咸信王心之无二。其歌功而颂德者，遂合常变而一致矣。

所以当日者，称干比戈，告之名山大川而无愧。而况匹夫匹妇，愈莫不颂有道之天子。

抑当日，誓师告士，质之皇天后土而无惭。而况群黎百姓，其谁不戴首出之圣人？

自非武王，其孰能之乎？

---

① 语出《中庸·齐家》。（子曰："无忧者，其惟文王乎！以王季为父，以武王为子，父作之，子述之。武王缵大王、王季、文王之绪，壹戎衣而有天下。身不失天下之显名，尊为天子，富有四海之内，宗庙飨之，子孙保之。）

今若此①

齐妇述夫之行，抚今而深恨焉。夫人即无良，何遽若此乎？齐妇故述之而有余恨也。

告其妾若曰：天下快意之端，言之惟恐不详；而伤心之事，述之惟恐太尽。今日之良人是矣！

忆自予与尔之适良人也，诚不敢望富者之妻、富者之妾，何至于贫者而亦不若也？

即良人之告予与尔也，已不啻为贵者之妇、贵者之妾，何意于贱者而亦不若也？

今何若乎？乃若此乎？

此固予与尔父母之所不及料也。倘父母闻之，当必翻然悔矣。然而，悔何及也？

此又予与尔乡邻之所不敢料也。倘乡邻闻之，当必哑然笑矣。然而，笑难掩也。

想今此之前，固早已若此，而吾与尔尚未悉也。由今溯昔，辱也！如何？

抑今此之后，应常若此，而予与尔寔难堪也。由今忆后，伤也！奚似？

予目见之，而口不忍言其行；予心知之，而言不忍尽其状。

吁嗟，良人乎！

---

① 语出《孟子·离娄下》。（齐人有一妻一妾而处室者。其良人出，则必餍酒肉而后反。其妻问所与饮食者，则尽富贵也。其妻告其妾曰："良人出，则必餍酒肉而后反；问其与饮食者，尽富贵也，而未尝有显者来，吾将瞷良人之所之也。"蚤起，施从良人之所之，遍国中无与立谈者。卒之东郭墦间，之祭者，乞其余；不足，又顾而之他。此其为餍足之道也。其妻归，告其妾，曰："良人者，所仰望而终身也，今若此！"与其妾讪其良人，而相泣于中庭。而良人未之知也，施施从外来，骄其妻妾。由君子观之，则人之所以求富贵利达者，其妻妾不羞也而不相泣者，几希矣！）

三六三

附：《新增太史王韫辉入泮金针》原目录

新目

贫而无谄　一句

父母惟其　一句

视其所以　一句

禄在其中　一句

闻斯行之　一句

何必读书　二句

有德者必　一句

子张书诸　一句

众恶之必　一句

而谁以易　一句

孰为夫子　一句

止子路宿　一句

小人之过　一句

民之所好　一句

恶人之所　一句

虽圣人亦　一句

亦将有以　一句

沛然下雨　一句

今日病矣　一句

予助苗长　一句

旧目

则民兴于 　一句

兴于诗 　一句

三年学不 　二句

学如不及 　一句

禹吾无间 　一句

子罕言利 　一句

固天纵之 　一句

我待贾者 　一句

苗而不秀 　一句

能无从乎 　一句

匹夫不可 　一句

知者不惑 　一句

席不正不 　一句

于吾言无 　一句

言必有中 　一句

子为父隐 　一句

是知津矣 　一句

为人臣止 　一句

身不失天 　一句

今若此 　一句

韫辉诗抄及题刻

辛酉夏入山阅余前诸碑记感怀①

复阅残文愧转生，灵区幸许侧微名。
长松入赋书疑绿，流水供吟字有声。
未必墨痕猿夜觑，定知碣影鹤来惊。
荣枯何用悲虫草，三百年余石可盟。

韫辉氏王玠题

芝山雅集②

海内文章众蠹编，偶来尘外欲呼仙。
古今不放青山老，丘壑犹容我辈颠。
芳可一眶丹树叶，淡分数抹碧林烟。
风光处处皆幽契，为怕移嘲已十年。

王石和韩大夫祠匾额③

不绝人后

---

① 据民国二十三年（1934）王堉昌编《盂县金石志略·清紫柏龙王山诗刻》记载："乾隆六年，王石和玠辛酉夏入山阅前诸碑记感怀，附刻新置常住碑阴，今在芝角村北龙王山。"录自芝角山紫柏龙神庙残碑。

② 录自芝角山紫柏龙神庙《芝山雅集》诗碑。

③ 录自民国二十三年（1934）王堉昌编《盂县金石志略·石类·题刻》。雍正间王玠建韩厥祠，题额正书，字径约尺余。

藏山文子祠正殿楹联①

勋名汉简策，读来尽是青光，怪得翠柏苍松，藏山不改千年绿；
忠义炳乾坤，积久都成赤气，试看巉岩峭壁，返照犹留一片红。

藏山文子祠正殿匾额

精气为霖

藏山保孤祠匾额

保孤完节

藏山韩子祠匾额

不绝人祀

---

① 此联及以下题匾，均由王珝撰并书，录自《藏山文化通览》（方志出版社 2005 年版）。

藏山神祠正门两侧门上方砖刻

云阙

霞扃

康熙六十年翰林院检讨王玿谨题

悼韩氏挽联①

愿与所天同一死

生憎世说未亡人

---

① 乾隆版《盂县志卷八·人物下》载：王永祉妻韩氏，十七于归。逾年，永祉赴保
定，陶。历六载，蹈冶而死。信至，氏一恸而绝。家人救苏，明日自经死。事在雍正十一
年，邑人王玿诗云。

三晋文是

（王珣评）

贤贤易色　一章①

刘　灿

　　有诚于尽伦者，而天下乃以有真学也。夫伦外无学也，于贤亲君友间，各尽其诚，而犹得以未学，少之耶。今夫学，亦何自而起哉？古之圣人，自尽其性于人伦切要之地，而又虑天下后世之无以共尽其性也。（一趋登高，号呼得势。）② 于是本其所自尽者，而垂之为典谟，著之为训诰，使人服习于其中，而勉勉焉砥节而励行，而不至贻讥于至性之薄，是则立学之意而已矣。（趁势接入，世之学者得机。）

　　乃世之学者，吾惑焉。出一己之耳目聪明，徒肆志于语言文字之末，而考其实诣，事事有愧于古人；则读书，适足为长伪之资。举吾生之日用行习，仅致饰于耳目共著之际，而返诸性情在在，俱无以自信；则浮夸，岂足当儒林之选？如是，而可谓之学矣乎？未也。（轻逗未学一笔，草蛇灰线。）

　　今试有人于此，亦不必问其所讲习者何圣之书也，而名教之内，无遗行焉；亦不能定其所取法者何代之人也，而伦纪之间，有深情焉。则见其贤贤也，情有所钟；而人世之美好，皆消物莫能移，而中怀之系恋弥深，则易色也有然。（养局。）则见其事父母也，欲致于亲者无穷；而必自殚其爱敬之实，得致于亲者有限，而常莫慰其明发之怀，则能竭其力也有然。

　　而且其事君也，矢匪躬之节，而非以结主知也；绝身家之念，而非以免官谤也，则所为能致其身也。而且其与朋友交也，金石以铭诸心，内不欺于幽独也；天日以矢其约，外不欺于然诺也。则所为言而有信也，而若人亦未尝汲汲焉，自矜其已学也；天性之所自将，原非为饰誉邀名之借，

　　① 语出《论语·学而篇》。（子夏曰："贤贤易色。事父母，能竭其力；事君，能致其身；与朋友交，言而有信。虽曰未学，吾必谓之学矣。"）

　　② 《三晋文是》选文及括弧内评语，均系王珬当年亲定手批。下同。

而若人亦无庸汲汲焉，自表其已学也；实德之无遗憾，则已合古圣昔贤之心。（又养局。愈写愈紧，盖缘机法相生，澜委波属，无一懈笔故也。）

盖学莫大于致知。而试问当知者何事？兹则知贤之不可疏，而已忘乎嗜好？知亲之不可薄，而已忘乎劳苦？知君之不可负，而已忘乎患难？知友之不可欺，而已忘乎二三？苟非读书穷理之士，不能有此卓识也，而岂得目之为固陋也？

抑学莫大于力行。而试问宜行者何端？兹则行笃于贤，而仰止之念已切？行笃于亲，而孺慕之怀已挚？行笃于君，而瞻顾之私已绝？行笃于友，而同心之盟已固？苟非返躬责实之儒，不能有此纯笃也，而岂得忽之为迂疏也？

虽曰未学，吾必谓之学矣；不然而大伦有亏，而徒习为文采风流，以自鸣于世。吾不知先王立学之意，如是否也？

〔王晦评析〕

文无平奇浓淡，总期到家；到家者何？神完气足，文从字顺是也。

礼之用和为贵①

杨遐祚

体严而用和，和不在礼外也。夫至严者礼，未尝有和之名也；而论其用，则无之非和矣。和也，而不依然礼哉？且以人之多役于情也，而制礼以约束之，几疑为烦苦斯人之具矣。乃既有以立人情之防而范围焉，而不敢过，即有以惬人情之隐而鼓舞焉，而不自知，然后知不相强而相适，此中有固然者矣。

何言之？六卿设位，而礼掌于伯宗，其官为春。春者，万物之所从生也；则循名以责实，皆本吾情之不容已，而非强以本无。四德同具，而礼

---

① 语出《论语·学而篇》。（有子曰："礼之用，和为贵。先王之道，斯为美，小大由之。有所不行，知和而和，不以礼节之，亦不可行也。"）

合于嘉会，其象为亨。亨者，万化之所由通也；则穷原以溯流，皆协吾情之所自然，而非矫以甚苦。（"春""亨"二字，映和细确。）

是和之名，虽礼所不立，而自其用观之，可贵者实不外此也。

礼本于天，巨细精粗，皆有不易之理；而用，则本乎理，以达乎气矣。气之所运，有物以制之，则郁而不宣，乃伦有五也。以明而亲，族有百也；以类而聚，物有万也；以辨而安，整齐严肃之中，自有和顺从容之致，相挟以俱出。而上下之气，乃无所不宣；谓其初原无有郁之者也。（从用字勘出和意，体认独精。）

礼殽于地，亲疏贵贱，皆有莫逾之度；而用，则循乎度，以及乎形矣。形之所造，有物以苦之，则劳而不顺，乃命以百拜。而不为烦，命以二揖；而不为屈，命以九献；而不为诏，委曲繁重之中，无非优游和乐之意，载之以并流。而物我之形，乃无所不顺；谓其始原无有劳之者也。（以整以暇，无不字枰句衡而出。）

朝庙之礼多主尊，而尊者，究未尝不亲。故出入趋跄，无非自天所命之理；而入焉而化，并忘其轨物之名，则即此中之辨名定分，而已具太和之气象。室家之礼多主质，而质者，又安可无文？故起居视履，皆有因心化裁之功；而久与之习，并泯其牵合之迹，则即此际之别嫌明微，而常见雍和之流通。

虽义上而礼作，是礼从义来者也。故因时制宜之则，运之即名正言顺之规，而义为情之止，礼为情之通。抑礼先而乐后，是礼以乐终者也。故观会通，以行典礼；即发歌咏，以象和平。而用和而近于乐者，仍返和而归于礼。（以义乐配礼确然，非细笔不能写得如此周正。）

故曰礼也者，万世无弊之道也。

〔王玳评析〕

醇意发高文，有典有则，以风以雅，足征宿养。

信近于义　二句①

孙开经

　　信期于复，贤者以义为衡焉。夫事未有不本诸义，而可以善后者也，况欲其言之复乎？故有子为约信者示之，尝谓：言相许，不若心相质。非以言由于衷，而后将不背其初乎？若此心既已不变，而究不能使前此之言一一证之于后而不爽。夫乃知其所以取信于寤寐者，可独行而不可共由；则欲其言不违心也，讵能得哉？（提"信"字语经百炼。）

　　今夫人与人相期，而一日之诺，经数年而不忘；意与意相许，而两心之契，更百变而不改：夫是之谓信也。信不徒恃以言，而非言无以征信；信之有言也，宁不欲其复乎？然而复之，难矣。

　　既已慨允于此日，岂犹有游移之思？乃事不本于物理之当然，执一以图永终，胶固而不可通也；矫情以白素心，偏倚而不可达也。迨夫时穷势变，万难措置，回忆前者倾心之语，至此总属空谈。即我心可矢天地，而事讫无成，终不能践吾言于既往也，则不可复。（暗伏"义"字，透发不复，则可字正，四下自迎刃而解。文气高古，浑非似不读唐以后书。）

　　既尝心许于目前，岂尚有二三之见？乃事不出于人情之所同然，矜奇以伸己意，骇世而不可为也；立异以高一行，诡俗而不可居也。及乎形隔事禁，动辄获咎，转思向日慷慨之辞，至此尽成诞妄。即我心可盟金石，而疑谤交与，反不若食吾言于当前也，则不可复。

　　凡此者，实惟不义之故。有如准诸天理之中以相约，而理之所不安者，不敢轻为许可；是即其初，而已有慎后之思也。夫理亦安往而不宜乎？

　　故无论今日言之，异日可以操券而决；就令事与心违，末路或致纷

---

① 语出《论语·学而篇》。（有子曰："信近于义，言可复也。恭近于礼，远耻辱也。因不失其亲，亦可宗也。"）

纭。而明明大中之规，自返，究无愧于隐微；则不必复，而亦无妨于其可复也。

酌乎人情之正以相结，而情之所不符者，不敢妄出一语；是当其始，而已有图终之虑也。夫情则焉往而弗协乎？（意亦犹人，而自成金玉之相，惟火色足。）

故无论既复之后，此衷可以坦白而告；就令事会未集，前途亦难预料。而昭昭至正之则，自问，固无惭于幽独；则未尝复，而早已决乎其可复也。

夫是非可否？斯理自在天下，而轻重权衡，化裁独归吾心，是以（以下文字缺失）

吾与回言　一节[①]

王锡光

大贤体道之深，圣人所乐与言也。夫当不违之时，夫子岂不知回之不愚？然惟如愚，而其不愚乃更足嘉也，夫子安得不乐与之言哉？若曰自教学之，不能相忘于无言也。吾与二三子，尝反覆于辨论之内，有疑焉必问，问焉而无不得其意，以求试于践履之间，此聪明才智之士，所以日起而有功也，乃观于回而又爽然失矣。（翻动全意，倒出首句。）

盖吾人之立教，期其能信，尤期其能疑；不自疑者，亦终无望其能信也。而学人之受教，贵于能知，尤贵于能行；深于行者，转若无望其能知也。方吾之与回言也，其言之旨，不可谓不深，自回闻之，而竟如其所素闻也；其言之绪，不可谓不长，自回闻之，而又如其无所闻也。其不违也，岂其愚耶？不然，何二三子，日纷纷于吾言，而回竟默然终日以退乎？吾于是意回之必有异也。（出落相挫，不费力。）

---

① 语出《论语·为政篇》。（子曰："吾与回言终日，不违，如愚。退而省其私，亦足以发。回也不愚。"）

及为之省其私，而知回乃不负吾之所言也。吾言宣之于口者，而回已体之于心，而回已体之于身；日用动静，皆于吾言有适相肖之故，且回又不徒吾之所言也。吾以言启回之行者，而回乃以行实吾之言，而回乃以行广吾之言；作止语默，皆于吾言有更相长之乐，亦足以发，而回果异矣！天下有愚焉，如是者哉？（机生于法，法动于机，神情乃不隔碍。）

是知学以能发为程，不违而发者固发，即违而发者，亦未始非发；然其发，已不能无迟速之辨。故有回之不违，而后有回之能发。则吾之视回，若有两；而回之报吾，究无一也。（上下融彻。）抑学以不愚为尚，始而如愚者固不愚，始而不愚者，亦何尝遂愚？然其不愚，自不能无浅深之分。故回惟能如愚，而后能真不愚。则回之报吾，若出意外；而吾之信回，实获意中也。

使及门而尽如回，吾言不几多事哉？虽然，如回而始无不可与言矣。

〔王玙评析〕

不违足发，如愚不愚；翻转形容颜子体道之妙。非颜子前后有异境，亦非夫子前后有异情；文于一圣一贤心印神契处，勘得消息透。

学而不思　一节①

周　昆

圣人欲人收学思之益，而指其偏用之弊焉。夫学与思，合用之则交为益；而偏用之，则各有弊。罔也，殆也，岂学思之过哉？且夫人各有所当用之功，而偏用之，则反不如其无用。盖功之所当用者，非一端偏有所用，自必有所不用；夫至有所不用，而其所用者，乃不能以无失矣。（大意包举，丝丝入扣。）

吾为学思者正告之。同一事也，心意之而以为然，未必然也；身试之而以为然，则无不然矣。思也，不如其学也。同一书也，口诵之而以为

---

① 语出《论语·为政篇》。（子曰："学而不思则罔，思而不学则殆。"）

得，未必得也；心维之而以为得，则乃真得矣。学也，不如其思也。然吾以为学与思，固必有道矣。（空明不著纤尘。）

盖学所以寄我思也。古之君子，于古而有闻焉，于今而有见焉。而即此闻见中所以然之故，有不觉神相告而意相喻者，则非徒得之闻见已也；不然者，义理即在当前，而念虑所不及，亦自觉浮而难入。故有耳之所听，问之心而茫然者矣；有目之所击，叩之衷而昧然者矣，即闻有所解，或不免过焉而辄忘，以彼所解者，原是古人之陈迹也。则罔也，学而罔；将必并其学焉而废之，而学不任咎也，学而不思则罔。（意洽字从。）

抑思所以启我学也。古之君子，朝而是图焉，夕而是究焉。而即此究图中所当然之理，有不觉象可凭而迹可据者，则非徒得之究图已也；不然者，聪明即甚异人，而耳目所不经，必难以意而相及。故有一念之所是，转一念而以为非者矣；一时之所可，历一时而以为否者矣，即强有所守，亦不能无撼于几微，以彼所守者，本非至理之允协也。则殆也，思而殆；将必并其思焉而废之，而思不任咎也，思而不学则殆。

是知思固大可用也。思，所以通于虚；况学而思，则虚者亦本之于实，其思愈有端而可寻。虽曰探乎天人性命之旨，而无非我得力之处；则学非穷大，而并学中之思，亦非徒守寂。（交互发挥，神曲气完，有簇锦团花之妙。）

是知学固大可焉也。学，所以履其实；况思而学，则实者悉游之于虚，其学愈有绪而可致。虽曰博涉于名物象数之蕃，而无非我见性之书；则思非索隐，而并思中之学，亦非徒失居。

学思顾可偏（以下文字缺失）

举直错诸枉则民服[①]

罗光瑷

举错顺乎民情，斯民自无不献之情矣。盖好直而恶枉者，民情也；而即顺其情以举之错之，民所为胥服耳。尝思御世有大权，用与舍而已矣；御世有大道，明与断而已矣。以明断之道，行用舍之权，而本诸当然，顺乎自然，协乎同然。吾知一人以天下之情为情者，天下自无不以一人之情为情。审是而民之服也，宁待他求哉？（直枉先纳入民，打通全篇。）

民，即未必所行之尽直，而要其由公好之情，以发为公是者，即质诸圣王缁衣之雅怀，而未尝稍异。民，即未能所行之无枉，而要其由公恶之情，以达为公非者，即揆诸哲后寄棘之深衷，而未尝或殊。

是故见一直焉朝之，犹未显加爵赏，民即爱之慕之，以为是国之良也。弓旌之典，断为斯人设也；特不敢必上之，果举之也。见一枉焉大君，犹未严加贬窜，民即訾之议之，以为是邦之玷也。巷伯之畀，难为若卑宽也；特不敢必上之，果错之也。然则天下之民情，可知矣。

夫果出其至明之识，以审择于未举未错之先，为天地惜人材，为祖宗慎名器；所以别直于枉之中者，既不拂乎民之所公好，所以别枉于直之中者，复不拂乎民之所公恶。（下文节奏，上面消息已透，下如风转电落；文家讲法至此，乃能处处争上游。）

而即出其至断之才，以立决于将举将错之际，不惑于旁议，不阻于群小；所以登直于诸枉之中者，既适如乎民之所公是，所以斥诸枉于直之外者，复适如乎民之所公非。如是，而民有不服焉者乎？

必谓举在直，而天下自群趋于直；错在枉，而天下自群惩于枉。此鼓舞之用则然，而大君并不计及此也。但以天命有德，直为吾之所宜举，则

---

① 语出《论语·为政篇》。（哀公问曰："何为则民服？"孔子对曰："举直错诸枉，则民服；举枉错诸直，则民不服。"）

举之以彰善；天讨有罪，枉为吾之所宜错，则错之以瘅恶。盖一人之情固如是，其至公而无私也。（两边互勘，说得举错民服，俱是相动以天，不落权术家数。）

必谓举在直，而天下乐其蒙直之利；错在枉，而天下乐其去枉之害。此趋避之情则然，而小民亦计不及此也。但以任贤勿贰，举与吾心合，则共叹其举之得宜；去邪勿疑，错与吾心合，则共叹其错之得宜。盖天下人之情亦如是，其至公而无私也。

惟一人本自无私，故旌别在人才，而感召即在闾阎；惟天下同一无私，故直道在朝廷，而归心即在草野。民服之，相动以天者如此，举错盖可忽乎哉？

〔王玙评析〕

机法相生，呼应甚灵；有篇如股股如句之妙。此丹成九转时也，疑得庆历间元家衣钵。

举直错诸枉则民服[①]

刘嗣汉

举错同民，而民心无不得矣。盖举错者，君子所为同民而出治者也；直枉得而民心孚矣，服之所以独神与。且君人者，操贵人贱人之柄，以进退一时之人，使君子小人胥奔走悚慑而不自已；以为是有以揽一国之权也，不知兼有以戢一国之志。盖权者，人主之所独操，即人心之所共喻，是故大权得而众志从焉矣。

民之服也，岂无所以为之哉？

草野不能执君公之势，独此是非之公，虽君公莫与易也。黜陟明允之机，上有其事，下有其意，偏若先朝廷而严用，舍之属？君上不能夺匹夫之口，而惟此贤奸之辨，虽匹夫亦相感也；澄叙官方之际，野有其心，朝

---

① 题目出处同前篇。

有其政，不啻过问左而订好恶之同。（譬谕都从书味滋出。）

盖有直者焉，民意中举之也久矣；而果也，宅里之荣，被于有道，传之四方，且遂争为美谈也；而辍耕相告，偏若言之而意满。有枉者焉，民意中错之也久矣；而果也，居流之典，逮于金壬，播之一时，且群肃其风旨也；而争相传听，遂若当之而心折。（风流俊美，不使一梗字。）

而谓有不服者，谁哉？夫民之情，亦至不可解耳。寻常身受之事，每逾时而辄忘，而独此刑赏之悉协，君子当之若素，不肖被之若惊；而旁观窃议，久若于不甚关心之事，而为之感叹欲绝，民亦不自知其何故。见棠而能思，见棘而能刺，古道之在人，或犹未改耳。故虽有梗化之顽，亦惕然于干纲独断之下，而无拂志。（只眼前意说得入情入理，遂觉平志意态无穷出清新。）

而民之心，亦大可见矣。国家政教之施，经解说而未喻，而独此鉴衡之不爽，学士能知其意，颛愚亦动其心；而局外谇嗟，遂若于君上自为之事，而不啻安于饮食，即上亦不必问其何心。非徒以为食君子之德，非徒以为远小人之害，一日之张弛，与民宜之耳。故虽有积玩之气，亦竦然于贤奸悉协之下，而无越思。

盖举错之权，上操之，不啻与民共操之也。上以举错别直枉，民以直枉定举错，此亦事之相衡者也。直枉之辨，上权之，不啻与民共权之也。上之直枉，彰于举错之内；民之直枉，寓于举错之前，此亦事之相待者也。

举错之在公，非一日矣，而犹虑民服之，无术哉。

〔王玙评析〕

非不以美词市，妙在有韵以纬之；维词有涸，韵则不涸；词韵相辅，丰神弥茂。

王石和文集

子贡欲去　一章①

蔡若采

圣贤同维礼之心，而圣人之用爱尤深矣。夫羊之议去，亦惜其礼之废耳，不知羊在即礼在也；子之用爱，不较赐为尤深欤？尝观圣王之制礼也，其义传，而其名其物与之俱传；是名与物，固与义相为终始者也。乃若以实义既湮，而一名一物，谓可尽举而废之；将使先王之精义，杳不可寻，此有心者所为必欲审慎也。

盖古者尝有告朔之礼矣②。受之天子，颁之季冬。藏有其地，俨若率祖之思；请有其期，凛然尊王之意，礼甚隆也。鲁至文公，其典遂废；所未废者，特有饩羊之供已耳③。一日子贡，以愤时嫉俗之心，为循名核实之举；言念饩羊，慨然议去，谁不谓然？（惠提"礼"字，堂堂正正；颔珠探握，下面纵横发挥，如网之在纲。）

然而礼有不假物而行者，有必假物而留者。其不假物而行者，尊亲之大经也。纵使俗流失，世坏败，而伦常之义，亘古为昭。苟有圣子神孙，不难举既坠之典章，而觐扬光烈，令天下灿然睹明备之休。而其必假物而留者，制作之遗意也。（夹缝二比，海潮岳立，据要争奇。）

业已三纲沦，九法斁，而饩牵之细，典礼攸关，是即祖功宗德可赖此司存之纤悉，而留传奕禩，令天下悠然；想章程之盛，赐之议去，亦未知与羊俱去者，有礼也。子曰：赐乎，尔奈何轻用其爱乎？

---

① 语出《论语·八佾篇》。（子贡欲去告朔之饩羊。子曰："赐也！尔爱其羊，我爱其礼。"）

② 告朔之礼：古者天子常以季冬颁来岁十二月之朔于诸侯，诸侯受而藏之祖庙。月朔，则以特羊告庙，请而行之。就是说每逢初一，便杀一只活羊祭于庙，然后回到朝廷听政。到子贡的时候，每月初一，鲁君不但不亲临祖庙，也不听政，只是杀一只活羊虚应故事罢了。

③ 饩羊：古代用为祭品的羊。

凡物之轻重，原无定形。以羊视羊，而见为羊；不以羊视羊，而即见为礼。朝廷之法守，官吏犹得沿其迹；是先王先公，实式凭之也。不然，而仪文早泯，当不获有吾子之踌躇矣。（警思雅韵，一洗尘气。）

凡物之去留，不无微意。见为羊而存之，而羊犹不存；见为礼而存之，而羊非徒存。历代之贻模，叔季尚能循其旧；则世道人心，未尽澌灭也。不然，而考据无因，并不复来今日之拟议矣。（并子贡之欲去，夫子之不欲去，都说向借羊之存。文情飘渺，如海上三山，可望而不可即。）

盖存此羊，而即能因羊以复礼，礼固借羊而行；存此羊，而但能因羊以见礼，礼亦赖羊而留。赐奈何轻用其爱而议去乎？是知无实之费，所损于国家者轻；而薄物之存，所关于礼制者大。子贡之欲去，慨礼之亡也；夫子之不去，冀礼之后也。一圣一贤，用心亦大略可见矣。

〔王玙评析〕

大处起议论，而题分靡不疏凿；高华遒丽，书卷之腴，盎然楮墨。

君子无终食之间违仁[①]

史献咏

精言存诚之功，无刻而不存也。夫终食而违仁，则竟违矣；终食而不违仁，则真不违矣，如是而君子存诚之功始精。尝谓仁为心理，而理本密于无间，心必防其有间。顾心之有间于理者，尝介于纤悉之内，而时时与之相乘；则理之无间于心者，亦必极于顷刻之会，而息息与之相依。（问口便探喉而出。）

此其持之至密，而操之至熟者，正非徒致谨于富贵贫贱之间，而遂曰：吾不去仁也。盖君子而去仁，必有其去之之端；君子而不去仁，必审其去之之几。（郁剔透辟。）去肇于存亡之相判，而存亡之界，正非必显，

---

① 语出《论语·里仁篇》。（子曰："富与贵，是人之所欲也；不以其道得之，不处也。贫与贱，是人之所恶也；不以其道得之，不去也。君子去仁，恶乎成名？君子无终食之间违仁，造次必于是，颠沛必于是。"）

判为两境也。

忽不及瞬，而遂有惟危惟微之象，并域而居。去由于得失之攸分，而得失之端，亦非必显；分为两候也。间不容发，而已有克念罔念之心，分途而往。故推仁之所由去，虽终食也，亦违仁矣；而绝仁之所由去，虽终食也，亦不违矣。（笔力可穿七札。）

心性之离合，争百年，不争一息；而百年之相合，实积于一息之不离。故当须臾之顷，而欲窥其离合，几无分数之可指；而离合之相参者，已隐寓于几微之际。君子动有与察，静有与存，要使神明之惺惺。历之一息，而无从指其离；斯历之百年，而并无从指其合。则所为力争于天人之介，而亦临亦保者，惟此间尔性命之绝续。（抑之欲其奥，扬之欲其明，亲切透露，靡不思虑。）

防一念尤防万念，而万念之弗绝，必联以一念之常续；值食息之至细，而欲计其绝续，几无端倪之可寻，而绝续之互乘者，已隐决于秒分之时。君子瞬亦有存，息亦有养，要使成性之存。存守之一念，而无可寻其绝；斯守之万念，而并无可寻其续。则所为，谨防于理欲之闲，而惟精惟一者，惟此间尔。

盖吾心戒惧之神，持之终年犹暂；而吾心放轶之思，见之终食已久。君子一端之感，亦务操以全体之心；而可欣可羡之端，必不使伺其隙；而巧与之投，则杜其隙于无隙之内，而隐微之惕励倍严。

抑吾生干惕之修，极之终身不为多；而吾生纵肆之情，留之终食不为少。君子一旦之投，亦必凛以毕世之操；而旋起旋灭之私，决不使乘其间；而潜为之发，则弭其间于无间之中，而幽独之操修弭至。（议论精辟，气韵弥沉。）

是则终食之无违，非以求终食之仁也。盖必终食之间亦不违，斯终食之间亦皆仁耳。君子诚非徒致谨于富贵贫贱之间，而遂谓吾不去仁也。

〔王玿评析〕

以灏气辅精理，以醇词发高意；无句不深，无句不显；想其敲骨打髓而入，洞胸达腋而出，真极踌躇满志之乐。

其为仁矣　其身[①]

王坲　戊午拟墨[②]

仁其身以绝不仁，而恶无不诚矣。夫不仁其身，而徒以不仁为恶，是以不仁恶不仁也，而能不使之加乎？反是而始可谓恶之诚也。且夫人苟非其身之所本无，则其心必不忍绝；而非即其所固有者，以别其所本无，则绝之而犹未甚也。惟以心宅乎理之中，将理与欲不容以并立，虽不必劳劳焉求绝乎欲，而绝欲之心，固已无不至也。

然则吾所谓恶不仁者，不从可知乎？（一出从恶不仁出为仁，一比从为仁出不使加。）

天下无恶其所为之事，举我生亲历之途，而欲痛惩于神明，是为之而转恶也。故恶动于心，而必辨于为。天下无为其所恶之理，以吾心深厌之修，而欲亲见诸当躬，是恶之而复为也；故恶辨于为，而尤决于仁。

其为仁矣，固已仁其身也；而谓有不仁之加焉，其谁使之乎？（纳"身"字于仁内，其字方有著落，且合"矣"字神情。）

吾想其身之与仁为一者，视听言动之躯，罔非天人性命之所流通；而天心常动于先，缘感皆其后焉者也。夫以后加先，彼之势已自处于不顺，况乎精明之识，洞悉于真妄，消长之几，而偶触之。而心怵者，固必不使纤毫之累，得以乘间而投也，惟于其身之仁卜之也。

吾想其仁之与身无二者，继善成性之理，无非耳目手足之所受范；而道心常据其内，情欲皆其外焉者也。夫以外加内，彼之情已自觉其不洽，况乎刚健之气，慎持于公私，存亡之介，而偶意之。而心耻者，固必不使几微之匿，得以抵隙而至也，惟于其仁之身信之也。（痛发不使意于"矣"

---

① 语出《论语·里仁篇》。（子曰："我未见好仁者，恶不仁者。好仁者，无以尚之；恶不仁者，其为仁矣，不使不仁者加乎其身。有能一日用其力于仁矣乎？我未见力不足者。盖有之矣，我未之见也。"）

② 拟墨：科举制度中主考官拟作的示范文章。又称拟程。

字之下，虽极契紧，仍不失成德身分。）

　　夫不仁，固强敌也。于吾身善凌，必有以争之，而始无不胜；然业以操善凌之权，而我乃与之衡胜负，即偶胜焉，而吾身已逼也。恶之极者，无与为迎，自能为拒，迥乎两物之不相交，而并不必矜理战之克。（刻绘加字。）

　　不仁，又弱敌也。于吾身善入，必有以驱之，而始无不去；然业已持善入之具，而我乃与之论去留，即或去焉，而吾身已试也。恶之切者，无所为往，自不能来，判然异地之不相及，而并无待私蔓之除。

　　以此思恶，其恶之亦不遗余力矣哉！

〔评品〕

　　镂心刻肾，缒幽凿锐；笔力所至，上摘星辰，下剸蛟蚪①。吴宗虞

　　馨繁心而得慧，渺尘虑而能通；奥衍纵横，前无古人。是从来此题第一艺，为下拜读之。汪京门

　　重勘为仁，将"不使加"俱从"为仁"二字追出；深厚醇茂，识力俱超。冯粹忠

　　或问谢氏，以为如是之人用力于仁，则无不足之患，朱子谓用力于仁也久矣；可见，此是工夫成熟境界。盖恶不仁者，精明强固，心一于仁；自不使不仁之事得以犯我，若逐件堵截，是始学事，非成德事矣。篇中正与朱子意合；理解深细，文心静妙。诸卷对此，尽拜下风。谈淇风

君子怀刑②

杜先瀛

　　君子畏天之学，于怀刑见之矣。夫使天下皆君子，刑可措而不用矣；然君子无时而去诸怀也，此畏天之学也。且天命之正，有善而无恶，天讨之公，赏善而罚恶，故夫五刑之属，所以防天下之不肖，而驱于君子之路

---

　　① 剸〔tuán〕：割断，截断。
　　② 语出《论语·里仁篇》。（子曰："君子怀德，小人怀土；君子怀刑，小人怀惠。"）

也。然则人为君子，岂非入于德之中，而出乎刑之外者哉？乃君子畏天之心，正有即刑而可见者，匪但曰怀德耳矣。（势若建高临下。）

天叙有典，五典五惇，奉若而不违，所以事天也，而谓弃天以取戾乎？天秩有礼，五礼五庸，奉持而弗失，所以敬天也，而谓亵天以贻戚乎？君子用是怀此不忘矣。

暗室屋漏之内，岂真发奸摘伏之人？而君子心已动也。昊天曰明，昊天曰旦，念及此而帝命之有赫，不啻王章之森列矣。谨身寡过以来，岂尚有坏法乱纪之事？而君子心倍凛也。天视自我，天听自我，念及此而天威之难犯，不啻国宪之难逃矣。（精力透过纸背。）

矢口如对士师，举足如临司寇，谓天盖高，不敢不局；惟觉迁善易而远罪难，明罚敕法，时时交惕于神明。以诗书为法律，以规矩为桁杨①，无越厥命，以自颠覆；常若掺心危而虑患深，蹈尾涉冰，刻刻并萦于方寸。有形之桎梏，可以束人官骸；无形之科条，可以怵人志虑。君子以刑之显著者，犹有失入而失出；刑之隐存者，何能无恶而无疚也？（锻字琢句，无不惨淡经营而出。）

一念稍弛，敢曰天其与我哉？举头三尺而心警，怀尚因刑而起；□□□□□念惕刑几以怀而生君子以怀在刑后者，警醒触□□□□□□□□□□贯于□世也。一息少纵，敢曰不愧于天□□□□□□□□□之外，身在刑之中，至陷于刑而后□刑不□□□□□□□□□也，君子畏天斯畏刑。身在刑之外，心在刑之中，□□□□□□□于刑也，修德者所以吉也。然则君子之怀□□□□□□□已矣。（警论破鬼，瞻处处绾合"天"字，探得怀刑大原；与不论何题，泛拈"天"字作大憎语者不同。）

〔王玙评析〕

按实发挥，绝无游光掠影之谈，而坠光切响，读来字字掷地有声。作者夙擅文誉，所见仅成进士后课士之文，乃无不独辟蚕业，登此以为昆山片玉。

---

① 桁杨：古代用于夹囚犯脚脖子或颈项的一种枷。

事父母几　一节[①]

王　晶

本敬以谏亲，始终无失事之心而已，盖未有不敬而可事父母者也。当其谏而以几行之，不违不怨，亦曰事父母当如是耳。且夫人承欢膝下，不能以无言格吾亲，而必欲以有言动吾亲，其所为事亲者，亦已浅矣。而又不能自尽其言之之心，以曲全其事之之术，将何以告无罪于吾亲乎？

今夫为人子者，亦事父母焉耳，敢云谏父母哉？然而谏亦自有道也。克谐烝乂，不闻传谏亲之辞；而有隐无犯，宜丧有敬事之义，是莫善于几矣，非特言之不敢忤也。即今无所忤，而或使人得见其谕亲于道之迹，亦非人子之所忍居也；则惟动以几者，为差可安也。（仁碍古制，曲折如绘。）

微论言之不敢激也。即令无所激，而或使父母忽触其引咎不遑之意，亦非人子之所乐睹也；则惟动以几者，为差堪乐也。故虽明知父母之有过也，而谏之时，使己若不知父母之过者然；虽本欲父母之自知其过也，而谏之时，使父母并不知己之过者然。（快论入无间。）

其几也，即其敬也，如是而父母从矣乎。则事之者，早已迎其志于方谏之先，而并泯其劝善规过之迹，如是而父母犹未从也；则事之者，又当窥其志于既谏之后，而曲致其承欢将顺之诚。（针针见血，一字不肯放松。）

盖不从而仅见于志，是父母不欲显拒吾谏也；意者几之稍有动焉，未可知也。于是又加谨焉，恪恭者愈密，则进言者弥曲。即不幸而加以劳，亦只视为子分之当然，而非父母之求多于我也。盖父母虽贻子以不安，而子犹然以安之者事父母而已。

---

① 语出《论语·里仁篇》。（子曰："事父母几谏，见志不从，又敬不违，劳而不怨。"）

不从而尚有其志，是谏曾无益于父母也；或者几之有未达焉，无容诿也。于是又倍凛焉，婉愉者益著，则规劝者弥切。即万一而子以劳，要亦自问我罪之伊何，而非父母之苛责于我也。盖父母虽示子以不乐，而子仍然以乐之者事父母而已。

不违不怨，庶几亲志之乐从焉耳。其敬也，皆其几也。吾原为人子者，始终无失其事之之心而可矣。

〔王玳评析〕

明白显易，老妪同解；按之刻髓镂心，无一字不刺得血出；想作（以下文字缺失）

不知也又问子曰由也①

王 玑

圣人不轻许勇士之仁，惟如其人而论之也。盖夫子非不知由，不知由之仁耳，何武伯之又问乎？则子亦惟言由而已。且自仁道之难全也，而徒执人以论仁，则失所以为仁矣；而徒执仁以观人，则又失所以为人矣。（扣题甚紧，而笔更犀利。）

故圣人每不轻言人之仁，而衡品者，必欲求人于仁之内，而不知其人固自有可言者也。如武伯不尝问子路之仁乎？是问仁，非问由也；是问由之所以为仁，非问由之所以为由也。使武伯而问由，夫子岂不知由？武伯而问仁，则隐微之理，有窥之而无可窥者，而乌乎知？使武伯而问由之所以为由，夫子岂不知由之所以为由？武伯而问由之所以为仁，则性情之德，有执之而无可执者，而乌乎知？（行云流水，无一滞机。）

盖天人之辨甚微，虽勇敢足以制私，而难保去来于一旦；危微之介甚严，虽果毅足以谋理，而难泯离合于终身。夫子安得口决之？曰："由也，

---

① 语出《论语·公冶长篇》。（孟武伯问："子路仁乎？"子曰："不知也。"又问。子曰："由也，千乘之国，可使治其赋也。不知其仁也。""求也何如？"子曰："求也，千室之邑，百乘之家，可使为之宰也。不知其仁也。""赤也何如？"子曰："赤也，束带立于朝，可使与宾客言也。不知其仁也。"

其不仁义。”安得而决之？曰：“由也，其仁乎？”夫子原非不知由，不知仁也；夫子并非不知仁，不知由之于仁也。而武伯固以为知由之仁者，莫子若也。（灵枢出没，不可踪迹。）

夫武伯诚欲知由，何必鰓鰓又以仁为问哉？必欲问由之仁，则不知仁；且必欲问由之仁，则先不知由。何也？武伯本欲重由，而徒以仁重由，则其视由亦太重也。夫由，固有适成其为由之处，维子遂若于武伯所问之外，独得夫由也？而岂其故重之也？况武伯徒以仁重由，将非仁而遂不重由，则其视由亦太轻也。夫由，自有其不负为由之处，维子遂若于武伯所问之中，别见夫由也？而岂其故轻之也？（二比将“也”字神情并纳入“由”字内，丝毫不溢，刺影得血乎？）

由也，岂真无可知哉？然子惟言由之所以为由，而与武伯问仁之意，未尝论及也；则子路之仁，终不知也。

〔王珻评析〕

题不难于发上句，难于位下句；回环映带，神化斡旋；笔妙，能不复着纸。学使原评云：曲折副题，藕断丝连；一尘不飞，清音目远。此吾兄为诸生时试首文。历今近四十年，犹如新发于硎；余览遗文，而不觉泪下也。弟珻识

其知可及　二句①

刘　熠

圣人深取卫大夫之愚，以知形之而愈见也。夫武子惟以知而能愚，此其所以不可及也，不然其知亦岂易及乎哉？今夫人臣事君，岂尽得安焉顺焉之境而居之？而吾独惜夫处无事之日，人人而皆愚；处有事之日，反人人而皆知。且处无事之日，人人而皆知；处有事之日，乃人人而转不能愚也。若是者，并不能使人从而指之曰：若者，其可及也；又安能使人从而

① 语出《论语·公冶长篇》。（子曰：“宁武子，邦有道，则知；邦无道，则愚。其知可及也，其愚不可及也。”）

指之曰：若者，其不可及也。然而，吾思武子之知与愚矣。（凭空而下，不实拈题；回而题之，真精神无不迸出纸上，是得文家争上流沄①。）

夫武子之知，固天下愚人之所不能为；而武子之愚，又实天下知人之所不肯为。试有两人于此，一为知，一为愚，则人必取知而轻愚；且试有一人于此，先为知，后为愚，则人必轻愚而重知。然而，非所论于其知其愚也。（两两对勘，而欹侧毕具。）

当其知也，其冒险出危之能，未尝不具；然而，循分称职，虽有节烈之奇，亦浑然而无所试。故人但见其知，不见其愚。及其愚也，其通权度变之识，原非让人。然主幼国危，适当时势之迫，遂独能毅然而无所回。故吾虽多其知，更多其愚。

天下知者自不愚，亦惟知者不能愚；惟其不愚，所以不能愚也。不谓武子之愚之独出于知也，愚出于知，则不同于冥冥以决事者也。此之谓以天下之大知，成天下之大愚；天下能愚者，不恃知。

亦惟能愚者，不止能知；惟其不恃知，所以不止能知也。不谓武子之知之实藏于愚也，知藏于愚，且不同于劳劳而罔功者也。此之谓以天下之大愚，全天下之大知。（只如题白描而实义可按，故不蹈空，余尝谓天下空"义"字，绝不许空腹人，乍观南华可见也。）

即当日者，功名不立而率其万变不挠之志，亦自卓卓不群；人之于武子，固不得仅称其知，而遂略其愚。而况当日者，忠贞克遂而善乎全始全终之道，更自表表人寰；人之于武子，又何得仅推其知，而不服其愚？（二义夫发，写得不可及其相。）

而谓其知之，亦等于其愚之不可及乎？而谓其愚之，仅同于其知之可及乎？总之，知亦武子也，愚亦武子也，而分著于两时，则难易由此而判；知固足尚也，愚更足尚也，而总出于一人，则经济以相形而出。

不然，而谓其知，亦与其愚一论也，则天下知巧之士，反得以借口，而尽心竭力之臣，势将忽为愚而不足道也。世之为武子者，绝少矣。

---

① 沄：大波浪。

〔王玙评析〕

夫子原非易武子之知，只借以难武子之愚。通篇用平翻侧注法，曲思健笔，抉微钩奥；而汪洋恣肆之致，常有飞流激溅毫端：固是庄苏法门。

季氏使闵　一章①

陈之综

大贤之不仕，言婉而意决矣。夫闵子固不欲臣季氏，而况以使之者卑之乎？宜其辞之婉而决也哉。且圣贤有必不可屈之节，而权臣有必不能召之士，宜其相须殷而相遇疏也，说在季氏使闵子骞为费宰一事。（言简而意赅。）

盖鲁自僖公以费赐季友，季氏取为私邑；则费非鲁之费，而季氏之欲倚费以自固也，久矣。然地号岩邑，数以兵告。襄公七年，季氏城费，南遗为宰，以费叛；继公山弗扰，又与叔孙，辄率费袭鲁公，入季氏之宫以叛。（提出季氏倚费自固，以下行文便有彪炳。）

当是之时，季氏亦几不能保有费之上地人民，而汲汲乎有危心焉。危之而重难其治之之人，遂欲举圣门诸贤才，罗而致之，恃以无患。故使子路治费三月，子羔治费九月；厥后，罔克有成计无复之，而又有闵子之使。（运古如新出，笔力高绝。）

夫闵子固德性士也，中和足以化嚚，孝友足以驯暴，治费未必无功，而季氏之使，亦未为不当，然亦乌知闵子之决不为其所使哉？夫费，世为季私邑，其家之甲藏焉。假令闵子得握其柄，亦必效孔子之堕都出甲；而费日治，鲁日强，而季氏益弱，又安知季氏之不如受女乐而行孔子也？（揣度情事，凿寂破幽，匠心独造，为前人寻味所未及。）

出处进退之际，闵子固已权之久矣，而肯受权臣一时之颠倒乎？且使

① 语出《论语·雍也篇》。（季氏使闵子骞为费宰。闵子骞曰："善为我辞焉！如有复我者，则吾必在汶上矣！"）

者，以上役下之名也。虽当日遗使致词，未必不尽招贤之礼，然命不出于鲁君，而出于季氏，则不可谓之用，而有可谓之使。使非所加于闵子也，故曰"善为我辞"，殊不明己之不臣季氏，而但以人各有能有不能，若此者，非我之所能胜任也。又曰"如有复我"，"必在汶上"，殊不明季氏之不能屈己，但以士各有志，无容相强，聊越境以免也。（又就"使"字翻驳，凛若秋霜之不可犯。）

一以却今之召，一以却后之召。夫至逆计乎后之召，而其辞之意为决矣。后季氏之使不复来，而闵子亦未尝至汶上。（曲终人不散，江上数峰青。）

〔王玙评析〕

结构风骨，都是古文相；作者胸中位置，直不欲读秦汉以后书。

冉求曰非　一章[①]

李　梃

不说道，而咎其力，自弃之情见乎辞矣。夫求果说道，则虽中道而未甘自废矣；力果不足，亦必中道而乃不得不废矣。自画之情，不已尽见于辞哉？尝谓至道属之圣人，而求道之心，属之于我；我以心企，则心足以造力，而力宁不足以从心？力之未赴，而曰心实企之，力无如何焉？则自诬其力，亦自诬其心矣。（题前处掀数语，将冉求自诬病源已跃然于纸上，不攻自破矣。）

冉求之于圣道，说耶？否耶？子或未之知也；求道之力，足耶？否耶？子亦未之言也。而一旦自解于夫子之前，何耶？以人所共慕之理，而我独淡焉；淡焉而无以辞其责，因为之白其心，则当其白之，而情已可知也。以人所共赴之理，而我独后焉；后焉而无以明其故，因为之咎其才，

---

① 语出《论语·雍也篇》。（冉求曰："非不说子之道，力不足也。"子曰："力不足者，中道而废。今女画。"）

则当其咎之，而情又可知也。（神情即离，如以灯取影。）

是谁诘之，而乃亟自白也？曰"非不说子之道"，大说之，则竟说之耳。而顾曰"非不说"，则是己不说，而乃自明其非也；则是自明其非，而已暴其不说也。抑何所验焉？而乃徒自咎也。曰"力不足"，夫不足，则尝力之矣。而但曰"力不足"，则是力虽足，而己亦无由自信其足也；则是力虽不足，而己亦无由自知其不足也。（超绝隽绝，天仙化人之笔。）

子曰求乎，女果说吾道，则力已无不足也；女果力不足，则已非甘于不足也，何也？力不足者，中道而废者也。今即女之言思之，女岂然哉？求道者，必有所历之境；涉其境而辄馁，再为俟焉，而馁者复浩然矣。即使一馁而不可以复振，而按其境而验之要，亦可指其力之于何而始，于何而止也。而女于何而止乎？（咀嚼题中虚字，一字不肯放松。）

夫女非馁焉而后止，固当其图始之先，而早自止矣。求道者，必有可计之程；行其程而旋靡，亦惟其不再奋焉，而靡者乃真靡矣。即使再奋而亦无以振其靡，而总其程而计之要，亦可指其力之于何而退，于何而进也。而女于何而进乎？（清言滔滔，有转无竭；此种笔墨，当从读字来。）

夫女非进焉而后靡，固当其未进之先，而早自退矣。女画者也，猥云力不足乎？是知真说道，未有不足于力者也；力不足，亦非真说道者也。求也，假不足之名，以自附说道之实，则固未尝说道也，奚怪其画哉？

〔王玶评析〕

一掴一掌血。一语不蹈前人，一意不留后人，追魂取魄，殆欲抉帖括之奥，那顾世有俗目？

将入门①

王 弼

入门之时，可以观不伐焉。夫当其入门，此时正可伐矣；以观之反，

---

① 语出《论语·雍也篇》。（子曰："孟之反不伐，奔而殿，将入门，策其马，曰：'非敢后也，马不进也。'"）

则何如者？古者以大司马，习五戎也，出而治兵，入而振旅，爰以数军实焉；乃若败绩言旋，失律已甚，虽曰还而入矣，其亦仅以免也，又奚足多焉？然吾谓孟之反不伐，正可即此而观。

齐为鄅故①，伐我及清；右师奔矣，反以为殿。维时陈瓘、陈庄涉泗而追，为之反计，惟恐国门辽远，未得举足复入耳。既而钲鼓无闻，烽燧渐远，齐人不复从起；而顾之国门，其在望矣。（古书在胸，以气举之。）

夫此门也，当其帅师以往之时，卒徒三百，老幼守宫，左师则尝于此门而次焉。上不能谋，士不能战，公叔则尝见保门者而泣焉。为之反者，念战北而还，三捷未奏，复向此门而次之，其无容也，即泣亦未遑矣。为之反计，则惟有入焉耳。（故能点化实事都国烟云。）

夫师不逾沟，三刻而战，此奏功于未入之先也；以郊之战，会吴伐齐，此复怨于既入之后也。吾所以观之反者，正不在未入之先，亦不在既入之后，而惟在于将入之时。（只就本事渲染作衬，情理愈逼，非徒持撦左氏。）

当日孺子泄奔北，颜羽虽锐，但为御矣；邴泄为左，而曰驱矣，之反之功，其谁之不如？当此将入之际，彼都人士，咸属耳目焉。使反也，强武自雄，则必谓今日之败，咎归执政；幸也，我尚在，而不尽舆尸而入也。如此，则将惜季之专，则将伤孟之忌，宜其有愤激之容，以形于入门之际。使反也，意气自得，又必谓此时之辱，责在元戎；幸也，我尚在，而不至俘馘，而不终入也。如此，则将讥泄之懦，则将惜狃之亡，宜其有骄矜之色，而见于入门之时。

况孺子语人，谓我不如颜羽，而贤于邴泄；彼且以奔伐也，之反之功何如？而谓不足以自侈乎？反即自侈其功于国门之境，人谁不曰？兹役也，败而无覆，惟孟大夫之力；自非然者，殚军实而长冠雠，吾见鲁师之出，而不见其入矣。（迤下愈急，侈扣本题，彼空翻者，无学征实者无笔，安得不推此为绝唱？）

而之反，则惟恐人见己之后入，又若惟恐己之不能先入，而惴惴然欲

---

① 鄅：中国古代诸侯国名，故址在今河南省息县境。

分谤于此门也。噫，观之反此入，而臧氏之斩关犯门，宜不免外史之请哉！

〔王珣评析〕

通篇俱用衬笔，以托"将"字；愈开宕，愈曲奥；非但以疏证见长，李（以下文字缺失）

子曰谁能　一章①

武桓锡

圣人即人之所共由者，而致慨夫道焉。盖道之当由，甚于户也，乃由户不由道焉，是可慨也。夫尝思阖户谓之坤，辟户谓之乾，乾坤固变化之道也；而万物阖辟于其中，则道之坦然立于宇宙者，洵为宇宙之一大户，而人之循循焉所当率由于其中，而莫之或外者，亦如由户然也。（用成语奇辟而实大醇，将户逍说得合同而化。）

是故，大之而纲常伦纪，则有忠孝性生之道焉，立基于正，偏之陂之，而皆非也；小之而日用饮食，则有品节散著之道焉，弘启其途，往焉来焉，而皆是也。道耶，户耶？由道耶，由户耶？谁谓其有异焉者？然而异矣。

今试置一户于此，而反其说以语人，曰："尔其纵尔心思，逞尔才智，别创一出入之途，而不必沾沾于户也。"天下其有能之者乎？则能者穷。又试置一道于此，而如其理以语人，曰："尔其殚尔心思，用尔才智，体备于行习之中，而不可忽忽于道也。"天下其莫不有然乎？则又不然也。（"谁能何莫"四字互说逼出。）

嗟夫，是诚异矣。均此古今率履之常，智则俱宜智也，愚则俱宜愚也，户与道异名，而无异用也。乃何以一举足，而则明于循规？一举念，而独暗于蹈矩？一心而竟智愚之顿殊，吾将乌乎解诸？（互说用侧法，逼

① 语出《论语·雍也篇》。（子曰："谁能出不由户？何莫由斯道也？"）

得也紧。)

且既分事理身心之辨，轻之俱非所当轻也，重之则有所尤重也；户与道异名，而更异用也。乃何以踰坦而趋，人共讥其失正？逾理而行，人反不责其过中？两事而竟轻重之倒置，吾更乌乎解诸？（奥妙不搜，绝世慧心。）

或者曰：户急于道，由道难于由户。然不知户之出也，止于动；人尚有不动之时，而道则该乎动静者也。人之由户也，必于出；出则尚须举足之劳，而由道则取之当身者也。人奈何尽为由户入，而不为由道入哉？

〔王玮评析〕

议论之确，天根月窟；结构之工，神设鬼施。精理虚神，双臻其妙。

夫仁者己　一节①

蔡若采

切指仁体，人己通于一心也。盖仁无间于人己者也，观于立达相通，而仁之体可识矣。子故为子贡切指之曰，心性之理，至公而无私，宁得以欲念参之哉？顾不可以欲参者，仁道之纯粹以精也；而可以欲验者，仁道之周流无间也。情无所私，而理协于公；盖有动念通乎天下者焉，子乃以博施济众言仁乎？（从无欲翻出"欲"字，巧不伤理。）

夫论仁于充周之时，则德洋恩溥，放之六合而匪遥；而验仁于发微之际，则休养生息，反之一心而自裕，而吾乃益思夫仁者矣。仁者纳群生于宥密，而物我之情息息相关；涵万类于方寸，而身世之间念念相繫。是故，不侈众也，己焉而已；不妄言施也，欲焉而已。为立为达，是可以观仁也。（无字不粹，无字不显，理境决事。）

仁不徒为己谋也，而必兼为人谋。然苟舍己而徇乎人，而奢以谋人，

---

① 语出《论语·雍也篇》。（子贡曰："如有博施于民而能济众，何如？可谓仁乎？"子曰："何事于仁！必也圣乎！尧、舜其犹病诸！夫仁者，己欲立而立人，己欲达而达人。能近取譬，可谓仁之方也已。"）

略于谋己，则难举天下之喜怒哀乐，而极为之筹；而所以为人谋者，必且浮而不入，而仁者不尔也。立达之在人者，不任其塞；立达之在己者，默观其通。（"通"字神理，说得水乳交融。）其为人谋也，即其为己谋者而统之。盖不啻分两人之情形，而己仅操其半；合万人之隐衷，而己实会其全也。而一己非小，庶类非大矣。

仁必能为己谋也，而故能为人谋。然苟岐人于己之外，而一念谋己，复一念谋人，则虽概天下之爱恶欣戚，而曲为之体；而所以为人谋者，亦且隔而不亲，而仁者不尔也。立达之在己者，精神无所不贯；立达之在人者，委曲无所不周。其为己谋也，遂有为人谋者以属之。盖当其一念之方萌，已为两念之交集；而两念之呈露，仍是一念之凝结也。而成己非先，成物非后矣。（决明如倾水壶。）

故或立达在千万人，于仁者之心无加也。明通公溥之量，无境不涵，四海之颠连莫释，即一身之怵惕靡宁，而何尝自见为有余？即或立达在一二人，于仁者之心无损也，精粹不杂之体，举念可征，中怀之轸域既消，即万物之形骸尽彻，而何尝自疑其不足？

此仁之体也，而求仁之方可知矣。

〔王玮评析〕

一棒一条痕，一掴一掌血；徐疾擒纵之间，不错累黍。

夫仁者己　一节①

崔心颜

仁者济世以心，即所欲而见无欲之体矣。夫立达之心，人己无异也。欲动于己，而即公于人，仁固有举念可获者乎？且夫人我同生于天地，而独推一人焉，以为此足以长人者也。则必其无私也，然正不妨有私，以一私通万物之私，而无私之衷见矣；又必其无我也，然亦不妨有我，以一我

---

① 题目出处同前篇。

动天下之我，而无我之道得矣。（从"欲"字"己"字翻入，妙手解环，无微不破。）

吾因子以博施济众为仁，而有念于仁者。

夫仁者，足不出庭户之外，而可使一世之民生民性，皆食德于一身，盖不在事而在情也；情无不通，则苍生之托命已多。抑仁者，不必有尺柄之权，而可使千古之帝德王功，已悉全于方寸，盖不在功而在性也；性无不得，则胞与之全量已裕。（词格雅饬，道理圆足。）

是故寂然不动，全吾仁于浑沦无兆之中，而不知有己，不知有人者，仁者之无欲而静也；感而遂通，公吾仁于吉凶同患之际，而立无不立，达无不达者，仁者之物我无间也。

人心虽甚不忍，断无舍己之立；而先念及于人之立者，则己之欲立固也。然使欲己之立，而忘乎人之立，非仁；即或因己之已立，而徐及于人之立，亦非仁。仁者，当欲立之时，此中之廓然大公者，一若天下颠危之伏，已尽悬于目前，而安全之情，自殷然其莫禁，则其立人也。夫固欲立之念，所相因而动，而即欲立之际，所并念而存者矣。（不用过为，虽则神理透切，已如枘凿之相应。）

人心虽甚慈爱，亦断无忘己之达；而先谋及于人之达者，则己之欲达固也。然使欲己之达，而不计人之达，未可以为仁；即或待己之果达，而后及于人之达，亦未可以为仁。仁者，当欲达之时，此心之万物一体者，一若宇宙屯蒙之形，已毕注于神明，而开道之意，自肫然其莫解，则其达人也。夫固欲达之际，所连类而起，而并非欲达之时，所转念而生者矣。

而亦非徒有其心也。徒有其心，则将于人无实惠者，亦必于己无实事也。仁固不若是之虚也。故或一日而立达有数人，或一时而立达有数事，随吾分之得为，以尽吾意之欲为。而己未尝无所施，而己未尝无所济。（趁意翻转，四面满足。）

而亦不必侈言其事也。侈言其事，则将尽人而立之，且将尽人而达之。仁又不若是之难也。故立人达人，有百年莫殚之业；而欲立欲达，有一日可见之心，尽吾身之所能为，而不务吾身之所难为。而所施已不啻其博，而所济已不啻其众。

审是，而可得求仁之方矣。

〔王珝评析〕

以"而"字作关，两"欲"字上下呼应，无不归窍；词理端饬，当是沉潜读书之士。函文请益于予，惜予未获一面。

巍巍乎舜　一节[①]

王　璐

不以天下为乐者，虞夏之德远矣。夫有天下不与为难，而舜、禹之不与，为尤难也，巍巍乎弗可及已！间尝考古至虞夏之际，而叹其丰功伟烈，靡不卓绝于后世；乃独于地平天成之外，而微窥其淡然无欲、浑然无际之心，又不觉旷乎远矣。不观舜、禹之有天下乎？（吐弃一切，宕姿无尽。）

夫天下不可一日而无圣人，故体国经野，惟是先天下之忧而忧；圣心未尝一日而有天下，故治定功成，并不后天下之乐而乐。吾想舜、禹之心，吾想舜、禹有天下不与之心，而不禁有一巍巍之象，在吾意内也。（一意透出，不单真本领，清微彻骨。）

我无高乎天下之识。则显荣富厚，日挟其势以临我，而忻戚罔非介意之端，意为徇之，而欲其有；固与意为逃之，而不欲其有亦与，而舜、禹何意也？盖其意立乎天下之上，而祈天永命，直视为乾坤不容辞之负荷。今日之辑五瑞，而率百官者，与我非有损益之数；轻且无庸也，而引之以为重乎？

我无大于天下之量。则万国九州，日出其势以加我，而宠辱无非惊心之具，以天下为不可不有，而心为之役；固与以天下为必不可有，而心为之矫亦与，而舜、禹何心也？盖其心游乎天下之外，而开物成务，皆视为有生不容己之经营。今日之受文祖，而告神宗者，与我非有增减之端；不

---

① 语出《论语·泰伯篇》。（子曰："巍巍乎，舜、禹之有天下也而不与焉！"）

患其失也，而矜之以为得乎？（刻画不与凿险入奥，却句句从巍巍描写，识力都浩绝顶。）

惟其然也，故舜以天下让德，禹以天下让功；本无营于未有天下之先，而何动念于大宝既膺之日？惟其然也，故舜传贤而官天下，禹传子而家天下；尚无介于天下不有之后，而宁矜情于大命初集之时！（前后夹发不与，体清气雄，镕得经液。）

此其视天下盖如固有也；固有，则无意外之惊喜，而旷代之遭逢，安乎日用？抑其视天下如未有也；未有，并无意中之欣羡，而帝王之赫濯，等于匹夫？（无微不彻，无坚不破，余勇可贾。）

巍巍乎！微舜、禹，其谁与归？

〔王晦评析〕

实理郁成幽光，真气发为异彩；纡回萦宕，渺众虑以为言，古文化境。

焕乎其有文章①

赵襄宣

大古帝之文章，亦德光之不可掩也。夫尧非有意于文章也，而焕然者，欲掩之而不可，非则天之德，孰克有此乎？且文治之重于天下尚矣。

故王者受命而兴，莫不创制显庸，以昭大观于当代，惟古之圣主，宅躬渊默，不必有意粉饰之。为己胥天下而纳于明伦之中，则其不见而章者，固极古今之大观，而非寻常闻见所易测也。试即尧之成功，而进思其文章。（和易近人，谁药心枯毫硬之病？）

地平天成而后，草昧之气已变，而有翕煌之辉②；盖其发越于猷为之中者，灿然有条，而非踵事增华之所能为。然宅揆熙绩以来，垂裳之治更起，而易卉服之陋；盖其经纬于事业之外者，秩然有纪，初非气运升隆之

---

① 语出《论语·泰伯篇》。（子曰："大哉尧之为君也！巍巍乎！唯天为大，唯尧则之。荡荡乎！民无能名焉。巍巍乎其有成功也，焕乎其有文章！"）

② 翕煌之辉：富丽堂皇的色彩。翕，彩云，古人认为祥瑞。

所可囿。

焕乎，由钦明而著为文思，而光被者难量；由执中而显为大章，而昭朗者莫掩。不见夫秩宗掌，而五典徽耶；不见夫胄子教，而八音谐耶。极沕穆之乾坤，已荡涤于礼乐之休明，而不仍其故。不见夫象刑设，而百官叙耶；不见夫璿玑立，而七政齐耶。极屯蒙之气习，已转移于法度之精融，而日生其新。

则莫谓两间之文非其文也。日月河汉，彼苍常有昭回之观，一承以乃文之天子，而云亦称卿，星亦称景，皆若为尧，而勃发其光华；则合两间之文以为文者，何其盛?!（琢句精良，铿锵发奇言。）

则莫谓诸臣之文非其文也。赓歌扬拜，在廷虽多黻黼之佐，一临以文祖之圣人，而重华有典，皋陶有谟，亦止辅尧，而莫逞其著作；则合诸臣之文以为文者，何其备?!

文以敛而弥光，故茅茨土阶，亦止仍邃古浑噩之遗；而平淡之极，绚烂倍生，殊觉焕然而增曜。文以简而弥永，故危微精一，要止属敕命约略之词；而典则之垂，于今为烈，倍见焕然而生色。

倘谓皇初之文章，易于见奇，何以羲农以前，制作渐起，究无以及尧之显懿？而尧遂辟千古文章之局。倘谓中天之文运，日趋于盛，何以夏商以后，质文递嬗，终不能出尧之范围？而尧遂立万世文章之准。（风乎焕发，殊勇可贾。）

焕乎其有文章。非则天之德，何以致此？甚矣，尧之大也！

〔王珻评析〕

（以下文字缺失）

子在川上 一节①

其一

秦 骧

道体之不息也，圣人发其机于川上焉。夫逝而不息者，道之体也，而川其一也，子故于川上而有感哉！尝思化无滞境，至理常存于日用；而机在当前，惟人自悟于一心。何则？

道之无尽藏也，夫亦安往而非是？然而其机可触境悟也。道之无停机也，夫亦何时而或已？然而其趣可随地领也。昔夫子具至诚之体，备不息之用，其动与道遇者，盖不啻自有一川焉；而一日者，目有所寓，忽有当于心之所会，不禁喟然叹者，则子在川上也。（此章诚有勉学者意。一入夫子口中，便失浑然语气。将至诚无息归于身上，提在题前，如振衣千仞岗头，得理亦得势。）

子在川上，一似旷然，有无穷之感；而其辞无所指名，其意可以统贯，则约之为逝者而已。曰有是哉，其逝者乎？盖耳目前之地，世所据以为安者也，其实受转于至动而不觉，何者？境无往而不迁，天地一逝机也。抑千百世之变，人所疑为难料者也，其实消息于俄顷，何者？化无时而不转，古今一逝机也。

夫逝则往复迭运，亦甚莫可名言矣；然不谓指顾问，而往复迭运之寓于斯者，已昭然示我以有象之可求也。逝则循环无间，亦几难为指示矣；然不谓俯察焉，而循环无间之著于斯者，已显然示我以全体之可会也。其如斯夫，不舍昼夜乎？

气机之日运也，随处皆充；而偶于斯焉遇之，似斯之不舍者，亦天地之故物耳。然此不舍中，有无尽之蕴藏，而人不察也；诚察焉，而人以为故物，我以为新机也。想气机日运之中，欲顷刻留之而无自者，应皆如斯

---

① 语出《论语·子罕篇》。（子在川上，曰："逝者如斯夫！不舍昼夜。"）

之浩然长往也哉。

大化之相推也，终无已时；而适于斯焉遇之，似斯之不舍者，亦两间之陈迹耳。然此不舍中，有无言之至教，而人不悟也；诚悟焉，而人见为陈迹，我得其创解也。想大化相推之故，欲斯须挽之而不得者，应类如斯之变动不居也哉。

谓斯为逝，而斯特逝者之一端；耳遇成声，目遇成色，皆化机也：所谓体物而无不在者也。谓斯非逝，而斯即逝者之显机；四时自行，百物自生，皆天则也：所谓须臾之不可离者也。（其勉学者，只得如此讲，最合神理。）

此夫子川上之叹，其示人以自强不息者，深矣哉！

〔王玚评析〕

玩"逝"字，则知天地之化无停滞，亦无欠缺，此即中庸莫载莫破意；而忽于川上发之，即中庸鸢飞鱼跃意。川流与道，是二是一，朱子乃道体之本然也。即程子，此道体也意然，其可指而易见者，莫如川；即程子与道为体意。文将川流道体，说得合同而化；精理微言，可当诸儒大全读。

子在川上 一节①

其二

秦 骧

圣人明道体之不息，因川流而有会焉。夫川固载道以流者也，即斯之不舍，而逝者可悟矣，人可不察其本然之体哉？（载道以流，精绝。）且夫流行于两间者，皆其流行于人心者也，而人每当其前而不知；夫即不知也，而要未尝不当其前也。惟圣人心与理会，而理之所聚，动即溢其机理与心融；而心之所通，时若呈其象如子在川上是已。夫子之在川上也，岂徒临渊与羡，望洋浩叹已耶？（人即离道，道亦不离人；谈理入微，且得

---

① 题目出处同前篇。

活泼泼指点意。）

盖目注者此川，心会者不仅此川；触目皆流行之趣，身游川上，心游川外，随在见飞跃之机。故不觉寓目而感诸怀，因心而达诸口，曰：二五之精，其妙合而凝者，恒鼓万物出入之机，而不忧其匮；太虚之理，其纯粹以精者，常司品汇乘除之柄，而不见其劳。岂非逝者机耶？

自其不变者而观之，前无始，后无终，只此分阴分阳之理，互根于无声无臭之中；而逝者之絪缊化醇，几疑探之茫茫，索之冥冥。然自其至变者而观之，往者过，来者续，只此一阖一辟之机，递嬗于亘古亘今之内；而逝者之绵延磅礴，不啻有形可指，有象可观。

如斯夫，不舍昼夜乎？天地一昼夜之循环也。吾微窥天地流行之故，而觉斯之无滞机，并无滞境者，非斯之自为不舍也；必有主宰于斯之中者，而后洋洋乎不泥于故，日趋于新，自昼至夜，流于天地之间，而卒无止境。此不舍者之所以一而神也。

古今一昼夜之往复也。吾遐览古今不已之机，而觉斯之争千古，亦争须臾者，非斯之遽能不舍也；必有运动于斯之内者，而后浩浩乎不见其绝，时见其续，自昼至夜，贯乎古今之内，而莫有穷期。此不舍者之所以两而化也。（争千古，亦争须臾，更将至诚无息全体，随笔写出。）

惟大化之推迁，不俄顷而已逝；故其逝也，可众著，亦可默会，即一端而可悟全体也。惟天运之不已，无顷刻而不逝；故其逝也，在造化，亦在人心，即道体而可悟圣功也。不然，子在川上，岂有为川流言哉？（悟全体，悟圣功，精微广大，名言不朽。）

〔王玮评析〕

印泥画沙之笔，天根月窟之理，体验功深，有此邃养。

唐棣之华 一章^①

冀 鲁

诗人不善言思，故圣人逸之而复辨之焉。夫思原无间于远也，如唐棣之言思，是可逸矣。夫子恐人废其思，故复取而辨之。且人于耳目所不及之地，而于是乎通之以心诚，以心之用，固无所不及也。乃怠于用心者，不极其用之所至，遂托为无可如何之说以自诬，将率天下而群，不知心之有可用，是则圣人之所深惧也。（灏气如潮，而神理曲中，斯谓大方。）

夫诗之言思者亦多矣。彼岵屺遥瞻^②，初未尝以关山之渺，间我隐忧；即蒹葭有怀，亦未尝以溯洄之难，阻我瘵叹。何唐棣之言思者，而有异耶？其曰："唐棣之华，偏其反而。"若谓草木无情，而其情乃忽忽而来告；又曰："岂不尔思，室是远而。"若谓人实有心，而其心竟遥遥而难凭。（雅句芬人面。）

是诗也，固自谓殚思之力，极思之致，而天下之言，思者俱莫我若也，而岂其然哉？吾恐自有此诗，而天下几无不能思之人矣；且自有此诗，而天下乃真无能思之人矣。何也？

情动于所向，途之绝而神往焉，则一念之缱绻，郁不自禁。而所怀之情形，即见于寥阔杳冥之际，故千载而上，千载而下，可与同声气也。况切而名之曰尔，则固实有其可指之人，并非有今古之隔，何忧乎修途之阻？而徒作歌以告哀也，亦诗人自贻之戚耳。（蜂腰作渡，上下窾郄，謋然而解。）

虑精于所聚，地之隔而神来焉，则一时之系恋，淳弗可遏。而遐方之想像，尽入于神明宥密之中，故六合以内，六合以外，可与共风雨也。况

---

① 语出《论语·子罕篇》。（"唐棣之华，偏其反而。岂不尔思？室是远而。"子曰："未之思也，夫何远之有？"）

② 岵屺〔qǐhù〕:《诗·魏风·陟岵》："陟彼岵兮，瞻望父兮。……陟彼屺兮，瞻望母兮。"为行役者思念父母之作。后因以"岵屺"代指父母。

切而称之曰室，则固明有其可指之地；并非有山海之阔，何患乎跋涉之艰？而犹赋物以誓心焉，吾未敢为诗人信之耳。（一股风神隽雅，复以大气举之，如深林巨壑，龙虎变化其间。）

未之思也，夫何远之有？得夫子之言，可决唐棣之诬矣。然则信如唐棣，则远之见，反从未思而起；而凡形势偶暌，无不足为思之累。信如子言，则思之用，转以其远而深；而凡研虑所至，自不复有远之见。此夫子删诗既逸，唐棣于三百之外犹必明指其失，以教天下后世云。（远调独弹。）

〔王玙评析〕

圆敏入浑，精灏入雄，神韵识力，都臻最上。

由也升堂　二句①

韩本晋

贤者之所造，有未可忽视者矣。夫学以入室为期，由之升堂，已不远乎室矣，而讵得目为门以外人哉？今夫人亦孰是一蹴而至于粹精之域者乎？苟其一蹴而能至，固觉未至焉者之非深也；然非一蹴而可至，遂觉已至焉者之非浅也。盖已有所至，即不必其无所不至，而己不能没其所已至，审是而知由之未可轻矣。

盖学人之入道也，具恢扩之模者，始可窥精深渊微之蕴；而吾人之程材也，有光明之概者，始可与谈天人性命之修。故吾为之。略其绌，而取其优，平心焉以论目前之所造；予其长，而不讳其短，分观焉以定学力之所成。比而拟之，则堂与室之间，可以观由矣。（稳如山岳。）

巍然者其堂耶，久虚悬焉以俟斯人矣。而由不乐瞠乎其后也，以致知为步武，以践履为拾级，层累而升，谁绝以攀跻之路？穆然者其室耶，亦虚席以待吾徒矣。而由尚未优游而至也，高明也而中庸未能，广大也而精微未尽，从容以入，犹俟诸积久之余。

① 语出《论语·先进篇》。（子曰："由之瑟奚为于丘之门？"门人不敬子路。子曰："由也升堂矣，未入于室也。"）

是则堂与室有两候，而非有异理也。

堂之境显，室之境微。美大之与圣神，固非一诣。然苟此地之可造，岂彼地之终赊？此中显微之数，其几止争一间也。由今既立于高旷之地，其堂下之仰而望由者，咸谓诞登之无由；而室中之引而进由者，遂觉举足之可待。是室即堂之进境，谁谓大可为，而化不可为？（明白坦荡，中极跌宕，取送之妙，其当有目。）

然则升与入有两诣，而非有两径也。升则自卑而高，入则由浅而深。广博之与精纯，固不同致。然苟当途之已历，亦前途之匪遥；此中高深之致，其理本属相因也。由今既处乎高明之域，则人之继由而升者，每叹攀跻之非易；而由之由升而入者，恒觉渐进之无难。是升即入之先资，谁谓贤可希，而圣不可希？

是知优绌不妨于互见，使不有所优，又安见有绌？其绌正不足为由也病。长短不妨于并形，苟去其所短，则皆其所长；其长又何可为由也掩？彼不得其门者，方仿徨于堂之下，固不知堂之上，大有人在焉，又安望其由堂而室也？则亦终身为门以外人而已。

〔王珣评析〕

（以下文字缺失）

克己复礼为仁①

任九德

为仁之道，克复有交致者焉。夫仁全于礼，而累之者己也，克焉复焉，为仁不有全功乎？且天生人而予之以心，固纯乎理而不间以欲者也，而自与欲相缘则本无者，挟其善入之势，而固有之理，亦遂有所不复存。善治心者，惟绝其心之所本无，以还其心之所固有，而吾心之德，乃克全

---

① 语出《论语·颜渊篇》。（颜渊问仁。子曰："克己复礼为仁。一日克己复礼，天下归仁焉。为仁由己，而由人乎哉？"颜渊曰："请问其目。"子曰："非礼勿视，非礼勿听，非礼勿言，非礼勿动。"颜渊曰："回虽不敏，请事斯语矣。"

而无憾焉。（朗朗行玉山，理境无坚城。）

子问仁乎？仁牿于私①，而私或外感至昵；而为己，则憧扰之起与形气之累相附，遂有溺而弥炽之情。仁全于理，而犹难凭至显；而为礼，则天载之微与人事之则相范，而遂有实而可循之道。（刻画己理入微，思路不容针。）

盖体仁者礼，而间乎礼者己也；子欲为仁，必也其克己乎？

己与礼为敌，而其势恒处于强；强则一念偶不自制，遂横决于日用之际，而秩序之原，将荡逸而不知收。惟深之以克，奋吾严厉之气，以与己相争，虑其易萌也。而绝其所自出，非徒与之为拒，惧其善乘也；而绝其所由入，非徒与之为防，即至纤私，尽失所凭。而心之自强不息者，犹若有妄念之动；累吾典常，而攻之无复少留矣。由是而复礼焉。（克复侧起，下仍平还，意匠圆稳，非过屠门而大嚼者所及回味。）

礼与己相反，而其势恒处于弱；弱则一念稍不自检，遂远遁于身心之外，而物情之扰，益潜滋而不自知。惟深之以复，用吾操存之功，以与礼相涵，顺其自然。而无体之天则以协，非但与之为持，循其当然；而有体之经曲以固，非但与之为守，即至万理，尽得所止。而心之范围匪懈者，犹若有几微之违；亏吾性真，而服之罔有不安矣。（循环发明，夫是二是一。）

且克与复有相因之势，非克固无以为复之地也。方寸之为境几何，而私已据乎其中；理必无缘而丽，惟存诚而先之以闲邪。则去其私累，自返于清明，而人尽天见之下，性体乃以常湛。

抑克与复有交尽之功，非复又无以见克之尽也。神明之为用至虚，而理未实乎其宅；欲仍抵隙而投，惟祛妄而继之以存真。则道心为主，人心退听，而欲净理全之余，天德于焉常纯。

要之，己礼之辨甚微，而明以察其几；克复之事甚难，而健以致其决。是在汝之一日也。

---

① 牿〔gù〕：绑在牛角上使其不能抵人的横木。古同"梏"。

〔王珣评析〕

理题安从？讨异巧只是人人应有之意；一经细心人洗发，遂觉精思靡不入，遒笔靡不出，极冰释理顺之趣。

足食足兵　之矣①

侯继周

为政有经，其相因而致者当备也。夫食也，兵也，信也，政之经也，然其间有相因而致者，乌可不备哉？且为政者，所以培国势也，而亦以维国本。苟徒矜仁义之名，或无以救国家之贫弱而使之振；而侈谈富强之术，又无以定兆庶之心志而使之一。然则为政者，将何道之从哉？

盖王者之经国也，始于民之相安，而终于民之相爱。相安则国势培，相爱则国本固。此其行之有次，而致之有因，不可以或阙也。

一曰足食，食者民之天。先王之制，三时之暇无旷土，九职之外无游民，而终岁所入，又必掌之太宰，以经其盈缩；无庸下征求之令，而公私可以有备矣。（言中有物。）一曰足兵，兵者民之卫。先王之制，选卒伍则取之亚旅，简将帅则取之卿大夫，而兵甸所统，又必掌之司马，以时其训练；不闻养无用之卒，而缓急恃以无恐矣。如是而国势不已张乎？而正不知民心何如也。

夫当其祈年而重稼穑，出车而悯忧劳，维食维兵，民固倚之为命；及其禾稼纳而称觥，师旅振而饮至，食足兵足，民实服于其心。故至是可必之曰，民信之矣。盖信原于兵食之先者，爱亲敬长，各因其天性；而化道之，自有以一道德而同风俗。信见于兵食之后者，礼教信义，必待其富强；而渐摩之，乃有以率子弟而戴君亲。

吾见向之足食者，君养民也。而九赋之入，皆为君备仓箱焉；彼民自

---

① 语出《论语·颜渊篇》。（子贡问政。子曰："足食，足兵，民信之矣。"子贡曰："必不得已而去，于斯三者何先？"曰："去兵。"子贡曰："必不得已而去，于斯二者何先？"曰："去食。自古皆有死，民无信不立。"）

足食以来，豆觞皆礼让之习，干糇无失德之愆①，其谁不奉我父母？向之足兵者，君卫民也。而六师之陈，皆为君作干城焉；彼民自足兵而后，勇敢具忠义之气，从戎抒效顺之诚，其谁不媚我君王？至于信，而国本不以固乎？

是则课农振旅，讲让型仁，国家之立法自有先后；而力田训武，说礼敦诗，君心之出治尤有本末。此不易之经也。

〔**王玙评析**〕

食兵民信，分说合说，写得是功是效，情文醇郁，涵经史之液；作者固于此道三折肱。

① 干糇：即干粮。《诗经·伐木》曰："民之失德，干糇以愆。"高亨注："干糇即干粮。"是说人们往往因为争食物而失去美德。

后　记

《王石和文集》点校本终于和大家见面了，这是一件令人欣慰的事情。

对于大家来说，王瑃太陌生了，不知其何许人也；对于他的文章与成就，更是无从知晓。毕竟三百多年太久了，时易世迁，曾经的辉煌与喧嚣早已沉寂了，暗淡了，甚至消失了。而对于我来说，王瑃又太熟悉了。之所以说熟悉，是因为在芝角村这个王氏大家族里面生长，王瑃老先生的故事一直在父老乡亲们的口头传说着，演绎着，从小耳濡目染，耳熟能详。然而，即使这样，我仍然觉得先生非常遥远。之所以说遥远，是因为传说中的《石和古文》《四书文稿》《韫辉诗抄》一直无缘得见，遥不可及，直至十多年前——我终于遇见了《山右丛书初编》，遇见了王瑃老先生的《王石和文》，尔后又遇见了《王韫辉稿》，再遇见《三晋文是》，还又遇见了《入泮金针》，这真是最美好的遇见。

从《入泮金针》，到《韫辉文稿》，再到《石和古文》，这是古代学子读书入门、科举进士、为人为文的三级跳。王石和文，是中国科举帖括考试的活标本，难能可贵。读王石和文，我感觉到的是老先生端方的品格，深厚的学问，过人的智慧，然后才是这生花妙笔所书写的绝妙文章。

经过这十几年的潜心苦读与研究，我积累了大量的第一手资料，断句，注释，也终于告罄。现在再回首点校整理《王石和文集》的岁月，真是感慨万千，心潮难平。感谢寒月女士为我找到《王韫辉增订全稿》孤本的主人，打开了搜集王瑃作品的寻访之路。感谢"漾泉清风"无条件的支持，让我终于看到了三百多年前《王韫辉稿》的真容。也让我的这一次遇见，变成了现在的满心喜悦。

为了这本书能与更多的读者见面，许多人都给予了我无私的帮助，让我难以忘怀。阳泉文联领导侯讵望先生，始终都不遗余力地给我鼓劲打气，给我许多指导。王开英主席安排文联同仁雪艳、晓悦、丽明、海连、建刚多次与出版社编辑沟通，协商，付出了努力。感谢你们！

我是土生土长的盂县人。盂县历史悠久、文化灿烂，是享誉三晋的进士之乡。近年来盂县县委、县政府以高度的文化自信，将挖掘整理盂县优秀历史文化作为重要工作。适逢喜迎党的二十大召开之际，盂县县委宣传部将《王石和文集》的出版列入议事日程，特别是盂县县委常委、宣传部部长郭华同志鼎力支持，多次过问。同时，阳泉市作家协会指尖主席、盂县文联主席李彦青女士也予以倾情相助。终于，王玙老先生这部沉寂已久的古文作品重新面世，为仇犹古州厚重的文化大地交上了一份无愧的答卷。回眸岁月，王灵善先生，赵建廷先生，薛宝元先生，高峰先生和霍东峰先生，也都给予我有力的帮助。芝角村的父老乡亲们，更给予我倾力的支持。谢谢你们！

这绝对是一次美好的遇见，这绝对是一次难得的提高。先生的风范与水平，我不一定能准确、充分地表达出来，疏漏与不足，恳请大家指正。但是，对先生品格与文章的向往之情，却一直不能停止。学无止境，孜孜以求吧。

文尧于从来轩

2022 年 6 月